ULRIKE SCHWEIKERT

Die Drachenkrone

Buch

Sie sind eine kleine Gruppe von abenteuerlustigen Gefährten: Rolana, die Priesterin; Thunin, der Zwerg; Ibis, die Elbe; Vlaros, der Magier, und Cay, der Schwertkämpfer. Als sie eines Tages von der verzweifelten Gräfin Lamina von Theron gebeten werden, ihren verschwundenen Gemahl Graf Gerald aufzuspüren, nehmen sie den Auftrag gerne an. Die Suche führt die Freunde in ein riesiges, unter Schloss Theron gelegenes Labyrinth, und unversehens geraten sie in das Zentrum eines unheimlichen Krieges. Denn es erweist sich, dass der finstere Magier Astorin mit allen Mitteln die verstreuten Fragmente der mythischen Drachenkrone finden will. Wer die in grauer Vorzeit zerstörte Krone wieder zusammenfügt, wird die Welt beherrschen. Doch Graf Gerald scheint den Plänen Astorins in die Quere gekommen zu sein. Die fünf Freunde setzen nun selbst alles daran, den wunderbaren Kopfschmuck zu entdecken. Da trifft Rolana tief im Berg auf den Drachen Peramina – und plötzlich liegt das Schicksal der ganzen Welt in ihren Händen …

Autorin

Ulrike Schweikert wuchs in Schwäbisch Hall auf. Nach einer Banklehre studierte sie Geologie und Journalismus und begann nebenher an ihrem ersten historischen Roman zu schreiben, der unter dem Titel »Die Tochter des Salzsieders« zu einem großen Erfolg wurde. Inzwischen hat die Autorin das Schreiben zu ihrem Beruf gemacht. Neben weiteren historischen Romanen wandte sie sich mit »Die Drachenkrone« erstmals der Fantasy zu.

Weitere Titel von Ulrike Schweikert sind bei Blanvalet in Vorbereitung.

Ulrike Schweikert

Die Drachenkrone

Fantasy-Roman

blanvalet

Umwelthinweis:
Alle bedruckten Materialien dieses Taschenbuches
sind chlorfrei und umweltschonend.

Der Blanvalet Verlag ist ein Unternehmen
der Verlagsgruppe Random House.

Taschenbuchausgabe 10/2005

Die Karte zeichnete Achim Norweg, München
Eine frühere Ausgabe erschien unter dem Pseudonym Rike Speemann
bei Droemersche Verlagsanstalt Th. Knaur Nachf., München
Umschlaggestaltung: Design Team München
Umschlagfoto: Corbis/National Gallery Collection
Satz: Uhl + Massopust, Aalen
Druck: GGP Media GmbH, Pößneck
Titelnummer: 36302
Redaktion: Ralf Reiter
V.B. · Herstellung: NT
Printed in Germany
ISBN 3-442-36302-0
www.blanvalet-verlag.de

Für die Spieler meiner AD&D-Gruppe,
die ihrem Dungeonmaster durch alle Abenteuer gefolgt
sind und selbst die haarsräubendsten Gemeinheiten,
die ich ihnen in den Weg gelegt habe,
überlebt und erfolgreich gemeistert haben:

Peter, der Kämpfer Cay
Stefan, der Priester Stefanus
Silvia, die Elbenmagierin Lavinia
Michael, der Kämpfer Bearic
Ismene, die Elbendiebin Issi
Andreas, der Magier Fizbane

PROLOG

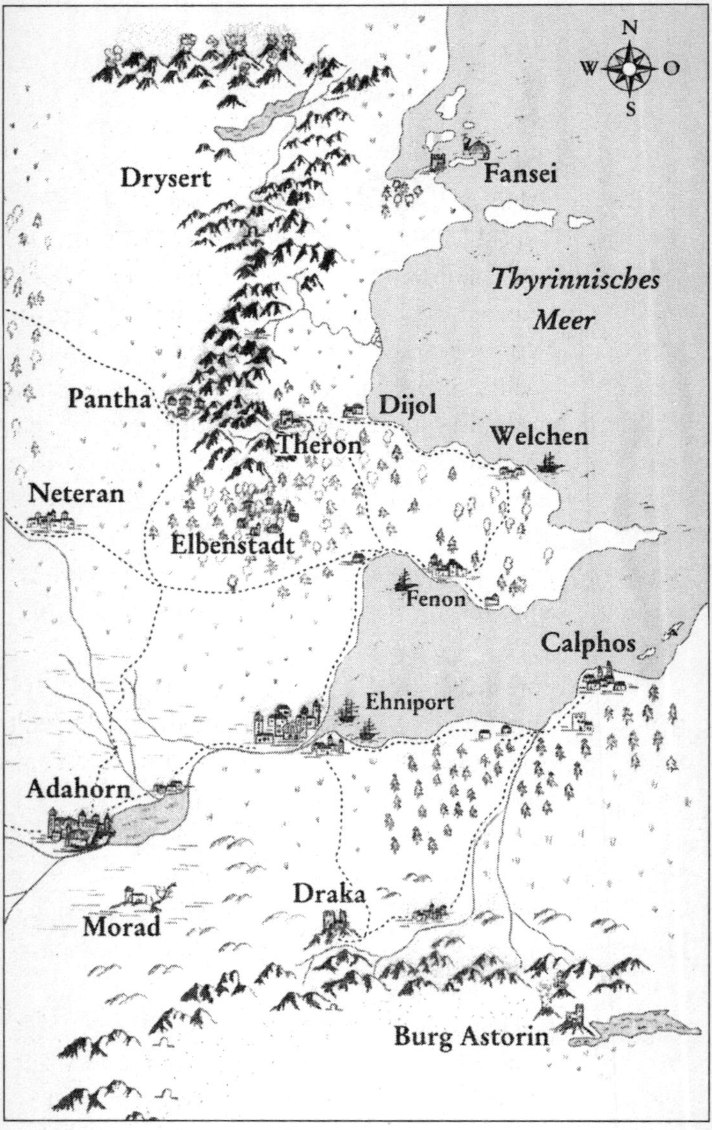
N
W
O
S
Drysert
Fansei
Thyrinnisches
Meer
Pantha
Dijol
Theron
Welchen
Neteran
Elbenstadt
Fenon
Calphos
Ehniport
Adahorn
Draka
Morad
Burg Astorin

Der Magier

Das kleine Mädchen stapfte noch etwas wackelig auf seinen kurzen, speckigen Beinchen durch das Gras. Brigida warf dem Kind einen bunten Ball zu, doch Micas Hände waren zum Fangen noch zu ungeschickt, und so lief die Kleine fröhlich kreischend der schillernden Kugel hinterher und versuchte sie mit ihren dicken Fingerchen zu greifen. Stolz sah Brigida auf ihre Erstgeborene herab, die sich prächtig entwickelte, und dennoch gelang es der jungen Mutter heute nicht, sich ganz auf das Spiel mit ihrem Kind zu konzentrieren. Immer wieder wanderte ihr Blick den saftig bewachsenen Hügel zur Stadt hinunter, so als erwarte sie sehnsüchtig, dass jemand den sonnigen Hang heraufkäme.

Brigida liebte diesen Platz hoch oben auf dem Hügel, mit seinem Ausblick auf das tiefblaue Meer und die weiße Stadt zu ihren Füßen. Unten am Hafen und hinter den schlanken, hoch aufragenden Türmen der Stadt schimmerte das sich im Wind kräuselnde Wasser in Ultramarin, auf der anderen Seite des Hügels, in einer sandigen Bucht, leuchtete es in Türkis, das sich in der Ferne zu sanftem Flieder wandelte, bis es sich am Horizont mit dem blassen Blau des Himmels vereinte.

Unten im Hafen herrschte rege Geschäftigkeit. Ein Dreimaster war aus den Südlanden eingetroffen, und nun schleppten die kräftigen, dunkelhäutigen Männer die Kisten und Ballen der kostbaren Ladung von Bord. Brigida ließ den Blick von den niedrigen Häusern der Hafenvorstadt zu dem weitläufigen Marktplatz und dann bis zu dem prächtigen Kuppelbau schweifen, der sich am Nordrand der Stadt auf einem dicht bebauten Hügel erhob. Der luftige, hohe Bau bildete das Zentrum des magischen Viertels. Die scheinbar schwerelos schwebende Kuppel glänzte golden in der Nachmittagssonne. Die benachbarten Gebäude mit ihren weißen Marmorsäulen beherbergten die Akademie, Bibliotheken, Laboratorien, Wandelhallen und große Säle, in denen Vorlesungen gehalten und oft bis spät in die Nacht disputiert wurde.

Vom Meer her wehte ein sanfter Wind den Hügel herauf und fuhr durch Brigidas blonde Locken. Die junge Frau beschirmte ihre Augen und sah träumerisch auf das Meer hinaus. Waren das nicht weiße Segel dort am Horizont? Brigida kniff die Augen zusammen. Ja, drei, nein, fünf große Schiffe pflügten durch das glatte Wasser und nahmen Kurs auf die Magierstadt Xanomee, die eingebettet in einem grünen Tal zwischen zwei erloschenen Vulkangipfeln lag.

Konnte das die Flotte von Kapitän Svenderlog sein, der aufgebrochen war, weit im Osten Seide und goldenes Geschmeide zu erwerben? Wie mussten sich die Männer freuen, nach Wochen voll harter Arbeit und Entbehrung, nach wilden Stürmen und brennender Hitze nun die wundervolle Stadt am Horizont auftauchen zu sehen. Brigida träumte von den Weiten des blauen Meeres, den braun gebrannten, muskulösen Männern, die im Takt der monotonen Stimmen die Taue anzogen, um die weißen Segel dem Wind preiszugeben, bis er in das Leinen fuhr und es aufblähte. Das Schiff tauchte in die weiße Gischt ein, dass sie in schillernden Schaum zerbarst, die heiseren Schreie der Möwen als Begleiter.

»Da! Da!«, rief Mica, deutete mit ihrem speckigen Finger den Weg hinunter und riss die Mutter aus ihrer Träumerei.

Endlich! Ein untersetzter, grauhaariger Mann in einem wehenden weißen Umhang kam den Hügel herauf. Die ungewohnte Anstrengung hatte ihm Schweißperlen auf die Stirn getrieben und sein Gesicht rot gefärbt. Brigida nahm das Kind in ihre Arme und eilte dem Mann entgegen.

»Vater, sagt mir, was hat der hohe Rat beschlossen?«, rief sie ihm schon von weitem entgegen.

»Lass mich doch erst einmal Atem schöpfen«, stöhnte der Vater, ließ sich ins Gras fallen und tupfte sich mit seinem Taschentuch den Schweiß von Stirn und Schläfen. Mica kletterte fröhlich brabbelnd auf den Schoß ihres Großvaters und kuschelte sich in seine Arme. Inthan lächelte das Mädchen an.

»Bitte, quält mich doch nicht so!«, drängte Brigida und ließ sich neben dem Vater im Gras nieder.

»Gut, gut, du brauchst nicht so besorgt dreinzuschauen. Dein Gatte war großartig, und das Komitee ist von seinen neuen Heiltränken sehr angetan. Er hat seine Prüfung mit Auszeichnung bestanden.«

Brigida hielt die Luft an.

»Und sie haben ihn in den Rat gewählt.«

Die junge Frau seufzte erleichtert. »Sein Traum geht in Erfüllung.«

Inthan nickte. »Ja, er ist das jüngste Mitglied des magischen Rates seit Beginn der Geschichtsschreibung. Ich hatte keine Zweifel, dass es so kommen würde. Teravio ist brillant, schließlich ist er mein Schüler«, fügte er unbescheiden hinzu. »Außerdem wurde ich zum Sprecher des Rates bestimmt«, sagte der Magier und tippte sich an die Brust.

Brigida riss ehrfürchtig die Augen auf. »Dann sind wir nun die wichtigste Familie der Stadt. Wir werden in den prächtigen Säulenbau am Fuß des Hügels ziehen und Gäste aus fernen Ländern bewirten«, sagte sie träumerisch. Plötzlich richtete sie sich kerzengerade auf.

»Ich brauche neue Kleider! Bei einem so wichtigen Vater und Gatten kann ich nicht in diesen altmodischen Gewändern herumlaufen. Teravio muss mir Seide kaufen, sobald die Schiffe in den Hafen eingelaufen sind.«

Der alte Magier schmunzelte. »Ich habe keine Zweifel darüber gehegt, dass du die Goldstücke deines Gatten wohl zu verwenden weißt, doch von welchen Schiffen sprichst du, mein Kind?«

Brigida deutete in die Ferne, wo sich am Horizont nun deutlich fünf Segel abzeichneten. Inthans Blick folgte ihrem Finger. Einige Augenblicke sah er zu den Schiffen hinaus, die mit prall gefüllten Segeln Kurs auf die Magierstadt nahmen. Eine seltsame Erregung erfasste den alten Mann. Er setzte Mica ins Gras, erhob sich und kramte aus seinem Beutel einen wasserklaren, zu einer Linse geschliffenen Edelstein hervor. Als er den Kristall ins Auge klemmte, waren die Schiffe plötzlich zum Greifen nah. Kein Detail blieb ihm verborgen.

Nein, es war nicht Kapitän Svenderlog, der auf dem Flaggschiff neben dem Steuer stand. Es waren überhaupt keine Handelsschiffe, die dort in strenger Formation durch die tiefe See pflügten. Ungläubig ließ Inthan den Blick über bewaffnete Männer in Kettenhemden schweifen, über Katapulte und Kanonen. Statt Seide und Gold schwamm dort eine Armee auf die Stadt zu! Dabei wusste jeder, dass es sinnlos war, Xanomee anzugreifen. Nicht nur Mauern und Türme schirmten die weiße Stadt ab. Die Hochburg der Magie stand noch unter ganz anderem Schutz und war noch nie im Laufe ihrer tausendjährigen Geschichte eingenommen worden.

»Vater, was ist denn?«, drängte Brigida, der der entsetzte Gesichtsausdruck nicht entging, doch der alte Magier antwortete nicht.

Wieder blickte Inthan durch den Kristall und ließ den Blick am Mast des führenden Schiffs hinaufschweifen. Rot und schwarz flatterte das Wappen von Tomord im Fahrtwind. Ein seltsam flaues Gefühl breitete sich in seinem Magen aus. Viele Gerüchte waren ihm schon über den Meister der schwarzen Magie zu Ohren gekommen, und wenn nur die Hälfte davon der Wahrheit entsprach, dann stellte sich der Stadt ein Feind entgegen, der nicht dumm war. Der Magier, der dort zufrieden lächelnd neben dem Steuer stand, war schlau, gerissen und sehr machtgierig. Lange war es her, dass Inthan ihm zum letzten Mal begegnet war. Vor vielen Jahren war er aus der Akademie ausgeschlossen und der Stadt verwiesen worden, und nun, so schien es, kehrte er zurück, um die Schmach, die man ihm angetan hatte, zu rächen.

Inthan beobachtete ihn durch die Linse. Es war ihm, als könne er den Magier von Tomord zufrieden kichern hören. Was in aller Welt hatte er vor? Wie konnte er sich nur einbilden, einen mächtigeren Zauber zu beherrschen als all die Magier der Akademie zusammen? Ratlos schüttelte Inthan den Kopf. Er hörte, wie unten in der Stadt die Sturmglocken zu läuten begannen. Die Tore wurden geschlossen, und Geharnischte eilten auf die Brustwehr.

»O Vater, seht nur, ist das ein Drache?«, rief Brigida plötzlich aus, als sich ein geschmeidiger Körper mit ledernen Schwingen aus der hellen Sonnenscheibe löste.

Der Magier richtete das Augenglas auf das fliegende Wesen. Prächtig glänzte sein goldener Körper im Sonnenlicht. Inthan konnte den riesigen Kopf, die scharfen Klauen, den langen Schwanz und die fast durchscheinenden Flügel sehen. Dahinter tauchten ein silberner Drache und dann ein kupferfarbener auf. Ein tiefer Friede breitete sich in seinem Herzen aus. Es gab keine edleren Wesen in den Ländern um das Thyrinnische Meer als die metallglänzenden Drachen. Gut und weise sorgten sie dafür, dass die Welt nicht aus den Fugen geriet. Niemals würden sie sich für einen nicht gerechtfertigten Angriff missbrauchen lassen. Inthan wollte gerade den Kristall vom Auge nehmen, als sich die Sonne verdüsterte. Erst konnte er nur einige Flecken vor dem gleißenden Gestirn erahnen, doch dann hoben sich die riesigen Echsen deutlich vom blauen Himmel ab. Der Kristall fiel zu Boden.

Auch die junge Frau hatte erkannt, was dort auf die Stadt zuschwebte. Sprachlos vor Entsetzen deutete Brigida in den bis vor wenigen Augenblicken noch so friedlichen Sommerhimmel.

»Vater«, keuchte sie, und ihr Finger zitterte, »sagt mir, dass ich mich täusche!«

Inthan hob die Linse wieder auf, doch inzwischen waren die Echsen auch mit bloßem Auge gut zu erkennen. Rote und silberne, schwarze, kupferne und blaue Drachen schwebten auf die Stadt zu, geführt von dem großen goldenen.

Wie war so etwas möglich? Niemals würde ein goldener Drache an der Seite eines roten fliegen, nie ein blauer Drache dasselbe Ziel verfolgen wie ein kupferner. Sie waren wie der Tag und die Nacht, das Feuer und das Wasser, für immer entzweit in Gut und Böse. Sie konnten nicht miteinander existieren, und doch war es genau das, was Inthans Augen sahen. Sein Herz verkrampfte sich. Hier braute sich etwas zusammen, schrecklicher, als sein Verstand zu begreifen bereit war. Es war ihm, als könne er die unglaubliche Magie über dem Wasser flimmern sehen.

Die Schiffe hatten inzwischen die weitläufige Bucht erreicht, und der Kapitän ließ die Segel reffen. Abwartend lagen sie vor den Kais, über ihnen die Drachenschar. Die Männer auf den Wehranlagen der Stadt und die Kämpfer auf den Schiffen starrten sich gegenseitig schweigend an. Über dem Akademiehügel erschien ein schimmerndes Kraftfeld. Magier eilten mit wehenden Gewändern zu den Stadtmauern. Frauen und Kinder strebten über den großen Platz dem schützenden Hügel zu.

»Vater«, sagte Brigida schwach, »sie werden doch nicht etwa die Stadt angreifen?« Ängstlich drückte sie ihre Tochter an sich. »Sie haben doch keine Chance, nicht wahr? Das Kraftfeld ist viel zu mächtig?«

Wenn all diese Drachen gemeinsam angreifen, dann wird die Stadt heute Abend nicht mehr existieren, dachte der Magier, doch er wagte es nicht, das Unfassbare auszusprechen.

»Ich weiß es nicht«, antwortete er stattdessen. »Nimm Mica und lauf zum Elbentor. Du weißt, wie du das Tor zwischen den Welten benutzen musst. Geht hinüber ins Reich der Elben und wartet dort auf mich.« Er schob sie vor sich her den Pfad hinunter.

»Was ist mit Teravio? Ich gehe nicht ohne meinen Gatten!«

Inthan griff sie hart am Arm. »Du tust jetzt genau das, was ich dir sage! Dies ist kein Spaß!«

Wie zur Bekräftigung seiner Worte löste sich ein Kanonenschuss von dem Dreimaster in der Mitte und klatschte kurz vor der Kaimauer ins Wasser. Die Männer auf der Brustwehr schrien wütend auf und hoben drohend ihre Waffen.

»Ich werde mit Teravio nachkommen, sobald ich kann. Beeile dich!«, fügte er noch hinzu und hob dann wieder den Stein ans Auge.

Er konnte Graf Tomord sehen. Ein zufriedenes Lächeln huschte über seine schmalen Lippen. Er bückte sich und öffnete eine kleine Truhe zu seinen Füßen. Vorsichtig nahm er einen Gegenstand heraus und setzte ihn sich auf das tiefschwarze Haar. Als die Sonnenstrahlen ihn erfassten, blitzte und schimmerte er in allen Farben. Kleine Drachenfiguren wanden sich in einer Krone um sein Haupt.

Inthan blieb keine Zeit, genauer darüber nachzudenken, denn Tomord hob langsam die Arme. Giftgrüner Rauch quoll aus seinen Fingerspitzen und wallte zu seinen Füßen auf. Er öffnete den Mund und formte seltsame Worte. Die

Rauchschwaden begannen sich zu drehen. Sie wirbelten in einer Spirale, verdichteten sich und schossen dann in den Himmel.

»Vernichtet Xanomee!«, schrie Graf Tomord und warf die Arme in die Luft. »Tötet sie alle!«

Auf seinen Befehl hin setzte sich die Drachenstreitmacht in Bewegung. Wie die zuckenden Blitze eines Gewitters kamen die Echsen über die Stadt. Nun schimmerten auch die Stadtmauern in magisch bläulichem Licht, doch das konnte die Drachen nicht aufhalten. Sie schossen herab, sandten Feuer und spien ihren ätzenden Atem aus. Die Kraftfelder knisterten. Blaue Funken sprühten in den Himmel, aber sie konnten den dicken Schuppen der Echsen nichts anhaben. Die Drachen flogen einen Bogen, sammelten sich wieder und brausten dann zum zweiten Mal heran. Graf Tomord hob wieder die Arme und murmelte einen Spruch, und plötzlich brach die magische Barriere um die Stadt herum zusammen. Den Menschen auf den Wehrgängen blieb nicht viel Zeit, sich über den Fall des Schutzwalls zu entsetzen. Die roten Drachen rückten vor. In gleißender Helligkeit fuhren Flammenstrahlen aus den aufgerissenen Rachen der riesenhaften Reptilien und hüllten die Vorstadt in eine Feuerwand. Die Schreie der Sterbenden gingen im Brausen der Höllenglut unter. Dann schossen die schwarzen Drachen vor, und was den Flammen entgangen war, wurde Opfer der ätzenden Säure, die todbringend und alles vernichtend auf die Stadt herabregnete. Inthan stöhnte voll Entsetzen auf. Brigida schrie. Der Magier fuhr herum und starrte seine Tochter an, die immer noch wie angewurzelt dastand. Tränen rannen über ihr Gesicht.

»Lauf!«, brüllte er. »Lauf!«

Endlich reagierte sie. Das Kind fest an sich gedrückt, taumelte sie den Pfad entlang, während hinter ihr die weiße Stadt in Schutt und Asche versank.

In heller Panik rannten die Menschen auf den schützenden Hügel zu. Noch hielt die Energiekuppel. Die Drachen konzentrierten ihre Angriffe auf die Vorstädte. Ganze Stadtteile standen schon in Flammen, obwohl erst wenige Minuten seit dem ersten Angriff vergangen waren. Überall lagen Tote und Verletzte, schwarze, gekrümmte Körper, von den Trümmern erschlagen, von der scharfen Säure zerfressen. Kein Albtraum konnte so schrecklich sein wie diese Wirklichkeit.

Inthan warf noch einen Blick auf seine Tochter, vielleicht der letzte, der ihm in seinem Leben noch vergönnt war, dann eilte er in die Stadt hinunter, um Teravio zu suchen und zu retten, falls es noch etwas zu retten gab.

Brigida warf noch einmal einen Blick zurück zu der Stadt, die so lange ihre Heimat gewesen war, doch der dichte Qualm, der nun in den Himmel stieg, verwehrte ihr die Sicht. Die junge Frau eilte weiter. Das Kind in ihren Armen schrie und wehrte sich, doch Brigida umklammerte Mica, so fest sie konnte.

Schon von weitem sah sie das Portal am Fuß des aufragenden Vulkankegels. Mit schmerzenden Lungen folgte sie dem schmalen Tal und stieg dann die glatten Stufen zum Eingang der Höhle hinauf. Keuchend blieb sie oben stehen. Ihre Arme fühlten sich bleischwer an, und so ließ sie Mica erschöpft zu Boden sinken. Ihre Gedanken waren bei ihrem

Vater und dem Gatten, die dort draußen mitten in der Hölle waren.

»Komm, Liebes«, sagte sie leise und nahm das Mädchen bei der Hand. Es folgte der Mutter in die magisch schimmernde Höhle, bis sie an einen grünen See kamen. Das Wasser lag zu ihren Füßen, glatt und glänzend wie ein Spiegel. Stufen führten hinab in die Tiefe. Brigida war mit dem Vater schon einige Male durch die Tore zu den anderen Welten gereist. So stieg sie ohne zu zögern die Treppe hinab, bis das grüne Wasser sie verschlang. Schwebend wie in einem Traum schritt sie einen Gang entlang, bis sie eine achteckige Höhle erreichte. In der Mitte des Bodens war eine klare Kristallplatte eingelassen, die abwechselnd in den verschiedenen Farben des Regenbogens schimmerte. Brigida nahm Mica auf den Arm und trat auf die gläserne Platte. Die Höhle um sie herum verschwamm, flimmernde Nebel hüllten sie ein, ihre Gedanken verlangsamten sich, bis sie völlig erstarrten, ihr Körper hörte auf zu existieren. Sie war nur noch ein Hauch, ein Gedanke in der Unendlichkeit des Universums. Dann, plötzlich wurde es um sie herum wieder klar. Benommen und noch etwas verwirrt trat Brigida mit dem Kind in die große, säulengestützte Halle, wo sie von einem grauhaarigen Elb in langen, weißen Gewändern freundlich begrüßt wurde. Brigida und ihre Tochter waren in Sicherheit.

Beißender Rauch empfing Inthan, als er die Stadt durch eine schmale Geheimtür in der Ostmauer nahe des immer noch schillernden Kraftfeldes betrat. Unweit von ihm schlugen Flammen aus mehreren Gebäuden. In der Ferne waren panische Schreie zu hören, doch hier schien das lodernde Feuer das einzig Lebendige zu sein. Unwillkürlich duckte sich der alte Magier, als ein schwarzer Drache über die Gasse hinwegfegte, doch die Echse hatte ihn nicht gesehen. Dennoch zauberte er sich eine Schutzhülle gegen die Säure der Drachen und die immer unerträglicher werdende Hitze, die ihn umgab. Der dichte schwarze Qualm nahm ihm die Sicht und reizte seine Lungen.

Mit tränenden Augen machte er sich zur Akademie auf, um Teravio zu suchen. Er musste ihn dort herausholen, bevor der Schild zusammenbrach. Vielleicht konnte er mit den anderen Magiern zusammen einen beweglichen Schirm erzeugen, unter dem die Menschen in die Berge zum Elbentor flüchten konnten.

Mit lautem Getöse krachte ein Lagerhaus in sich zusammen. Brennende Balken flogen durch die Luft, und die Funken wirbelten in den grauen Himmel. Eine schwere Säule stürzte auf Inthan herab und prallte heftig gegen seine Schutzhülle. Sie hielt zwar das Schlimmste von ihm ab, doch die Wucht war so groß, dass er zu Boden geschleudert wurde und der Länge nach auf einen verkohlten Balken fiel. Mühsam rappelte er sich auf. Nein, er hatte sich nichts gebrochen. Er wollte sich gerade erheben, als sein Blick an dem verkohlten Etwas hängen blieb, auf das er gefallen war. Die glänzende Ascheschicht zeichnete die Konturen eines Gesichts mit stumpfen, blicklosen Augen nach. Sein Herz krampfte sich zusammen. Er konnte nicht einmal sagen, ob es ein Mann oder eine Frau gewesen war. Voll Entsetzen richtete er sich auf und eilte weiter. Inthan musste immer wieder über die Trümmer zusammengestürzter Häuser hinwegsteigen. Ab und zu tauchte einer der Drachen zwischen den Rauchschwaden auf und verschwand dann wieder, um an einer anderen Stelle noch mehr Leid und Zerstörung zu bringen.

Inthan erreichte unbeschadet den großen Platz, der die Wohnhäuser vom Hügel der Magie trennte, blieb jedoch zögernd im Schutz der Trümmer stehen. Nur noch vereinzelt versuchten sich die meist schwer verletzten Menschen in den Schutz der Kuppel zu retten, doch sobald sie den freien Platz betraten, schoss eine der Echsen aus den Rauchschwaden hervor und ließ Säure, heißen Dampf oder Feuer herabregnen. Voll Grauen sah der Magier, dass der einst so prächtige Platz von Toten und Sterbenden bedeckt war.

Inthan nahm all seine Kraft zusammen und konzentrierte sie auf seine Schutzhülle. Noch einmal holte er tief Luft, dann eilte er los. Der Platz schien ihm heute so riesig. Er keuchte, und seine Beine waren schwer wie Blei.

In meinem Alter sollte man nicht um sein Leben laufen müssen, dachte er bitter.

Schon bevor er sich umdrehte, spürte er, dass der Drache ihn entdeckt hatte. Der Magier blieb stehen, um sich zu konzentrieren, und schon traf ein Strahl kochenden Dampfs seine Schutzhülle, prallte an ihr ab und hüllte ihn in eine weiße Wolke. Der Magier wandte sich um. Ein Windstoß verwehte den Dampf, und da traf sein Blick den der riesenhaften goldenen Echse. Die Augen des Drachen waren stumpf und ohne Regung starr auf sein Opfer gerichtet.

»Mächtigstes aller magischen Wesen, was ist nur in Euch gefahren?«, schrie Inthan gegen das Tosen an.

Der Drache beachtete ihn nicht, flog eine elegante Schleife und näherte sich dann erneut im Sturzflug. Der Magier warf sich zu Boden, und trotz seiner Schutzhülle fühlte er die brennende Kraft der Zerstörung auf seiner Haut. Schnell erhob er sich wieder und eilte weiter. Da lag plötzlich eine Frau mit ihrem Kind in den Armen zu seinen Füßen. Inthan bückte sich zu ihr herab. Sie war tot, doch das Kind schien kaum verletzt. Der Magier hob den Knaben in seine Arme und hastete weiter. Gerade als der Drache zu seinem dritten Angriff herabgerauscht kam, erreichte Inthan die schützende Kuppel und drückte das Kind einer Priesterin in die Arme.

In der Akademie und den Versammlungssälen herrschte ein heilloses Chaos. Alle liefen und schrien durcheinander. Überall lagen Verletzte auf dem Boden, Kinder weinten, Verwundete stöhnten. Die Priester mühten sich nach allen Kräften, Linderung zu verschaffen und Wunden zu heilen. Einige Mitglieder des magischen Rates hatten sich unter der großen Kuppel versammelt und mühten sich, das Kraftfeld zu stabilisieren, andere versuchten durch starke Energieblitze die Angreifer vom Himmel zu holen. Eine rote Echse stürzte ab und schlug sterbend in den Trümmern auf, in denen schon zwei verendete schwarze Drachen lagen.

Inthan eilte in den Kuppelsaal und besprach hastig seinen Plan, die Menschen sicher in die Berge zu bringen, doch die anderen Magier lehnten ab. Sollten sie hier alles ungeschützt zurücklassen? Die wertvolle Bibliothek, die Kammern voller seltener Zaubertränke, die Keller mit den aus aller Welt gesammelten Zutaten? Sie konnten die Seele ihrer Stadt doch nicht dem Feueratem der Drachen preisgeben!

Kopfschüttelnd wandte sich Inthan ab, um Teravio zu suchen. Er lief durch die Gänge, doch keiner schien den jungen Magier gesehen zu haben. Endlich fand er einen Schüler, der ihm Auskunft geben konnte.

»Teravio ist nach Hause gelaufen, um seine Heiltränke zu holen«, rief der Junge und rannte dann weiter, um seinem Meister eine Phiole zu bringen, nach der dieser verlangt hatte.

Der alte Magier unterdrückte einen Fluch und machte sich eiligst auf den Weg. Hoffentlich war ihm nichts passiert. Das Familienanwesen der Sonterones, in dem Teravio mit seiner jungen Frau und Mica lebte, lag außerhalb des schützenden Energiefeldes, drüben am Ufer des träge dahinfließenden Flusses. Keuchend überquerte Inthan den Platz ein zweites Mal und eilte dann die eichengesäumte Allee entlang, die zum Wohnviertel der wohlhabenden Magier führte. Von den einst prächtigen Bäumen standen nur noch rauchende Stümpfe. Die meisten der üppigen Villen brannten lichterloh. Schon von weitem sah Inthan, dass auch aus dem Haus der Sonterones Flammen schlugen. Die Angst griff kalt nach seinem Herzen. Er liebte den Schüler und Gatten seiner Tochter wie einen eigenen Sohn. Entschlossen stürzte sich der alte Magier in das Flammenmeer und versuchte den erstickenden Rauch in seiner Lunge zu ignorieren, doch schon bald merkte er, wie seine Konzentration nachließ. Schweiß tropfte von seiner Stirn, sein Umhang begann zu qualmen.

»Teravio, wo bist du? Antworte mir!«, schrie er gegen

das Brausen des Feuers an, doch ein Hustenanfall raubte ihm die Worte. Noch einmal versuchte er seinen Schutzschild gegen Feuer und Hitze und auch gegen den Qualm zu verstärken.

Inthan durchquerte die Halle, doch die große Treppe war von den Flammen bereits ausgezehrt und musste jeden Moment zusammenbrechen. Keinen Moment zu spät kehrte er um. Hinter ihm krachte ein Teil der Hallendecke herunter, die Treppe sackte mit einem Seufzer in sich zusammen. Inthan lief um das Gebäude herum. In der Küche fand er die Leichen der Köchin und zweier Diener, die am beißenden Qualm erstickt waren, bevor sie die Tür hatten erreichen können. Der alte Magier eilte die steinerne Hintertreppe hinauf, stieg über brennende Balken hinweg, tastete sich die Flure entlang und öffnete alle Türen, doch er konnte den jungen Mann nirgends entdecken.

Vielleicht war Teravio bereits zur Akademie zurückgekehrt, und er hatte ihn auf seinem Rückweg verpasst.

Fast wäre er über die am Boden zusammengekrümmte Gestalt gestolpert. Teravio war nicht in der Akademie! Der junge Magier lag dort und stöhnte vor Schmerz. Sein Rücken und die linke Seite waren verbrannt, die Kleider verkohlt, von seinem langen schwarzen Haar waren nur ein paar Strähnen geblieben. Inthan fiel auf die Knie und drückte den jungen Mann an sich.

»Teravio, du darfst nicht sterben, deine Frau und deine Tochter brauchen dich! Halte durch! Ich bringe dich zum Elbentor. Dort können sie dich heilen.«

Verzweifelt ließ der alte Magier seinen Blick über die schweren Verletzungen wandern. Teravio brauchte dringend einen seiner Heiltränke, um so lange durchhalten zu können. Suchend tastete er die rauchenden Lumpen ab, die einst ein teures Gewand gewesen waren. Nichts. Schnell erhob sich der Magier. Er musste sich zur Experimentierkammer durchschlagen. Dort waren sicher noch einige Phiolen mit dem neuen Trank. Seinen Ärmel auf Mund und Nase gepresst, folgte er dem Gang weiter, doch schon nach wenigen Schritten musste er aufgeben. Die Kammer stand in Flammen, und mit dem Klang von splitterndem Glas verdampften die magischen Schätze. Inthan kehrte um, beugte sich zu dem Verletzten herab und zog ihn hoch. Er war bei Bewusstsein und starrte seinen Schwiegervater an.

»Mica?«, krächzte er. »Brigida?«

»Sie sind in Sicherheit und warten im Elbenreich auf dich«, beruhigte ihn Inthan.

Langsam schüttelte Teravio den Kopf. »Es ist zu spät. Sagt ihnen, ich liebe sie.«

Obwohl der alte Magier wusste, dass er Recht hatte, verdrängte er diesen schmerzenden Gedanken.

»Nein!«, fauchte er. »Du wirst leben! Ich bringe dich zur Akademie. Dort sind genug Priester, um dich zu heilen.«

Er schob seine Arme unter den Achseln des Verletzten hindurch, verschränkte seine Hände vor dessen Brust und schleppte ihn auf die Treppe zu. Teravio schrie auf und versank dann in tiefe Ohnmacht.

»O ihr Götter«, stöhnte Inthan, als er die Hintertreppe erreichte, »gebt mir Kraft.« Er bückte sich herab und zog den Bewusstlosen über seine Schulter. Es war ihm, als müsse sein Rückgrat brechen, doch langsam richtete er sich ein Stück auf und tastete sich dann die erste Stufe hinunter. Da schoss plötzlich ein pelziger Schatten aus einer Nische und strich dem Magier maunzend um die Füße. Fast wäre Inthan mit seiner schweren Last gestrauchelt, doch er lehnte sich schwer atmend an die Wand und klammerte sich mit einer Hand an dem Sims der Nische fest.

»Cleo, du Biest, hast du mich erschreckt. Komm schnell mit hinaus. Das Haus kann jeden Moment einstürzen. Ihr Katzen sollt ja neun Leben haben, doch solltest du dich nicht darauf verlassen.«

Ächzend setzte er seinen Weg fort. Stufe für Stufe, Schritt für Schritt trug er Teravio aus der Flammenhölle. Die Katze folgte ihm miauend. Endlich hatte der Magier den Hof erreicht, und nun wankte er die rauchende Allee entlang auf den großen Platz zu. Wie sollte er unter dieser Anstrengung seinen Schutzschild aufrechterhalten, fragte er sich bang. Als er aus dem Schatten der letzten rauchenden Ruine trat, blieb er schwer atmend stehen. Teravio rutschte von seiner Schulter und schlug hart auf dem Boden auf. Inthan sank auf die Knie und drückte ihn an seine Brust, doch sein Blick war auf den magischen Hügel gerichtet.

Es war eine seltsame Stille eingekehrt, die nur vom Knistern der Flammen durchbrochen wurde. Die Drachen hatten sich alle um die magische Kuppel versammelt und schwebten in einem großen Kreis über dem Hügel der Magie. Plötzlich schossen sie gemeinsam herab, und ihr Atem vereinigte sich zu einem tödlichen Sturm. Er brauste über das Kraftfeld hinweg. Weißblaue Funken sprühten auf. Die Drachen schwebten in einer langen Schleife um den Hügel und griffen dann wieder gemeinsam an. Einige Augenblicke hielt das Kraftfeld der vereinten Feuerkraft noch stand und versprühte seine Funken, doch dann brach es lautlos in sich zusammen.

Inthan verbarg das Gesicht in Teravios verbranntem Gewand. Er wollte nicht sehen, wie die Drachen über die bis vor wenigen Augenblicken noch so strahlende Domäne der Magie herfielen. Die Bibliothek ging in Flammen auf, die goldene Kuppel stürzte geschwärzt in sich zusammen. Unbarmherzig machten sich die Echsen über jedes Lebewesen her, das versuchte, dem Inferno zu entkommen. Inthan saß in der herabrieselnden Asche und weinte um all die verlorenen Seelen und um Teravio, den Schüler und Gemahl seiner Tochter, der, ohne noch einmal zu erwachen, in seinen Armen gestorben war.

Es war so unbegreiflich, dass dem Mann, der seine ganze Jugend in die Erforschung von Heiltränken gesteckt hatte, nun in seiner Todesstunde keiner helfen konnte. Doch war nicht der ganze Überfall unbegreiflich? War er vielleicht nur einer jener bösen Träume, aus denen man schweißgebadet erwacht? Die Katze strich klagend um Inthans Beine.

Da entdeckte ein junger schwarzer Drache den Magier, kreischte angriffslustig auf und löste sich aus der Formation. Der Schrei riss Inthan aus seiner Lähmung. Er ließ den leblosen Körper zu Boden gleiten, drückte ihm noch einen Abschiedskuss auf die Stirn und richtete sich dann schnell auf, um den herabstürzenden Drachen mit einer Salve blauer Blitze zu empfangen. Das riesenhafte Reptil brüllte vor Wut und Schmerz und stob davon. Mit Bedauern ließ Inthan den Toten zurück, doch er hatte nicht die Kraft, ihn in die Berge zu tragen. So hob er die Katze auf und lief los.

Der verletzte Drache drehte um und folgte ihm. Immer wieder musste sich der Magier unter seinen wütenden Angriffen hinwegducken. Die Säure brannte schmerzhaft auf seinem Rücken, als sein Schutzschild immer dünner wurde. Ab und zu blieb er stehen und schoss eine Salve gefiederter Pfeile ab, doch lange konnte er den Drachen damit nicht von sich fern halten. Selbst als der Magier die Stadt hinter sich gelassen hatte, blieb das Untier ihm auf den Fersen. Inthan schleppte sich weiter. Er wehrte sich nicht mehr und drehte sich auch nicht mehr um, wenn er das zornige Fauchen hinter sich vernahm. Er setzte einen Schritt vor den anderen und murmelte unablässig seine Beschwörungsformel.

Er spürte, wie sich unter seiner Haut schmerzhafte Blasen bildeten, sein Blick aber war starr auf das Felsenportal gerichtet. Er würde das Tor erreichen, das ihn in die rettende Elbenwelt bringen würde, dort wo Brigida auf ihn wartete, um die Wunden seines Körpers und seiner Seele zu pflegen und seine Qualen zu lindern.

Endlich, einer Ohnmacht nahe, taumelte er die Stufen hinauf und ließ die schwarze Echse zurück. Wohltuende Kühle und sanftes Dämmerlicht umfingen ihn. Wie in Trance stieg er in den See hinunter und folgte dann dem Gewölbe, das ihn zur Kristallplatte brachte. Heute hatte er keinen Blick für die vielen Gänge und prächtigen Gemächer, die zu beiden Seiten vom Hauptweg abzweigten. Die eine Hand suchend nach vorn gestreckt, mit der anderen die Katze an sich gepresst, wankte er auf die Plattform zu. Seine Tochter rief ihn, er konnte ihre Stimme hören.

Nur noch ein paar Schritte. Alles um ihn herum begann

sich zu drehen. Seine Beine versagten ihm ihren Dienst, und der alte Magier brach bewusstlos zusammen.

Stöhnend rieb sich Inthan den Kopf und sah sich verblüfft um. Warum lag er hier auf dem felsigen Boden und nicht daheim in seinem Bett? Warum litt er solche Schmerzen? Als sein Blick über die Kristallplatte glitt, fiel ihm alles wieder ein: Xanomee war vernichtet worden! Ein Paar grüner Augen musterte ihn. Erwartungsvoll saß die graue Katze neben der magischen Steinplatte. Mühsam erhob sich der alte Magier und nahm das Tier in seinen Arm.

»Komm, meine Freundin, wir gehen zu den Elben. Dort können wir zusammen unsere Wunden lecken.«

Die Katze begann zu schnurren, als Inthan auf die Platte trat. Das Licht flackerte seltsam, und erst jetzt bemerkte der Magier den Riss, der quer durch den Kristall lief, doch er war zu erschöpft, um sich weiter Gedanken darüber zu machen. Inthan stellte sich in die Mitte der pulsierenden Platte und fühlte die vertrauten Nebel um sich herum aufsteigen. Bald würde er seinen Körper nicht mehr spüren, sein Geist würde dahingleiten, um sich auf der anderen Seite des Tores wieder mit seinem Körper zu vereinen.

Irgendetwas stimmte nicht. Die Nebel wallten auf, doch die Lichter und Farben zuckten unruhig, und plötzlich merkte Inthan, dass er sich wieder im magischen Wasser des grünen Sees befand. Verwirrt trat er aus der Grotte in die Höhle und folgte dem Gang bis zu der Halle mit der Kristallplatte. Er betrat den Stein erneut, aber auch dieses Mal fand er sich im Wasser des Sees wieder. Nach mehreren Versuchen gab er es auf. Traurig stieg er in den See, um den Rückweg in seine zerstörte Welt anzutreten.

Er schritt durch das klare Wasser, das grün über seinem Kopf schimmerte, auf die Treppe zu. Plötzlich wurde sein Körper leicht. Er fühlte sich schwerelos. Unter seinen Füßen begann es zu flimmern, Nebel wallten auf, und als er hinabsah, merkte er, dass er auf dem gesprungenen Kristall stand. Jetzt packte ihn die Furcht. Er rannte zum See und stürzte sich hinein, doch auch dieses Mal konnte er die Treppe nicht erreichen und fand sich stattdessen auf der gläsernen Platte wieder.

Das Tor war beschädigt. Zu groß waren die magischen Kräfte gewesen, die dort draußen über Xanomee getobt hatten. Das empfindliche Gebilde, das den Weg über die Astralebene zu einer anderen Welt gestattet hatte, war zerstört und hielt nun Inthan, den großen Magier, zwischen den Welten gefangen. Ein Felsenlabyrinth und ein paar Gemächer zwischen zwei magischen Schranken, die er nicht überwinden konnte, ohne Hoffnung auf Befreiung, war alles, was ihm blieb. Verzweifelt sank er auf den Boden und drückte die Katze an sich. Tränen standen in seinen Augen, als er flüsternd von allem Abschied nahm, was er einmal geliebt hatte und was er nun niemals wieder sehen würde. Dann lehnte er sich an die Höhlenwand und wartete auf seinen Tod.

1
Graf Gerald von Theron

Lamina stand an die steinerne Brüstung gelehnt und beobachtete ihren Gatten, der langsam über den Hof schritt. Der Wind fiel kalt von den Silberbergen herab, deren schroffe Klippen sich im Westen der Burg erhoben. Fröstelnd zog die junge Frau ihren Umhang enger um sich und bedeckte das tiefe, perlengeschmückte Dekolleté. Unter dem samtblauen Mantel bauschte sich ihr seidiges Kleid, das in der Farbe reifer Aprikosen ihre schlanke Gestalt umschmeichelte. Ihr kupferrotes Haar hatte sie sich von ihrer Zofe zu einer kunstvollen Frisur aufstecken lassen. Das Flammenlicht der Fackeln zu beiden Seiten des Tores ließ die Facetten kleiner Edelsteine in ihrem Haar aufblitzen.

Gerald von Theron kam langsam näher und blieb dann stehen, so als wisse er plötzlich nicht mehr, wohin er hatte gehen wollen. Lamina seufzte leise. Es schmerzte sie, ihn anzusehen, wie er, verloren wie ein kleines Kind, mitten im Burghof stand, die Stirn gerunzelt, die Lippen fest zusammengepresst, und doch konnte sie ihren Blick nicht abwenden.

War das der Mann, der im Sturm ihr Herz erobert, den sie gegen den erbitterten Widerstand ihres Vaters geheiratet hatte? Mit dem sie Tage und Nächte im Rausch des überschäumenden Glücks verbracht hatte? Der starke, männliche junge Graf von Theron, dessen Lächeln sie schmelzen und dessen klingende Stimme sie vor Verlangen erschaudern ließ, der seine Ländereien und seine Bauern mit ruhiger sicherer Hand führte, vor keinem Kampf zurückschreckte und eine geschickte Klinge führte.

Das war früher gewesen, bevor sich Gerald auf so rätselhafte Weise vollkommen verändert hatte.

Mit unsicherem Schritt nahm der Graf seinen Weg wieder auf und kam auf die weit geschwungene Freitreppe zu. Lamina raffte ihren Rock und eilte ihm entgegen.

»Liebster, wo bist du gewesen? Ich habe über eine Stunde bei Tisch auf dich gewartet.« Ein leichter Vorwurf schwang in ihrer Stimme.

»Oh.« Der Graf blinzelte und lächelte sie dann unsicher an. »Ich wusste nicht, dass es schon so spät ist. Meine Liebe, ich bin untröstlich, dass ich dich warten ließ.«

»Aber Clem hat dich in deinem Gemach aufgesucht und dir gemeldet, dass das Mahl bereitet ist!«, begehrte sie auf und spürte den Unmut in ihrem Herzen brodeln.

»Ja? Ich kann mich nicht daran erinnern«, erwiderte der Graf und bot ihr den Arm. »Wir sollten hineingehen. Es ist viel zu kalt für dich hier draußen«, sagte er, doch es war eher die fehlende Wärme in seiner Stimme, die Lamina frösteln ließ. Schweigend schritten sie die Treppe hinauf und traten in die große Halle. Gerald von Theron führte seine Gattin in den Speisesaal, der von einem großen Kaminfeuer erwärmt und von einem Dutzend Kerzen erhellt wurde. Der Tisch aus glänzend poliertem Wurzelholz war reich gedeckt, doch nur einer der beiden Teller war unbenutzt. Ein Diener begann den Teller des Grafen mit den längst kalten Speisen zu füllen. Gerald von Theron blieb stehen.

»Wie ich sehe, hast du schon gespeist, meine Liebe, dann

will ich dich nicht aufhalten und bitten, mir Gesellschaft zu leisten. Du musst müde sein. Clem soll dir deine Zofe schicken.«

Er küsste sie leicht auf die Stirn und wandte sich dann ab, um ein kaltes Brathuhn zu verspeisen. Lamina blieb verdattert stehen und starrte auf seinen Rücken, doch er schien seine Gemahlin bereits vergessen zu haben.

Die Gräfin trat zu ihrem Gatten und legte ihm die Hand auf den Arm. Gerald von Theron ließ das Hühnerbein, das er gerade zum Mund führen wollte, sinken.

»Kommst du später noch in mein Gemach?« Ihre Stimme nahm einen schmeichelnden Klang an. »Wie viel gemütlicher sind diese kühlen Nächte, wenn man sie in weichen, warmen Armen zubringen kann.«

Gerald von Theron sah sie nicht an. »Sicher, meine Liebe, sicher«, sagte er teilnahmslos und biss ein Stück des kalten weißen Fleischs ab. Lamina drehte sich um und eilte hinaus. Er sollte ihre Tränen nicht sehen.

Wahrscheinlich würde er meine Tränen nicht einmal bemerken, wenn ich mit rot geweinten Augen direkt vor ihm stünde, dachte sie bitter, als sie mit gerafften Röcken die Treppe hochstieg und dann dem nur spärlich erleuchteten Gang in den Westflügel folgte.

Sie ließ sich von Veronique entkleiden und schlüpfte dann in ein langes, seidig schimmerndes Nachtgewand. Nachdenklich betrachtete sie ihr Spiegelbild, während das Mädchen ihr das lange rote Haar auskämmte. Große, fast schwarze Augen, von langen Wimpern gerahmt, sahen ihr entgegen, aus einem blassen, schmalen Gesicht mit vollen roten Lippen.

Es ist meine Schuld, dass ich ihn verloren habe, dachte sie, und wieder stiegen Tränen in ihr auf. Erst Cervin und dann Gerald. Ach, wäre das alles nur nicht passiert. Doch niemand konnte die Zeit zurückdrehen, niemand die Toten wieder lebendig machen, nicht einmal die großen Magier. Und niemand konnte eine verlorene Liebe zurückbringen.

Lange lag sie wach in ihrem Bett und lauschte den verklingenden Lauten der Burg, doch keine Schritte näherten sich ihrem Gemach. Kein Gatte kam, um das Lager mit ihr zu teilen. Der Mond stieg hoch und sank wieder herab. Seine silbernen Strahlen streichelten ihre Wangen, als Lamina plötzlich hochschreckte. War es ein Geräusch oder eine böse Ahnung, die ihre Nackenhaare sich sträuben ließen? Ohne darüber nachzudenken, sprang die junge Frau aus ihrem Bett und streifte sich ihren Umhang über. Barfuß trat sie ans Fenster und schob die Vorhänge beiseite. Der Mond tauchte den Burghof in sein fahles Licht und enthüllte zwei gedrungene Gestalten, die an der Mauer entlang zum Wirtschaftsgebäude hinüberhuschten. Dort trat ihnen eine schlanke, schwarzhaarige Frau entgegen. Lamina konnte die Schneide einer Kriegsaxt aufblitzen sehen. Die Frau sprach einige Augenblicke mit den beiden, dann öffnete sie die Tür, die zu den Kellergewölben hinunterführte. Die beiden Gestalten verschwanden in der Schwärze der Öffnung, dann schloss die Frau die Tür hinter ihnen wieder. Sie sah sich aufmerksam im Hof um. Ihr Blick wanderte die Mauern hinauf und blieb an einem offenen Fenster im Westflügel hängen. Die junge Gräfin trat unwillkürlich einen Schritt zurück. Mykina konnte sie unmöglich gesehen haben, beruhigte sie sich, und doch fühlte sie sich von einem scharfen Blick durchbohrt. Wie schon so oft fragte sie sich, ob die unheimliche Frau wirklich das war, was sie zu sein vorgab: eine Schülerin der Magie, die bei Graf Therons Hofmagier Lahryn dienen und lernen wollte.

Was geht hier vor sich?, fragte sich Lamina beunruhigt. Sie zögerte einen Moment, doch dann eilte sie aus ihrem Zimmer, folgte dem düsteren Gang und klopfte an die Tür von Geralds Gemach. Nichts rührte sich. Sie klopfte noch einmal und trat dann ein. Lamina durchquerte den Vorraum und trat ins Schlafgemach ihres Gatten. Nichts deutete darauf hin, dass er es in dieser Nacht schon einmal betreten hatte. Sein Bett war unberührt, das Nachtgewand lag sauber gefaltet auf dem Kopfkissen. Lamina erstarrte. Sie spürte, wie die Angst nach ihr griff. Hatte sie, als Gerald von seiner langen Reise endlich zurückkehrte, noch gedacht, die schlimmste Zeit wäre vorüber, so fühlte sie plötzlich, dass die Stürme des vergangenen Jahres erst die Vorhut gewesen waren. Ein düsterer Schatten legte sich über die Burg, kroch in alle Ritzen und Herzen, doch sie konnte dem Schrecken keinen Namen geben, konnte das Böse um sich herum nicht greifen.

Ein Geräusch hinter ihr ließ sie herumfahren. In Reithosen und Stiefeln, den Mantel noch über der Schulter, stand der Graf im Schlafzimmer und betrachtete Lamina stirnrunzelnd.

»Warum bist du nicht in deinem Bett? Du solltest zu dieser Zeit schlafen«, sagte er barsch.

Da brach es aus ihr heraus. Was sie wochenlang mühsam in sich vergraben hatte, flutete in einem Strom hervor und ergoss sich über den Grafen.

»Sag mir, warum habe ich deine Liebe verloren? Gibst du mir die Schuld? Auch ich trauere um unseren Sohn, mehr als du dir vorstellen kannst! Musst du mich auch noch mit deiner Verachtung strafen?«

Etwas wie Erstaunen huschte über die Züge des Grafen. Zögernd legte er die Arme um sie und zog Lamina an seine Brust. Behutsam streichelte er ihren Rücken. »Niemand gibt dir die Schuld an einem tragischen Unfall. Gräme dich doch nicht so sehr.«

Mit tränennassem Blick sah sie zu ihm hoch.

»Was dann hat mir deine Liebe geraubt? Was ist in diesem Jahr geschehen, als du in der Ferne weiltest? Sag es mir, denn ich kann mit deiner Gleichgültigkeit nicht mehr weiterleben. Es ist, als habe ich für dich nie existiert.«

Die Lippen ihres Mannes zuckten, und er schwieg lange, ehe er antwortete.

»Es ist nicht deine Schuld«, sagte er noch einmal. »In dieser Welt geschehen Dinge, die größer sind als unser Verstand. Sie nehmen keine Rücksicht auf einen armseligen Menschen und seine kleinen Gefühle. Ich kann es dir nicht erklären. Ich kann nur hoffen, dass du mir irgendwann vergibst.«

Sie sah fragend zu ihm hoch, und plötzlich flackerte wieder der vertraute Glanz in seinen Augen auf. Er beugte sich herab und küsste sie auf den Mund, erst zögernd und dann immer stürmischer. Der Mantel fiel zu Boden, das Nachtgewand folgte. In heißer Leidenschaft eng umschlungen, fielen sie in die weichen Kissen. Lamina vergaß ihre Angst, vergaß die Einsamkeit und die Leere der vergangenen Monate, und als sie in einen seligen Traum hinüberglitt, war sie sich sicher, dass nun das Glück zu ihr zurückkehren würde.

Als die junge Gräfin am späten Morgen erwachte, war Gerald verschwunden. Sie suchte ihn in der ganzen Burg, sie fragte alle Bediensteten, doch niemand hatte den Grafen gesehen. Was die ersten Stunden Erstaunen war, wurde am Abend Besorgnis und in der folgenden Nacht kalte Angst. Die Tage vergingen, doch Gerald von Theron blieb verschwunden. Eine Woche wachte und wartete Lamina vergeblich, dann packte sie zwei Bündel, ließ die Pferde für sich, ihre Zofe und einen der Wächter satteln und reiste nach Fenon, um sich Rat beim alten Advokaten des Grafen zu holen.

2
Die Abenteurer

Thunin warf der Elbe wieder einmal finstere Blicke zu, doch Ibis schien dies nicht zu bemerken. Leicht federnd und mit hoch erhobenem Haupt schritt die zierlich gebaute Elbe der Gruppe voran. Sie hatte langes, grünlich schimmerndes Haar, spitze Ohren und große, dunkelgrüne Augen, die sehr unschuldig dreinblicken konnten. Brummend stapfte der Zwerg hinter ihr her.

»Kein Respekt vor dem Alter«, maulte er. »Dieses unverschämte Spitzohr!«

Thunin zankte so oft mit der Elbe, dass keiner der Gefährten die Streitereien mehr ernst nahm. Vlaros legte dem stämmigen Zwerg, der ihm kaum bis zur Brust reichte, beschwichtigend die Hand auf die Schulter.

»Nimm ihre Sticheleien doch nicht so ernst. Sie ist noch ein halbes Kind und hat, soweit ich es weiß, keine gute Erziehung genossen.«

Thunin schnaubte nur durch die Nase. »Du hast ja Recht«, seufzte er und pickte sich ein paar alte Krümel aus seinem Bart, der ihm in einer braunen Krause bis auf die Brust hing. Das lange Haupthaar, in dem sich die ersten Silberfäden zeigten, hatte er sich zu zwei Zöpfen geflochten. Das dunkelbraune Haar des jungen Magiers dagegen war sauber gestutzt, Kinn und Wangen frisch rasiert. Vlaros trat einen Schritt zur Seite. Er fürchtete, der Zwerg könne sein weißes Gewand beschmutzen. Das ungepflegte

Haardickicht war ihm ein wenig unheimlich, denn es sah aus, als würde sich das Ungeziefer förmlich darum reißen, darin seine Wohnstatt einzurichten. Wie um diese Vermutung zu bestätigen, kratzte sich Thunin ausgiebig am Kinn.

Mit etwas Abstand folgten ihnen Rolana und Cay. Rolana war eine junge, schlanke Frau von vierundzwanzig Jahren, mit üppigen schwarzen Locken und lebhaften, dunkelbraunen Augen. Die lange Reise hatte ihre vornehme Blässe in eine gesunde Sonnenbräune verwandelt. Zum ersten Mal seit vielen Jahren hatte sie die Klostermauern hinter sich gelassen, die seit ihrer Jugend ihre Heimat waren. Rolana hatte ihr Leben dem Mondgott Soma gewidmet und lebte mit seinen Priesterinnen im Kloster über dem Adasee, doch Solano, der heilige alte Mann hatte gemeint, nun sei es für sie an der Zeit, draußen in der Natur ihrem Gott und den Menschen zu dienen, und so hatte sie zwei ältere Mönche auf ihrer Reise vom Adasee nach Fenon begleitet. Auf ihrem Weg durch grüne Täler und über weite, ausgedehnte Steppen hatte sie viel Muße, die anderen Reisenden der Gruppe kennen zu lernen: die beiden Brüder ihres Ordens, den betagten Magier, der mit seinem Schüler Vlaros nach Fenon wollte, die vorlaute Elbe, die auch nach dem anstrengendsten Ritt durch eisigen Regen noch eine freche Bemerkung auf der Zunge hatte, und den brummigen Zwerg, der die Spuren des Weges zu lesen verstand und dem sie als Führer der Gruppe bald ihr Vertrauen geschenkt hatte. Ja, und dann war da noch Cay, ein junger Schwertkämpfer, kaum ein Jahr älter als sie, der sich zum Schutz der Reisenden hatte anheuern lassen.

Rolanas Blick schweifte über den hochgewachsenen,

breitschultrigen Mann an ihrer Seite, dessen gut trainierte Muskeln man unter seinem braunen Lederhemd erahnen konnte. Sein widerspenstiges Haar war von unscheinbar graubrauner Farbe, und da es sich offensichtlich dagegen sträubte, zu einer Frisur gebürstet zu werden, trug er es kurz geschnitten, so dass es ihm wild nach allen Seiten vom Kopf abstand. Cay hatte ein sanftes, offenes Lächeln und strahlend blaue Augen, mit denen er vertrauensvoll die Welt betrachtete. In diesem Moment jedoch sah er eher verwirrt drein, als er versuchte, Rolanas Ausführungen über Priester und die Magie zu folgen. Vom Feuer der Begeisterung getragen und heftig gestikulierend, sprach sie auf den jungen Mann ein.

»Es ist überaus wichtig, dass sich die Priester unseres Ordens mit den Akademien der Magie austauschen. Denke nur an die Krankenheilung. Jeder verfolgt seinen eigenen Weg, das Ziel jedoch ist das gleiche. Wie viel wirksamer kann man vorgehen, wenn man die göttlichen Kräfte mit den magischen vereint, Cay – Cay? Hörst du mir überhaupt zu?«

Mit träumerischem Blick ging der Kämpfer neben ihr her. Er sah ihr Haar sich im Wind wiegen, hörte ihre warme Stimme, die begeistert von Soma und der Magie sprach, doch wie konnte er sich auf solch komplizierte Themen konzentrieren, wenn diese wundervolle Frau mit der fast zerbrechlich wirkenden schmalen Taille neben ihm herging?

»Cay?«

Er errötete. »Ja, also den Schluss habe ich nicht mehr so ganz mitbekommen, aber du hast sicher Recht, und ich…« Unter ihrem vorwurfsvollen Blick brach er verlegen ab.

Schweigend gingen sie weiter. Cays schon etwas angerostetes Schwert klirrte bei jedem Schritt leise. Sanft fuhr er mit der Hand über den glatten kühlen Griff. Ein beruhigendes Gefühl ging von dem kalten Stahl aus. Er seufzte leise. Mit dem Schwert in der Hand zwischen einem Haufen Strauchdieben fühlte er sich sicherer als bei einem Gespräch mit Rolana. Doch hier in der Stadt würde er kaum eine Gelegenheit bekommen, sie mit seiner Fechtkunst zu beeindrucken. Er konnte es gar nicht glauben, dass erst drei Wochen vergangen waren, seit er sie zum ersten Mal erblickt hatte. Auch mit der flinken Elbe und dem knurrigen Zwerg hatte er schnell Freundschaft geschlossen. Er genoss es, nachdem sie die älteren Teilnehmer der Reisegruppe sicher an ihr Ziel geleitet hatten, an diesem herrlichen Morgen mit den Gefährten gemeinsam die kleine Hafenstadt Fenon zu erkunden.

Die Reisegruppe schlenderte über den Markt. Vlaros und Rolana blieben an den Ständen mit seltenen Kräutern und weit gereisten, seltsamen Pulvern stehen. Cay jedoch interessierte sich eher für die Metzgerstände mit ihren saftigen Würsten und geräucherten Schinken. Ibis stibitzte sich eine Hand voll Dörrpflaumen und kaute genüsslich vor sich ihn, während sie kritisch die verschiedenen Besucher des Markts musterte.

Nachdem schließlich einige Kräutersäckchen und Münzen in entgegengesetzten Richtungen über den Tisch gewandert waren, konnten sich Vlaros und Rolana von den Auslagen der Krämer losreißen und folgten den anderen zum

Laden des weithin berühmten Waffenhändlers Terfu. Neugierig betraten sie die große Diele, in deren Halbdunkel der kalte Stahl von unterschiedlichen Klingen glänzte. Ibis' Augen funkelten vor Begeisterung, und auch Cay und Thunin schlenderten interessiert an den Ständern mit Schwertern, Säbeln und Degen entlang und strichen prüfend über die eine oder andere Klinge. Hände reibend kam der ehemalige Schmied Terfu auf seine Kunden zu. Sein Lächeln fiel überschwänglich freundlich aus, denn er witterte ein gutes Geschäft. Er ging auf Cay zu, sah ihn einige Augenblicke mit zusammengekniffenen Augen an und eilte dann davon, um genau das richtige Schwert für ihn zu holen.

Terfu war ein breitschultriger Zwerg aus dem Silbergebirge, der sich im Schurz des Schmiedes wohler fühlte als in den Gewändern eines Händlers. So trug er das Hemd offen und hatte die schmutzigen Hosen hochgekrempelt. Seine haarigen Füße steckten in ausgetretenen Lederpantoffeln.

Terfu kam zurückgewuselt und reichte Cay ein prächtiges Schwert. Es lag fantastisch in der Hand, die Balance war perfekt, seine Klinge schimmerte makellos. Mit glänzenden Augen ließ Cay es durch die Luft zischen, gab es Terfu jedoch bedauernd zurück, als der den Preis für die herrliche Waffe nannte.

»Wir werden für den jungen Herrn schon das Richtige finden«, sagte er und bemühte sich, seine Enttäuschung zu verbergen. Behutsam nahm er das Schwert wieder in Empfang. Er führte Cay und Thunin zu einem Ständer mit einfachen, doch solide gearbeiteten Waffen. Ibis griff sich ein paar Wurfmesser und ließ sie quer durch den Laden wirbeln. Erschreckt zuckte Rolana zusammen, als die Dolche in den schwarzen Kreis in der Mitte einer hölzernen Scheibe fuhren, die kaum einen Schritt neben ihr an der Wand hing.

Eine Glocke erklang, als ein weiterer Kunde den Laden betrat. Vlaros, der gelangweilt inmitten des Kriegswerkzeugs stand, betrachtete den Fremden neugierig. Der Mann war etwa fünfzig Jahre alt, und der unter seinem langen Gewand sich wölbende Bauch zeigte deutlich, dass er keinen Hunger litt. Sein Umhang war aus edlem Barchent, und das graue Haar zierte ein Samtbarett mit einer langen Adlerfeder. Nicht nur seine Kleidung, auch die stolze Haltung zeugte von Ansehen und Wohlstand. Terfu ging ihm entgegen und zog ihn in eine düstere Ecke. Die beiden flüsterten miteinander und warfen den Freunden bedeutungsvolle Blicke zu. Als der Fremde Vlaros' Blick auf sich ruhen spürte, verabschiedete er sich rasch und eilte hinaus.

Terfu wandte sich wieder Thunin und Cay zu.

»Nun, habt Ihr Euch entschieden?«, fragte er. Thunin hielt ihm ein Schwert mit langer Klinge und einem schmucklosen Griff entgegen.

»Eine gute Wahl«, meinte der Waffenhändler, »und für nur siebzehn Goldstücke ist es Eures.«

Mit betrübter Miene nahm Cay die Waffe, um sie in den Ständer zurückzustellen. Obwohl er das vergangene Jahr über sehr sparsam gelebt und für die Begleitung der Reisegruppe nach Fenon einige Münzen bekommen hatte, waren nicht mehr als ein Dutzend Goldstücke in seinem Beutel.

»Siebzehn?«, knurrte der Zwerg und hielt Cay am Arm fest. »Ihr seid heute wohl zu Scherzen aufgelegt, Meister

Terfu? Ich bin weit herumgekommen, und ich sage Euch auf den Kopf zu, es ist nicht mehr als zehn Goldstücke wert.«

Der Händler machte ein beleidigtes Gesicht. »Es ist wunderbar ausgewogen und liegt leicht in der Hand. Mit dieser Klinge könnt Ihr ein Blatt Pergament spalten.« Er zögerte kurz. »Nun gut, fünfzehn, weil Ihr neu in der Stadt seid und wir Fremde hier gern willkommen heißen.«

Thunin schob das Schwert mit einer verächtlichen Miene in den Ständer zurück. »Dann sollten ich und meine Freunde heute und in Zukunft unsere Waffen wohl doch wieder in Ehniport besorgen.«

»Vierzehn, das ist ein wirklich guter Preis.«

Für zwölf Goldstücke wechselte das Schwert schließlich den Besitzer. Ibis erstand für eine Hand voll Silber zwei schlanke Wurfdolche, die sie sich in ihre Stiefel steckte. Den dritten, der auf wundersame Weise einen Weg in ihren Beutel gefunden hatte, nahm ihr Thunin mit finsterer Miene ab und legte ihn unbemerkt wieder an seinen Platz. Schmollend verschränkte Ibis die Arme vor der Brust.

»Wie wäre es denn mit diesem prächtigen Hammer für Euch?«, fragte Terfu und legte Thunin einen silberbeschlagenen Kriegshammer von beträchtlichem Gewicht in die Hände. Cay bewunderte ihn mit weit aufgerissenen Augen, doch Thunin gab ihn dem Händler zurück.

»Nein, nein, ich bin mit dem Mädchen an meiner Seite ganz zufrieden und würde es niemals gegen solch einen modischen Schnickschnack eintauschen.« Fast liebevoll strich er über den schartigen Griff seiner zweischneidigen Kriegsaxt, die immer an seinem Gürtel hing.

Endlich standen die Gefährten wieder auf dem Marktplatz. Es war schon weit nach Mittag, und da die Sonne heiß vom wolkenlosen Himmel schien und der Staub in den trockenen Kehlen brannte, beschlossen sie, sich im *Grünen Drachen,* in dem sie sich für die Nacht eingemietet hatten, ein kühles Bier zu genehmigen.

Sie waren noch nicht weit gekommen, als Ibis Cay in den Arm kniff.

»Wir werden verfolgt«, murmelte sie und warf unter ihren langen schwarzen Wimpern einen prüfenden Blick den Weg zurück, den sie gekommen waren.

»Bist du sicher?«, erwiderte Cay ungläubig. »Ich kann mir nicht vorstellen, dass sich jemand für uns interessiert. Uns sieht man doch schon von weitem an, dass es da nichts zu holen gibt.«

»Wenn ich es dir doch sage!« Der Tonfall der Elbe war drängend.

Auch Thunin hatte ihre Worte vernommen und ließ sich nun unauffällig ein wenig zurückfallen.

»Wie viele sind es denn?«, raunte er.

Ibis hob den Zeigefinger.

»Gut«, sagte Thunin nickend. »Dann werden wir dem Kerl mal auf den Zahn fühlen.«

Er zweifelte nicht einen Augenblick an Ibis' Worten. Obwohl er nur selten mit ihr einer Meinung war, wusste er doch, dass man sich auf ihre Augen und ihr scharfes Gehör verlassen konnte.

Als sie um die nächste Ecke bogen, gab der Zwerg Cay einen Wink. Die beiden drückten sich in die Schatten der schmalen Gasse, während die anderen scheinbar sorglos schwatzend weitergingen. Angewidert rümpfte Thunin seine große, meist leuchtend rote Nase, als ihm der scharfe Geruch von Fäulnis und Dung entgegenschlug. Durch einen beherzten Sprung zur Seite rettete er sich knapp vor dem Inhalt eines Nachttopfs, der aus einem Dachfenster des heruntergekommenen Gebäudes geleert wurde.

»Ich hasse Städte«, knurrte er.

Von ihren Schritten aufgescheucht, huschte eine Ratte aus dem Unrathaufen vor ihnen, der noch von einer Unmenge Fliegen und weitaus lichtscheuerem Getier bewohnt wurde. Lautlos erhob sich ein riesiger, getigerter Kater von seinem Beobachtungsposten auf einem niederen Fensterbrett und nahm dann die Spur des Nagers auf.

Die beiden Freunde mussten nicht lange in ihrem ungemütlichen Versteck warten. Nur wenige Augenblicke später lugte eine Gestalt vorsichtig um die Ecke und nahm dann, dicht an die Hauswand gedrängt, wieder die Verfolgung auf. Doch da stand plötzlich Cay hinter ihm und legte dem Fremden seine Pranken um den Hals. Vor ihm tauchte Thunin auf, stellte sich mit grimmiger Miene breitbeinig mitten auf den Weg und wog abschätzend die Axt in seinen Händen. War das nicht der vornehme Kerl, den sie bei Terfu gesehen hatten? Erstaunt hob Thunin die Augenbrauen. Er sah die panische Angst in den Augen des Gefangenen. Das würde ihnen die Sache erleichtern, die Wahrheit aus ihm herauszuholen. Grob schleifte Cay den Mann hinter sich her, bis sie die anderen erreichten, die hinter einer verfallenen Scheune warteten. Jetzt erst ließ Cay sein Opfer los. Der Mann rappelte sich auf und rieb sich den schmerzenden Hals, auf dem recht deutlich die Abdrücke von Cays

Händen zu sehen waren. Es dauerte eine ganze Weile, bis er wieder zu Atem kam. Thunin musterte ihn feindselig.

»Warum folgt Ihr uns?«, fragte er scharf und hielt schon wieder drohend die Axt in den Händen. »Ist das in dieser Stadt so üblich, friedlichen Reisenden hinterherzuspionieren? Feine Sitten habt Ihr hier.«

»Verzeiht«, sagte der Mann mit rauer Stimme und hustete. Mit gequälter Miene massierte er sich den schmerzenden Hals. »Ich sollte mich vorstellen. Mojewsky ist mein Name, Cewell Mojewsky.« Er deutete eine Verbeugung an, ohne die gefährliche Axt aus den Augen zu lassen. Dann straffte er den Rücken und fuhr mit kräftigerer Stimme fort. »Ich bin auf der Suche nach ein paar mutigen Abenteurern, die einen kleinen Auftrag für mich ausführen. Ihr seid mir bei Terfu gleich aufgefallen, und daher machte ich mich auf, Euer Domizil hier in der Stadt zu erfahren, um Euch mein Angebot zu unterbreiten.«

Mit jedem Wort wurde seine Stimme sicherer, seine Haltung stolzer. Offensichtlich hatte er sein inneres Gleichgewicht wieder gefunden. Rolana stemmte die Hände in die Hüften und trat einen Schritt näher. Misstrauisch ließ sie den Blick über den Vornehmen wandern.

»Worum geht es denn bei Eurem Angebot?«, fragte sie, denn sie konnte sich nicht denken, was dem Edlen an dem bunt zusammengewürfelten Haufen als Empfehlung für einen Auftrag aufgefallen sein konnte.

»Das besprechen wir am besten bei einem reichlichen Mahl auf meinem Gut vor der Stadt«, antwortete Cewell glatt und ließ den Blick wohlgefällig über die junge Frau gleiten.

Rolana schürzte unwillig die Lippen, doch Cay strich sich über seinen immer hungrigen Magen und nickte, und auch Ibis und Thunin schienen nichts gegen den Vorschlag einzuwenden zu haben. Ein Lächeln huschte über die sauber rasierten Wangen des Kaufmanns. Er strich sein Gewand glatt und winkte den Gefährten, ihm zu folgen.

Sie nahmen Mojewsky in ihre Mitte und schritten mit ihm zum Osttor, wo sie in einem Mietstall ihre Pferde untergestellt hatten. Auch das Tier des Kaufmanns stand hier in einer eigenen Box, ein feuriger Rappe, der sicher einen prallen Beutel Goldstücke wert war. Sobald sie die Katen und halb verfallenen Hütten der armen Bauern, die sich vor der Stadtmauer angesiedelt hatten, hinter sich gelassen hatten, gab Cewell seinem Pferd die Sporen. Wie ein Pfeil flog es davon, so dass nicht einmal Rolanas Fuchsstute mit ihm Schritt halten konnte. Auf der nächsten Anhöhe zügelte er den edlen Rappen, um auf die Gefährten zu warten und ihnen die Gelegenheit zu geben, einen bewundernden Blick auf sein Anwesen und die Ländereien zu werfen.

Als Thunin sie endlich eingeholt hatte, ritten sie langsam den grasigen Hügel hinunter, der sanft bis zum Strand hin abfiel. Das Meer zu ihren Füßen war glatt und glänzte in der Junisonne. Nur die kleinen Boote der Fischer unterbrachen das schimmernde Blau. Bald erreichten sie den Eichenhain, in dem sich, um einen quadratischen Hof angeordnet, Haus und Lagerscheunen des reichen Kaufmanns erhoben.

Weit im Süden schien die gleiche Junisonne durch die bunten Scheiben der in Spitzbogen zulaufenden Fenster in einen großen Raum. Ein dürrer Mann mit einem scharfkantigen Gesicht, einer vorstehenden Adlernase und stechenden schwarzen Augen schritt unruhig über die roten Steinfliesen. Die weiten, mit goldenen Runen bestickten Gewänder schlotterten um seinen Körper. Die Lippen waren mürrisch zusammengepresst.

Unvermittelt blieb er vor einem Marmortisch mit geschwungenen, schmiedeeisernen Füßen stehen, auf dem ein samtschwarzes Kissen lag. Auf den weichen Stoff gebettet ruhte eine Kristallkugel, in der das Bild einer schönen schwarzhaarigen Frau erschien.

»Du hast versagt!«, schrie der Mann. »Durch dein Ungeschick hast du zwei Jahre sorgfältiger Planung verdorben!«

Er tobte in wilder Wut.

»Herr«, drang die Stimme der Frau deutlich aus der Kristallkugel. »Verzeiht mir, Meister, es war nicht meine Schuld. Ich habe mich streng an Eure Anweisungen gehalten, großer Astorin. Ich kann mir nicht erklären, wie das passieren konnte.«

Die demütige Furcht in ihrer Stimme besänftigte ihn ein wenig.

»Sein Gedächtnis war leer! Keine Bilder, keine Worte, keine Erinnerungen. Ich fürchte, es ist Euch jemand zuvorgekommen.«

Astorin knurrte wütend. »Er hat auf seiner Reise etwas herausgefunden, und nun ist es für immer verloren!«

»Nicht für immer, großer Meister«, schmeichelte die Frau und lächelte verführerisch. »Es wird nicht lange dauern, bis Ihr einen anderen Weg findet.«

Er war für Schmeicheleien durchaus empfänglich, doch heute loderte der Zorn so hoch, dass er nur unwillig knurrte. »Kümmere dich um diesen störrischen Hofmagier. Er war der Vertraute des Grafen und weiß vielleicht etwas, das mir weiterhilft. Und keine Fehler mehr!«

Astorin schlug mit der Faust auf den Tisch, so dass die wertvolle Kugel einige Zoll in die Höhe sprang und dann unsanft wieder landete. Sofort trübte sie sich ein, und das Bild der Frau verschwand im aufwirbelnden Nebel. Der Magier verzog sein Gesicht zu einer hässlichen Fratze. Die schwarzen Gewänder blähten sich auf, als er die weit geschwungene Treppe hinuntereilte. Er sah aus wie ein Adler, der seine Beute gesichtet hat, nun bereit, sich auf sie zu stürzen.

Der Magier Astorin eilte in die Bibliothek und zog ein paar vom Alter fleckig gewordene Bücher heraus. Behutsam wendete er die brüchigen Seiten, auf denen die feine, schnörkelige Schrift kaum mehr zu erkennen war. Ein unheilvolles Lächeln kräuselte seine dünnen Lippen. Er tauchte seine Feder ins Tintenfass, zog einen neuen Bogen Pergament heran und begann eilig zu schreiben.

Thunin lehnte sich in seinem Stuhl zurück und rieb sich den Bauch. Endlich war er satt. Das gute Essen hatte sein Misstrauen ein wenig besänftigt, und so zündete er sich eine Pfeife an, schmauchte gemütlich vor sich hin und paffte bläuliche Wolken in die hohe, von dunklen Balken getragene Halle.

Die Freunde saßen mit Cewell Mojewsky, seiner Frau Sarah, einer weißhaarigen, zierlichen Dame, und deren Tochter Lamina, der jungen Gräfin von Theron, um den mächtigen Eichentisch in der Halle. Thunin schenkte sich noch von dem dunklen, roten Wein nach, dann unterbrach er das höfliche Geplauder.

»Es wird Zeit, dass Ihr die Karten auf den Tisch legt. Sagt uns, was ist das für ein Auftrag, den wir für Euch erledigen sollen?«

»Und was seid Ihr bereit dafür zu bezahlen?«, ergänzte Ibis leise.

»Es ist keine große Sache«, wehrte der Kaufmann ab. »Ihr sollt nur ein paar Erkundigungen einziehen. Graf Theron, der Gatte unserer Tochter, ist in letzter Zeit etwas zerstreut, und so ist er abgereist und hat vergessen, ihr Bescheid zu geben.« Der Kaufmann lachte gekünstelt. »Lamina ist ein wenig besorgt, daher dachte ich, es wäre eine gute Sache, wenn Ihr sie nach Theron begleiten würdet und dann nach dem Grafen sucht.«

Rolanas fragender Blick traf den des Zwergs.

»Hm, zerstreut, einfach abgereist, ohne Bescheid zu sagen?« Cewell sah den Zwerg nicht an. »Wir wissen doch, wie überspannt junge Frauen manches Mal sind.«

Thunin öffnete gerade den Mund, doch da sprang die junge Gräfin auf und schlug mit der Faust auf den Tisch, dass Cay und Vlaros erschreckt zusammenzuckten.

»Nennst du zwei erschlagene Wachen und ein verschwundenes Hausmädchen auch überspannte Fantasie?«, rief die junge Frau empört, und ihre dunklen Augen funkelten. »Mein Gatte hat nicht einfach vergessen, mir Bescheid zu sagen! Er ist verschwunden! Wie vom Erdboden verschluckt. Keiner hat gesehen, wie er die Burg verließ.« Sie sah die Gäste ihres Vaters nacheinander ernst an. »Etwas Unerklärliches, etwas Schreckliches passiert in Theron, etwas, das ich spüre, das mir Angst macht, das ich aber nicht fassen und begreifen kann. Mein Gemahl ist plötzlich zu einem Fremden geworden, der Anblick der Schülerin unseres Hofmagiers lässt mich erschaudern.« Wieder sah sie einen nach dem anderen prüfend an.

»Glaubt mir, ich bin kein junges Mädchen, das sich vor einem Schatten erschreckt! Und sagt nicht, er habe mir seine Liebe entzogen, weil er seine Gunst nun einer anderen Frau schenkt, und was ich fühle, sei die Eifersucht der Betrogenen«, fuhr sie fort und warf ihrem Vater einen hasserfüllten Blick zu. »Meinem Gatten ist etwas zugestoßen! Ich bin überzeugt, etwas Ungeheuerliches trägt sich auf Theron zu!«

Rolana betrachtete die junge Gräfin nachdenklich. Nein, sie sah nicht so aus, als würde sie sich leicht einschüchtern lassen. Warum wischte ihr Vater ihre Ängste so gedankenlos beiseite?

»Warum habt Ihr nicht eine Patrouille angeheuert?«, fragte Thunin, der wusste, dass die Stadtwachen jede Gelegenheit gerne nutzten, sich ein paar Münzen dazuzuverdienen.

Lamina öffnete den Mund, doch Cewell platzte heraus: »Die Stadtwachen? Wisst Ihr, was das kostet?«

Der Zwerg nickte langsam. Daher wehte also der Wind. »Ach, und da dachtet Ihr, wir würden diese Arbeit für weniger Geld erledigen?«, fügte er sanft hinzu.

»Ja, nein, also«, stotterte Cewell Mojewsky verlegen.

»Wir werden in Ruhe darüber beraten«, fuhr der Zwerg fort. Die Gattin des Kaufmanns erhob sich und ging mit der jungen Gräfin hinaus. Cewell nickte.

»Ja, tut das. Ich lasse euch allein. Trinkt noch von dem guten Wein und kostet die herrlichen Früchte aus dem Süden.« Hände reibend verließ er die Halle.

»Lamina!«, hörten sie draußen seine scharfe Stimme. »Komm in mein Kontor, ich habe mit dir zu reden!«

Thunin sah nachdenklich auf die leere Türöffnung. »Ibis?«, sagte er leise. Die Elbe nickte, erhob sich und folgte Vater und Tochter unbemerkt. Sie blieb vor einer Biegung des Gangs stehen, hinter der die offene Tür zum Kontor war, in das Cewell seine Tochter zitiert hatte. Sie konnte das Gespräch deutlich mithören.

»Bete zu den Göttern, dass sie deinen Gatten lebend finden, denn sonst ist die Grafschaft für uns verloren.«

Die junge Gräfin fauchte gereizt. »Ja, ich bete für sein Leben, weil ich ihn liebe und nicht weil ich die Grafschaft für deine gierigen Klauen retten will!«

Ibis linste um die Ecke und durch die offene Tür.

Der Kaufmann machte eine wegwerfende Handbewegung. »Liebe, pah, was zählt, ist das Land, sind die Güter. Wenn du nicht so ungeschickt gewesen wärst, dann hättest du einen Erben, und wir müssten nicht um Theron bangen.«

Lamina war von ihrem Sitzkissen aufgesprungen. Ihr Gesicht war nun aschfahl, doch ihr Vater fuhr fort: »Hättest du dich meinem Willen unterworfen, wie es als Tochter deine Pflicht ist, dann wärst du nun mit dem reichsten Seidenhändler rund um das Thyrinnische Meer verheiratet, und ich bekäme die Stoffe zu Preisen, von denen ich nun nur noch träumen darf!« Er seufzte und verbarg den Kopf in den Händen.

»O ja, ein großzügiger Mann ist er, der alte Peroleres«, zischte die junge Gräfin. »Wie viele deiner Schulden hat er dir erlassen, als du ihm erlaubtest, schon vor der Hochzeit mein Schlafgemach aufzusuchen?«

»Es wäre ein gutes Geschäft geworden, wenn du nicht davongelaufen wärst, um dich diesem mittelmäßigen Landadligen an den Hals zu werfen«, fauchte Cewell zurück. Beide starrten sich hasserfüllt an, doch dann lehnte sich der Kaufmann in seinem Scherenstuhl zurück und verschränkte die Arme vor der Brust.

»Wenn wir Glück haben und dieser ungehobelte Haufen dort draußen den Grafen lebend findet, dann sieh gefälligst zu, dass er dir endlich einen Sohn macht, der die Grafschaft erben kann!«

»Sei still«, ächzte sie, »sei endlich still! Ich hätte nicht hierher kommen sollen. Wie konnte ich mich von Geralds Advokaten überreden lassen, ausgerechnet dich um Hilfe zu bitten!« Sie baute sich vor ihm auf. »Falls die Götter mir gnädig sind und mir meinen Gatten zurückgeben und falls sie mir die Gnade erweisen, noch einen Sohn zu gebären, dann werde ich dafür sorgen, dass kein einziges seiner Goldstücke in deine Hände gelangt!«

Mojewsky lief rot an. »Gut, dann sieh zu, wie du diesen wilden Haufen bezahlst. Zieh doch allein mit deiner Zofe durch die Wälder zurück nach Theron und suche deinen pflichtvergessenen Gemahl.«

Sarah Mojewsky trat ein, um den Streit zwischen Vater und Tochter zu schlichten.

Geräuschlos zog sich die Elbe zurück, um den anderen zu berichten.

»Ich finde, wir sollten der Gräfin helfen«, sagte Cay mit vollem Mund und lief rot an, als er den spöttischen Blick der Elbe bemerkte.

Thunin wiegte den Kopf hin und her. »Dann stürzen wir uns in ein Abenteuer, ohne zu wissen, ob es sich hinterher auszahlt.«

Rolana sah ihn strafend an. »Ist es denn so wichtig, wie viele Münzen in deinem Beutel sind? Ich sehe es als meine Pflicht an, der bedauernswerten Frau zur Seite zu stehen. Ich habe so viel Leid in ihrem Blick gelesen.«

»Dann willst du mit uns kommen?«, wunderte sich Cay, und dieses Mal war es Rolana, deren Wangen sich färbten.

»Wenn ihr mich mitnehmt und ich euch nicht zur Last falle«, antwortete sie bescheiden.

»Könnte nichts schaden, eine Priesterin dabeizuhaben«, sagte der Zwerg. Ibis nickte.

»Und du, Vlaros? Wirst auch du uns bei dieser Mission begleiten?«, fragte Rolana und lächelte den Magier an.

Er schreckte hoch. »Oh, ich dachte, ich bleibe hier bei meinem Meister und fahre mit meinen Studien fort und …« Er brach ab und sah unsicher von einem zum anderen.

»Die beste Schule ist das Leben dort draußen«, brummte Thunin und goss sich noch einmal seinen Becher voll.

»Ja, wenn ihr meint«, sagte Vlaros und lächelte Rolana an.

Der Zwerg grinste über das ganze Gesicht und erhob seinen Becher. »Ja, dann ist unser wilder Haufen also komplett, und es bleibt mir nur noch zu sagen: Auf nach Theron!«

Lahryn saß in seinem unterirdischen Laboratorium und experimentierte an einem Unsichtbarkeitstrank. Bunte Fläschchen, Röhren, Pulver und Flüssigkeiten glänzten geheimnisvoll im flackernden Licht der Flamme, die das Gebräu erhitzte. Blauer Rauch hing in der Luft. Lahryns Erdhörnchen behagten die Dämpfe wohl gar nicht, denn es hatte sich in eine tiefe Spalte zwischen den großen Steinquadern, aus denen die Wände gemauert waren, zurückgezogen. Lahryn blickte konzentriert auf seine Apparatur und schenkte der Frau, die erregt auf und ab ging, keine Beachtung.

»Lahryn, ich rede mit Euch!«, kreischte sie, und ihr sonst so ebenmäßiges Antlitz verzog sich zu einer hässlichen Grimasse. Mit einer theatralischen Geste warf sie ihr langes schwarzes Haar in den Nacken. Der alte Magier seufzte.

»Mykina, falls es deiner Aufmerksamkeit entgangen ist: Ich versuche gerade ein schwieriges Experiment durchzuführen. Würdest du mich also bitte mit deiner Fragerei verschonen und mich endlich in Ruhe lassen. Wenn du Auskünfte über die Reise des Grafen wünschst, dann frage ihn doch selbst danach.«

Das gehässige Lachen veranlasste den Magier, sich umzudrehen. Er sah seine Schülerin scharf an.

»Was soll das bedeuten? Was ist mit dem Grafen? Weißt du etwas, das ich nicht weiß?«

»Ich habe gerade leider keine Zeit, Eure Fragen zu beantworten«, ahmte sie Lahryns Tonfall nach. Spöttisch lachend verließ sie das Labor.

Der alte Magier sah ihr beunruhigt nach. Was war mit ihr los? Sie benahm sich nicht so demütig, wie es eine Schülerin ihrem Meister gegenüber tun sollte, und wieder einmal stieg der Verdacht in ihm auf, dass sie nicht die Unwissende war, die sie zu sein vorgab. Was wollte sie, wenn nicht an seiner Erfahrung teilhaben und von ihm lernen? Warum interessierte sie sich für die Reise des Grafen? Das ungute Gefühl in ihm wuchs. Wo war Gerald von Theron? Der alte Magier versuchte sich daran zu erinnern, wann er zum letzten Mal mit dem Grafen gesprochen hatte. Schuldbewusst dachte er an den Besuch der Gräfin in seinem Labor. Sie war in tiefster Sorge gewesen und hatte sich in ihrer Not an ihren Hofmagier gewandt, doch der war mit seinen Gedanken wieder einmal nur bei seinen Experimenten gewesen. Er versuchte sich an Laminas Worte zu erinnern. Sagte sie nicht, Gerald sei verschwunden und sie habe Angst, ihm sei etwas passiert? War der Graf etwa immer noch nicht zurückgekehrt?

Besorgt trat Lahryn auf die Tür zu. Die Welt dort oben drehte sich, doch an ihm lief das Leben unbemerkt vorbei. Vielleicht wurde es Zeit, sich wieder einmal in den Lauf der Dinge einzumischen. In diesem Moment begann die grüne Flüssigkeit in einem großen Kristallkolben zu brodeln, und Lahryn eilte zum Tisch zurück, um das magische Feuer neu einzustellen. Darüber vergaß er den Grafen und die Gräfin und die ganze Welt dort draußen.

Bis tief in die Nacht saß er vor seiner Apparatur. Er spürte keinen Durst und keinen Hunger, doch irgendwann kroch die Erschöpfung leise an ihm hoch. Seine Augenlider wurden schwer, sein Kopf sank auf die Tischplatte. Bald war der Kerkerraum von leisem Schnarchen erfüllt.

In den frühen Morgenstunden näherte sich die schwarzhaarige Frau wieder den Räumen des Hofmagiers. Magie machte ihre Schritte unhörbar. Sie kam geräuschlos in das Laboratorium und betrachtete ihren schlafenden Meister. Sein Kopf ruhte auf den verschränkten Armen, sein Atem ging regelmäßig. Mykina trat hinter ihn. Selbst im Schlaf spürte er die Schwingungen der Magie und die Gefahr, die hinter ihm lauerte, doch die Erschöpfung forderte ihren Preis. Noch ehe die Worte des Zauberspruchs über seine Lippen kamen, traf ihn das Stilett in den Rücken, nicht tief und nicht tödlich, aber doch so, dass der Schmerz ihm kurz die Sinne raubte und ihr Spruch ihn mit voller Wucht traf. Mit mächtiger Magie drang Mykina in seine Gedanken ein. Der Strom aus Wissenskraft und Gefühlen erschlug sie fast, so dass ihre Kraft für einen Moment wankte. Verzweifelt versuchte sich Lahryn gegen den Angriff auf seinen Geist zu wehren und einen Schutzwall zu errichten. Voller Schmerz schrie Mykina auf. Der Kampf zehrte an den Kräften des verletzten Magiers, doch selbst als er stöhnend auf die Knie sank, gelang es Mykina nicht, an das gesuchte Wissen heranzukommen. Ihre Konzentration ließ nach, ihre Kräfte waren nahezu verbraucht. Die magischen Ströme kreuzten sich und ließen die Luft flimmern. Plötzlich entglitt Mykina die Kontrolle über ihren Spruch. Funken knisterten und regneten zu Boden, als der magische Strom in seiner zerstörerischen Kraft durch Lahryns Gedanken flutete und sie verschlang.

Der Magier fiel zu Boden und barg den Kopf zwischen den Händen. Er rollte sich auf den Steinfliesen hin und her und schrie, doch er konnte die Magie nicht mehr aufhalten, die immer tiefer in ihn eindrang und seinen Geist zerstörte. Es summte und zirpte um ihn her. Bücher und Pergamentbündel gingen in Flammen auf. Bald loderte das ganze Regal mit all den gesammelten Schätzen der Wissenschaft wie eine einzige Fackel auf. Entsetzt ergriff Mykina die Flucht. Flaschen und Gläser explodierten und färbten die Wände schwarz. Während die verkohlten Pergamentreste in sich zusammenfielen, lag Lahryn wimmernd am Boden. Sein Blick war leer.

3
Burg Theron

In einer riesigen Höhle, deren Wände in feurigem Rot leuchteten, lag ein Drache. Er hatte sich in den Berg von Münzen und Edelsteinen, die er in seinen jungen Jahren angehäuft hatte, eine bequeme Kuhle gegraben. Nun ruhte der schuppige Kopf auf den Klauenfüßen. Kleine Rauchkringel stiegen aus seinen Nasenlöchern auf, wenn er ausatmete, und von Zeit zu Zeit huschte ein Leuchten über seinen Körper, dessen hornige Schuppen wie poliertes Kupfer glänzten.

Der Drache maß von der Schwanzspitze bis zur Nase stolze einhundertsiebzig Fuß. Ein gewaltiger Anblick aus der Sicht eines unbedeutenden Menschen. Fast eintausend Jahre war die Echse inzwischen alt, doch die letzten Jahrhunderte hatte sie fast völlig verschlafen. Seit einiger Zeit jedoch wachte der Drache immer öfter auf. Dann warf er misstrauische Blicke um sich und sog geräuschvoll die Luft ein. Wie alle Drachen war Peramina sehr empfänglich für magische Schwingungen, und was die Echse nun witterte, gefiel ihr gar nicht. Es lag etwas Böses in der Luft, das wuchs und wuchernd um sich griff. Peramina spürte mächtige schwarze Magie.

Der Drache war alt und wusste, dass er nicht mehr lange zu leben hatte, doch was würde aus seinen Nachkommen werden? Früher waren seine Schätze das Wichtigste für ihn gewesen. Die glänzenden Haufen zu vermehren hatte ihn befriedigt, und er war glücklich gewesen, nur dazuliegen und den Glanz der wertvollen Metalle und schimmernden Edelsteine zu betrachten. Doch der Wert der Schätze war in seinen Augen verblasst. Es gab plötzlich wichtigere Dinge, die viel schwieriger zu erlangen waren als die glänzenden Münzen.

Obwohl der Drache seit dreihundert Jahren seinen Hort nicht mehr verlassen hatte, wusste er, was in der Welt dort draußen vor sich ging. Er kannte die Zwerge, die sich in die Westflanke der Silberberge gruben, um dem Fels das wertvolle Metall zu entreißen, und er las in den Gedanken der Menschen, die auf der Jagd nach den grauen Bären durch die tiefen Schluchten und über die steilen Pässe zogen. Im Süden, dort wo die Silberberge in sanfte grüne Hügel übergingen, lebten Elben, doch sie verließen nur selten ihre Wälder. Die Menschen und ihr Geschick interessierten sie nicht.

Peramina sandte ihre Gedanken auf Reisen. Lange hatte die Echse geschwiegen, doch nun war die Zeit gekommen, ihr Schweigen zu brechen. Der Friede der gesamten Welt war in Gefahr, und mit ihm die Freiheit der stolzen Drachen.

Noch vor Sonnenaufgang brachen die Gefährten am nächsten Morgen auf. Sie ritten durch die leeren Gassen zum Nordtor hinaus und folgten dann dem Lauf eines munteren Baches. Der wolkenlose Himmel versprach wieder einen schönen Tag. Es schien, als sei nach wochenlanger Kälte und tagelangen Wolkenbrüchen endlich der Sommer eingekehrt. Ausgeruht und voller Erwartungen ritten sie auf einem schmalen Pfad nach Nordwesten. Cay trieb sein scheckiges Pferd an, und Ibis setzte ihm nach. Voller Übermut lieferten sich die beiden ein Wettrennen und verschwanden unter lauten Rufen um die nächste Biegung. Schimpfend ritt Thunin auf seinem kleinen, kräftigen Kaltblüter hinterdrein.

»Lass sie sich doch austoben«, meinte Vlaros, der neben dem Zwerg herritt. »Bis heute Abend werden sie schon noch müde werden.« Wie üblich war der junge Magier tadellos gekleidet und saß aufrecht im Sattel.

Rolana studierte aufmerksam die Karte, die ihnen Cewell gegeben hatte. Vier oder fünf Tage würden sie auf dem direkten Weg durch die Wälder schon brauchen. Immerhin mussten sie nicht den weiten Umweg über Welchen und Dijol nehmen, den die Handelskarren benutzten, da die Waldpfade viel zu schmal für sie waren. Es war nicht einfach gewesen, die junge Gräfin davon zu überzeugen, dass es für sie sicherer war, wenn sie vorerst bei ihren Eltern blieb, bis die Freunde herausgefunden hatten, was auf Burg Theron vor sich ging, doch schließlich hatte sie nachgegeben.

Die Freunde ritten auf ein lichtes Wäldchen zu. Rolana sah sich um: das saftige Grün, die unzähligen Vögel, die mit ihren hellen Stimmen den Morgen begrüßten, der Tau, der in den Grashalmen funkelte. Ein Glücksgefühl durchströmte sie, und so stimmte sie eine Hymne an Soma an. Sie dankte ihm für die Schönheit der Welt und für seine Güte, sie an diesen Platz geführt zu haben. Der Wind trug ihre kräftige Altstimme zu den beiden Reitern hinter ihr, die dem Lied schweigend lauschten.

Rolana war erfüllt von ganz neuen Gefühlen. Etwas in ihr war in den letzten Tagen erwacht, es keimte und wuchs. Ungekannte Wünsche erfüllten ihre Gedanken. Die ganzen Jahre war sie im Kloster zufrieden gewesen und hatte nichts vermisst, doch nun konnte sie sich nicht mehr vorstellen, in die stille Abgeschiedenheit der alten Mauern zurückzukehren. Rolana dachte an die wilden Berge und die Weiten der Wüste Drysert, von der Thunin ihr erzählt hatte. All das wollte sie mit ihren eigenen Augen sehen. Der Hunger nach Freiheit und Leben war in ihr erwacht.

Am späten Nachmittag überquerten die Gefährten einen schmalen Bachlauf. Das Gras wuchs hier üppig, und die Sonnenstrahlen tanzten auf dem klaren Wasser. Sie beschlossen, hier ihre erste Nacht zu verbringen. Thunin rutschte vom Pferd und ließ sich ins Gras plumpsen. Er zerrte seine Stiefel von den Füßen, warf sie achtlos zur Seite und streckte sich dann wohlig seufzend zwischen den duftenden Blumen aus. Die Sonne wärmte sein Gesicht.

»He!«, rief Ibis und trat ihn mit der Stiefelspitze in die Seite. »Kommst du nicht mit auf die Jagd?«

Thunin gähnte. »Nimm doch diesen jungen, hoffnungsvollen Schwertkämpfer mit.«

Die Elbe zuckte mit den Schultern. »Du wirst auch immer fauler«, brummelte sie und winkte dann Cay, ihr zu folgen.

Die beiden waren noch nicht lange unterwegs, da legte Ibis den Finger auf die Lippen. Geräuschlos bog sie einen Ast zur Seite und sah auf die Lichtung hinaus. Ein Reh äste dort friedlich. Noch merkte es nichts von der drohenden Gefahr. Ibis nahm den Bogen von der Schulter, legte den gefiederten Pfeil an und spannte die Sehne. Der Ast war im Weg. Ungeduldig winkte sie Cay heran.

Mit zwei großen Schritten stand er neben ihr. *Knacks!*

Ein dürrer Ast brach unter seinem Stiefel. Das Reh hob den Kopf und lauschte; seine Ohren spielten nervös. Unruhig sah es sich nach allen Richtungen um, um die Quelle des Geräuschs zu orten. Die Nüstern blähten sich ängstlich. Einen Augenblick starrte es bewegungslos zu ihnen herüber, dann sprang es flink in den Wald und verschwand.

Ibis schlug sich an die Stirn. »Cay! Musst du dich immer wie eine achtköpfige Hydra bewegen?«

Der junge Mann hob verlegen die Schultern. »Tut mir Leid.«

Doch das Jagdglück war ihnen an diesem Tag noch hold. Eine Stunde später schleiften sie einen jungen Hirsch zum Lagerplatz. Thunin half, das Tier abzuhäuten und zu zerlegen. Ibis zog einen Beutel Salz aus ihrem Rucksack und begann die Fleischstücke, die sie heute nicht essen würden, damit einzureiben.

Die Elbe übte in einiger Entfernung mit ihrem Bogen. Interessiert trat Cay näher und sah ihr zu.

»Willst du auch mal?«, fragte sie und nahm einen neuen Pfeil aus dem Köcher.

»Ich weiß nicht.« Cay schüttelte den Kopf. »Ich kann das nicht.«

»Dann wird es aber Zeit!« Ibis schob das Kinn nach vorn und setzte eine gewichtige Miene auf. Sie reichte Cay Pfeil und Bogen und überschüttete ihn mit einer Flut von Erklärungen, von denen er sich nicht einmal die Hälfte so schnell merken konnte. Die Elbe war eine ungeduldige Lehrerin, und Cay hatte Mühe, sich mit ihren widersprüchlichen Anweisungen zurechtzufinden.

Cay genoss die Gesellschaft von Ibis und Thunin. Sie waren rau, und manches Mal schalten sie ihn oder lachten über ihn, wenn er sich ungeschickt anstellte, doch sie redeten in derselben Sprache. Bei Vlaros kam sich der junge Schwertkämpfer immer so ungebildet und dumm vor. Der Magier sprach über so viele Dinge, von denen Cay keine Ahnung hatte, und betonte immer, wie wichtig eine solide Ausbildung war. Oft saß er stundenlang da und füllte Seite um Seite des dicken Buches, das er überall mit hinschleppte, mit seiner sauberen Handschrift. Cay dagegen bereitete das Lesen und Schreiben beträchtliche Mühe. Auch Rolana war gebildet, doch sie war niemals hochnäsig. Dennoch konnte er in ihrer Gegenwart nicht unbefangen sein. Wenn sie ihn ansah, wusste er nicht mehr, was er hatte sagen wollen, und wenn ihm ein Missgeschick passierte, dann meist, wenn Rolana neben ihm stand. Cay war froh, dass Ibis die Geschichte mit dem Reh beim Abendessen nicht zum Besten gegeben hatte.

Das Bogenschießen war nicht so zufrieden stellend ausgefallen, und sie hatten abgebrochen, als es zu dunkel wurde. Jetzt saß Cay am Lagerfeuer und hielt Wache. Er schob noch einige Zweige in die Flammen und ließ den Blick über die schlafenden Gefährten wandern. Es war schon nach Mitternacht, und die Sichel des Mondes stand am klaren Himmel. Aufmerksam lauschte Cay in die Nacht, die so trügerisch friedlich schien, doch er wusste wohl, wie schnell sich das in der Wildnis draußen ändern konnte. Mit Schaudern dachte er an die beiden Oger zurück, die auf ihrer

Reise nach Fenon eines Nachts das Lager überfallen hatten. Nicht auszudenken, was geschehen wäre, wenn der wachsame Zwerg sie nicht rechtzeitig bemerkt hätte.

Cay sah zu Ibis hinüber, die sich wie ein kleiner Hund unter ihrer Decke zusammengerollt hatte. Thunin lag mit offenem Mund auf dem Rücken und schnarchte, dass seine Barthaare zitterten. Dann huschte sein Blick zu Rolana und verweilte dort. Das Mondlicht umschmeichelte ihr Gesicht, das glücklich im Schlaf lächelte.

Wie schön ist es, wieder Freunde gefunden zu haben, dachte Cay.

Rolana rekelte sich und streckte ihre steifen Glieder. Es war der vierte Morgen auf ihrer Reise nach Norden. Sie waren gut vorangekommen. Cewells Karte hatte sich als sehr nützlich erwiesen, und das schöne Wetter hatte das seine dazu getan.

Die Sonne erhob sich gerade über die Baumwipfel. Es wurde Zeit, die Freunde zu wecken. Rolana hatte gern die letzte Wache übernommen, denn sie liebte die Stunden des herannahenden Tages, wenn der Mond und die Sterne nach und nach verblassten und der samtschwarze Himmel gläsern wurde, um sich dann von der nahenden Sonne in purpurne Gewänder hüllen zu lassen.

Vor ihrer Abreise hatte die junge Priesterin ihre weiße Kutte gegen wildlederne Hosen, ein weites Hemd und einen warmen Umhang getauscht. Erstaunt stellte sie immer wieder fest, wie wohl sie sich in ihrer neuen Haut fühlte. Mit der Stiefelspitze schob sie ein wenig Reisig in die Glut, dann weckte sie die anderen.

Sie verließen die Waldlichtung und ritten nun an den immer schroffer werdenden Ausläufern der Silberberge entlang, die steil und abweisend in den Morgenhimmel ragten. Rolana hielt an, um einen Blick auf die Karte zu werfen.

»Ich denke, wir werden Theron noch vor Sonnenuntergang erreichen.«

Vlaros zügelte sein Pferd. »Das hoffe ich«, stöhnte er, »dann können wir endlich wieder eine Nacht in einem richtigen Bett zubringen.« Sorgfältig klopfte er sich ein paar dürre Blätter von seinem Gewand. Er seufzte, als er einen Grasfleck knapp über dem Saum entdeckte. Ibis, die gerade von ihrem Erkundungsritt zurückkehrte, grinste spöttisch.

»Es ist doch zu dumm, dass wir nicht daran gedacht haben, eine Waschfrau für unseren Herrn Magier mitzunehmen.«

Sie rasteten für ein kurzes Mahl und ritten dann durch einen düsteren Tannenwald. Der Boden stieg leicht an und wurde immer steiniger. Sie passierten eine aufragende Felsnadel, die Bäume wichen zurück, und plötzlich lag die Burg zu ihren Füßen.

Die wehrhafte Burg Theron war auf einer Halbinsel errichtet worden, die am Fuß einer steilen Felsklippe in einen See hineinragte. Die Erbauer hatten die Mühe nicht gescheut, die Halbinsel durch einen breiten Graben vom Festland zu trennen, so dass die stolzen Mauern nun von allen Seiten von Wasser umgeben waren und man Theron nur per Boot oder über die Zugbrücke erreichen konnte. Abweisend und feindselig starrten die leeren Fenster zu ihnen herüber. Ein massiver Bergfried ragte hoch in den Himmel.

Die Zugbrücke war heruntergelassen, doch nichts regte sich. Keine Menschenseele war zu sehen, und nicht einmal die Vögel stimmten ein Begrüßungslied an. Fröstelnd zog sich Rolana den Umhang enger um die Schultern.

»Das gefällt mir nicht«, brummte Thunin, »das gefällt mir gar nicht.«

In einiger Entfernung, im Schutz der Bäume, banden sie ihre Pferde an, ließen ihnen jedoch so lange Leinen, dass sie grasen konnten. Thunin nahm seine Axt vom Gürtel, und auch Cay und Ibis zogen ihre Waffen. Vorsichtig näherten sich die Gefährten der Zugbrücke. Das Holz knarrte unter ihren Schritten, doch noch immer regte sich nichts. Nicht einmal ein Lufthauch war zu spüren. Zwei steinerne Wächter starrten die Ankömmlinge aus blinden Augen an. Vlaros blieb zurück und untersuchte die Figuren. Behutsam legte er die Handflächen auf den kühlen glatten Stein und schloss die Augen. Er öffnete seine Sinne für die Schwingungen um ihn herum. Mit einem Schaudern spürte er die Magie, mächtige schwarze Magie.

Auch im Hof war es totenstill. Ein düsterer Schatten, der nichts Lebendes zu tolerieren schien, lag über der Burg. Hier drinnen entdeckten sie noch mehr der merkwürdigen Statuen aus dem gleichen, fast weißen, glatten Stein wie die beiden Wächter am Tor: In einem Blumenbeet stand ein alter Mann mit einer Hacke, drüben auf der großen Treppe, die zum Bergfried führte, saß eine Frau mit einem kleinen Jungen in den Armen. Cay blieb bewundernd vor der Figur eines jungen Mädchens stehen. Sie sah so lebendig aus. Ihr langes Haar war zu lockeren Zöpfen geflochten, und sanft wölbten sich die Brüste über dem eng anliegenden Mieder, unter dem sich ein weiter Rock bauschte. Vorsichtig strich Cay mit der Hand über die glatte Wange.

»Nicht berühren!«, zischte Vlaros scharf. »Das sind Menschen, die durch einen mächtigen Zauber in Stein verwandelt wurden.«

Die Elbe trat heran und betrachtete die Versteinerten.

»Wir wissen doch, wie überspannt junge Frauen manches Mal sind«, flötete sie und versuchte die Miene des Kaufmanns zu imitieren. »Das stellt der sich also unter einem harmlosen Auftrag vor!«

Rolana stemmte die Hände in die Hüften und schüttelte langsam den Kopf. »Dann hat mich meine Ahnung also nicht getäuscht.«

Die Freunde sahen sich an. Auf Thunins Gesicht lag ein grimmiger Ausdruck.

»Seid wachsam«, sagte er ernst und stieg dann die Treppe zum Palast hinauf, doch so sehr er sich auch abmühte, das Tor ließ sich nicht öffnen. Schließlich gab er auf. Mit den anderen Türen ging es ihm nicht besser. Rolana trat an ein niederes Fenster heran und versuchte den hölzernen Laden zu öffnen. Es ging nicht. Sie konnte nicht einmal das Holz mit ihren Fingerspitzen berühren, denn etwas Unsichtbares hielt sie fest. Beunruhigt runzelte sie die Stirn und winkte dann Vlaros heran. Wieder schloss der Magier die Augen und versuchte das magische Feld zu erspüren.

»Ein mächtiger Bannkreis ist um die Burg gezogen worden«, sagte er. Seine Stimme zitterte. »Das übersteigt bei weitem meine Kräfte. Vielleicht sollten wir nach Fenon zurückreiten und der Gräfin empfehlen, sich an die Magiergilde zu wenden.«

Thunin und Cay, die zu ihnen getreten waren, schüttelten die Köpfe, und auch Rolana wollte von dem Vorschlag nichts wissen. Vlaros öffnete gerade den Mund, um den Freunden die Aussichtslosigkeit ihrer Lage begreiflich zu machen, als Ibis, die am Brunnen Wasser schöpfte, einen Schrei ausstieß. Die Gefährten eilten zu ihr, jedoch bevor sie die Elbe erreichten, hatte sich Ibis über den Brunnenrand geschwungen und war in der Tiefe verschwunden. Rolana biss sich nervös auf die Finger, doch Thunin legte ihr beruhigend die Hand auf den Arm.

»Keine Angst, sie ist vielleicht ein Nichtsnutz, aber klettern kann sie wie keine andere.«

Die Freunde mussten nicht lange warten, da tauchte die Elbe wieder auf und schwang sich über den steinernen Rand. Ihre Augen glänzten vor Abenteuerlust.

»In der Brunnenwand ist eine geheime Tür, und sie ist nicht verschlossen. Los, kommt!« Sie war im Begriff, wieder in der Tiefe zu verschwinden, doch Rolana packte sie am Arm.

»Warte, wir sind nicht so geschickt wie du. Das ist viel zu gefährlich.« Sie sah zu Thunin hinüber, der bereits seinen Rucksack abgestreift hatte und ein stabiles Seil hervorzog.

Vlaros taumelte ein paar Schritte zurück. »Ihr wollt doch nicht etwa in diesen finsteren, schmutzigen Brunnen hinabsteigen?«, keuchte er entsetzt.

»Warum denn nicht?«, antwortete Cay und schwang sich auf die Brüstung. Auch ihn hatte die Erregung gepackt. »Wenn das der einzige Weg ist, der in die Burg führt?«

Vlaros holte tief Luft, um seine Empörung kundzutun. Rolana unterbrach ihn.

»Wir können die Gräfin nicht im Stich lassen«, sagte sie nur und sah Vlaros ernst an. Sie setzte sich auf den Brunnenrand und griff nach dem Seil, das Thunin an einem nahen Baum befestigt hatte. Ihr Herz klopfte, und ein flaues Gefühl machte sich in ihrem Magen breit. Sie vermied es, in den schwarzen Schlund zu blicken, der sich bodenlos unter ihr auftat. Wann war sie jemals an einem Seil heruntergeklettert? Sie konnte sich nicht erinnern. Die rosige Farbe wich aus ihren Wangen. Energisch umklammerte sie das raue Seil und holte tief Luft, doch der Zwerg nahm ihr das Tau wieder aus der Hand.

»Ich klettere zuerst hinunter, dann kommst du, dann Cay und Vlaros. Ibis wird das Seil losknoten und mit hinunterbringen.« Er tätschelte Rolanas kalte Hand. »Nur Mut. Du kannst dich an den Knoten festhalten, und ich ziehe dich dann zu der Öffnung hinüber.«

Rolana nickte zweifelnd, aber der Zwerg war schon in der Dunkelheit verschwunden. Vlaros legte murrend seinen bestickten Umhang ab und verstaute ihn in seinem Rucksack. Die junge Frau wandte ihren Blick wieder in die Tiefe. Thunin hatte die Tür erreicht und winkte ihr, ihm zu folgen. Rolana biss die Zähne zusammen und ließ sich vom Brunnenrand gleiten. Stück für Stück rutschte sie an dem Seil herab, und schon zog sie der Zwerg in die geheime Kammer hinter der Brunnenwand. Er lächelte ihr aufmunternd zu, ehe er Cay zu sich herunterrief. Der stand so schnell neben den beiden in der Kammer, dass Rolana verwundert blinzelte. Auch Vlaros schaffte den Abstieg, wenn auch auf seinem Gesicht noch immer ein mürrischer Ausdruck lag. Wie besprochen löste Ibis das Seil und brachte es dann mit hinunter in das steinerne Gelass. Thunin, der wie die Elben die natürliche Gabe hatte, auch bei Dunkelheit noch gut zu sehen, blickte sich neugierig um.

»Das riecht geradezu nach einer Falle«, brummte er missmutig und löste vorsichtshalber seine Axt vom Gürtel.

Er lugte durch die bogenartige Öffnung in der Wand, die auf einen steinernen Gang hinausführte, doch Ibis drängte ihn zur Seite.

»Ich gehe mal nachsehen, ob die Luft rein ist.« Und schon war sie verschwunden. Ungeduldig warteten die Freunde auf ihre Rückkehr. Endlich tauchte sie wieder auf und winkte den anderen, ihr zu folgen. Rolana entzündete den Docht der Laterne, die Thunin ihr gegeben hatte. Sie war nur auf der einen Seite offen, so dass man selbst nicht geblendet wurde und dem Gegner kein leichtes Ziel bot. Eine Klappe auf der Vorderseite ermöglichte es, bei Gefahr das Licht blitzschnell abzudecken.

Dicht gedrängt folgten die Gefährten einem Gang, an der Spitze Thunin und Cay, die Waffen kampfbereit in den Händen. Eine Treppe führte nach oben und mündete dann in einen langen Korridor. Immer wieder tauchten rechts und links Türen in den gemauerten Wänden auf. Ibis legte erst lauschend ihr spitzes Ohr an das Holz, dann erst drückte sie die Klinke herunter. Sie sahen in eine riesige Küche, die Kessel und Töpfe hingen fein säuberlich an einer Stange an der Wand. Dann öffneten sie die Tür zum Speiseraum des Gesindes mit einem rohen Tisch und zwei Dutzend Hockern. In einer Kammer lagerten Säcke und Kisten, doch nirgends war auch nur eine Menschenseele zu entdecken.

Wieder stiegen sie eine Treppe hinauf. Der Boden war nun mit grünem Marmor belegt. Flauschige Teppiche hingen an den Wänden. Von irgendwoher schimmerte Tageslicht. Rolana löschte die Lampe und folgte den anderen in den nächsten Raum. Sie hörte, wie Vlaros scharf die Luft einsog und dann mit einem Seufzer wieder entweichen ließ. Bücher und Schriftrollen. Vom Boden bis hinauf zu der getäfelten Decke erstreckten sich die Regale, die sich unter den dicken, ledergebundenen Bänden bogen. Vlaros' Augen leuchteten. Sanft strich er an den Buchrücken entlang und blätterte dann vorsichtig in einem Band, der sehr alt schien. Auch Rolana reckte den Kopf, um die meist schon verblassten Goldlettern auf den Buchrücken zu entziffern. Thunin und Cay blieben an der Tür stehen. Ungeduldig spielte der junge Kämpfer mit seinem Schwert. Sein Blick wanderte teilnahmslos über die Regalwände. Plötzlich huschte Ibis herein.

»Ich habe einen Lichtschein gesehen. Wir bekommen Besuch!« Der Zwerg klopfte auf seine Axt. »Lass sie nur kommen«, knurrte er. »Ich bin bereit.«

Rolana eilte an seine Seite und hob beschwichtigend die Hände. »Nur nichts überstürzen. Wir wissen doch gar nicht, wer es ist und ob er uns freundlich oder feindlich gesinnt ist.«

Mit klopfendem Herzen warteten die Freunde und lauschten den sich nähernden Schritten, die vor der Bibliothek verstummten. Die Tür schwang auf, und herein trat eine junge Frau, in der einen Hand eine gelöschte Kerze, in der anderen ein kleines Buch mit schwarzem Einband. Anscheinend überrascht, sah sie die Gefährten nacheinander an. Sie hatte ein ebenmäßiges Gesicht, das von glattem, bläulich schwarzem Haar eingerahmt wurde. Das seidig fließende Gewand ließ eine zierliche Figur erahnen.

»Ich wusste nicht, dass Besucher angekommen sind«, sagte sie mit heller, seltsam voll tönender Stimme, die nicht nur vom Hall der steinernen Wände verursacht wurde. »Das freut mich sehr. Darf ich euch eine Erfrischung anbieten? Ihr seid sicher lange gereist? Woher kommt ihr?«

Der übernatürliche Charme verzauberte die Freunde. Sie hingen der schwarzhaarigen Schönheit an den Lippen und beantworteten freimütig ihre Fragen. Selbst der sonst so misstrauische Thunin lächelte sie vertrauensvoll an. Rolana wich einige Schritte zurück. Das war seltsam. Sie hatten keine Ahnung, wer die Frau überhaupt war und was sie hier in der Burg trieb.

Unauffällig knuffte sie Cay in die Rippen, der gerade von ihrem Auftrag zu sprechen begann. Verwirrt hielt er inne. Ohne ihr betörendes Lächeln zu mildern, hob die Frau ihre dünnen Augenbrauen und sah Rolana durchdringend an. Da durchfuhr es die junge Priesterin wie ein Blitz: Magie! Die Schwarzhaarige war eine Magierin und hatte die Freunde mit einem Zauberspruch betört. Rolana blieb keine Zeit, darüber nachzudenken, warum der Zauber bei ihr nicht gewirkt hatte. Sie sah, wie die Frau die Lippen bewegte; ihr Zeigefinger malte eine Rune in die Luft. Rolana merkte noch, wie das Gefühl aus ihren Beinen wich. Sie wollte etwas sagen, sich wehren oder weglaufen, doch eine bleierne Müdigkeit lähmte sie, ihre Lider sanken herab. Dann verlor sie das Bewusstsein.

In einer Grotte tief unter dem Meeresspiegel, in der man nur das Wiegen von Algen und ein paar Fische erwarten würde, herrschte lebhaftes Treiben. Zwielichtige Gestalten mit merkwürdig klobigen Metallschuhen an den Füßen schleppten Kisten aus einem dunklen Gang herein und stapelten sie an den Wänden der Grotte sorgfältig auf. Das natürliche Gewölbe flackerte in einem bläulichen Licht, das von einigen glimmenden Stäben ausging, die in eisernen Haltern an den Wänden befestigt waren.

Umgeben von einer großen Luftblase betrat ein Mann in weiten Gewändern und einem runenbestickten Umhang die Meereshöhle. Das blaue Licht gab seinem Gesicht eine kränkliche Erscheinung. Auch sein Haar wirkte seltsam farblos. Die wässrigen Augen lagen tief in ihren Höhlen und wurden von düsteren Schatten umlagert. Seine blutleeren Lippen waren fest zusammengepresst. Das fliehende Kinn wurde kaum von seinem dünnen Bart verdeckt.

Der Mann beobachtete den Fortschritt der Arbeit eine Weile, dann schlurfte er über den sandigen Boden auf das große Portal der Grotte zu. Tief in Gedanken versunken, trat er hier und da eine Muschel oder einen vorwitzigen Krebs zur Seite. Im freien Wasser, das glatt unter dem bewölkten Nachthimmel ruhte, wies ihm eine Spur leuchtender Steine seinen Weg. Er gönnte weder dem imposanten Wrack an seiner Seite einen Blick, noch interessierten ihn die bizarren Felsen, die hier einst als glutflüssige Lava ins Meer geflossen waren. Bald darauf veränderte sich die Form der Schatten um ihn herum. Aus Felsen wurden stattliche Gebäude, schlanke Türme tauchten aus der Dunkelheit auf und verschwanden wieder, aus Fenstern und Nischen drang warmes Licht und erhellte die dünn mit Sand bedeckte gepflasterte Straße.

Der Magier strebte auf ein großes achteckiges Gebäude zu, das von einer schimmernden Kuppel gekrönt wurde. Die Wände schillerten in wechselnden Farben, und ab und zu lösten sich kleine Luftblasen und stiegen in die Meeresnacht empor. Besorgt betrachtete er einen Riss, durch den unentwegt Luftperlen entwichen.

Ich muss das in Ordnung bringen, bevor der Narbige es sieht, dachte er.

Der Magier trat auf das goldene Portal zu, streifte die Blase um sich herum ab und trat ein. Im Innern des prachtvollen Kuppelbaus herrschten Wärme, Luft und Licht. Fast gierig atmete er ein und ließ die Luft dann mit einem Seufzer wieder entweichen. Er schüttelte sich, so als wolle er den Rest der kühlen Feuchtigkeit des nächtlichen Meeres von sich abstreifen. Langsam durchquerte er eine Säulenhalle und folgte dann dem hell erleuchteten Korridor bis zu einer schweren Eichentür. Er hob die Hand, um anzuklopfen, zögerte dann aber. Obwohl er das Holz mit den Fingerknöcheln noch nicht berührt hatte, forderte eine Stimme von innen ihn auf einzutreten. Wie schon so oft fragte sich der Mann, ob der Narbige etwa über magische Kräfte verfügte. Leise öffnete er die Tür. Der Mann am Schreibtisch sah nicht einmal auf.

»Nun, Refos, was führt Euch mitten in der Nacht zu mir?« *Wie seltsam fehl er in diesem prächtigen Gemach wirkt,* dachte der Magier wieder einmal mit einem Hauch von Neid, als er den ungepflegten Mann in seinen achtlos zusammengesuchten Gewändern sah. Das lange, ungewaschene Haar hing ihm bis auf den Rücken, sein Gesicht war von Narben entstellt. Nun hob er doch den Blick von der Karte, die er durch einen Kristall studierte, und sah Refos aus seinen saphirblauen Augen fragend an. Die unbewegliche Miene konnte den Magier nicht mehr täuschen.

»Verzeiht, verzeiht«, stotterte Refos schnell und wischte sich die Schweißperlen von der Stirn, die plötzlich aus allen Poren traten. »Das Schiff ist zum Auslaufen bereit. Die Kisten sind in der Grotte verstaut, und es ist noch genug Platz, um die Ladung der Karawane unterzubringen. Außerdem habe ich die Leuchtstäbe fertig gestellt, die Ihr geordert habt.« Atemlos hielt er inne.

»Gut«, sagte der Narbige nur und beugte sich wieder über die Karte.

»Ah«, wagte der Magier ihn noch einmal zu unterbrechen. »Wann rechnet Ihr mit der Larissa? Das Atempulver wird bald knapp.«

»Ja«, antwortete der Narbige sanft, »und Ihr seid noch immer nicht in der Lage, selbst welches herzustellen, obwohl ich Euch schon des Öfteren dazu aufgefordert habe. So bleiben wir von Astorins Launen abhängig.«

Refos ballte hinter seinem Rücken die Fäuste. Was verstand dieser ungehobelte Pirat schon von der hohen Kunst der magischen Tränke? Wut kochte in ihm hoch, doch seine Stimme blieb leise und höflich.

»Ich arbeite daran. Es ist eine schwierige Aufgabe.«

Der Narbige kümmerte sich nicht weiter um ihn, sondern ließ den Kristall langsam über die Karte wandern. Unschlüssig blieb der Magier noch einige Augenblicke stehen, dann griff er nach der Türklinke.

»Und vergesst nicht, den Riss in der Lufthülle zu schließen«, traf ihn die scharfe Stimme des Piraten in den Rücken. »Ich dulde keine Nachlässigkeit.«

Refos schloss leise die Tür und stürmte dann durch den Gang davon. Erst als er sicher sein konnte, dass selbst die scharfen Ohren des Piraten ihn nicht mehr hören konnten, machte er seinem Unmut Luft. Er hob drohend die Fäuste, schimpfte und fluchte und verwünschte den Narbigen. Dann fühlte er sich besser. Er strich sein Gewand glatt, setzte eine hoheitsvolle Miene auf und machte sich daran, den Riss zu schließen, um den Piratenkapitän nicht weiter zu reizen.

4
Gefangen

Das Erste, was wieder in ihr Bewusstsein drang, war der kalte, feuchte Boden, auf dem sie lag. Die Luft roch modrig, und ab und zu fiel ein Wassertropfen von der Decke. Rolana versuchte sich zu bewegen und den Nebel aus ihrem Kopf zu vertreiben. Erst jetzt bemerkte sie, dass sie, nur noch mit ihrem knielangen Hemd bekleidet, an Armen und Beinen gefesselt war und in ihrem Mund ein übel schmeckender Knebel steckte.

Sie öffnete die Augen und wälzte sich auf die Seite, doch die tiefe Finsternis um sie herum ließ sich dadurch nicht vertreiben. Plötzlich flammte ein grünliches Licht auf. Rolana blinzelte. Sie sah, dass sie sich in einer steinernen Kerkerzelle befand. Die anderen lagen nur wenige Schritte von ihr entfernt, ebenfalls entkleidet, gefesselt und geknebelt. Die junge Priesterin ließ den Blick über die feuchten Wände und dann über das deckenhohe Gitter wandern, das ihre Zelle von einem schmalen Gang trennte, in dem nun die schwarzhaarige Magierin unruhig auf und ab ging. Als sie den Blick der anderen Frau spürte, schloss Rolana schnell die Augen. Erst nach einer Weile traute sie sich, die Magierin unter ihren Wimpern hervor zu beobachten. Sie sah nervös aus, ja fast ängstlich. Rolana ahnte, dass sie darüber nachgrübelte, was sie mit ihren Gefangenen nun anstellen sollte. Die junge Frau betete inbrünstig, dass sie nicht zu dem Ergebnis kam, es wäre das Beste, die jungen Abenteurer unauffällig für immer verschwinden zu lassen. Mykina betrachtete die gefesselten Freunde. Die Chance, sie mit ihrem einfachen Charmezauber zu überrumpeln und zu erfahren, was sie hier wollten und wie sie überhaupt hier hereingekommen waren, war vertan. Die überraschende Immunität der kleinen Priesterin hatte dazu geführt, dass sie sie allesamt mit einem Schlafzauber hatten belegen müssen. Die Magierin zögerte. Mächtigere Zauber konnte sie nicht anwenden. Ganz deutlich stand ihr Lahryns leerer Blick vor Augen. Ihr Zorn hatte sie zu dieser unüberlegten Tat getrieben, und dann hatte sie die Kontrolle über den Zauberspruch verloren. Sie hatte versagt, und das nicht zum ersten Mal. Das Bild des Grafen tauchte vor ihr auf. Schaudernd schob sie die Gedanken an ihre erste große Niederlage beiseite. Sie wollte sich die Wut ihres Meisters nie wieder ins Gedächtnis rufen, nicht seine Worte und vor allem nicht die teuflischen Schmerzen, mit denen sein wütender Fluch sie gequält hatte, so dass sie Tage brauchte, um sich wieder zu erholen.

Nachdenklich glitt ihr Blick über die fünf Gefährten. Dann löschte sie das Licht und verließ den Kerker. Sie eilte in ihr Gemach und setzte sich vor die schimmernde Kristallkugel. Zart strich sie mit den Fingerspitzen über die kühle Wölbung. Die Nebel in ihr wallten unruhig auf, doch der Meister antwortete nicht auf ihr Rufen.

Wollte Astorin nicht mit ihr sprechen? Sollte sie das Portal benutzen, das er ihr eingerichtet hatte, und zu ihm reisen? Ja, das war eine gute Idee. Sie warf einen kritischen Blick in den Spiegel. Das Bild, das ihr entgegenlächelte, war perfekt. Mykina drehte sich langsam um ihre eigene Achse.

Sie wusste um die Schwäche des großen Meisters, und so sehr sie dessen gierige Blicke sonst verabscheute, nun war es Zeit, seinen Schwachpunkt für sich zu nutzen. Sie korrigierte noch ein wenig den Glanz ihres Haars, dann öffnete sie das Portal zur Astralebene und trat in den Nebel, der sie zu Astorins Festung brachte.

Cay regte sich und wälzte sich stöhnend umher. Es war völlig finster um ihn. Plötzlich spürte er eine Hand auf seiner Brust. Er fuhr zusammen, doch sein erschreckter Aufschrei verlor sich in seinem Knebel. Warme Finger tasteten über sein Gesicht, und er spürte, wie sich der Knebel lockerte und dann verschwand.

»Dreh dich zur Seite, dann löse ich dir deine Fesseln«, hörte er voller Erleichterung Ibis' Stimme neben seinem Ohr. Nur wenige Augenblicke später saß der junge Kämpfer im Schneidersitz da und massierte sich die Handgelenke, um das taube Gefühl aus seinen Fingern zu vertreiben.

»So ein Glück, dass sie dich nicht richtig gefesselt hat«, seufzte Cay, doch Ibis kicherte.

»Sie hat es zumindest versucht«, antwortete die Elbe, »doch anscheinend waren meine Lehrjahre in Ehniport nicht umsonst.«

Cay hörte das Stroh rascheln und dann das unterdrückte Stöhnen der Gefährten, die die Elbe nacheinander von ihren Fesseln befreite. Rolana kroch zu ihm hinüber und kauerte sich neben ihn, so dass er ihren Körper an seiner Seite erahnen konnte. Sie zitterte vor Kälte, doch Cay wagte nicht, sie an sich zu ziehen, um sie zu wärmen.

»Was machen wir jetzt?«, wisperte Rolana, als sie alle eng aneinander gedrückt beisammensaßen. »Habt ihr gesehen, unsere Rucksäcke stehen dort draußen vor dem Gitter, doch ich vermute, viel zu weit weg, als dass wir sie erreichen könnten.«

Ibis huschte zum Gitter hinüber, konnte aber Rolanas Befürchtung nur bestätigen.

»Ja, dann werden wir wohl gemeinsam unsere Zelle nach einer Schwachstelle absuchen müssen«, schlug die Elbe in ihrem üblichen heiteren Tonfall vor, so als würden die Freunde noch immer beim Kartenspiel im *Grünen Drachen* beisammensitzen. »Jedes Verlies hat einen Schwachpunkt«, fügte sie überzeugt hinzu. »Man muss ihn nur finden.«

»Ich möchte nur wissen, woher du diese Zuversicht nimmst«, brummte Thunin und erhob sich mit einem Stöhnen. »Was ich hier sehe, sieht mir nicht nach Schwachstellen aus.«

Auch die anderen, die nicht einmal etwas sehen konnten, fühlten sich mutlos, doch was blieb ihnen anderes übrig, als dem Vorschlag der Elbe zu folgen? Sie krochen auf den Knien über den kalten, feuchten Steinboden, tasteten in jede Ritze, rüttelten an den Gitterstäben und klopften jeden Mauerstein ab. Rolana durchwühlte das alte Stroh. Modergeruch wirbelte auf und nahm ihr den Atem. Sie keuchte und hustete und hätte fast einen Schrei ausgestoßen, als sie plötzlich eine tote Ratte in ihren Händen hielt. Ein Scharren und dann ein lauter Knall ließen sie zusammenfahren. Dann erklang die fröhliche Stimme der Elbe.

»Ha! Wusste ich es doch! Ein Stein in der Mauer war locker.«

»Und?«, drängte Thunin und hastete heran.

Ibis' Arm verschwand in der Öffnung, und als sie ihn wieder hervorzog, hielt sie eine drei Fuß lange Eisenstange in der Hand. »Das ist alles«, seufzte sie enttäuscht, doch der Zwerg riss sie ihr aufgeregt aus den Händen. Er hatte eine rostige Gitterstrebe entdeckt, aber mit bloßen Händen konnten er und Cay nichts ausrichten. Vielleicht jedoch ließ sich der unerwartete Fund als Brechstange einsetzen. Der Zwerg führte Cay zum Gitter hinüber und hakte die Stange ein. Vier kräftige Hände umklammerten das Eisen.

»Eins, zwei, drei – zieh!«, zählte Thunin.

Nichts geschah. Nur das Ächzen und Stöhnen der beiden Männer war zu hören.

»Los, noch einmal!«

Wieder packten sie die Stange. Die Muskeln schwollen an. Erst rührte sich das Gitter nicht, dann plötzlich gab der Stab mit einem hässlichen Knirschen nach. Aufgeregt tastete Cay nach der Lücke.

»Noch viel zu schmal«, meldete der Zwerg, und enttäuscht musste ihm Cay Recht geben. Thunin schob sich die Hemdsärmel hoch, und die beiden nahmen sich den Eisenstab daneben vor, doch sosehr sie sich auch abmühten, er gab um keinen Zollbreit nach. Erschöpft ließen sich Cay und Thunin auf den Boden fallen. Ibis trat heran, betrachtete die Lücke und ließ die Fingerspitzen über das rostige Metall wandern. Sie streckte vorsichtig den Kopf durch das Gitter und zog ihn dann mit einem zufriedenen Lächeln wieder zurück. Nur Thunin konnte sehen, wie die zierliche Elbe sich schlangengleich durch das Gitter wand und einen Augenblick später mit einem triumphierenden Lächeln auf der anderen Seite stand. Sie eilte zu den Rucksäcken, kramte die Laterne hervor und entzündete den Docht. Ungläubig betrachtete Rolana die schmale Lücke und dann die Elbe, die noch immer breit grinste.

»Du überraschst mich immer wieder«, sagte die junge Priesterin bewundernd.

»Danke, danke«, lachte die Elbe und fügte mit einem Blick auf den Zwerg hinzu: »Es ist manches Mal schon von Vorteil, wenn man nicht so viele Reserven für schlechte Tage mit sich herumträgt.«

»Nun sieh aber zu, dass du das Gitter endlich öffnest«, drängte Thunin, die Stichelei ignorierend.

»Es ist ein Fallgitter« meldete Ibis kurz darauf. »Und es ist nur von irgendwo außerhalb zu bewegen, eine Tür kann ich hier nicht sehen.«

Thunin fluchte unfein, doch plötzlich mischte sich Vlaros, der bisher nur leise sein Schicksal bejammert hatte, aufgeregt ein. Er bat die Elbe, seinen Rucksack ans Gitter zu bringen, und kramte dann hektisch in den unzähligen Taschen und Beuteln. Endlich schien er das Gewünschte gefunden zu haben. Mit triumphierendem Blick zog er ein Fläschchen hervor, entfernte den Glasstopfen und begann dann eine träge Flüssigkeit an zwei Stellen auf den verbogenen Stab zu tropfen. Es zischte. Beißender Dampf stieg auf. Vlaros wartete, bis der Rauch verwehte, dann winkte er Cay zu sich und forderte ihn auf, an der Stange zu ziehen.

Der junge Kämpfer packte den Stab und zog mit aller Kraft. Das Eisen brach so plötzlich, dass Cay nach hinten fiel, das herausgebrochene Stück noch in der Hand. Nun war die Lücke so groß, dass auch die anderen sich durch das Gitter zwängen konnten. Vlaros lächelte glücklich, als der Zwerg ihm anerkennend auf den Rücken schlug. Schnell zogen sich die Freunde ihre Kleider wieder an und schulterten ihre Bündel. Anscheinend hatte die Zauberin sie nur durchwühlt, glücklicherweise jedoch nichts herausgenommen.

Während die anderen sich ankleideten, nutzte Ibis die Zeit, den Gang genauer zu untersuchen, und entdeckte dabei eine Steinplatte, die sich durch einen Mechanismus beiseite schieben ließ. Aufgeregt winkte sie den Freunden, ihr zu folgen.

»Nun warte doch!«, rief Thunin und eilte ihr hinterher, und so blieb den anderen nichts übrig, als es ihm gleichzutun. Kaum war der letzte der Freunde durch die Öffnung geschritten, schloss sich die Steinplatte geräuschlos hinter ihnen und ließ sich nicht wieder öffnen. Thunin schimpfte wütend auf die Elbe ein, doch diese zuckte nur die Schultern.

»Dann sehen wir uns eben an, wohin dieser Gang führt«, sagte sie heiter und wollte schon wieder losstürmen, doch Cay packte sie am Arm.

»Ich werde jetzt vorangehen, und Thunin macht den Schluss«, verkündete er fest.

»Ja, du großer Held«, kicherte Ibis, »pass aber auf, dass du nicht über deine eigenen Füße stolperst.«

Cay schenkte ihren Worten keine Beachtung, ging mit festem Schritt den Freunden voran und führte sie immer tiefer in das Labyrinth unter den Silberbergen.

Wie an jedem Tag saß Lahryn vor seinen Experimenten und arbeitete angestrengt, doch immer wieder stützte er den Kopf auf die Hände und stöhnte.

»Ich will mich erinnern. Ich muss einfach! Warum ist in meinem Kopf alles so leer?«

Er presste die Handflächen gegen die Schläfen, so als könne er dadurch seinem angegriffenen Gedächtnis noch ein Stück seiner Erinnerung entreißen. Schweißtropfen traten ihm auf die Stirn und perlten über das von Alter und Gram gezeichnete Gesicht. So saß er eine Weile da, die Arme um den Leib geschlungen, und wiegte sich wie ein einsames Kind hin und her. Doch dann straffte er den schmerzenden Rücken und wandte sich wieder der blutroten Flüssigkeit zu, die über einem Feuer brodelte. Seufzend kippte er das misslungene Ergebnis seiner Forschung in einen Kübel. Sofort stieg beißender Dampf in dichten, schillernden Wolken auf und sammelte sich träge wabernd unter der gewölbten Decke. Lahryn schien das nicht zu stören. Sein Erdhörnchen allerdings, das auf einem verkohlten Regal saß, schnupperte angewidert und kletterte dann hinunter auf den Boden. Ängstlich sah es sich um ob nicht etwa wieder diese garstige Ratte hinter einer Ecke lauerte, doch sie war nicht zu sehen.

Lahryn löschte die Flammen unter dem Kessel und trat dann in den angrenzenden Kellerraum, den das Feuer zum Glück verschont hatte. Er nahm ein fleckiges altes Zauberbuch vom Bett und schlug es auf. Es enthielt nur einfache Sprüche, wie sie die Schüler auf den Akademien schon in den ersten Jahren beigebracht bekommen, aber selbst diese Zauber bereiteten ihm nun Schwierigkeiten. Lahryn versuchte ein Licht heraufzubeschwören und dann über dem Boden schweben zu lassen, doch jedes Mal, wenn er es anheben wollte, verlosch es. Dann wollte er einen Kanten Brot zu sich rufen, aber er rührte sich nicht vom Fleck. Seufzend gab er es auf. Er klappte das Buch zu, breitete ein Blatt Pergament darüber, tauchte eine Feder in die Tinte und setzte dann seine Aufzeichnungen fort. Sorgsam trug er jeden Fetzen seiner Erinnerung zusammen, der ihm noch geblieben war. Manche Bereiche seines Gedächtnisses waren durch Mykinas Angriff nur gelähmt worden, und manches Mal tauchten plötzlich Fetzen seines Wissens wieder auf. Aus Furcht, sie könnten wieder verschwinden, schrieb Lahryn sie sofort nieder und fügte sie seiner wirren Sammlung hinzu.

Langsam brannte die Kerze herunter, und der Magier erhob sich steif, um eine neue anzuzünden. Seine Beine schmerzten, und vor den Augen erschienen flimmernde Flecken. Benommen sank er auf sein Lager zurück. Die Tage seiner Gefangenschaft ohne Sonnenlicht und frische Luft hatten ihn zum Greis verdorren lassen. Langsam tappte er in sein Laboratorium hinüber. Sehnsuchtsvoll sah er zur offenen Tür hinüber, durch die sein Erdhörnchen gerade hereingehuscht war. Wie sehr beneidete er den kleinen Nager um die Freiheit, die die Türöffnung ihm so trügerisch vorspielte. Er selbst konnte nicht einmal bis zu der Tür gelangen. Wenn er ganz nahe an den Torbogen herantrat, hinter dem ein Vorplatz und ein kurzer Gang zu der geöffneten Tür führten, dann konnte er die magische Barriere erkennen, mit der Mykina ihn in seinen Kellerräumen gefangen hielt.

Die Wunde in seinem Rücken begann wieder zu pochen.

Nicht zum ersten Mal verfluchte Lahryn seinen Leichtsinn. So viele Widersprüche, so viele Unklarheiten, so viele Ereignisse hatte es gegeben, die ihn hätten misstrauisch machen sollen, doch er war zu sehr in seine Experimente vertieft gewesen. Er wollte gar nicht daran denken, was Mykina und ihr mächtiger Auftraggeber dem Grafen und der Gräfin angetan haben konnten.

Der alte Mann fiel in einen unruhigen Schlaf, aus dem er immer wieder hochschreckte. Oft wusste er nicht, wo er sich befand, und erst nachdem er durch die Kellerflucht geeilt war, kam die Erinnerung an den schrecklichen Angriff wieder in seinen Sinn. Was hatte Mykina mit ihm vor? Würde er dahinsiechen, verhungern und verdursten, wenn seine Vorräte aufgebraucht waren? Die Sorgen verdrängten den Schlaf, und so lag er wach auf dem Rücken und starrte in die Dunkelheit.

Cay ließ den Strahl der Lampe über düstere Wände gleiten. Dumpf hallten ihre Schritte durch den Gang, der sich mal nach rechts, mal nach links wand, doch stetig weiter in die Tiefe führte. Wenn sie lauschend anhielten, war nur noch ihr eigener Atem zu hören.

Sie wussten nicht, wie viele Stunden sie schon unterwegs waren, doch der finstere Gang begann langsam an ihren Nerven zu zerren. Als sie wieder einmal lauschend stehen blieben, ließ Vlarcs sich gegen die Mauer sinken.

»Wir hätten diesem Gang nicht folgen sollen. Wir geraten immer tiefer unter den Berg«, jammerte er. »Wenn das so weitergeht, müssen wir in diesen finsteren Gängen noch übernachten.« Er schauderte.

Thunin knurrte gereizt. »Nachts ist es sowieso dunkel, ob wir jetzt hier oder anderswo schlafen. Also erspare uns dein Gejammer. Glaubst du, uns macht dieser Spaziergang Freude? Nun, wir sind blindlings in die erste Falle getappt. Jetzt müssen wir eben zusehen, wie wir da wieder herausfinden. Wäre es dir lieber, in der Kerkerzelle zu verschmachten?«

Vlaros verstummte und rappelte sich wieder auf, doch in seiner Miene war deutlich zu lesen, dass er immer noch mit seiner aufsteigenden Panik rang. Rolana legte dem Magier die Hand auf den Arm.

»Die Götter sind auf unserer Seite. Sie werden uns den richtigen Weg weisen«, sagte sie voller Zuversicht. Vlaros nickte zweifelnd. Sie gingen schweigend weiter. Ibis, die dicht hinter Cay ging, blieb plötzlich stehen und rief: »Cay, warte, hier stimmt etwas nicht…« Weiter kam sie nicht. Es krachte und prasselte, und wo Cay gerade seinen Stiefel aufgesetzt hatte, gähnte nun ein finsteres Loch. Der junge Schwertkämpfer war verschwunden.

»Cay!«

Mit einem Aufschrei lag die Elbe am Boden und starrte in die Dunkelheit. Die Grube musste mindestens fünfzehn Fuß tief sein. Unter ihr fielen die Wände schräg nach außen ab, so dass ein Opfer, das einmal hineingefallen war, sich auf keinen Fall selbst befreien konnte. Der junge Kämpfer lag zusammengekauert auf dem felsigen Boden und stöhnte.

»Cay, was ist mit dir? Bist du verletzt?«, rief Rolana besorgt und legte sich am Rand der Grube auf den Bauch, um besser sehen zu können. Ein weiteres Stöhnen war die einzige Antwort. Hektisch rappelte sie sich auf und griff den Zwerg am Ärmel. »Ich muss sofort zu ihm hinunter. Du musst mich mit dem Seil herablassen, beeile dich!«

Thunin ließ den Rucksack von der Schulter gleiten, zog das Seil hervor und warf das eine Ende in die Grube. Unruhig trat Rolana von einem Fuß auf den anderen und warf immer wieder einen ängstlichen Blick in die Tiefe. Thunin umfasste ihre Handgelenke.

»Ganz ruhig«, sagte er mit seiner tiefen Stimme. »Wenn du vor lauter Eile auch noch in die Grube stürzt, dann hilft ihm das gar nichts.«

Rolana sah in seine dunklen Augen und merkte, wie seine Ruhe auf sie übergriff. Sie schämte sich fast ein wenig, dass sie sich gleich von ihrer Panik hatte fortreißen lassen. Der Zwerg hatte Recht. Nur wenn sie ruhig und überlegt ihre Kräfte sammelte, konnte sie Cay helfen.

»Bist du bereit?« Er tätschelte aufmunternd ihre Wange.

Rolana nickte und griff nach dem Seil. Langsam ließ der Zwerg sie in die Grube hinunter. Cay lag noch immer zusammengekauert auf der Erde, doch seine Augen waren offen, und sein Blick folgte der jungen Frau, die sich neben ihn kniete.

»Cay«, sagte sie sanft, »sag mir, wo du Schmerzen verspürst.«

»Überall«, stöhnte der junge Mann und keuchte, als sie ihre Finger über seine Brust wandern ließ. Rolana konzentrierte sich und strich mit ihren Händen über seinen Kopf, seine Arme und Beine. In ihrem Geist flackerten Bilder von gequetschtem Fleisch und winzigen, gerissenen Adern auf, doch keiner der Knochen schien geborsten. Vorsichtig legte sie die Hände wieder auf seine Brust und schloss die Augen. Ganz deutlich konnte sie die beiden gebrochenen Rippen sehen, die ihre Finger ertasteten.

Ihr Herz schlug wieder wild, und die Angst stieg in ihr empor. Dies war nicht der Krankensaal des Klosters, und niemand von den älteren Brüdern oder Schwestern stand neben ihr, um sie mit seinen Kräften zu unterstützen. Rolana schüttelte den Kopf, als wolle sie so die Unsicherheit aus ihren Gedanken vertreiben.

Ich bin eine Tochter des Mondes, sagte sie sich fest, *und ganz gleich, wo ich mich in dieser Welt befinde, Soma wird mir seine Gnade gewähren.*

Cay wälzte sich auf den Rücken. Seine Wangenmuskeln traten hervor, so fest biss er die Zähne aufeinander. Rolana nahm seine Hand.

»Soma ist bei uns«, sagte sie voller Zuversicht. »Er wird dir helfen.«

Der junge Kämpfer sagte nichts. Rolana betrachtete noch einmal sein blasses Gesicht, dann schloss sie wieder die Augen. Ihre Gedanken sammelten sich, und ihre ganze Kraft konzentrierte sich in einem Punkt.

»Soma«, betete sie mit seltsam dunkler Stimme, »Gott des Mondes, Herrscher des unendlichen Firmaments, höre deine Tochter. Steige herab zu uns und breite deine schützenden Schwingen über uns aus. Gib uns deine Gnade und spende deiner Tochter die Kraft zu heilen. O Herrscher des Himmels, erhöre mich!«

Die junge Priesterin hatte die göttliche Kraft schon oft in sich gespürt, doch immer wieder erstaunte es sie aufs Neue, wenn der glühende Fluss plötzlich durch ihren Körper strömte, um sich in ihren Fingern zu einem Strahl zu vereinen. Sie legte ihre Hände auf die gebrochenen Rippen und fühlte, wie die Kraft von ihr in Cays Körper schoss.

»Soma, heile seine Wunden!«

Ihre Stimme war nur noch ein heiseres Flüstern. Rolana fühlte, wie die zersplitterten Enden wieder zusammenstrebten. Der Blutstrom der Schürfwunden an seinen Armen versiegte. Erschöpft fiel die junge Priesterin in sich zusammen und lehnte sich gegen die Wand. Cay setzte sich langsam auf und betastete seine Brust. Erstaunen, Misstrauen und Ehrfurcht huschten über sein Gesicht, das langsam seine gesunde Farbe wiedererlangte. Dafür war nun Rolana totenbleich, und ihre Beine zitterten, als sie sich von Cay aufhelfen ließ. Er stotterte verlegen seinen Dank und band ihr dann das Seil um die Brust. Stück für Stück zog Thunin sie nach oben. Dann kletterte Cay behände an dem Tau aus der Grube. Sie ruhten einige Stunden, bis Rolana wieder zu Kräften kam, dann setzten sie ihren Weg fort. Von nun an kamen sie nur noch langsam vorwärts, da Ibis voranging und den Gang nach weiteren Fallen absuchte.

Ihr Weg schlängelte sich immer tiefer in den Berg hinein. Bestanden die Wände am Anfang noch aus sauber bearbeiteten Steinplatten, so war der Gang jetzt nur noch roh behauen und sah immer wieder wie eine natürliche Höhle aus. An einigen Stellen weitete er sich zu großen Hallen, doch es gab auch Nischen oder Engpässe, an denen die Decke so tief hing, dass sie nur gebückt weitergehen konnten, aber noch immer konnten sie keine Abzweigung entdecken. Die Freunde hatten das Gefühl, sich immer weiter vom Tageslicht und der wärmenden Sonne zu entfernen.

Wieder vergingen Stunden, dann endete der Felsengang plötzlich, und eine schwere Eichentür versperrte ihnen den Weg. Sie hatte weder eine Klinke noch ein Schlüsselloch. Vermutlich war auf der anderen Seite ein kräftiger Riegel angebracht, daher trat die Elbe bereitwillig zur Seite, um Thunin Platz zu machen.

»Geht lieber ein Stück zurück«, forderte er seine Begleiter auf, bevor er seine Axt vom Gürtel nahm und sie über den Kopf schwang. Die schwere Schneide sauste herab und fuhr dröhnend in das Holz. Späne spritzten nach allen Seiten. Der Zwerg holte noch einmal aus. Der zweite Schlag traf die Tür so hart, dass sie aus den Angeln flog und krachend auf dem Boden aufschlug. Sie schlitterte noch einige Fuß weit und blieb dann auf den schmutzigen Steinplatten liegen. Das Echo sprang von Wand zu Wand und kam dann donnernd wieder zurück.

Vorsichtig betraten die Gefährten die hohe Halle. Sie lauschten angespannt und sahen sich neugierig um. Der Lichtstrahl von Cays Lampe huschte über bemalte Wände und mächtige, runde Säulen, die die hohe Hallendecke trugen. Irgendwo gluckste Wasser. Ein schriller Pfiff ertönte, und dann war das Poltern von herabfallenden Steinen zu hören, doch kein Lebewesen ließ sich blicken. Rolana spürte, wie sich ihre Nackenhaare sträubten. Sie sah zu Thunin und Cay hinüber. Auch ihre Mienen waren angespannt, und in Vlaros' Blick glänzte die nackte Angst. Nur die Elbe sah noch immer unbekümmert drein.

Schritt für Schrift tasteten sie sich vorwärts. Drohend tanzten die Schatten im Laternenschein. Sie kamen an übermenschengroßen Statuen mit Tiergesichtern vorbei. Eine seltsame Erregung griff nach der Priesterin, als sie staunend die Figuren betrachtete.

»Sicher sind es Götter, doch keine aus unserer Welt«, sagte sie erstaunt. »Wie alt sie wohl sind?« Sie berührte den porösen Stein mit den Fingerspitzen.

»Wenn es nicht völlig unmöglich wäre, dann würde ich sagen, diese Götter und die Hallen stammen aus der Zeit vor dem großen Feuersturm.«

Vlaros schüttelte ungläubig den Kopf, doch Thunin nickte langsam.

»Ja, das würde vieles erklären.« Er hob die Hand und drehte sich einmal im Kreis. »Das hier hat nichts mit Burg Theron zu tun. Wir haben unsere Welt hinter uns gelassen. Hier gibt es vielleicht noch Wesen, die dort oben auf der Erde seit Jahrtausenden in Vergessenheit geraten sind.«

Rolana folgte seinem Blick. »Dann hat das, was auf der Burg geschieht, vielleicht mit Theron und dem Grafen gar nichts zu tun.«

Wieder nickte der Zwerg. »Ich habe mich schon die ganze Zeit gefragt, was für so einen mächtigen Magier, der eine ganze Burg unter seinen Bann bringen und Menschen versteinern kann, auf Theron von Interesse sein könnte. Jetzt beginne ich es zu ahnen.«

Sie gingen weiter. Ab und zu knirschte eine Steinplatte unter ihrem Schritt, dann polterte ein Felsbrocken kaum fünf Schritte neben Cay herab und zerbarst in tausend Stücke. Erschreckt sprang er zur Seite. Das Echo nahm das krachende Geräusch auf und trug es in jeden Winkel der riesigen Säulenhalle. Noch mehr Steine fielen herab. Thunin leuchtete zur Decke hoch.

»Das gefällt mir nicht«, raunte er, »das gefällt mir ganz und gar nicht.«

Ausnahmsweise stimmte ihm die Elbe zu. Sie schnüffelte geräuschvoll. »Ja, es riecht nach Ärger.«

Die Freunde erreichten das andere Ende der Halle und traten durch einen Torbogen. Während Rolana und Thunin noch die steinernen Wächter betrachteten, schlenderte Ibis neugierig auf einen großen Steinhaufen zu. Ein Teil der Decke war eingebrochen, und auch der Boden wies breite Löcher und tiefe Risse auf. Im Lichtschein der Laterne glänzte fauliges Wasser in der Tiefe unter ihr.

Plötzlich waren sie da. Sie kamen von überall, krochen unter den Felsen hervor und tauchten aus Spalten und Höhlungen auf. Durchdringende Pfiffe hallten durch das Gewölbe. Die Augen der pelzigen Nager glühten rot im Lampenschein. Die Größten unter ihnen maßen fünf Fuß!

»Ratten!«, schrie Ibis und zog ihr kurzes Schwert aus der Scheide.

Fünf der Biester, die der Elbe bis zur Hüfte reichten, warfen sich zugleich auf Ibis, die ihre Klinge tanzen ließ, sich aber dennoch nur mit Mühe vor den scharfen Krallen und Zähnen der riesigen Ratten schützen konnte.

»Mein Schwertarm ist ja schon ganz eingerostet«, schimpfte sie und schlug dann einer Ratte den Kopf ab.

»Diese verflixte Elbe bringt sich auch immer in Schwierigkeiten«, schrie Thunin und schwang seine Axt. Er stürmte los, um ihr zu Hilfe zu eilen, doch er war noch keine drei Schritte weit gekommen, da überholte ihn Cay mit gezogener Waffe. Laut brüllend stürzte er sich auf die gewaltig großen Fellbündel. Es war die große Zahl der Ratten, die sie gefährlich machte. Überall wuselten die gefräßigen Nager. Sie pfiffen und kreischten, und bald tobte ein Höllenlärm, der vom Hall des Echos immer weiter aufgeschaukelt wurde.

Ibis stand mit dem Rücken an einen Felsblock gelehnt und stach auf die drei Biester ein, die sie mit gebleckten Zähnen umtänzelten. Vier lagen tot zu ihren Füßen, doch auch die Elbe blutete aus einer Bisswunde am Bein. Thunin hatte schon fünf der Tiere erlegt und hieb wild mit der Axt um sich. Das Blut spritzte, und nicht nur die Schneide seiner Axt färbte sich rot.

Cay schlug gerade mit einem kräftigen Hieb eine Ratte fast in der Mitte durch, als Ibis aufschrie. Er sah noch, wie sich von einem Felsen über Ibis zwei der Ratten auf die Elbe stürzten, dann verschwand sie unter einem Fellknäuel. Wie ein Rasender stieß Cay zu und schlitzte mit drei kurzen Stößen seine Angreifer auf. Mit großen Schritten hechtete er zu der Elbe, das Schwert wie ein überlanger Dolch in der Hand. Richtig zuzuschlagen traute er sich nicht, aus Angst, Ibis zu treffen. Auch Thunin arbeitete sich zu den beiden durch. Vlaros stand noch immer unschlüssig neben Rolana und sah abwechselnd zu ihr und zum Kampfplatz hinüber.

»Kannst du nicht irgendetwas tun?«, rief Rolana verzweifelt.

Vlaros biss sich auf die Lippen, Schweißperlen traten ihm auf die Stirn, doch dann hob er plötzlich die Hände und rief ein paar Worte, die Rolana nicht verstand. Schwarz gefiederte Pfeile schossen aus seinen Fingern und suchten sich blitzschnell ihren Weg zu den beiden Nagern, die Ibis immer noch zu Boden drückten. Dann zielte er auf eine Ratte, die sich von hinten an Cay heranmachen wollte. Mitten im Sprung trafen sie die magischen Geschosse und rissen sie zurück. Mit einem Todesschrei fiel sie zu Boden. Dann war es vorbei. Laut kreischend nahmen die letzten Nager Reißaus und verschwanden wieder in ihren Löchern und Spalten. Eine tödliche Stille senkte sich über den Kampfplatz. Der junge Schwertkämpfer, der selbst aus zahlreichen kleinen Wunden blutete, zog Ibis unter den leblosen Resten der Riesenratten hervor. Sie hatten die Elbe böse zugerichtet. Das linke Bein war völlig zerfleischt, und auch an ihrer Schulter klaffte eine tiefe Wunde, aus der pulsierend das hellrote Blut schoss.

Cay hob das zierliche Geschöpf hoch und trug sie schnell in die Halle zurück. Thunin folgte ihm, ohne noch einen Blick auf das Schlachtfeld zu werfen. Die Elbe biss die Zähne zusammen, um nicht laut aufzuschreien. Kaum hatten sie wieder den festen Boden der Halle unter ihren Füßen, legte Cay die Verletzte sanft nieder. Thunin schob ihr seinen Umhang unter den Kopf.

»Was hast du nun schon wieder angestellt, du dummes Ding?«, schimpfte er, doch seine Stimme war voll Sorge.

Rolana schob ihn zur Seite und kauerte sich neben Ibis. Aufmerksam sah sie die Elbe an. Sie konnte jeden Augenblick das Bewusstsein verlieren. Ihre Wangen waren wächsern. Wenn Rolana jetzt versagte, dann war Ibis verloren. Eine Woge der Angst durchströmte die junge Priesterin.

Ich bin nicht allein, sagte sie sich tapfer vor, *Soma ist bei mir und wird mir seine Hilfe nicht versagen.*

Entschlossen schob sie ihre Zweifel beiseite und begann

sich auf die blutenden Wunden zu konzentrieren. Sie schloss die Augen und suchte nach der Quelle der Kraft. Nun war sie ganz ruhig, und ihre Stimme zitterte nicht, als sie ihren Gott anflehte. Mit offenem Geist und Herzen ließ sie die göttliche Energie in sich einströmen. Warm pulsierte Ibis' Blut unter ihren Händen und rann über Hals und Brust. Dann durchdrang Rolanas entschlossene Stimme die modrigen Luftschwaden der unterirdischen Halle, und die beschwörende Melodie verdrängte die Dunkelheit. Sie hüllte den verletzten Körper ein und besiegte den Schmerz. In einem gebündelten Strom schoss die Kraft aus ihren Fingerspitzen in die Wunde und umwand die zerrissenen Adern und die zerfetzten Muskeln.

In respektvollem Abstand standen die anderen schweigend da und beobachteten die Szene bang. Endlich versiegte der Blutstrom aus der tiefen Schulterwunde, und auch die Blutungen am Bein der Elbe ließen sichtlich nach. Zögernd begannen sich die Wunden zu schließen. Noch einmal bäumte sich die junge Priesterin auf, doch dann war auch der letzte Funke ihrer Kraft verbraucht. Ohnmächtig sank sie zu Boden. Entsetzt stürzte Cay zu ihr und umschlang Rolanas leblose Gestalt.

»Sie stirbt, Thunin, was sollen wir tun? Sie stirbt!«

»Unsinn«, sagte Vlaros mit hochmütiger Stimme, in der so etwas wie Eifersucht mitschwang. »Sie ist nur erschöpft. Das geht allen Priestern so, wenn sie als Medium für die göttliche Kraft dienen.«

Cay funkelte den Magier böse an, doch Thunin legte ihm beschwichtigend die Hand auf die Schulter.

»Komm, wir müssen Ibis und Rolana hier wegbringen.

Ist alles viel zu offen. Was ist, wenn die Biester zurückkommen?«

Der Zwerg schob mit dem Fuß zwei Rucksäcke in Vlaros' Richtung, dann hob er die Elbe auf. Cay folgte mit Rolana in den Armen. Suchend ließ der Zwerg den Blick schweifen, und endlich entdeckte er eine Nische in der Wand, von zwei Säulen flankiert, die fast wie eine Gruft anmutete, doch gerade genug Platz für die fünf Gefährten bot.

»Komm, hier herüber. Es ist nicht ideal, doch für diese Nacht muss es reichen.«

Cay eilte dem Zwerg nach. In einigem Abstand folgte ihm Vlaros. Missmutig schleppte der Magier die Rucksäcke hinter ihnen her.

Sie hatten die Zuflucht noch nicht erreicht, da schlug Rolana die Augen auf, und Cay half ihr auf die Beine. Trotz ihrer weichen Knie fühlte sich die junge Priesterin schon wieder so kräftig, dass sie sich sofort um die Elbe kümmerte, kaum hatte der Zwerg sie in der Höhlung auf eine Decke gebettet. Auch Ibis war wieder bei Bewusstsein. Ihr Lächeln war zwar noch ein wenig verzerrt, doch sie plapperte schon wieder wie ein Wasserfall, bis Thunin sie anraunzte, sie solle sich ihre Kräfte lieber für wichtigere Dinge sparen. Schmollend schob die Elbe die Lippen vor und kniff die Augen zusammen. Rolana war sich sicher, dass sie noch unter heftigen Schmerzen litt, auch wenn sie die Frage nur mit einer wegwerfenden Handbewegung beantwortete. Die Schülerin des Mondgottes zog ihren Rucksack heran und packte eine Dose mit einem grauen Pulver aus. Zwei Prisen ließ sie in eine Schale rieseln, goss etwas frisches Wasser darauf und nötigte dann die Elbe, es zu trinken. Missmutig verzog Ibis das Gesicht, als der bittere Trank ihre Lippen berührte, doch dann entspannten sich ihre Züge, und sie schlief ein.

Rolana beobachtete sie noch einige Augenblicke, dann wandte sie sich Cay und Thunin zu, um deren Verletzungen zu untersuchen. Der junge Kämpfer saß nur still da, während die schlanken weißen Hände eine grüne Kräuterpaste auf seine Wunden strichen und sie dann fest mit Leinenstreifen verbanden. Thunin jedoch schob sie weg und knurrte nur etwas wie: »Betreib keinen Aufwand wegen nichts.«

Rolana bat ihn um Vernunft, schmeichelte ihm und schimpfte ihn aus, doch es half nichts. Erst als sie ihm erzählte, wie sie erlebt habe, dass selbst die Bisse kleiner Hausratten zu schwärzlichen Eiterbeulen und einem grausamen Tod geführt hätten, stahl sich Unsicherheit in seine Augen, und er ließ es zu, dass Rolana ihn verband.

Im trüben Schein ihrer kleinen Lampe teilten sich die Freunde ein karges Mahl, dann kehrte Ruhe ein. Thunin, Cay und Vlaros hielten abwechselnd Wache, doch nichts störte in dieser Nacht ihre Ruhe.

Acht Stunden später fühlte sich Ibis schon wieder so kräftig, dass ihre Neugier sie unter ihrer Decke hervortrieb und sie es sich nicht nehmen ließ, mit Thunin den Rest der großen Halle zu erkunden. Es dauerte eine ganze Weile, bis sie den Zurückgebliebenen die Nachricht brachten, dass es zwei weitere Türen und einen großen Torbogen mit einem breiten Gang aus der Halle heraus gab. Bei Dörrfleisch und hartem Brot saßen sie in der Nische beisammen und beratschlagten, wie es weitergehen sollte.

»Ich habe das Gefühl, wir entfernen uns immer weiter von der Burg«, sagte Rolana stirnrunzelnd. Der Zwerg nickte.

»Ja, wir sind sehr weit nach Westen gekommen und dringen immer tiefer in die Silberberge ein«, bestätigte Thunin, der wie alle Zwerge die Gabe hatte, auch unter Tage eine genaue Vorstellung davon zu haben, in welche Himmelsrichtung er sich fortbewegte.

»Das Höhlensystem mit seinen Gängen und Hallen scheint sehr ausgedehnt zu sein«, fuhr Rolana behutsam fort. Wieder nickte Thunin zustimmend. »Das heißt, wir müssen uns darauf einstellen, dass es noch Tage dauern kann, bis wir wieder an die Oberfläche zurückfinden.«

Cay, der auf einem Stück Trockenfleisch gekaut hatte, schluckte den Brocken herunter und hustete. Sein Blick strich über die schon stark geschrumpften Proviantbündel.

»Wir werden hier unten verhungern«, ächzte er.

Der Zwerg schüttelte den Kopf. »Der Proviant ist nicht unsere erste Sorge. Notfalls müssen wir den Gürtel etwas enger schnallen.« Er seufzte und strich sich über sein um die Mitte hervorquellendes Wams. »Was viel schlimmer ist«, fuhr er fort, »unser Trinkwasser wird langsam knapp.«

»Sollen wir etwa unsere Schläuche mit der fauligen Brühe da hinten füllen?«, fragte Ibis und rümpfte die Nase, doch Rolana winkte ab.

»Ich fürchte, wir werden alle krank, wenn wir davon trinken.«

Vlaros hielt inne und unterbrach seine vergeblichen Bemühungen, den Schmutz von seinem Umhang zu bürsten.

»Vor unserer Reise habe ich einem Krämer auf dem Basar von Adahorn ein Pulver abgekauft, mit dem man jedes Wasser in klares Trinkwasser verwandeln kann.« Vlaros zuckte die Schultern. »Jedenfalls hat er das gesagt, und ich habe drei Silberstücke dafür bezahlt.«

»Gut«, sagte Thunin, »dann wollen wir hoffen, dass er dich nicht betrogen hat.«

Sie beschlossen, die leeren Wasserschläuche mit dem fauligen Wasser zu füllen und sie als letzte Reserve mitzunehmen. Falls sie kein frisches Wasser fänden, würde ihnen nichts anderes übrig bleiben, als die Wirksamkeit des Pulvers auszuprobieren.

Die Gefährten packten ihre Bündel und machten sich dann vorsichtig und mit gezückten Waffen zu dem gestrigen Kampfschauplatz auf. Alles war ruhig, und als sie durch den Torbogen traten, sahen sie, dass die Leichen der getöteten Ratten verschwunden waren. Nur die dunklen Flecken auf den Steinplatten sprachen noch von der Schlacht, die hier am Abend vorher getobt hatte. Rolana und Vlaros stiegen vorsichtig über die geborstenen Platten zu dem schwarz schimmernden Wasser hinunter. Eine Wolke aus modrigem Dampf hüllte sie ein, als sie die Schläuche füllten. Thunin, Cay und Ibis wachten über sie, lauschten und sahen sich aufmerksam um, doch keine der Ratten ließ sich blicken.

Die Freunde schulterten ihre Rucksäcke und setzten ihren Weg fort. Sie verließen die große Halle und traten durch den Torbogen in einen breiten Gang. Thunin meinte, dieser sehe wie der Hauptzugang zu dieser Kultstätte aus und müsse daher irgendwo auch zu einem Ausgang führen, doch schon nach wenigen Minuten gabelte sich der Gang, und sie konnten nicht erkennen, welcher der beiden nun der Hauptweg war. Unschlüssig leuchteten sie in den einen und dann in den anderen. Ibis ging ein Stück weiter, bis sich ihr Weg wieder verzweigte, und kehrte dann um, den zweiten zu untersuchen. Auch hier musste sie nicht weit gehen, bis sie an eine Kreuzung gelangte.

»Ein Labyrinth«, meldete sie den Freunden, die an der ersten Abzweigung auf sie warteten. Ihre Augen schimmerten merkwürdig. »Ich wollte schon immer einmal ein Labyrinth ausprobieren.«

Vlaros bedeckte sein Gesicht mit den Händen und stöhnte. »Wir werden sterben«, wimmerte er.

»Nun lass dich doch nicht so hängen!«, ermahnte ihn die Elbe. »Sieh es als ein Spiel an. Wenn wir gewinnen und das Labyrinth besiegen, dann finden wir lebend hier heraus.«

»Und wenn das Labyrinth gewinnt?«, fragte Rolana und schüttelte über diesen absurden Vergleich fassungslos den Kopf.

»Oh, dann enden wir so wie der da«, antwortete Ibis heiter und zeigte auf eine düstere, mit Spinnweben verhangene Nische. Rolana folgte ihrem Blick und sprang dann ein Stück zurück. Ungläubig starrte sie die zusammengesunkene, vertrocknete Gestalt an, deren Mund wie zu einem stummen Schrei geöffnet war. Ibis tätschelte ihr den Arm.

»Keine Angst. Wir werden gewinnen. Zur Not müssen wir eben ein wenig schummeln.«

Und mit einem Lächeln zog sie ein Stück Kreide aus der Tasche und malte einen weißen Pfeil an die Wand.

Plötzlich ließ Vlaros die Hände sinken. »Ich habe ein

Buch über Labyrinthe gelesen.« Seine Stimme zitterte vor Aufregung. Er eilte zu Ibis und nahm ihr die Kreide aus der Hand.

»Wir müssen immer rechts gehen, immer rechts«, murmelte er und malte eine kleine Eins unter den Pfeil. Mit langen Schritten ging er voran. Die anderen sahen sich fragend an, doch dann folgten sie dem Magier, der von dem Wunsch getrieben, die lichtlosen Gänge endlich hinter sich zu lassen, vor ihnen herschritt. Sorgfältig malte er an jede Abzweigung einen kleinen Pfeil und versah ihn mit einer Nummer. Stunden vergingen, doch noch immer änderte sich ihre Umgebung nicht. Ein paar Mal endeten die Gänge plötzlich, und sie mussten wieder umkehren.

»Bist du dir ganz sicher?«, fragte Rolana zaghaft nach einigen Stunden, als Vlaros gerade in seiner sauberen Schrift einen Pfeil mit Siebenundneunzig beschriftete.

»Aber ja«, beruhigte er sie. »Wenn wir immer die rechte Abzweigung nehmen, müssen wir das Ende des Labyrinths erreichen.«

Sie kamen an eine Kreuzung und blieben mit schweren Beinen und durstigen Kehlen stehen. Ganz deutlich zeigte der rechte Gang einen Kreidepfeil, unter dem eine kleine Fünf prangte.

Rolana ließ sich auf den Boden sinken und lehnte sich an die Wand. »Wir sind im Kreis gelaufen«, flüsterte sie und schloss die Augen. »Wir sind die ganze Zeit im Kreis gelaufen.«

Thunin zog einen Wasserschlauch hervor und entkorkte ihn. Er ließ sich neben Rolana auf den Stein sinken und nötigte sie, einen Schluck Wasser zu trinken.

»Wir sind alle müde, und unsere Füße schmerzen, aber es nützt ja nichts, wir müssen weitermachen. Du willst doch nicht einfach aufgeben?«

Rolana trank und schenkte dann dem Zwerg ein leichtes Lächeln. »Danke, Thunin. Wenn es Somas Wille ist, dass ich in diesem Verlies sterbe, dann nehme ich seinen Entschluss mit Demut hin, doch solange ich noch den Lebensstrom in mir fließen spüre, werde ich danach streben, wenigstens noch einmal im silbernen Licht des Mondes zu baden.« Die junge Priesterin erhob sich und schulterte ihren Rucksack.

»Braves Mädchen«, murmelte der Zwerg und tätschelte ihre Hand.

Vlaros schritt noch immer ruhelos auf und ab und versuchte sich den Text des Buches wieder ins Gedächtnis zu rufen.

»Immer rechts, immer rechts, ja das stimmt schon«, murmelte er vor sich hin. »Und wenn wir an eine Kreuzung kommen, die wir schon passiert haben, dann müssen wir den Weg rechts von dem schon gegangenen nehmen.«

Neue Zuversicht glomm in seinen Augen, und so machten sich die Freunde wieder auf den Weg. Nach einer Weile veränderte sich ihre Umgebung. Immer öfter gab es nun Nischen und Simse, dann wieder Reihen von Steinplatten, die mit fremdartigen Schriftzeichen versehen waren.

Vlaros und Rolana schüttelten nur die Köpfe. Selbst in alten Büchern waren ihnen diese Runen niemals begegnet. Sie passierten einen weit gespannten Torbogen und betraten eine Halle, an deren Ende eine breite Treppe einige Fuß hinabführte. Alte Rüstungen standen rechts und links an den Wänden, und am Fuß der Treppe stießen sie wieder auf menschliche Überreste. Schaudernd stieg Rolana über die blanken Knochen hinweg. Der Gang führte weiter geradeaus, doch nun waren rechts und links immer wieder Türen in den Wänden. Die Gefährten warfen einen Blick in die steinernen Räume, aber sie waren alle leer. Sie gingen schweigend weiter. Die Zeit floss träge dahin, und nur der sinkende Ölpegel ihrer Lampe mahnte sie, wie viele Stunden vergingen.

5
Der Kupferdrache

Der kupferglänzende Drache erwachte aus seinem unruhigen Schlaf. Er sandte seine Gedanken in die Ferne und suchte nach den Schwingungen des Amuletts, das seinen Geist mit dem des Trägers der winzigen Drachenfigur verband. Es war in der Nähe, doch es ruhte nicht mehr auf der Brust dessen, dem er es anvertraut hatte. Die Echse ließ ihre Gedanken durch die alten Gänge und Verliese wandern, die bereits vor ihrer Zeit gebaut worden waren, und dann weiter bis an den Fuß der Berge, wo aus dem See, finster und schweigend, Burg Theron aufragte. Der Drache spürte die mächtige Magie, die wie ein flirrender Schild über der Burg schwebte. Seine Augen verengten sich. Nein, die Ströme, die ihn da berührten, gefielen ihm nicht. Er suchte nach den Menschen, die dort gewohnt und gearbeitet hatten, doch er konnte niemanden entdecken. Nur der eisige Hauch von schwarzer Magie streifte seinen Geist.

Müde schloss Peramina die Augen. Sie träumte von den weiten grünen Ländern, die sie einst durchstreift hatte, und vom tiefblauen Meer. Dann stiegen wieder die Bilder des alten Labyrinths in ihr auf. Plötzlich stutzte sie, und die gelben Augen flammten durch die düstere Drachenhöhle. Fremde waren unter den Bergen unterwegs! Menschen, ein Zwerg und eine Elbe. Der Drache konnte ihre Schwingungen spüren. Was ging dort in der Welt nur vor sich? Jahrhundertelang waren die dunklen Wesen eines anderen Zeitalters in ihrem Labyrinth für sich gewesen. Nur der Träger des Amuletts, den der Drache zu sich gerufen hatte, war durch die ewige Finsternis gewandelt. Und nun trieben sich Fremde hier herum und kamen dem Hort des Drachen immer näher.

Ein Grollen, tief im Innern der Erde, riss die Echse aus ihren Gedanken. Der Boden begann zu zittern, Staub rieselte von der hoch über ihm gewölbten Decke in seine Schlafhöhle herab, Felsbrocken polterten zu Boden. Schützend legte Peramina ihre Klauen über das schmutzig graue Gebilde, das vor ihr in einer Kuhle des Münzenberges lag. Es war fast sechs Fuß lang, oval und von ledriger Struktur. Peraminas Gedanken galten jetzt nur noch dem Schutz des winzigen Drachenjungen, das dort in seiner Eihülle schlief und sich prächtig entwickelte. In wenigen Wochen würde es schlüpfen, und bis dahin musste die Echse einen Weg finden, es in Sicherheit zu bringen. Das Bild von hoch aufragenden Vulkangipfeln, von glühenden Lavaströmen und tiefen Schluchten tauchte vor ihren Augen auf. Ja, die nördlichen Vulkanberge waren der richtige Ort für ein Drachenjunges. Wieder grollte der Berg. Peramina häufte sorgfältig noch ein paar Münzen um das Ei herum auf. Sie spürte, wie sich der winzige Drache unter der Hülle bewegte. Die Zeit drängte. Gefahr ballte sich wie dichte Gewitterwolken am Horizont zusammen. Sie musste einen Weg finden, Covalin in Sicherheit zu bringen.

Die Gefährten hatten das Beben gespürt. Erschreckt blieben sie stehen und sahen ängstlich zur Decke empor, bis das Grollen verklang und der Fels unter ihren Füßen aufhörte zu zittern.

Vorsichtig stiegen sie eine Treppe hinunter. Vor ihnen erstreckte sich ein Kreuzgewölbe, das in einer hohen Gruft endete. Auf einem steinernen Podest in der Mitte standen drei bleigraue Särge, die matt im Lampenschein schimmerten. Ihre Oberflächen zierten fein gravierte Wappenschilde. Darüber hing ein mächtiger Kronleuchter, der leise knarrend hin und her schwang. Die staubgrauen Kerzen waren halb abgebrannt. In respektvollem Abstand zu den herrschaftlichen Gräbern reihten sich einfache Holzsärge an der Wand. Gegenüber dem Eingang befand sich eine zweite Tür, die von zwei Ritterrüstungen bewacht wurde.

»Welch gemütliches Plätzchen«, sagte Ibis und schlenderte auf den größten Sarg zu.

Rolana schüttelte den Kopf. »Vergeht dir denn nie das Lachen? Fühlst du dich niemals mulmig oder verzagt?«

Ibis tat so, als überlege sie angestrengt. »Nein, ich glaube, die Angst und das Feingefühl hat man mir schon in früher Kindheit nachhaltig ausgetrieben.«

Sie grinste wie üblich, aber Rolana spürte den traurigen Ernst in ihrer Stimme. Es drängte sie, die Elbe nach diesen Erlebnissen zu fragen, die sie so geprägt hatten, doch dies waren sicher nicht der richtige Ort und die richtige Zeit für solch ein Gespräch.

Schaudernd sah sie, wie Ibis sich abmühte, den Sargdeckel zur Seite zu schieben. Sie wollte die Elbe gerade zurückrufen und sie bitten, die Ruhe der Toten nicht zu stören, da trat Thunin heran, um ihr zu helfen. Er gab dem Sargdeckel einen kräftigen Stoß, dass er zur Seite glitt und mit einem ohrenbetäubenden Krachen auf den Boden aufschlug. Verwesungsgeruch erfüllte die Gruft und ließ

Rolana würgen. Vlarcs zog ein monogrammbesticktes Taschentuch aus dem Umhang und presste es sich vor die Nase, doch Ibis und Thunin sahen nur erstaunt in den Sarg, in dem eine mit seidenen Beinlingen, Hemd und samtenem Wams bekleidete männliche Leiche lag.

»Das ist seltsam«, raunte der Zwerg, »sehr seltsam.«

Cay trat zu ihnen und warf auch einen Blick in den mit zerschlissenem Samt ausgeschlagenen Sarg.

»Was ist merkwürdig daran, dass eine Leiche in einem Sarg liegt?«, fragte er, doch statt einer Antwort schob Thunin auch die beiden anderen Deckel zur Seite. Auch diese etwas kleineren Särge waren nicht leer. Im linken lag ein fast zu Staub zerfallenes Skelett, im rechten eines, kaum besser erhalten, und noch ein zweites, das jedoch in mehrere Teile zerbrochen war. Der Zwerg nickte langsam.

»Sieh es dir an, dann kannst du deine Frage vielleicht selbst beantworten«, sagte er zu Cay.

Der junge Schwertkämpfer ließ den Blick über die Toten wandern. »Im rechten liegen zwei«, sagte er schließlich. Thunin verdrehte gequält die Augen. Trotz des Brennens in ihrem Hals kam Rolana näher und besah sich den jungen Toten im mittleren Sarg.

»Ich habe in meinem Leben noch nicht viele Tote gesehen«, sagte sie und sah Thunin fragend an, »aber ich vermute, dass er nicht länger als zwei Wochen tot ist. Oder glaubst du, hier unten gibt es etwas, das die Verwesung aufhält?«

Der Zwerg schüttelte den Kopf. »Nein, das glaube ich nicht, und es schmeckt mir gar nicht, zwischen den alten Göttern und Skeletten eine so frische Leiche zu finden.«

Cay schluckte. Rolana trat noch näher und zwang sich, den Toten genau zu betrachten. Es war schwer, sein Alter zu schätzen, doch sie war sich sicher, dass er die dreißig nicht erreicht hatte. Sein Gewand und der schwere Siegelring an seinem Finger sprachen von Wohlstand, die Kleidung war jedoch schlicht und in gedeckten Farben gehalten. Vielleicht einer der Landadligen? Plötzlich durchfuhr es die Priesterin wie ein Blitz. Sie beugte sich vor und zog vorsichtig den Ring von seinem Finger. Das Wappen blitzte im Flammenschein, und nun sog auch Thunin scharf die Luft ein.

»Das Wappen von Theron«, sagte er leise.

Rolana nickte. »Ja, ich fürchte, wir haben Graf Gerald von Theron gefunden.«

Die Freunde schwiegen und dachten an die junge Gräfin, die nun wohl ihren Platz auf der Burg einem entfernten Vetter des Grafen überlassen musste, um zu ihrem ungeliebten Vater zurückzukehren. Rolana steckte den Ring in ihr Bündel.

»Leider können wir der Gräfin nur traurige Gewissheit bringen«, sagte sie leise. Fragend drehte sie sich um, als sie Thunin hinter sich schimpfen hörte. Sie sah, wie Ibis aus dem zweiten Sarg eine goldene Kette und einen Ring mit einem großen Smaragd angelte und gelassen in ihrem Beutel verschwinden ließ. Der Zwerg machte ihr Vorhaltungen, nannte sie diebisch und warf ihr vor, die Toten zu schänden, doch Ibis zuckte nur die Schultern.

»Ich denke, die Toten haben keine Verwendung mehr dafür, oder?«

Rolana wollte Thunin gerade unterstützen, als sie im

Sarg des Grafen etwas glänzen sah. Ein Stein, nein, eine kleine Figur an einem einfachen Lederband lag neben seinem Haupt. Sie konnte den Blick nicht mehr abwenden, und es war, als würde eine fremde Macht ihre Hände leiten, die nach der Kette griffen und sie dann rasch hervorzogen. Die Priesterin drehte sich zur Seite, so dass die anderen das Amulett in ihrer Hand nicht sehen konnten. Ein winziger, gläserner Drache lag in ihrer Handfläche und sah sie aus seinen bernsteinfarbenen Augen an. Er schimmerte kupferfarben, wenn die Lichtstrahlen über sein detailgetreues Schuppenkleid huschten, und es sah aus, als würde er sich bewegen, als würde sein Atem die Flanken langsam heben und senken. Misstrauisch warf die junge Frau einen Blick über die Schulter, ob sie jemand beobachtete. Dann schlang sie sich schnell das Lederband um den Hals und verbarg den Drachen unter ihrem Hemd. Sie wusste jenseits aller rationalen Gewissheit, sie würde sich von diesem Drachen nicht mehr trennen. Nur der Tod könnte ihr das Amulett wieder entreißen. Wie sie da so sicher sein konnte, wusste sie selbst nicht recht, aber hier unten gab es etwas, das ihre Gedanken genauso lenkte wie ihr Handeln. Nie hätte sie gedacht, dass sie einmal ganz selbstverständlich einen Toten berauben würde.

Während der Zwerg und die Elbe sich zankten und Vlaros möglichst weit von der verwesenden Leiche zurückwich, schlenderte Cay an den Holzsärgen entlang. Er fuhr mit der Hand über das glatte Holz, das im Laufe der Jahre nachgedunkelt war. Seitlich waren zwei Messingringe angebracht. Er zog an einem der Griffe, um nachzusehen, wer oder was sich in den Särgen befand. Mit einem knarrenden

Geräusch schwang der Deckel auf, und er sah auf ein Skelett herab, das ein langes Schwert in seinen knöchernen Händen trug. Cay war es, als glitzere es rot in den leeren Augenhöhlen des Schädels, also beugte er sich tiefer, um zu sehen, woher das Funkeln kam.

Plötzlich entflammten die Kerzen des Kronleuchters, und alle Holzsärge klappten auf. Augen glühten unheilvoll, knöcherne Finger umschlossen kühlen Stahl. Cay taumelte zurück. Das Skelett bewegte sich! Ungläubig sah er, wie sich der Knochenmann aufsetzte und dann die Beine über den Sargrand schwang. Während Cay noch wie versteinert dastand, reagierten Thunin und Ibis sofort. Sie zogen ihre Waffen und drängten Rolana und Vlaros zum Torbogen hinüber.

»Cay!«, brüllte der Zwerg, sprang vor ihn und schlug mit einem kräftigen Axthieb das Skelett, das gerade sein Schwert zum tödlichen Stoß hob, in der Mitte entzwei.

»Was ist das?«, keuchte der Kämpfer und zog nun endlich sein Schwert.

»Untote«, rief der Zwerg und hieb auf das nächste Skelett ein, »böse Kreaturen der schwarzen Magie.«

Das Klirren der Waffen schwoll zu einem Tosen an. Ibis kämpfte geschickt in einem wirbelnden Tanz, der Zwerg hieb mit seiner wuchtigen Axt um sich, und Cay kreuzte seine Schwertklinge mit den Untoten. Rolana lugte erst ängstlich und dann neugierig in die Gruft und beobachtete den Kampf. Sie hörte Thunins Stimme, der seinen Gegnern Flüche an den Kopf warf, und Ibis' helles Lachen, wenn sie den nächsten Kopf von seinem knöchernen Halswirbel trennte. Plötzlich merkte Rolana, dass Vlaros panisch an ihrem Ärmel zerrte. Sie wirbelte herum und erstarrte. Was sie für das Echo des Kampfes gehalten hatte, entpuppte sich als eine Armee knöcherner Füße, die langsam, aber unerbittlich den Gang entlang auf sie zukam.

»Thunin!«, schrie sie. Der Zwerg kämpfte sich zu ihnen vor. Mit grimmiger Miene warf er einen Blick auf die näher kommenden Skelette und sah dann zur Gruft zurück. Die beiden mussten allein mit den restlichen Angreifern zurechtkommen. Mit einem kämpferischen Schrei stürzte er sich der Knochenarmee entgegen. Vlaros erwachte aus seiner Lähmung und versuchte dem Zwerg mit seinen magischen Pfeilen zu helfen, doch sie flogen zwischen den nackten Rippen hindurch, ohne Schaden anzurichten. Bald war der Zwerg von Angreifern umringt. Seine Stimme übertönte das Klappern der Knochen und die klirrenden Schläge der Klingen. Geschickt schlug er einen Knochenmann nieder und hieb dann dem nächsten den Kopf herunter, so dass der Schädel in hohem Bogen davonflog und an der Wand zersplitterte. Thunin wollte sich gerade zu dem Angreifer hinter sich umdrehen, als dessen Schwert herabsauste. Der Zwerg duckte sich, dennoch streifte ihn die Klinge am Rücken und traf das alte Kettenhemd. Rolana sah, wie er vor Schmerz zusammenzuckte. Wenn sie ihm doch nur helfen konnte! Da erklang die Stimme ihres alten Lehrers in ihrem Kopf.

Sie sind nur die willenlosen Sklaven eines schwarzen Magiers. Es ist unsere Pflicht, gegen sie zu kämpfen, denn es ist kein Leben in ihnen, das wir zu schützen gelobt haben. Soma ist unser Verbündeter im Kampf gegen die Untoten.

Sie wusste nicht, was sie als unerfahrene Priesterin bewirken konnte, dennoch hob sie die Arme und streckte sie aus. Rolana holte tief Luft und donnerte über das Getöse hinweg: »Flieht, Sklaven des Bösen! Flieht! Kein natürliches Leben ist in euch, darum kehrt zurück in eure Gräber!«

Ein unheimlicher Wind erhob sich und zerrte an ihrem langen Haar. Sie schien zu wachsen, und ihre Augen blitzten. Die Kerzenflammen loderten auf und erloschen dann. Für einen Moment schien die Zeit still zu stehen. Die Skelette hielten in ihren Bewegungen inne, als seien sie zu Stein verwandelt. Dann plötzlich drehten sie sich alle wie auf ein Kommando um und rannten auf ihren knöchernen Füßen in wilder Panik den Gang entlang davon, das Getrappel verhallte in der Ferne. Die Gefährten standen wie erstarrt da und sahen Rolana ungläubig an. Langsam ließ sie die Arme sinken. Der Zwerg fand als Erster seine Sprache wieder.

»Das war«, keuchte er und suchte nach den richtigen Worten, »das war…«

»… eine beeindruckende Vorstellung«, ergänzte Ibis und nickte anerkennend.

Rolana lief rot an. »Ich bin selbst überrascht«, gestand sie. »Ich habe so etwas noch nie gemacht. Das waren die ersten Untoten, denen ich begegnet bin.«

Die Elbe klatschte in die Hände. »Für einen ersten Versuch lässt sich das Ergebnis wirklich sehen. Ich bin neugierig, wie du mit Ghulen und Mumien fertig wirst.«

Rolana schüttelte sich. »Ich hoffe, ich werde nie in meinem Leben solchen Wesen begegnen.«

Ibis konnte ihr da nicht zustimmen, doch die junge Priesterin ging nicht darauf ein. Sie trat zu Thunin und forderte ihn auf, ihr seine Verletzung zu zeigen, die er vom Schwert des Untoten davongetragen hatte. Verlegen wehrte er ab, aber Rolana blieb hart, bis er Wams, Kettenpanzer und Hemd auszog und sich seinen Rücken untersuchen ließ. Die Haut war zwar an einigen Stellen aufgeplatzt, doch es war die starke Prellung, durch die sein Rücken bereits blau anlief, die ihm noch eine ganze Weile Beschwerden bereiten würde.

Die Gefährten verließen die Gruft des Grafen und folgten weiter dem Gang.

Der Drache konnte keine Ruhe finden, und so suchte er wieder nach den Gedanken der Menschen, die durch das Labyrinth wandelten. Er konnte sie jetzt viel klarer empfangen. Doch was war das? Das Amulett hatte sich einen neuen Träger gesucht: eine junge Frau mit starkem Willen und festem Glauben. Ganz deutlich fühlte er die Schwingungen. Das Amulett zog seinen Geist an und verband ihn mit der Auserwählten. Vorsichtig griff er nach ihren Gedanken und folgte ihrem Blick, der wohlgefällig auf einem jungen Mann ruhte. Er wandte ihr den Rücken zu und machte sich an einem kleinen Lagerfeuer zu schaffen. Peramina spürte die Zerrissenheit und den Zweifel, der in der Brust der jungen Priesterin pochte.

Seit vielen Jahren dachte Rolana zum ersten Mal wieder an ihren Verlobten, den sie so leichten Herzens verlassen hatte, um Soma zu dienen. Er war von schöner Gestalt gewesen, freundlich und gebildet, doch er hatte nie solch verwirrende Gefühle in ihr ausgelöst wie der vor ihr kniende breitschultrige Kämpfer, der so mutig und stark und dann wieder so tollpatschig und hilflos sein konnte. Was wusste sie schon über ihn, den Sohn einer kinderreichen Bauersfamilie aus dem Süden, dessen Kindheit so ganz anders verlaufen war als die der Tochter des reichen Senators von Lichtenfels aus Ehniport? Er wusste nichts von den Dingen, die sie so faszinierten, und konnte ihren starken Glauben an Soma nicht teilen, und doch zog er sie seltsam an.

Der Drache griff nach ihr. Es reizte ihn, sich ihrem Geist zu nähern, und so drang er vorsichtig noch tiefer in Rolanas Gedanken ein.

Mit einem Schrei sprang die junge Priesterin auf. Bewegungslos stand sie da und starrte mit weit aufgerissenen Augen in die Finsternis. Unbehaglich sahen sich die anderen um. Das Feuer erhellte nur einen Teil des Raumes, in dem sie lagerten, doch sosehr sie ihre Augen auch anstrengten, sie konnten nichts Beunruhigendes entdecken. Cay berührte sie vorsichtig an der Schulter.

»Was hast du denn?«

Langsam wie eine Schlafwandlerin drehte sich Rolana um. Ihr Blick kehrte aus der Ferne zurück. Sie ließ sich wieder neben dem Feuer auf den Boden sinken und schüttelte ratlos den Kopf.

»Es ist nichts. Ich hatte nur so ein merkwürdiges Gefühl, so als wolle jemand in meine Gedanken eindringen.« Sie lachte unsicher. »Entschuldigt, dass ich euch erschreckt habe.« Sie nahm ein Stück Brot und kaute abwesend darauf herum.

Die Elbe nickte und lächelte weise. »Das sind die ersten Anzeichen eines Verlieskollers. Das kenne ich.«

Vlaros legte ihr die Hand auf den Arm, ohne Cays gerunzelte Stirn zu beachten.

»Die Finsternis zerrt an unseren Nerven. Seit Tagen sehen wir nur feuchte Gänge und Grüfte. Da brauchst du dich nicht zu schämen, wenn du einmal die Fassung verlierst.«

Rolana öffnete den Mund, doch sie sagte nichts. Das Bild einer riesigen Echse stieg vor ihr auf. Die Bernsteinaugen durchbohrten sie. Fassungslos wanderte ihr Blick über das kupferglänzende Schuppenkleid, die ledrigen Schwingen, die klauenbewehrten Füße und den schweren Kopf mit den scharfen Hornfortsätzen. Der Drache öffnete das Maul und ließ seine spitzen Zähne sehen. Rauchschwaden stiegen aus seinen Nüstern. Dann legte er sich auf seinen glitzernden Münzenberg und schloss die Augen.

»Rolana?« Cay hielt ihr ein Stück streng riechenden Käse hin.

Die junge Frau schreckte hoch. Es dauerte eine Weile, bis sie wieder wusste, wo sie sich befand. Sie blinzelte und starrte Cay an, dann schüttelte sie den Kopf und legte auch den Rest Brot, den sie noch in ihrer Hand hielt, in den Beutel zurück. Sie spürte die fragenden Blicke der Gefährten auf sich ruhen, doch wie konnte sie ihnen von ihren Visionen erzählen?

»Ich bin müde«, sagte sie daher nur und wickelte ihre Decke um sich. Thunin nickte, sah sie aber immer noch skeptisch an.

»Wir sollten jetzt alle schlafen. Ich übernehme die erste Wache, dann Cay, Ibis und zuletzt Vlaros.« Er schnitt Rolanas Protest mit einer energischen Handbewegung ab. »Du brauchst deinen Schlaf!«, sagte er in einem Ton, der keine Widerrede duldete.

Sie träumte von einem großen Drachen. Er sprach mit ihr, und er sah tief in ihr Herz, doch sie empfand keine Angst. Rolana stand auf und trat zu ihm. Sie berührte seine Schuppen. Glatt und warm streiften sie ihre Hand. Ein Gefühl von Geborgenheit durchflutete die junge Frau, und sie lächelte im Schlaf.

Der Tag begann so trübsinnig, wie der vorherige geendet hatte. Feuchte Gänge und Hallen wanden sich endlos durch die Tiefen des Berges. Die Einsamkeit schlich eisig durch die Finsternis und grub sich zerstörerisch in die Seelen der Freunde. Der einzige Lichtblick des Tages war eine Zisterne mit genießbarem Wasser, die sie in einer Halle fanden. Erleichtert tranken sie ausgiebig und füllten dann ihre Schläuche. Für kurze Zeit fühlten sie sich erfrischt und schöpften neuen Mut, doch schon nach wenigen Stunden stolperten sie wieder matt und lustlos die Gänge entlang. Die Gespräche waren verstummt, nur das Echo schleuderte den Klang ihrer Schritte von Wand zu Wand.

»Menschen und Zwerge!«, brummte die Elbe und schüttelte den Kopf. »Müssen sie sich immer anhören, als wäre eine Horde wilder Orks unterwegs?«

Spielerisch ließ sie die Hand über die glatten Steine an der Wand gleiten, als ihre Finger plötzlich auf einen Widerstand stießen. Ibis blieb so unvermittelt stehen, dass Vlaros, der hinter ihr ging, auf sie prallte.

»Halt!«, rief die Elbe laut. Thunin und Rolana, die einige Schritte voraus waren, blieben stehen und wandten sich um, doch bevor sie fragen konnten, was denn los sei, raste mit ohrenbetäubendem Rasseln ein schweres Eisengitter aus der Decke und knallte auf den Boden. Donnergrollend sprang das Echo von den Wänden zurück, wanderte den Gang entlang und verhallte schließlich in der Ferne. Eine Weile herrschte Totenstille. Sprachlos starrten sie sich durch das Gitter an, das den Gang abriegelte. Thunin und Rolana auf der einen, Ibis, Cay und Vlaros auf der anderen Seite.

»Was nun?« Ibis fand als Erste ihre Sprache wieder. Sie fluchte laut und unfein. Der Zwerg stemmte die Hände in die Hüften. Seine Stimme klang müde.

»Wenn dir keine Flüche mehr einfallen, dann kannst du ja mal etwas Sinnvolles tun und mithelfen nach dem Mechanismus zu suchen, mit dem man das Gitter wieder hochziehen kann.«

Ibis murrte vor sich hin und schimpfte über Zwerge und Menschen, die immer blindlings in Fallen tappten, doch sie machte sich an die Arbeit. Eifrig suchten die Gefährten jeden Fingerbreit auf beiden Seiten des Fallgitters ab, vergeblich. Dann versuchten Thunin und Cay das Gitter hochzustemmen, doch es rührte sich nicht einmal. Auch mit einem Brecheisen war hier nichts zu machen, und dieses Mal konnte selbst Vlaros nicht helfen. Sein Fläschchen mit der magisch verstärkten Säure war leer. Erschöpft standen sie sich wieder gegenüber, und jeder scheute sich, das Unausweichliche auszusprechen.

»Uns bleibt nichts anderes übrig. Wir müssen uns trennen«, seufzte Thunin schließlich.

Cay presste Gesicht und Hände gegen das Gitter und

starrte Rolana an. »Das ist viel zu gefährlich«, stieß er hervor. Ihre Finger berührten leicht die seinen.

»Hast du eine andere Idee?«

Cay schwieg. Die Elbe legte ihm den Arm um die Hüfte und lächelte ihn an.

»Kopf hoch. Wir werden uns schon wiedertreffen. Mit wem soll ich mich denn streiten, wenn ich diesen dickköpfigen alten Zwerg verliere? Außerdem brauche ich jemanden, der mich raushaut, wenn ich meine Nase mal wieder zu tief in den Schlamassel gesteckt habe.«

Seufzend entzündete der Schwertkämpfer eine Fackel und folgte Ibis und Vlaros, und auch Thunin und Rolana machten sich auf den Weg. Die Lichter entfernten sich, und bald hüllten die Schatten das Gitter in undurchdringliche Finsternis. Eine Ratte streckte ihre Nase misstrauisch schnüffelnd aus der schmalen Öffnung zwischen zwei Steinen. Ihr schriller Pfiff hallte klagend von den Wänden wider.

Cays Herz wog schwer in seiner Brust. Er konnte die Zuversicht der Elbe nicht teilen, doch er fürchtete sich auch davor, den schrecklichen Gedanken zuzulassen, Rolana auf diese Weise zu verlieren. Cay war an Gefahr und Kummer gewöhnt. Er hatte in seinem Leben gelernt, Abschied zu nehmen und immer wieder neue Wege zu beschreiten. Entbehrungen konnte er mit Gleichmut aushalten, und es machte ihm nichts aus, dass er die Pfade des Schicksals oft nicht zu deuten wusste, doch dieses Mal begehrte es in ihm auf, und er war nicht bereit, die Fügung, die ihn von Rolana und Thunin trennte, einfach so hinzunehmen. So wie er auch nicht bereit gewesen war, den Platz, den seine Familie ihm zugedacht hatte, anzunehmen.

Cay wächst im Süderland, an der zerklüfteten Küste vor der Insel Calphos auf. Seine Eltern und die Brüder bewirtschaften einen kleinen Hof, doch das Land ist karg und der Pachtzins hoch. Nicht immer stehen die Kinder satt vom Tisch auf. In manchem harten Winter ziehen die Bauern der umliegenden Höfe zusammen in den Wald, um zu jagen. Zwar hat der Graf, der das Wildbret für sich allein beansprucht, den Pächtern die Jagd verboten, aber da seine Männer meist nur kommen, um den Pachtzins einzutreiben, werden die Bauern nur selten bei ihrem Waldfrevel erwischt.

An einem sonnigen Frühlingstag läuft Cay zum ersten Mal von zu Hause weg. Mit einem kleinen Bündel auf dem Rücken macht er sich in den Wald auf, um die Elben zu suchen, von denen ihm die Mutter immer wieder erzählt. Er hofft auf ein großes Abenteuer und hält nach den vielen seltsamen Wesen Ausschau, die die abendlichen Geschichten bevölkern, doch er kann keines davon erblicken, und auch sonst widerfährt ihm nichts Aufregendes. Cay ist enttäuscht. Nach den Geschichten und zahllosen Drohungen der Mutter hat er sich die Wälder düsterer und gefährlicher vorgestellt.

Es dauert nur wenige Stunden, bis ihn seine Brüder finden und den schreienden und sich wehrenden Knaben zurück nach Hause schleppen. Cay ist wütend und fühlt sich um sein Abenteuer betrogen. Der Vater verpasst ihm eine kräftige Tracht Prügel, so dass der Junge tagelang das Sitzen vermeidet, und dennoch ist das Fernweh in ihm erwacht und lässt sich nicht mehr zum Schweigen bringen.

Es ist ein hartes Leben, und wenn die Reiter ihres Landesherrn kommen, nehmen sie sich, was ihnen gefällt. Es gibt die Zehntsteuer, doch nur zu oft, wenn die Ernte gut ist, packen sie noch viel mehr auf ihren Wagen. Immer wieder versuchen die Bauern wenigstens einen Teil ihres Viehs rechtzeitig im Wald zu verstecken, doch nicht nur nach Korn und Schweinen steht den Reitern der Sinn. Cay wird wohl nie die Bilder vergessen, wenn die Brüder laut schreiend zum Hof rennen: »Sie kommen, sie kommen!« Und der Vater, Mutter und Schwester packt, um sie in den hintersten Keller zu pferchen, bis die Männer des Grafen den Hof wieder verlassen haben. In geselligen Runden bei Schlehenwein und Met erzählen sich die Alten, welche Gräueltaten die Gräflichen auf den Höfen schon angerichtet haben.

Cay ist unzufrieden. Die Vorstellung, wie sein Vater sein ganzes Leben als Bauer zu verbringen, birgt einen unerträglichen Schrecken in sich. Er will nicht ohnmächtig den Launen eines Landesherrn ausgeliefert sein. Er träumt von der Freiheit, einem Leben auf dem Meer, einem Leben als mutiger Kämpfer, der Kaufleute und schöne Frauen beschützt. Immer wenn er seinen Pflichten entwischen kann, läuft er zum Strand hinunter oder klettert über die windgepeitschten Klippen. Sehnsuchtsvoll sieht er den Schiffen nach, die in sicherem Abstand an der gefährlichen Felsküste vorbeisegeln.

Cay ist sechzehn, als eines Tages ein Handelsschiff in der Bucht strandet. Neugierig läuft der Junge zum Strand und sieht den Männern zu, die sich abmühen, das Schiff von der

Sandbank zu ziehen. Der bunt gemischte Haufen Seeleute gefällt ihm, und schon bald packt er mit an, schleppt Kisten und nagelt Planken wieder fest. Als die Flut kommt und das Schiff befreit, steht Cay an der Reling und nimmt ohne Bedauern von seinem bäuerlichen Leben Abschied. Keinen Augenblick hat er gezögert, als die Männer ihn aufforderten, als Schiffsjunge mit an Bord zu kommen. Nun spürt er das ungewohnte Rollen unter seinen Füßen, saugt die würzige Seeluft in seine Lungen und lauscht dem Wellenschlag und dem heiseren Krächzen der Möwen.

Cay ist an harte Arbeit gewöhnt, und so liebt er das Leben auf See. Nur selten denkt er noch an die Eltern und Geschwister, doch dann plagt ihn das schlechte Gewissen. Nach einigen Monaten bittet er seinen Freund, den Smutje Kevin, einen Brief für ihn zu schreiben, und gibt ihn in Ehniport einem Händler mit, der nach Süden reist, aber Cay erfährt nie, ob der Brief sein Ziel erreicht.

Die Abende verbringt Cay oft mit Kevin zusammen. Sie sitzen in den Taurollen und lauschen dem Plätschern der Wellen und dem Säuseln des Windes. Kevin erzählt Geschichten. Cay ist überzeugt, dass sich nicht eine wirklich so zugetragen hat, doch das stört ihn nicht. Der Smutje kann einfach spannend erzählen. Cay liebt es, in den funkelnden Sternenhimmel zu sehen und sich von Kevins tiefer Stimme zu aufregenden Abenteuern in fremde Welten entführen zu lassen.

»Warum hast du nie Lesen und Schreiben gelernt?«, fragt ihn der Smutje eines Abends.

Der junge Bursche errötet. »Dazu war nie Zeit. Sobald ich kräftig genug war, musste ich mit aufs Feld, das Vieh hü-

ten oder den Garten von Unkraut befreien. Wozu muss ein Bauer oder ein Schiffsjunge lesen und schreiben können?«

Kevin wiegt den Kopf hin und her. »Willst du dein ganzes Leben als Schiffsjunge verbringen? Etwas Neues zu lernen ist nie ein Fehler. Also, wenn du willst, dann bringe ich es dir bei.«

Sie üben jeden Abend, und obwohl es Cay sehr schwer fällt, gibt er nicht auf, und Kevin verliert nie die Geduld mit ihm. Als der Bursche so weit ist, dass er ganze Sätze langsam lesen kann, schenkt ihm der Smutje ein Buch über tapfere Seefahrer, versunkene Städte und schreckliche Seeungeheuer, und wenn Kevin keine Lust hat, Geschichten zu erzählen, liest Cay aus seinem Buch vor.

Viel freie Zeit hat Cay auch während der Jahre auf See nicht, denn auf der Gonola *muss er hart mit anpacken, doch die Arbeit macht ihm Spaß. Seine Freundschaft zu Kevin und den anderen Seeleuten bleibt ihm immer als etwas Besonderes in Erinnerung.*

Cay fährt bereits vier Jahre zur See, als er bei einer Fahrt den Waffenmeister Phillos kennen lernt, der seinem Leben eine erneute Wende geben soll. Bewundernd sieht Cay dem drahtigen Mann zu, wenn er an Deck das Schwert durch die Luft schwirren lässt oder in einem wirbelnden Tanz mit dem Säbel gegen einen unsichtbaren Gegner ficht.

»He, Junge, komm mal her!«, ruft er an einem sonnigen Tag, als die Gonola *im Thyrinnischen Meer nach Süden kreuzt.*

»Ich?« Cay sieht ihn ungläubig an. Was will der große Waffenmeister von einem Schiffsjungen? Hastig springt er herbei, um dem Herrn zu Diensten zu sein.

»Hast du schon einmal mit dem Schwert gekämpft?«

Cay schüttelt den Kopf und umklammert ungeschickt die schwere Waffe, die Phillos von Ceranti ihm reicht.

»Ich habe dich in den letzten Tagen beobachtet. Du bist kräftig und flink. Du könntest einen ganz passablen Schwertkämpfer abgeben. Willst du es einmal versuchen?«

Cays Augen glänzen. Unfähig, auch nur einen Ton herauszubekommen, nickt er stumm. Doch die Ernüchterung lässt nicht lange auf sich warten. Sosehr er sich auch müht, das Schwert in seiner Hand scheint sich über ihn lustig zu machen, und oft besteht eher die Gefahr, dass er sich selbst verletzen könnte als seinen Gegner. Entmutigt lässt Cay die Klinge sinken.

»Das war nicht schlecht für den Anfang«, lobt der Waffenmeister.

Cay starrt ihn an, doch er kann aus den Worten keinen Spott heraushören.

»Aber ich habe mich doch schrecklich ungeschickt angestellt!«

Der dunkelhäutige, drahtige Mann lacht. »Glaubst du etwa, du könntest in nur wenigen Stunden zum Schwertkämpfer werden? Die jungen Männer, die ich ausbilde, bleiben meist fünf Jahre bei mir und trainieren jeden Tag mehrere Stunden, und selbst dann sind nur wenige unter ihnen, die ich als gut bezeichnen würde.«

»Fünf Jahre!« Cay reißt erstaunt die Augen auf.

»Ja, Fechten ist eine Kunst, die nicht nur Muskelkraft erfordert. Du musst eins werden mit deiner Waffe, *und jeder Schlag, jeder Stoß muss unendlich oft geübt werden, bis*

er so natürlich wird, wie einen Fuß vor den anderen zu setzen.«

»Würdet Ihr… dürfte ich noch einmal?«, stottert der junge Mann verlegen.

»Sieh dich um.« Phillos deutet auf das tiefblaue Meer, das sich endlos bis zum Horizont erstreckt. »Wir haben viele Tage Zeit, an denen ich der Langeweile entgehen muss.«

Von nun an verbringt Cay jede freie Minute mit dem Schwert in der Hand. Geduldig bringt der Waffenmeister dem ungestümen Burschen die Grundzüge des Schwertkampfes bei und sieht mit Erstaunen, wie schnell Cay dazulernt. Zum ersten Mal werden dem Schiffsjungen seine Pflichten an Bord zur Last, und als Phillos ihm anbietet, ihn in Ehniport weiter auszubilden, sagt Cay begeistert zu. Eilig macht er sich zu Kevin auf, um ihm die frohe Botschaft zu berichten.

»So, du gehst also in Ehniport von Bord«, brummt Kevin und schneidet weiter grünen Kohl.

»Freust du dich denn nicht für mich?«, fragt Cay gekränkt. »Du hast doch gesagt, man soll im Leben immer noch etwas dazulernen.«

»Das schon, aber muss man damit andere Menschen umbringen?«

»Du siehst das falsch«, verteidigt sich der Schiffsjunge. »Ich lerne den Kampf, um Menschen zu beschützen. Es ist eine große Chance für mich, bei Meister Phillos lernen zu können. Andere bezahlen viel Geld für diese Ausbildung.«

Kevin nimmt sich eine Hand voll Zwiebeln aus der Kiste und sieht Cay ernst an. »Genau das macht mir Sorgen. Er *sieht mir nicht so aus, als würde er einem dahergelaufenen Schiffsjungen eine teure Ausbildung schenken.«*

Cay verschränkt die Arme vor der Brust. »Du bist sauer, weil ich es weiter bringen werde und du in deiner Kombüse bleibst.«

»Nein«, schimpft der Smutje, »ich werde dich vermissen. Du bist mein Freund, und ich gönne dir alles Glück der Welt, doch ich misstraue dem Schein falschen Goldes. Sei vorsichtig, Cay, und überlege es dir noch einmal gut. Was weißt du schon vom Leben?«

Eine Woche später geht Cay mit dem Waffenmeister in Ehniport von Bord. Lange noch steht er am Kai und winkt seinem Freund, dem Smutje Kevin, nach, dann folgt er seinem neuen Herrn zu dessen weitläufigem Anwesen vor den Toren der Stadt. Hier trainiert Phillos zahlende Schüler aus reichen Familien, aber auch einige Kämpfer, die für ihn selbst arbeiten. Er ist ein harter Lehrmeister, der keine Gnade kennt, doch auch gerecht. Cay wohnt mit vier anderen jungen Männern in einer kleinen Hütte am Rand des sandigen Kampffeldes. Jeden Morgen erhebt er sich schon vor Sonnenaufgang, um am Strand entlangzulaufen, dann, nach einem kargen Frühmahl, beginnt das Kampftraining. Schon nach drei Jahren ist aus dem Schiffsjungen ein passabler Schwertkämpfer geworden. An einem windigen Herbstabend ruft ihn Phillos zu sich. Cay wundert sich, was der Meister wohl von ihm will, denn bisher hat er ihn nicht mehr beachtet als seine anderen Schüler.

»Du wirst am Sonnabend einen Kampf für mich bestreiten«, sagt der Meister, kaum dass Cay die Tür hinter sich geschlossen hat.

»Einen Kampf?«, fragt Cay verwirrt.

»Ich habe mit dem Junker von Allerbach eine Wette abgeschlossen. Es geht um viel Geld, also enttäusche mich nicht. Der Kampf wird in der kleinen Arena hinter der alten Eiche ausgetragen.«

»Ihr gewinnt Geld, wenn ich siege?«, wiederholt der junge Kämpfer verdutzt.

»Ja, wenn du deinen Gegner tötest.«

Cay weicht zurück. »Ich soll einer Wette wegen einen Menschen töten? Nein, Meister, das kann doch nur ein Scherz sein!«

Die Miene des Waffenmeisters ist undurchdringlich. »Das ist alles andere als ein Spaß. Du solltest nicht vergessen, dass dein Gegner darauf aus ist, dich zu töten.«

Cays strahlend blaue Augen verengen sich zu Schlitzen. »Meister, Ihr habt viel für mich getan, und ich bin Euch sehr dankbar, aber diesen Wunsch muss ich Euch abschlagen. Ich bin bereit, mein Schwert zu erheben, um Leben zu schützen, doch ich werde nicht um einer Wette willen töten.«

Phillos von Ceranti öffnet eine Schublade in seinem Sekretär und zieht ein Blatt Pergament heraus, das dicht mit kleinen schwarzen Zahlen bedeckt ist.

»Weißt du, was das ist?«, fragt er ruhig.

Cay tritt näher, sein Blick streicht über die Zahlenreihen. Er schüttelt den Kopf.

»Das ist eine Auflistung deiner Schulden. Glaubst du, nur weil du ein netter Kerl mit ein wenig Talent bist, bekommst du alles geschenkt? Deine Unterkunft, dein Essen, deine Ausbildungsstunden, das Schwert, der Waffenrock,

deine Kleider und Stiefel. All das musst du irgendwann bei mir abarbeiten und mir wieder zurückzahlen.«

Cay wird es ganz schwindelig. Wie hatte er nur so naiv sein können?

»Keine Sorge, Meister«, keucht er. »Ihr werdet Euer Geld zurückerhalten, bis zum letzten Kupferstück! Ich werde mir eine Arbeit suchen und dann …«

Mit einer heftigen Handbewegung schneidet der Waffenmeister ihm das Wort ab.

»Nein! Du wirst deine Ausbildung hier fortführen, und du wirst die Arbeiten erledigen, die ich dir auftrage. Wenn du das Anwesen ohne meine Erlaubnis verlässt, dann lasse ich dich beim Senat für vogelfrei erklären. Bei der Schuldensumme ist das kein Problem.« Er tippt auf eine Zahl mit unheimlich vielen Ziffern. »Wenn du dich an meine Anweisungen hältst, dann bist du in drei oder vier Jahren ein hervorragender Kämpfer und frei zu tun, was immer du willst. Andernfalls könnte es sein, dass du zur Belustigung meiner Gäste den wilden Hunden zum Fraß vorgeworfen wirst. Und nun geh. Ich erwarte dich am Sonnabend eine Stunde vor Sonnenuntergang am Tor.«

An diesem Abend verliert Cay den letzten Rest seiner kindlichen Unschuld, als sich unter dem Gejohle der Zuschauer sein Schwert in das Herz des anderen jungen Mannes senkt. Blut strömt ins Gras im Rund der alten Steine, dort draußen vor der Stadt, wo einst ein vergessenes Volk zu seinen Göttern betete. Traurig denkt Cay an Kevins Worte, die er so leichtfertig in den Wind schlug.

Es bleibt nicht der letzte Kampf, den Cay für seinen Meister austragen muss. Seine Bewunderung wandelt sich zu

Abscheu und Hass, doch er hat keine Wahl. Das Jahr vergeht, es wird wieder Herbst, und dann kommt der Winter. In Ehniport greift ein unheimliches Fieber nach den Menschen und rafft sie in nur wenigen Tagen dahin. Eines Morgens kommt der Waffenmeister nicht zum Training. Drei Tage später ist er tot. Ohne Bedauern packt Cay sein Bündel, noch ehe Phillos' Söhne ihren Streit beenden, wer die Nachfolge des Vaters antreten soll. Bevor er das Anwesen verlässt, dringt Cay in die Schreibstube ein, zerrt einen ganzen Stapel mit Zahlen bedeckter Blätter aus dem Sekretär und wirft sie ins Kaminfeuer. Dann sattelt er seinen klapprigen Gaul und reitet davon. Eine Weile treibt er sich noch in Ehniport herum, doch die Angst, seine Vergangenheit könnte ihn in Gestalt der Erben des Waffenmeisters einholen, treibt ihn weiter nach Westen, bis er schließlich in der schönen Magierstadt am Adasee eintrifft, dort, wo sein Leben erneut seine Richtung ändert.

6
Getrennte Wege

Thunin und Rolana folgten dem gemauerten Gang, der sich durch die Dunkelheit wand. Sie marschierten einige Stunden, doch keine Abzweigung war zu sehen. Endlich erreichten sie einen quadratischen Raum, der anscheinend keinen Ausgang hatte.

Erschöpft sank Rolana zu Boden und lehnte sich an die Wand. Es war aber nicht nur die tiefe Müdigkeit, die sie davon abhielt, sofort umzukehren, um nach einer verpassten Abzweigung zu suchen. Wie eine giftige Schlange regte sich die Furcht, es könne hier für sie und den Zwerg ohne einen Ausweg enden. Thunin sah sie aufmerksam an und ließ sich dann mit einem Stöhnen auf den Boden plumpsen.

»Gute Idee, die Beine ein wenig auszustrecken.« Er rekelte sich und gähnte, zog dann den Trinksack heraus und bot ihn mit einem betont sorglosen Lächeln Rolana an.

Rolana sagte nichts, trank aber einen Schluck. Sie gab Thunin den Schlauch zurück, obwohl ihre Kehle danach schrie, ihn bis zum letzten Tropfen leer zu trinken.

»Wir sollten weiter«, sagte sie nach einer Weile matt, machte jedoch keine Anstalten, sich zu erheben.

Von Thunin kam keine Antwort, und als Rolana den Kopf wandte, sah sie, dass seine Augen geschlossen waren und sich sein Brustkorb in regelmäßigen Zügen hob und senkte. Müde lehnte Rolana sich wieder zurück und lauschte seinen Atemzügen, die bald in ein Grunzen und dann in ein dröhnendes Schnarchen übergingen. Rolanas Gedanken wanderten wieder zu dem Drachen. Sie schloss die Augen und sah eine domartige Höhle, deren Wände rötlich schimmerten. Langsam näherte sie sich dem Münzenberg, auf dem der Drache ruhte und sie aus schlitzförmigen Pupillen beobachtete.

Während ihr Geist durch die Drachenhöhle wanderte, strichen ihre Finger über die Wand an ihrer Seite. Sie ertasteten glatten Stein und schmale Fugen und schlossen sich dann plötzlich um einen eisernen Knauf. Rolana riss die Augen auf. Das Bild des Drachen verschwand. Vorsichtig zog sie an dem Knauf, dann drückte sie ihn. Ein scharrendes Geräusch erklang vor ihren Füßen, und dann glitt eine große Steinplatte weg und ließ ein dunkles Loch zurück.

»Thunin!«, keuchte die junge Frau und sprang auf die Beine. Der Zwerg brummte.

»Thunin! Wach sofort auf!«

Sie rüttelte ihn, ohne auf seine Proteste zu achten. Gequält öffnete er ein Auge, doch als er das Loch im Boden sah, war er sofort hellwach. Er legte sich auf den Bauch und hielt die Lampe in die Öffnung. Rolana drängte ihn ungeduldig, ihr endlich zu sagen, was er denn sehen konnte.

»Dürfte so etwa zehn Fuß tief sein. Unten ist gestampfter Lehm mit einigen Steinen. Der Raum ist nicht besonders groß«, hörte sie die dumpfe Stimme des Zwergs, der sich weit in das Loch hinunterlehnte. Die Enttäuschung griff nach ihrem Herzen.

»Du meinst, es geht dort unten nicht weiter?«, fragte sie und schluckte die aufsteigenden Tränen herunter.

Thunin rappelte sich wieder auf. »Das kann ich erst sagen, wenn ich mir das aus der Nähe angesehen habe.«

Da Rolana sich weigerte, oben auf ihn zu warten, half er ihr als Erstes hinunter, reichte ihr das Gepäck und ließ sich dann selbst langsam durch das Loch gleiten. Einen Augenblick hing er noch mit den Fingerspitzen an der Steinplatte oben, dann landete er mit einem dumpfen Schlag neben Rolana. Aufmerksam sahen sie sich in dem Raum um und entdeckten dann in einer Nische tatsächlich eine mannshohe Steinplatte, die man zur Seite schieben konnte. Mit neuem Mut betraten sie einen von Balken gestützten Stollen. Rolana schritt wieder munter aus, aber Thunin rief sie mit scharfer Stimme zurück. Sie sah ihn fragend an, doch der Zwerg beachtete sie nicht. Er ließ den Strahl der Lampe über die Decke und die Stützbalken schweifen und schnüffelte laut. Unwillig schüttelte er den Kopf. Er trat an einen der Balken heran und rüttelte ein wenig an ihm. Der Balken löste sich aus seiner Verankerung und sackte dann mit einem Seufzer in sich zusammen. Steine und Staub lösten sich von der Decke und prasselten auf sie hernieder. Hustend und spuckend wichen die beiden zurück.

»Was ist das für eine Magie?«, fragte Rolana erstaunt und deutete auf den Haufen kleiner Holzsplitter, die alles waren, was von dem Stützpfeiler übrig geblieben war.

»Trockenfäule«, knurrte der Zwerg.

Misstrauisch beäugte die junge Frau die Holzstämme, die die Decke trugen, dann folgte sie dem Zwerg, eifrig darauf bedacht, nichts zu berühren.

Sie folgten dem Gang, der erst ein Stück anstieg und dann stetig bergab führte. Vom Lichtschein ihrer Lampe aufgescheucht, wuselten Mäuse quiekend davon und verschwanden in den zahlreichen schmalen Ritzen und Spalten. Dann wurde es ruhig. Nichts bewegte sich. Rolana stolperte über zwei tote Ratten. Einige Schritte weiter lag wieder eine. Sie beachtete sie nicht, doch als sie kurz darauf eine ganze Hand voll verendeter Nager sah, blieb sie stehen. »Woran die wohl alle gestorben sind?«, fragte sie sich laut, doch Thunin antwortete nicht.

In Gedanken weilte Thunin weit fort von diesen nicht enden wollenden, lichtlosen Gängen. Ihm fehlte die Luft zum Atmen, die strahlende Sonne, das Rauschen der kühlen Wälder, die saftigen Wiesen im Sonnenschein und die schimmernd grünen Seen, an deren Ufer sich das Schilf im Wind wiegt. War er nicht aus dem normalen Leben eines Zwergs ausgebrochen, um den finsteren Stollen der Bergwerke und dem dröhnenden Geräusch der Hämmer, die zum Alltag der Zwerge gehörten, zu entfliehen?

Nein, niemand hatte ihn verstanden, den Träumer und Einzelgänger, der sich bei jeder Gelegenheit von seinen Pflichten davonstahl, um im duftenden Gras zu liegen und den Wolken nachzusehen, wie sie in immer fantastischeren Gestalten über den Himmel glitten.

Sein Vater betrieb mit den älteren Brüdern die Schmiede, und so wurden seine Kindheitserinnerungen von dem großen Blasebalg beherrscht, den er stundenlang bedienen musste, und von der glühenden Hitze, der man in der Schmiede nirgends entgehen konnte. Ach, wie gut tat es da, das gerötete Gesicht und die blasenbedeckten Hände im taufeuchten Gras zu kühlen.

»Ich werde später auch Schmied!«, verkündet Ystop, der Älteste, stolz. Wann immer die Mutter ihn sucht, findet sie ihn schwarz vom Ruß in der Schmiede, wie er fasziniert dem Vater bei der Arbeit zusieht oder flink hin und her eilt, um ihm das gewünschte Werkzeug zu holen. Ystop ist stolz auf den Ruß im Gesicht und auf den Händen, und es gibt jeden Abend Streit, wenn die Mutter ihn zum Waschzuber vor das Haus schickt, um sich den Dreck und den Schweiß abzuwaschen.

Seine Brüder und auch die anderen jungen Zwerge hänseln Thunin, wann immer sich eine Gelegenheit bietet. Was ist er für ein seltsamer Zwerg, der Angst vor der Enge und der Dunkelheit hat? Die Mutter tröstet ihn und verspricht, es würde eines Tages vorbeigehen, und dann wäre auch er ein richtiger Zwerg. Doch will er so werden wie alle anderen? Nein! Allein die Vorstellung schmerzt ihn. Er sieht die Frauen und Männer der Sippe vor sich, wie sie abgearbeitet und staubig aus den Stollen kommen, die Gedanken nur noch bei einer kräftigen Suppe und dem warmen Lager, auf dem sie ihre müden Knochen ausstrecken können.

Die meisten seiner weitläufigen Sippe schürfen in den Bergen nach Kupfererz. Alt und krumm werden sie, aber niemals reich. Merkt denn niemand von ihnen, wie schön die Welt sein kann? Gönnen sie sich jemals die Ruhe, bei Sonnenaufgang durch den Wald zu laufen und dem Gesang der Vögel zu lauschen? Nein, er will kein Zwerg sein wie alle anderen. Kurz entschlossen packt Thunin sein Bündel und stiehlt sich nachts heimlich aus dem Haus. In seinem naiven Vertrauen auf die Güte der Natur macht er sich in die fremde, geheimnisvolle Welt auf.

Ein Fußtritt weckt ihn unsanft.

»He, wen haben wir denn da? Hat der Kleine sich verlaufen und Mamas Rockzipfel verloren?«

Die Meute lacht dröhnend. Thunin reibt sich den Schlaf aus den Augen und mustert schweigend die Männer, die um ihn herumstehen. Fünf Burschen mit ungepflegten Bärten und schmutzigen Kleidern, doch gefährlich glänzenden Klingen an ihrer Seite. Der Mann, der ihn so unsanft geweckt hat, gibt ihm noch einen Fußtritt und zieht dann einen langen Dolch hervor.

»Du hast doch sicher ein paar Goldstücke für uns?«

Thunin bringt kein Wort heraus. Er schüttelt nur den Kopf. Geld besitzt er nicht. Seit seiner Flucht aus dem Elternhaus hat er von Beeren und Wurzeln gelebt. Das kleine Messer in seinem Gürtel taugt weder zum Jagen noch als Waffe.

Der Mann greift wütend nach Thunins Bündel und leert die wenigen Habseligkeiten auf der Waldlichtung aus. Er durchwühlt alles gründlich, doch er kann keine einzige Münze finden. Voller Zorn zerfetzt er Thunins Decke, seinen zweiten Kittel und die Strümpfe, zerbeult den Blechtopf und die Laterne. Mit seinem Stiefel zerbricht er die Flöte, die sich Thunin geschnitzt hat, und schleudert die Teile ins Dickicht.

»Du kleiner Bastard!«, schreit er und schlägt auf den Zwerg ein. Blut schießt aus Thunins Nase, und dicke Tränen rollen über seine Wangen. Fassungslos starrt er den Mann an.

»Ich mache dich kalt«, schreit der. »Du hast mich geärgert, und wer den wilden Jack ärgert, wird aufgeschlitzt.«

Drohend schwingt er den Dolch vor Thunins Gesicht und weidet sich an der Angst in seinen Augen. Der Zwerg ist erstarrt. Er sieht in die kalten Augen seines Peinigers, während das schöne Bild seiner Welt in tausend Scherben zerspringt. Blitzschnell zieht ihm der Mann die Klinge über die bartlose Wange und lacht, als Thunin aufschreit und die Hand auf den Schnitt presst.

»Das ist erst der Anfang. Wir werden noch viel Spaß miteinander haben.«

»Verdammt, Jack, nun lass den Jungen in Ruhe, wir haben noch einen weiten Ritt vor uns«, mischt sich einer seiner Kameraden ein.

Jack tritt Thunin noch einmal in den Magen, so dass er vor Schmerz zusammengekrümmt liegen bleibt, dann lässt er von seinem Opfer ab, schwingt sich auf sein Pferd und folgt den anderen, die mit Geschrei und Gejohle in den Wald hineinpreschen.

Verletzt bleibt Thunin liegen. Erst zwei Tage später kann er sich wieder aufrappeln, um weiterzugehen, doch der Hunger schwächt ihn, so dass er nur langsam vorankommt. Fieberanfälle wechseln mit Schüttelfrost, und bald hat er jede Orientierung verloren. Er irrt durch den Wald und schleppt sich Schritt für Schritt weiter, bis er zusammenbricht.

Thunin hatte nie kämpfen wollen und alle Waffen verabscheut, doch hatte er eine Wahl gehabt? Seine Gedanken wanderten zu dem alten Mann, der ihn damals halb tot aufgelesen hatte. Es war Jahrzehnte her; Thunin wusste nicht mehr, wie viele.

Das Erste, was sich den Weg durch seine benebelten

Sinne bahnt, ist die gütige Stimme eines alten Menschen, der ihm ein bitteres Gebräu an die Lippen hält. Mit letzter Kraft dreht der Zwerg den Kopf weg.

»Du bist mir ja ein störrischer kleiner Geselle! Willst wohl unbedingt sterben? Ich finde, dazu bist du entschieden zu jung, also trink!«

Widerwillig schluckt Thunin. Als er die Lider öffnet, fällt sein Blick in ein Paar sanfte blaue Augen, die ihn über einem Gewirr aus weißem, krausem Haar freundlich ansehen. Das dazugehörende Gesicht ist in tiefe Furchen gelegt und von der Sonne gebräunt. Durch den schlohweißen Bart wirkt es noch dunkler. Das Haupthaar des alten Menschen ist zu einem sauberen Zopf geflochten.

»Nun, mein kleiner Freund, was tust du so allein in der Wildnis?«

Stockend erzählt Thunin seine Erlebnisse, und der Alte hört aufmerksam zu.

»Du hast gut daran getan, der Natur zu vertrauen«, sagt er. »Die Natur und die Tiere sind ohne Arglist. Diese ist nur den menschlichen Rassen zu Eigen. Deshalb musst du lernen, dich zu verteidigen, und was noch viel wichtiger ist, lernen, die Gefahren rechtzeitig zu erkennen, um ihnen aus dem Weg zu gehen. Ich habe lange gebraucht, um zu erkennen, dass die Tiere die treueren Freunde sind.«

Er krault einen jungen Braunbären, der sich zu seinen Füßen zusammengerollt hat. Dann ruft er den Esel herbei, der in einiger Entfernung friedlich grast. Gehorsam kommt das Tier angetrottet.

»Seit Jahren spreche ich nur noch mit meinen Tieren, und ich bin noch nie von ihnen enttäuscht worden.«

»Du kannst mit den Tieren reden?«, fragt der Zwerg aufgeregt.

»Warum denn nicht? Ich habe lange Zeit darauf verwendet, mir ihre Sprachen beizubringen.«

Thunin sieht den alten Waldläufer mit großen Augen an. Schwerfällig erhebt sich der Mann und lächelt.

»Komm mit mir, kleiner Zwerg. Du kannst bei mir bleiben, bis du wieder gesund bist, und ich glaube in dieser Zeit gibt es viele interessante Dinge für dich zu lernen.«

Der alte Waldläufer schenkt Thunin ein neues Leben. Aus Tagen und Wochen werden Jahre, und der Alte findet Gefallen daran, den wissbegierigen Zwerg zu unterrichten. Er lehrt ihn den Umgang mit Tieren, das Überleben in der Natur, die Jagd, Lesen und Schreiben und die Sprachen der Menschen und Elben. Doch auch auf den Kampf bereitet er ihn vor. Bald sind Thunin Axt und Schwert, Dolch und Kriegshammer vertraut. Es ist eine glückliche Zeit. Zwölf Jahre lebt Thunin bei dem alten Waldläufer, dann begräbt er seinen Freund unter der großen Trauerweide, wo er jeden Abend gesessen hat, um über den stillen See hinauszusehen, dessen leuchtendes Grün sich im scheidenden Tag in samtiges Nachtblau verwandelt.

Tagelang sitzt der Zwerg am Grab und weint. Er schläft sogar hier draußen. Auch der Bär rührt sich nicht vom Grab weg. Thunin kann die Trauer des Tieres spüren. Doch nach einer Woche verschwindet der Bär im Wald und kommt nicht wieder. Sind die Tiere klüger als die menschlichen Rassen? Mit schwerem Herzen packt der Zwerg sein Bündel und zieht weiter nach Osten. In sein Heimatdorf zurückzukehren kommt ihm nicht in den Sinn.

Rolana blieb stehen. Wieder lag eine ganze Anzahl toter Mäuse und Ratten auf dem Boden. Beunruhigt kniete sie sich nieder und drehte eines der Tiere vorsichtig mit dem Dolch um, doch sie konnte nicht entdecken, woran es gestorben war. Die Priesterin grübelte noch über das Massensterben der kleinen Nager nach, als sich in ihrem Kopf alles zu drehen begann. Bunte Farben wirbelten vor ihren Augen, und ohne einen Laut von sich zu geben, sackte sie in sich zusammen.

Thunin schreckte aus seiner Träumerei und beugte sich besorgt über die junge Frau. Auch er spürte den Schwindel, der ihn sogleich befiel. Der Zwerg hielt den Atem an und zerrte Rolana energisch hoch. Er lehnte sie gegen die Wand und stützte sie, damit sie nicht wieder in sich zusammensackte. Nur wenige Augenblicke später kam sie wieder zu sich. Ihr Gesicht hatte eine ungesunde, grünliche Färbung angenommen, sie hustete und würgte qualvoll und musste sich dann übergeben. Ihre Knie waren so weich, dass sie wieder zu Boden sinken wollte, doch Thunin hielt sie unerbittlich fest und drückte sie gegen die Wand.

»Geht es wieder? Wir müssen so schnell wie möglich hier verschwinden. Irgendein Gift oder Gas ist in der Luftschicht nahe dem Boden.«

Rolana nickte schwach und versuchte den Brechreiz zu unterdrücken. *Immer tief durchatmen,* sagte sie sich in Gedanken vor, und schon wenige Minuten später war sie so weit, dass die langsam weitergehen konnte, auch wenn sich ihre Beine anfühlten, als seien sie mit Gelee gefüllt.

Der Gang stieg nun wieder leicht bergan. Ein Windhauch kam ihnen entgegen, und die Luftschicht am Boden verdichtete sich zu einer wabernden, nebligen Masse, die zu ihren Füßen träge durch den Gang wogte. Manchmal war sie so dicht, dass Rolana und Thunin Mühe hatten, ihre Schuhe noch zu erkennen.

So schnell es ging, strebten sie voran. Langsam sorgten sie sich, wie sie in dieser tödlichen Atmosphäre rasten konnten, als sie sich einer Felsspalte näherten, die vor ihren Füßen in bodenlose Schwärze abfiel. Aus ihr quoll der trübe Dunst und floss in dichten Schwaden den Gang hinunter. Sie konnten nicht einmal erahnen, wie tief die Spalte war. Rolana war es, als griffen die Klauen der Dämonen, die tief in den Unterwelten im Gift ihrer Bosheit dahinvegetieren, nach ihren Beinen, um sie in ihren Schlund herabzuziehen. Die siebenköpfige Schlange zischte höhnisch mit ihrer gespaltenen Zunge und lauerte im Dampf versteckt auf ein ahnungsloses Opfer. Das grelle Gelächter der Dämonen hallte in Rolanas Ohren wider, und ihr Körper begann unkontrolliert zu zittern. Der Schweiß rann ihr in Strömen über die Stirn. Besorgnis stand Thunin ins Gesicht geschrieben, als er in ihre vor Angst geweiteten Augen sah. Die junge Frau war totenbleich.

»Was ist mir dir?«, fragte er und griff nach ihrer Hand.

Rolana sandte ein Stoßgebet an Soma und versuchte die Schreie in ihrem Kopf zu ignorieren.

»Alles in Ordnung«, stieß sie zwischen den Zähnen hervor. *Das sind nur die Nachwirkungen des Gifts,* redete sie beruhigend auf sich ein, um ihr aufgewühltes Gemüt zu beruhigen. *Es gibt keine Dämonen in diesem Höllenschlund.*

Der Zwerg sprang über die Spalte hinweg, und nach einem kurzen Zögern folgte ihm Rolana nach. Ohne sich noch einmal umzublicken, ließen sie diesen unheimlichen Ort hinter sich. Noch immer stieg ihr Weg leicht an, und bald zeigten ihnen die schrillen Pfiffe der Mäuse, dass die Gefahr gebannt war.

Cay, Vlaros und Ibis gingen bis zur letzten Kreuzung zurück und bogen dann in einen breiten Gang ein, an dessen Wänden zahlreiche kleine Nischen ausgespart waren. Von dichten Spinnweben und dem Staub der Zeit verhangen, kauerte in jeder ein menschliches Skelett.

»Hoffentlich wachen die nicht alle auf«, flüsterte Vlaros ängstlich, »jetzt, wo Rolana nicht bei uns ist.«

Die Elbe nickte. »Ja, das könnte ein kurzer Spaß für uns werden.«

»Oder für sie«, knurrte Cay grimmig und umklammerte den Schwertgriff.

Nach einigen hundert Schritten endete der Gang, doch schon nach kurzer Suche entdeckte die Elbe in einer Nische einen Durchschlupf, der sich bald zu einem Gewölbe weitete. Dieses führte zu einem roh behauenen Stollen, dessen Decke von mächtigen Balken abgestützt wurde.

»Du hast uns nie von Ehniport erzählt. Hast du lange dort gelebt?« Cay sah Ibis an, die an die Wand gelehnt dasaß und die Augen geschlossen hielt.

Die Worte verklangen und wurden von der Stille verschlungen, die wie ein düsteres Tuch über ihnen hing. Es dauerte eine ganze Weile, ehe Ibis mit leiser Stimme zu erzählen begann. Cay musste ein Stück näher rutschen, um ihre Worte zu verstehen.

»Ich war noch ein kleines Kind, als mich Ferule halb verhungert aus einem Müllhaufen ausgrub – so hat er es mir zumindest erzählt. Ich weiß nicht, ob es der Wahrheit entspricht. Erinnern kann ich mich an diese Zeit nicht mehr. Klar gefiel ich ihm, denn ich war klein und zierlich und für seine Zwecke daher ideal. Er gab mir zu essen, und dafür betrachtete er mich als sein Eigentum. Es dauerte nicht lange, da hatte er mir alle wichtigen Dinge, die man im Leben braucht, beigebracht: wie man an Wänden hochklettert und über Dächer steigt, wie man Schlösser knackt und Geldbörsen entwendet, wie man mit dem Schwert umgeht und mit dem Dolch Betrunkenen lautlos die Kehle durchschneidet. Ich habe viele Jahre für ihn gearbeitet, und glaube mir, ich war gut! Nur einmal wurde ich erwischt, doch das ist in Ehniport kein Problem. Ferule musste nur sein Zeichen hinterlassen, schon drückten die Wächter ein Auge zu und ließen mich entwischen.« Sie nickte nachdenklich.

»Mit der Macht ist es schon seltsam. Viele, die denken, sie läge in ihren Händen, sind in Wirklichkeit ohnmächtig. All die Grafen und Stadträte mit ihren wohlgenährten Bäuchen haben nicht einmal die Macht, einen Dieb festzuhalten, wenn es Ferule nicht gefällt. Die Angst vor seiner Rache hält sie alle in Schach.« Ibis trank einen Schluck aus dem Wasserschlauch und wischte sich dann den Mund an ihrem Ärmel ab.

»Weißt du, Recht ist ein dehnbarer Begriff. Ein Freund hat mir einmal aus einem dicken Buch vorgelesen, welche Gesetze sich die Stadträte so ausgedacht haben, doch die Regeln der nächtlichen Straßen sind ganz andere.« Ihre Stimme klang bitter.

»Ja, Ferule ist der wahre Herr von Ehniport. Er ist der uneingeschränkte Herrscher über Leben und Tod, der König der Unterwelt. Wenn er dich in seinen Fängen hat, kannst du gehorchen oder sterben.«

»Wie bist du ihm entkommen?«, fragte Cay.

»Eines Nachts kam Ferule ziemlich betrunken in den Unterschlupf zurück. Ich teilte zu dieser Zeit sein Lager. In dieser Nacht konnte ich nicht schlafen, daher lag ich wach, als sie kamen. Ich weiß nicht, wie es geschehen konnte, dass seine Sicherungsvorkehrungen versagten, denn Ferule ist ein misstrauischer Mann. Vielleicht war ihre Magie, die sie unbemerkt eindringen ließ, einfach besser, jedenfalls standen plötzlich zwei Männer in seiner Schlafhöhle. Ich spürte, dass sie ihn töten wollten, und griff zu den Waffen. Der Erste kam nicht einmal drei Schritte weit, da traf ihn mein Wurfdolch mitten ins Herz. Ferule wachte nicht einmal auf! Der Zweite jedoch war ein hartnäckiger Kerl, mindestens sechs Fuß hoch und breit wie ein Bär. Wir fochten durch die Höhle hin und her, aber dann trieb er mich gegen die Wand. Mit einem gemeinen Grinsen drückte er mir sein Schwert an die Kehle. Er war gut, doch ich war noch besser. Du hättest den verblüfften Gesichtsausdruck sehen sollen, als ich ihm mit der Linken meinen zweiten Dolch in die Brust stieß. Er war sofort tot.« Die Elbe zog eine Grimasse.

»Erst jetzt wachte Ferule auf und lallte etwas Unverständliches. Ich kippte ihm einen Eimer Wasser über den Kopf, dennoch brauchte er eine ganze Weile, bis er begriff, was geschehen war. Mein ganzes Leben habe ich ihn nie so verwirrt gesehen. Zum Dank gewährte er mir einen

Wunsch, und ich wollte frei sein.« Sie schwieg eine ganze Weile, ehe sie fortfuhr.

»Ich bin einmal bei dem Senator von Lichtenfels eingestiegen, und da habe ich ein Bild gesehen. Elbenmädchen waren darauf gemalt. Sie waren so wunderschön. Sie tanzten im Mondlicht an einem schilfgesäumten, silbern schimmernden See, und da habe ich mir eingebildet, irgendwann könnte ich sein wie sie, könnte mit den anderen Elben im Wald leben und mit ihnen glücklich sein.« Sie lachte hart, und auch Cay schmeckte die Bitterkeit auf der Zunge.

»Ibis, wie alt bist du eigentlich?«

Sie zuckte die Schultern. »Ich habe erst bei meinem zweiten Leben zu zählen begonnen, und das fing an, als ich vor fünf Jahren Ehniport hinter mir ließ. Die Jahre davor zählen nicht.«

Ibis starrte abwesend in die Glut. Ab und zu legte sie Holz nach. Vlaros schlief den Schlaf der Gerechten. Cay rollte sich am Feuer zusammen. Es dauerte eine ganze Weile, bis er einschlief, und auch dann folgten ihm Ibis' Worte durch seinen unruhigen Traum.

Er hatte das Gefühl, gerade erst die Augen geschlossen zu haben, als Ibis' Hand auf seiner Schulter ihn unsanft wachrüttelte. Sie hielt ihr kurzes Schwert in der Hand und flüsterte: »Sie kommen!«

Einen Moment lang war Cay verwirrt, doch dann erkannte er den Klang von knöchernen Füßen auf dem Steinboden. Er sprang auf und zog sein Schwert. Die beiden Freunde huschten zum Torbogen hinüber. Mit klopfendem Herzen lauschten sie den sich nähernden Schritten und dem leisen Klirren der Schwerter. In militärischem Gleichschritt kamen sie heran. Es waren so viele, dass Cay sie auf den ersten Blick nicht zählen konnte. Er sah nur die blitzenden, roten Augen auf sich zukommen und dann die blanken Waffen, die das Licht ihrer Lampe enthüllte, als er die Blende öffnete. Das erste Skelett erreichte den Platz vor dem Torbogen. Cay stürzte vor und streckte es mit einem einzigen Hieb nieder, doch bevor er sich dem nächsten zuwenden konnte, drangen schon zwei weitere auf ihn ein. Er ließ sich ein Stück zurückfallen, um wieder den schützenden Torbogen im Rücken zu haben. Auch auf Ibis drangen die Angreifer nun ein. Mit einem grimmigen Lächeln auf den Lippen schwang die Elbe ihr Schwert. Bald tropfte Blut aus ihrer kaum verheilten Wunde an der Schulter, doch sie kämpfte mit zusammengebissenen Zähnen weiter. Keinen Fingerbreit wich sie zurück. Sie focht geschmeidig und elegant, tänzelte leichtfüßig zur Seite und schlug dann mit einer so raschen Sequenz von Hieben zu, dass die Gegner dieser nicht folgen konnten. Der geringste Fehler in der Deckung reichte der Elbe. Sie stieß zu und verfehlte nur selten ihr Ziel.

Cay rückte näher an Ibis heran, damit keiner der Gegner zwischen ihnen durch den Torbogen schlüpfen konnte. Er brüllte wie ein gereizter Bär und hieb mit dem Schwert um sich. Bald erkannte er den Rhythmus im Kampf seiner untoten Gegner. Rasch wich er einem der Schläge aus und ließ das Schwert des Skeletts ins Leere stoßen. Blitzschnell kam Cays Gegenangriff, und mit Wucht krachte sein Schwert von oben auf die Klinge des Gegners. Diesem Schlag war der Knochenmann nicht gewachsen. Seine Waffe fiel klirrend zu Boden, und nach Cays nächstem Hieb erlosch das rote

Funkeln in den leeren Augenhöhlen. Das Skelett knickte zusammen, klappernd regneten die Knochen zu Boden und wurden von den nachrückenden Füßen zur Seite getreten.

Fast mechanisch schlug Cay nun auf seine Gegner ein, und es war nur noch das Klirren der Waffen und das Klappern der Knochen zu hören. Er hatte gerade zwei weitere Gegner niedergestreckt, als Ibis aufschrie. Trotz des Kampfeslärms hatte sie ein verdächtiges Geräusch bemerkt.

»Cay, schnell, da ist jemand hinter der Tür! Sie kommen auch da durch!«

Mit drei Riesensätzen durchquerte der Kämpfer den Raum und hob dann sein Schwert zu einem fürchterlichen Schlag. Die Tür schwang auf und krachte heftig gegen die Wand.

Nach einer Ruhepause waren Thunin und Rolana weitergewandert. Sie kamen an Verliesen und Kerkern vorbei, hinter deren Gittern noch die Überreste von so manchem unglückseligen Gefangenen angekettet waren. In Rolana stieg ein Gefühl tiefer Traurigkeit auf, als die vielen tragischen Schicksale der Vergangenheit auf sie einstürmten.

Jeder der Unglücklichen schien die jahrhundertelang aufgestaute Verzweiflung über sie auszuschütten. Tief bewegt betete sie für die verlassenen Seelen.

Sie gingen weiter, Skelette säumten rechts und links ihren Weg. Aufrecht standen sie da, Schwerter in den knochigen Händen. In ihren Augenhöhlen glühte es tiefrot, als die Priesterin und der Zwerg sich näherten, doch sie regten sich nicht. Laut betend schritt Rolana an ihnen vorbei, und Thunin eilte sich, mit ihr Schritt zu halten. Plötzlich blieb sie stehen und lauschte.

»Thunin, hörst du das?«

Der Zwerg legte den Kopf schief und lauschte dem gedämpften Klirren und Poltern, das das Echo zu ihnen herübertrug. »Das hört sich an wie –«, er verstummte, den Mund noch immer geöffnet. Entsetzen breitete sich über seinen Zügen aus. »Thor steh uns bei«, keuchte er, riss die Axt vom Gürtel und rannte los. Rolana ihm nach. Der Zwerg wandte sich mal nach rechts, dann wieder nach links. Nur bei einer Abzweigung zögerte er kurz und lauschte, dann lief er weiter. Die Sorge war ihm ins Gesicht geschrieben. Seine Erschöpfung schien er abgestreift zu haben. Auch Rolana fühlte ihre Müdigkeit nicht mehr, dafür jedoch einen harten Knoten im Magen, der mit jedem Schritt zu wachsen schien. Thunin und Rolana rannten einen Gang entlang, bis sie endlich eine Tür erreichten, hinter der deutlich das Geklirr von Waffen erklang. Mit Wucht stieß der Zwerg die Tür auf und fuhr dann zurück. Eine schwere Klinge sauste nur einige Zoll vor ihm herab. Er starrte in Cays blaue Augen.

»Idiot!«, schrie der Zwerg entrüstet, doch auf seinem Gesicht breitete sich Erleichterung aus. Er stürzte zu Ibis, die sich heftig gegen die Untoten wehrte, aber den Torbogen nicht mehr länger halten konnte.

Als Rolana durch die Tür trat, war der Kampf entschieden. Ihre Stimme erfüllte den Raum, ihre Worte, von der Macht der Gottheit getragen, ließen die Luft erzittern. Alle Augen, ob von Leben erfüllt oder nicht, waren auf die junge Priesterin gerichtet, die mit erhobenen Armen dastand.

»Flieht, ihr Diener der Hölle, flieht!«

Und sie rannten in wilder Hast davon.

Die Wiedersehensfreude war groß. Immer wieder klopfte Thunin der Elbe auf den Rücken, und ganz kurz lagen sie sich in den Armen, bis sich Ibis verlegen abwandte.

Vlaros, der sich ängstlich in eine Ecke gedrückt hatte, trat erleichtert zu den anderen.

Achtlos kickte Ibis einen abgetrennten Schädel gegen die Wand. »Tja, so schnell kann man den Kopf verlieren«, sagte sie leichthin.

»Du musst es ja wissen«, meinte der Zwerg süffisant lächelnd und fuhr mit dem Zeigefinger an seinem Hals entlang. Ibis tippte an den Dolch an ihrer Seite und funkelte Thunin wütend an. Anscheinend rief er Erinnerungen in ihr wach, die ihr alles andere als angenehm waren. Warnend hob Thunin die buschigen Augenbrauen.

»Vorsicht! Du willst doch nicht eine zweite Tracht Prügel riskieren?«

»Das würdest du nicht überleben«, fauchte sie. Rote Flecken erschienen auf ihren Wangen.

Rolana und Cay sahen fragend von einem zum anderen.

»Habe ich euch nie erzählt, wie ich das kleine Spitzohr kennen gelernt habe?«, fragte der Zwerg und lachte. Mit untergeschlagenen Beinen machte er es sich an dem heruntergebrannten Feuer bequem.

»Sie versuchte mich zu bestehlen, als ich auf einer Waldlichtung schlief, doch ich habe sie erwischt und kräftig verprügelt.«

»Ich hatte Hunger«, verteidigte sich Ibis.

»Ja, Hunger und Lust auf ein Pferd und einen Geldsack.«

Trotz der vorwurfsvollen Worte lag eine seltsame Wärme in seiner Stimme, als er weitersprach.

»Ich hatte mich schon eine ganze Weile zum Schlafen in meine Decke gewickelt, als ich einen Schatten heranschleichen sah. Ich war neugierig, was sie vorhatte, daher stellte ich mich schlafend. Als sie dann mit ihren langen Fingern meinen Rucksack zu durchsuchen begann, habe ich ihr kräftig eine auf die Nase gegeben. Ihr hättet ihr verdutztes Gesicht sehen sollen. Tja, und dann hat sie einen Augenblick zu lange überlegt, was sie tun soll, und schon gab es kein Entrinnen mehr. Ich habe ihr den Hintern versohlt, bis mir meine Hand schmerzte.«

Ibis lief knallrot an.

»Aber du musstest dich ja wieder davonmachen«, sagte der Zwerg bitter, fuhr dann aber in seinem gewohnten Tonfall fort: »Ich traute dem kleinen Spitzohr nicht und beschloss daher, wach zu bleiben. Irgendwann in den frühen Morgenstunden muss ich aber doch eingenickt sein, und als ich erwachte, war sie verschwunden – und mit ihr meine Vorräte, mein Dolch und der halbe Inhalt meines Geldsacks.«

Er machte eine Pause und schob zwei kleine Scheite in die Glut.

»Ein paar Tage später stieß ich dann auf Pferdespuren und die Abdrücke zierlicher Elbenfüße. Ich beschloss, ihnen zu folgen, und kam auf eine Lichtung, auf der die Bauern des benachbarten Dorfes einige Felder bestellten und ihre Schafe weiden ließen. Jetzt hatten sie allerdings weder einen Sinn für ihre Rüben noch für ihre Schafe, und schon von weitem konnte ich ihre aufgebrachten Stimmen hören.

Die Bauern hatten sich um eine alte Eiche versammelt und um einen dicken Ast ein Seil geschlungen. Neugierig ritt ich näher. Ich hörte ihre zornigen Rufe: Sie ist schuldig! Hängt sie auf! Mir kam der Verdacht, dass bei so vielen erhitzten Gemütern die Gerechtigkeit vielleicht ein wenig kurz kommen könnte, daher beschloss ich, mich einzumischen.«

Der Zwerg kratzte sich am Bart. »Nein, ich war nicht richtig überrascht, das kleine Spitzohr wie ein Paket verschnürt am anderen Ende des Seils zu finden. Sicher hatte sie eine Abreibung verdient, doch ich habe ein weiches Herz und liebe den Anblick von Gehängten nicht besonders.«

»Ich habe dieses verdammte Pferd nicht gestohlen!«, rief Ibis erhitzt. »Meinst du, ich habe einen solch schlechten Geschmack und stehle eine alte klapprige Mähre?«

Der Zwerg kicherte. »O nein, nicht diesen Gaul, ich habe ihn gesehen. Außerdem war ich den Spuren gefolgt und wusste, dass sie die Wahrheit sprach. Das kümmerte die Bauern jedoch nicht in ihrem Zorn, und so bedurfte es einiger Überredungskunst, sie davon zu überzeugen, dass es besser wäre, die Elbe mir zu überlassen.«

»Mich würden die Argumente interessieren, mit denen du eine aufgebrachte Menge vom Lynchen abgehalten hast«, warf Rolana ein, und ihre Augen blitzten belustigt. Der Zwerg schlug die Lider nieder und strich wie zufällig über seine Axt.

»Jedenfalls versprach ich ihnen, dass sie mit ihr keinen Ärger mehr haben würden, und habe mir stattdessen diese unnütze Elbenbrut aufgehalst, die nun seit mehr als drei Jahren wie eine Klette an mir klebt.« Der zärtliche Tonfall stand in krassem Gegensatz zu seinen harten Worten.

Ibis blickte zu Boden. Sie dachte an Adahorn. Der Tag, an dem Thunin sie zum ersten Mal durch die breiten, sauberen Straßen geführt hatte, vorbei an prächtigen Marmorpalästen, durch schattige Eichenalleen und Parkanlagen, wo an murmelnden Brunnen gelehrte Männer und Frauen disputierten.

Adahorn ist ein merkwürdiger Ort. Die weiße Stadt über dem Adasee wird beherrscht von der Universität, die in einem weitläufigen Park gelegen ist, und den zahlreichen Studierhäusern, den Bibliotheken und den Plätzen des dramatischen Schauspiels. Staunend sieht sie sich um und kann gar nicht genug bekommen. Fast ihr ganzes Leben hat die Elbe im Elend und Schmutz der Katakomben von Ehniport zugebracht, und nun fühlt sie sich von dieser fremden Welt geblendet. Neugierig folgt sie dem Zwerg durch die Stadt und lauscht begierig seinen Worten.

Drüben auf dem Felsen, der weit in den See ragt und dann mit einer Klippe mehrere hundert Fuß steil abbricht, steht das dem Mondgott Soma geweihte Kloster. Wehrhaft und ein wenig abweisend, gewährt es nur den Geweihten Zutritt zu seinen heiligen Stätten.

Die Suche nach Arbeit hat den Zwerg und die Elbe nach Adahorn geführt, denn die Beutel sind leer, und Thunin braucht nach dem harten Winter dringend neue Stiefel. Darüber, wie man in Adahorn zu Geld kommt, bricht ein kurzer, aber heftiger Streit zwischen Ibis und Thunin aus, der damit endet, dass der Zwerg mit mehr als nur Prügel droht, sollte er die Elbe beim Stehlen ertappen. So beschließt Ibis, sehr vorsichtig zu sein und sich auf keinen Fall erwischen zu lassen.

Thunin hat seine eigenen Pläne. In dem großen, weiß schimmernden Gebäude im Zentrum der Stadt bietet er sich dem Rat als Fährtenleser an. Es vergehen einige Tage, doch dann lässt der Rat sie rufen. Sie sollen eine Gruppe von Gelehrten nach Fenon führen. Ein weiter und gefährlicher Weg, erst durch die schwarzen Sümpfe, dann über die weiten Steppen, in denen sich manch räuberisches Gesindel herumtreibt, und nicht zuletzt durch die südlichen Ausläufer des Nebelwaldes, in dem, will man den Sagen trauen, einige kriegerische Elbenstämme hausen.

Ein Bediensteter in den Stadtfarben Blau und Gold führt den Zwerg und die Elbe in eine hohe Halle und gebietet ihnen, hier zu warten. Staunend sieht Ibis durch die hohen, bogenförmigen Fenster in den gepflegten Park hinaus, in dem üppig rote und weiße Zyklas mit ihren duftenden, handtellergroßen Blüten stehen. Schillernde Puckas flattern von einer zur anderen und saugen den süßen Nektar.

Wieder taucht der Bedienstete auf und führt einen jungen Mann herein. Ibis mustert ihn kritisch. Er ist groß und athletisch gebaut, doch das Schwert an seiner Seite scheint eher von minderwertiger Qualität zu sein. Der junge Mann scheint den Blick der Elbe zu spüren. Errötend sieht er auf, dann tritt er zu ihr und dem Zwerg und streckt ihnen verlegen die Hand entgegen. Er sei Cay aus der Süderbucht. Ob sie auch nach Fenon reisen würden? Unsicher spielt er mit seinem Schwertgriff.

Plötzlich öffnet sich eine kaum sichtbare Tür in der Wand, und eine in fließend weiße Gewänder gekleidete Klerikerin betritt die Halle. Eine Schülerin zwar, aber die silbernen Runen auf ihrem Schleier zeigen, dass sie Soma dient und trotz ihrer Jugend zu den Erwählten des heiligen Mannes gehört. Den Blick in weite Ferne gerichtet, zwei dicke Bücher in den Händen, durchquert sie in Gedanken versunken die Halle. Sie scheint die Augen, die auf sie gerichtet sind, nicht zu bemerken. Cay ist plötzlich sehr blass. Das Schwert entgleitet seinen Händen und fällt mit einem ohrenbetäubenden Klirren auf den glänzenden Marmorboden. Die junge Priesterin schreckt auf und sieht den Kämpfer, der nun flammend rot anläuft, verwirrt an. Er stammelt eine Entschuldigung und steckt mit fahrigen Bewegungen das Schwert wieder in die Scheide. In diesem Moment ruft der Bedienstete Thunin und Ibis und fordert sie auf, ihm zu folgen.

Ibis kann sich noch genau an den alten Magier erinnern. Sein ergrautes, fettiges Haar hängt ihm über die Schultern herab, das Gesicht ist zerfurcht und von ungesund wächserner Farbe. Die wasserklaren Augen scheinen die Elbe zu durchbohren.

»Wer ist sie?«, fragt er, und seine Stimme ist spröde wie Glas.

Der Blick macht sie nervös, und ein ungutes Gefühl treibt sich in ihren Eingeweiden herum. So elend hat sie sich noch nie gefühlt. Die Elbe schluckt trocken, doch ehe sie antworten kann, ist Thunin schon vorgetreten. Er verbeugt sich ehrerbietig vor dem großen Magier.

»Sie ist meine Schülerin, Meister Gerwalin, und wird mich begleiten. Ibis ist noch am Anfang ihrer Ausbildung, doch ich kann schon jetzt sagen, dass aus ihr eine gute Waldläuferin wird. Großer Meister, ich verbürge mich für sie.«

Der Alte sieht die Elbe noch einmal scharf an, doch dann scheint er das Interesse an ihr zu verlieren und bespricht mit Thunin die Einzelheiten der bevorstehenden Reise.

Großer Meister, ich verbürge mich für sie. *Ibis muss heftig blinzeln, um eine aufsteigende Träne zu verdrängen. Das wird sie dem Zwerg nie vergessen.*

7
Die Drachenhöhle

Am nächsten Tag veränderte sich ihre trostlose Umgebung. Die gemauerten oder von Menschen- und Zwergenhand bearbeiteten Gänge wurden von einem natürlichen Höhlensystem abgelöst. Domartige Hallen wechselten mit schmalen Spalten oder engen Schläuchen. Die Luft wurde zunehmend heißer und feuchter. Schweißperlen bahnten sich ihren Weg über die erhitzten Gesichter, tropften in die Krägen und rannen über Hals und Rücken. Die Schritte wurden langsamer und schwerfälliger, und immer öfter mussten sie schwer atmend stehen bleiben.

»Nur noch ein paar Biegungen, und wir landen mitten in der Hölle«, stöhnte Ibis und wischte sich mit ihrem dreckigen Ärmel über die Stirn. »Die Dämonen schüren bereits das Feuer unter ihrem Kessel, in dem sie uns dann zu ihrem Mittagsmahl verkochen.«

»Wie kannst du bei dieser Hitze noch scherzen?« Thunin verdrehte gequält die Augen.

Sie traten um eine Biegung und blieben staunend stehen. Die Spalte weitete sich unvermittelt zu einer riesigen Grotte, die mit rötlichem Wasser angefüllt war. Weiße Dampfschwaden wallten auf der Oberfläche. An einigen Stellen stiegen Gasblasen auf und platzten dann mit einem schmatzenden Geräusch. Träge schwappte das kochende Wasser gegen die Felsen, die am rechten Rand steil anstiegen. Der Geruch von Schwefel hing in der Luft. Der See war so groß, dass das gegenüberliegende Ufer in den Dampfschwaden verschwand.

Vlaros musterte die brodelnde Wasserfläche, kniete dann nieder und schöpfte seinen Becher voll, um das Wasser genauer zu untersuchen. Er roch daran und rieb einige Tropfen zwischen den Fingern, dann berührte er sie vorsichtig mit der Zungenspitze.

»Nur heißes Wasser mit ein wenig Schwefel«, gab er Auskunft. »Es ist nicht ätzend, wie ich zuerst befürchtet hatte.«

»Heißes Schwefelwasser soll ja gut gegen Gelenkschmerzen sein«, lästerte Ibis mit einem Seitenblick auf den Zwerg, aber der ging nicht auf die Frotzelei ein.

»Wenn mich meine Augen nicht täuschen, dann geht die Spalte auf der anderen Seite des Sees weiter.«

Die anderen strengten ihre Augen an, außer weißem Nebel war jedoch nichts zu erkennen. Nur Ibis nickte zustimmend, doch wie sollten sie dort hinüberkommen?

»Wir könnten bis zu den Stollen zurückgehen und Stämme für ein Floß holen«, schlug Cay vor.

Vlaros zuckte zusammen. »Weißt du, wie viele Stunden wir seitdem gegangen sind? Es dauert zwei Tage, bis wir das Holz hierher geschleppt haben.«

Cay runzelte wütend die Stirn. »Ja und? Hast du eine bessere Idee?«

Nun mischte sich auch der Zwerg ein und lehnte es rundheraus ab, auf einem wackeligen Floß über einen kochend heißen See zu paddeln. Zornige Worte flogen hin und her, bis Ibis die drei unterbrach.

»Ich störe nur ungern euren klugen Disput, doch falls

es euch interessiert, hinter dem Felsen dort drüben liegt ein Floß.«

Sofort redeten wieder alle durcheinander, nur Rolana stand etwas abseits und schüttelte den Kopf. Da die Freunde immer noch uneinig schienen, ging sie um den Felsen herum, um sich das Floß, das die Elbe entdeckt hatte, anzusehen. Rolana verstand weder etwas von Booten noch von Flößen, doch dass dieses schon sehr alt und seine Seile morsch waren, das erkannte sie trotzdem. Sie kehrte zu den anderen zurück und griff Cay energisch am Arm.

»Sagtest du nicht, dass du zur See gefahren bist? Dann sieh dir das Floß an und sag uns, ob es noch zu gebrauchen ist.«

Ohne Widerrede folgte er ihr, kniete sich auf den Boden und untersuchte die Holzplanken, die Seile und die Fässer, die unter die Bretter gebunden waren. Neugierig traten nun auch die anderen hinzu. Nur Thunin blieb in einiger Entfernung stehen und verschränkte ablehnend die Arme vor der Brust. »Das Holz ist in Ordnung«, verkündete Cay nach einer Weile, »nur die Taue müssen wir ersetzen.«

»Statt einfach um den See herumzugehen, wollt ihr euch lieber auf solch ein Teufelsgefährt verlassen«, schimpfte der Zwerg.

Rolana sah auf. »Du meinst, man kann den See auf diesem Sims umrunden?«

»Einen Versuch wäre es doch wert, oder?«

Also folgten sie dem immer schmaler werdenden Felsband, das sich, mal knapp über dem brodelnden Wasser, mal einige Fuß darüber an der rechten Wand entlangzog. Ibis ging leichtfüßig voran, dann folgten Rolana, Thunin, Vlaros und zuletzt Cay. Sie hatten den See etwa zu einem Drittel umrundet, da blieb Rolana stehen. Der Sims war nun kaum mehr einen Fuß breit und zog sich inzwischen fast zwanzig Fuß über dem dampfenden Wasser dahin. Der Fels war von einer glitschigen Moosschicht überzogen, und bei jedem Schritt fürchtete die junge Frau auszugleiten.

»Halt an, Ibis, wir kommen hier nicht weiter. Sieh nur, das Band wird dort vorn noch schmaler.«

Die Elbe zuckte die Schultern. Ihr bereitete der Weg keine Schwierigkeiten, doch die anderen stimmten Rolana zu. So machten sie enttäuscht kehrt, und Cay führte sie bis zu dem Felsen zurück, wo das Floß halb in einer trüben Wasserlache lag. Ohne auf die Proteste des Zwergs zu achten, schnitt Cay die morschen Stricke durch und band dann das Seil aus seinem Rucksack um die Stämme.

»Thunin, fass mit an und hilf mir, das Floß zum See zu tragen«, forderte er den Zwerg auf, doch der schüttelte den Kopf.

»Ich setze keinen Fuß auf dieses Ding!«

Vlaros erhob seine schrille Stimme und warf dem Zwerg vor, alle in Gefahr zu bringen und die Gemeinschaft zu verraten. Thunin schwoll an und brüllte zurück. Nun trat Rolana zwischen die beiden. Sie hob kaum die Stimme, und dennoch verstummten die Kampfhähne.

»Thunin«, sagte sie ruhig, »wir verstehen, dass dir das Wasser Angst einflößt, aber willst du uns wirklich im Stich lassen?«

»Angst?«, rief der Zwerg. »Wer redet hier von Angst? Ich will euch nur von diesem Unsinn abbringen. Ich will euch beschützen, doch wenn ihr unbedingt sehenden Auges in euer Verderben laufen wollt, dann bin ich der Letzte, der nicht bis zum letzten Atemzug an eurer Seite bleibt.«

Er packte das andere Ende des Floßes und schleifte es mit Cay zum See hinunter. Ibis holte tief Luft, um etwas zu sagen, doch Rolana sah sie streng an.

»Sprich deine Gedanken ausnahmsweise nicht aus, Ibis. Es wäre nicht klug, jetzt einen weiteren Streit anzufangen.«

Die Elbe sah Rolana aus ihren unschuldigen grünen Augen an. »Das würde ich doch nie tun!«

Langsam ließen Thunin und Cay das Floß ins Wasser gleiten. Die beiden hielten es fest, während die anderen vorsichtig die Planken betraten und sich dann in der Mitte zusammenkauerten.

»Thunin, nun du.«

Der Zwerg holte tief Luft und setzte dann erst den einen und dann den anderen Stiefel auf die altersschwachen Bretter. Das Floß schwankte gefährlich, und brodelndes Wasser schwappte über die Ränder. Thunin ließ sich auf die Knie fallen. Seine Wangen erbleichten. Vlaros war inzwischen genauso blass und klammerte sich ängstlich an ein Taustück. Nur die Elbe war wie gewöhnlich guter Dinge und sah sich interessiert um. Als Letzter bestieg Cay das Floß. Geschickt stieß er es vom Ufer ab und packte dann die Planke, die ihm als Paddel dienen sollte. Er strahlte Ruhe und Sicherheit aus. Gelassen zog er das Brett durch das Wasser und steuerte das Floß geradewegs auf den See hinaus. Dass es um ihn herum dampfte und brodelte, schien ihn nicht zu stören.

Jetzt ist er in seinem Element, dachte Rolana, deren Herzschlag sich angesichts seiner umsichtigen Bewegungen schnell beruhigte. Ein wenig ungläubig und doch auch voller Bewunderung beobachtete sie das gleichmäßige Spiel seiner Muskeln. Auch die anderen entspannten sich bald. Langsam, aber stetig kam das andere Ufer näher. Die Dampfschwaden lichteten sich und enthüllten einen steinernen Steg und roh behauene Stufen, die sich zu einer dunklen Öffnung emporwanden.

Ungeduldig wie ein Tiger im Käfig ging Mykina im Studierzimmer auf und ab. Seit Tagen war sie nun schon in Astorins Festung und hatte das weitläufige Gebäude, die Türme, Verliese und Höhlen, die den Vulkan durchzogen, nach ihm durchsucht, doch vergeblich. Seine Wächter überzeugte sie mit ihrem magischen Charme und meinte, der Meister habe nichts dagegen, dass sie sich zu jedem Raum Zutritt verschaffte. Immer wieder drang sie auf die Diener ein, um etwas über Astorins Aufenthaltsort zu erfahren, doch sie gaben stets die gleiche Antwort: Der Meister ist auf Reisen. Und keiner konnte sagen, wann er wieder zurückkehren wollte.

Eigentlich war seine lange Abwesenheit eine willkommene Gelegenheit, ein wenig in seinen Geheimnissen herumzuschnüffeln, andererseits wollte sie ihm von den Gefangenen erzählen und von ihm wissen, was sie mit ihnen tun sollte. Und nun saß sie hier seit Tagen fest, weil er sich nicht blicken ließ, denn von dieser Seite konnte sie das Tor zur Astralebene nicht öffnen.

Mykina seufzte. Sicher waren die Gefangenen inzwischen verdurstet. Der Gedanke, Astorin könne auf einer längeren Reise sein, war ihr gar nicht gekommen, und nun hatte sie sich wieder in Schwierigkeiten gebracht. Grübelnd kaute sie auf ihrer Unterlippe und überlegte, was sie dem Meister als Köder vorwerfen konnte, ohne seinen Zorn zu entfachen. Es musste etwas sein, das seine Gier anstachelte und seinen so scharfen Verstand trübte. Die Magierin stieg die Treppe zum Turm hinauf und trat durch die goldenen Flügel in das kreisrunde Studierzimmer des großen Meisters. Es gab nur eines, das seine Gier beflügelte: das Streben nach Macht, nach unvorstellbarer Macht, die totale Unterwerfung jeder lebenden Kreatur. Ein kalter Schauder rann über ihren Rücken, als der Gedanke langsam durch ihren Geist tröpfelte, und sie war sich plötzlich unsicher, ob sie diesen Tag wirklich herbeisehnte. Doch noch war es ein weiter Weg bis dahin, beruhigte sie sich, denn nur wer alle Schlüssel besaß, würde über die Drachen und damit über die Welt herrschen. Die Schlüssel allerdings waren gut verborgen.

Mykina blieb vor einem gläsernen Schrein stehen und betrachtete die kupferne Drachenfigur, die auf einem weichen Kissen ruhte. Sie war einfach perfekt. Stolz stieg in ihr auf, als ihr Blick über die glänzenden Schuppen strich. Der erste Schlüssel zur Macht! Trotz der Fehler, die sie begangen hatte, war sie es gewesen, die die erste Figur der alten Drachenkrone in den Labyrinthen der Silberberge aufgespürt hatte.

Je länger sie die Figur betrachtete, desto drängender spürte sie das Verlangen, das Glas anzuheben und die Figur von ihrem Kissen zu nehmen. Sie wollte den kupferfarbenen Drachen einfach noch einmal in ihrer Hand spüren. Es kostete sie einige Selbstbeherrschung, die Hände hinter ihrem Rücken zu lassen. Sie sah, wie die Luft um den Schrein flimmerte, und ahnte, dass sie den Versuch, den Drachen zu berühren, teuer würde bezahlen müssen. Astorin war kein Narr. Niemals würde er das Wertvollste, das er besaß, ungeschützt in seinem Studierzimmer liegen lassen. Und dann war da noch der eiserne Golem, der drüben an der Wand stand. Er würde sicher nicht einfach zusehen, wie sich Mykina dem Schatz näherte. Und ihren Charme bei diesem Wesen einzusetzen, konnte sie sich sparen. Der eiserne Wächter, der niemals ermüdete, war dagegen immun. Mykina wusste, wenn sie nur eine falsche Bewegung machte, würde der Golem sie ohne zu zögern töten.

Mykina wandte sich von der Drachenfigur ab und betrachtete neugierig drei schwarze Steine, die, von schillernden Schwaden umwirbelt, in einer Nische vier Fuß über dem Boden schwebten. Sie besah sich auch die Rücken der Bücher auf dem Bord an der Wand, wagte aber nicht, auch nur eines aufzuschlagen. Grübelnd verließ sie das Studierzimmer und stieg wieder die Treppe hinunter.

Was hat der Graf auf seiner Reise in Erfahrung gebracht?, fragte sie sich wohl schon zum hundertsten Mal. Die schwarze Figur, das Gegenstück zu der dort oben in Astorins Schrein, war der Grund dieser Reise gewesen, so viel wusste sie nun, und auch ein Teil der Reiseroute war ihr inzwischen bekannt. Hatte er den schwarzen Drachen gefunden oder nur nach ihm gesucht? Hatte er ihn in ein neues Versteck gebracht, ihn gar nach Theron geschafft? Dies waren die drängenden Fragen, die der Graf nun nicht mehr beantworten konnte, und auch von Lahryn waren keine Hinweise mehr zu erwarten. Mykina warf sich auf ihr breites Bett und starrte hinauf zu dem schweren, blausamtenen Betthimmel.

»Draka«, murmelte sie leise, und sie konnte nicht verhindern, dass sich die feinen Härchen in ihrem Nacken aufstellten. War Gerald von Theron wirklich auf Draka gewesen? Zweifelnd schüttelte sie den Kopf. Wenn man dem Gerede Glauben schenken konnte, dann würde ein Sterblicher Draka nicht lebend verlassen. Und dennoch, konnte der schwarze Drache etwa auf Draka versteckt sein? Der Gedanke, Astorin könnte sie in die Festung der Untoten schicken, um nach der Figur zu suchen, war wie ein eisiger Klumpen in ihrem Magen. Nein, sie wollte es nicht selbst überprüfen, ob der Blut saugende Graf auf Draka wirklich so grausam war, wie die Legenden erzählten.

Von ein paar Brandblasen an den Händen abgesehen, erreichten die Gefährten unbeschadet das andere Ufer des kochenden Sees. Sie vertäuten das Floß an einem Steinblock und stiegen dann die gewundenen Stufen hinauf, bis sie auf einer vorkragenden Felsplatte, mehr als dreißig Fuß über dem Wasser, standen. Durch einen Torbogen traten sie in eine Halle, von der aus ein Gang nach Osten führte. Das natürliche Höhlensystem, dem sie den vorherigen Tag gefolgt waren, schien sich dagegen in einer Spalte nach Westen fortzusetzen. Unschlüssig blieben sie in der Halle stehen. »Burg Theron liegt östlich von uns«, sagte Thunin bestimmt und schritt auf den Gang zu. »Die Höhle führt uns nur noch tiefer in die Silberberge.«

Rolana drehte sich einmal im Kreis und hob dann resignierend die Hände.

»Ich habe schon lange völlig die Orientierung verloren. Ich sehe nur, dass dieser Gang von Menschen- oder Zwergenhand geformt und der andere Weg eine natürliche Höhle ist.« Auch Cay schüttelte nur ratlos den Kopf, und sie mussten sich auf Thunins Gabe, sich unter Tage zurechtzufinden, verlassen. Sie folgten dem Gang, bis eine stabile Holztür ihnen den Weg versperrte, doch Thunin beseitigte das Problem mit ein paar gezielten Schlägen seiner Axt. Der Zwerg stieg über die Holzspäne und Bretterstücke hinweg, die anderen folgten ihm. Nur Rolana blieb zurück. Sie griff sich an den Kopf und stöhnte, dann wandte sie sich um und taumelte ein paar Schritte in den Gang zurück, aus dem sie gekommen waren. Cay blieb stehen und sah sich nach der jungen Frau um.

»Rolana? Kommst du?«

Doch sie schien ihn nicht zu hören. Sie verbarg ihren Kopf in den Händen und atmete schwer. Mit ein paar schnellen Schritten war der Kämpfer an ihrer Seite.

»Was ist mit dir?«, fragte er besorgt. Inzwischen hatten auch die anderen bemerkt, dass etwas nicht stimmte, und kamen wieder zurück.

»Er ist ganz nah!«, keuchte Rolana. »Er ruft nach mir!« Sie presste die Handflächen an ihre Schläfen, so als könne sie die Stimme dadurch zum Schweigen bringen. »Ich kann seine Worte in meinem Kopf hören, ganz deutlich.«

»Das bildest du dir nur ein«, sagte Cay beschwichtigend. »Wenn wir erst einmal wieder draußen in der Sonne stehen, dann wird sie die seltsamen Stimmen schon verjagen.«

Die junge Priesterin blitzte ihn zornig an. »Ich bin nicht verrückt, und ich bilde mir auch nichts ein, ich kann den

Kupferdrachen sehen. Er spricht zu mir. Er ist ganz in der Nähe.«

Verwunderung huschte über ihr Gesicht, und dann spielte ein verzücktes Lächeln um ihre Lippen. Ihre Augen wurden glasig. Cay sah sie verdutzt an, Ibis und Thunin wechselten besorgte Blicke. Der Zwerg schluckte trocken. Er scheute keinen Kampf, doch wenn Rolana Recht hatte und sie gegen einen Drachen antreten mussten, dann waren ihre bisherigen Begegnungen in diesen Katakomben harmlos gewesen.

»Er ruft nach mir«, hauchte Rolana mit seltsam fremder Stimme. »Peramina, ich höre dich und folge deinem Befehl.« Ohne die Freunde zu beachten, wandte sie sich ab und strebte eilig den Weg zum kochenden See zurück.

»Rolana, wo willst du denn hin?«, rief Cay verwirrt, dann zog er sein Schwert. »Was steht ihr hier noch herum?«, fuhr er die Freunde an, die Rolana kopfschüttelnd nachsahen. »Wir müssen ihr nach und sie beschützen.«

Und schon stürmte er den Gang entlang. Thunin und Ibis sahen sich an und nickten, und so blieb auch Vlaros nichts anderes übrig, als ihnen zum See zurück zu folgen. Sie rannten durch die Halle und bogen dann in die Felsspalte ein, in der sie Rolana hatten verschwinden sehen. Die Freunde mussten sich beeilen, um sie nicht aus den Augen zu verlieren. Sie folgten einem Gewirr von Gängen, doch die junge Priesterin zögerte nicht einen Moment.

Rolana sah den Drachen ganz deutlich vor sich. Mit leiser Stimme sprach er zu ihr, und freudig folgte sie seinem Begehren. Sie schlüpfte durch schmale Durchbrüche und durchquerte weit gespannte Hallen, ohne sich auch nur einmal umzudrehen. Sich gegen diesen Ruf zu wehren kam ihr nicht in den Sinn. Sie sah nur die glänzenden Schuppen und diese bernsteinfarbenen Augen, die auf ihr ruhten und ihr bis tief in die Seele drangen. Die Angst war verflogen. Der große Drache brauchte sie, und sie gehorchte seinem Befehl. Je näher sie der Drachenhöhle kamen, desto mehr fielen die Freunde zurück, denn während die Priesterin Peraminas Schutzaura mühelos durchdringen konnte, mussten die Gefährten hart gegen das Verlangen ankämpfen, in wilder Panik die Flucht vor diesem mächtigen magischen Wesen zu ergreifen. Schritt für Schritt folgten sie Rolana nach. Als sie um die letzte Biegung kamen, stockte ihnen der Atem. Da lag er, riesig und glänzend, den Kopf ein wenig gehoben, den Blick aus seinen gelben Augen auf die junge Frau vor sich gerichtet. Die Schätze, auf denen die Echse ruhte, funkelten und schimmerten. Reglos standen die Gefährten da, zerrissen zwischen der Angst in ihren Herzen, die ihnen befahl wegzulaufen, und dem Wunsch, immer nur diese herrliche Kreatur anzusehen.

Ein seltsames Glitzern in den Augen, näherte sich Rolana dem Drachen bis auf wenige Schritte und sah furchtlos zu ihm auf.

Peramina, mächtiger Kupferdrache, Herrscherin der Silberberge, du hast mich gerufen, ich bin dein.

Sie fragte sich nicht, woher sie seinen Namen kannte, und auch nicht, woher sie wusste, dass er ihre Gedanken verstehen konnte.

Rolana, Tochter des Mondes, öffne deinen Geist. Ich werde dich durch die Zeiten führen, dann wirst du verstehen, hallten die Worte des Drachen in ihrem Kopf wider. Die junge Priesterin breitete die Arme aus und sank auf die

Knie. Sie war bereit, die Last der Jahrhunderte zu tragen. Peramina nahm sie mit auf eine Reise in die Zukunft und in die Vergangenheit. Ihre Gedanken verschmolzen. Eine Flut von Bildern stürmte auf Rolana ein. Sie sah die Zauberin, die sie gefangen genommen hatte. Sie lächelte und hielt triumphierend eine kleine Drachenfigur ins Licht. Dann sah sie die Frau in einem düsteren Kerker. Ein Stilett in der Hand verborgen, näherte sie sich einem alten Mann, der schlafend an einem Tisch zusammengesunken war. Das Bild wurde neblig, und als es sich wieder aufklarte, erkannte Rolana den Burghof von Theron. Das Gesicht nass von Tränen, umarmte Gräfin Lamina einen Mann, der kaum Ähnlichkeit mit der in den Verliesen dem Verfall preisgegebenen Leiche hatte, und dennoch wusste Rolana, dass es Graf Gerald war. Er trug Reithosen und einen warmen Reisemantel, hinter dem Sattel seines Pferdes waren einige Bündel verschnürt. Er küsste Lamina und herzte dann einen Knaben. Als die Sonne hinter den Wolken hervortrat, verfingen sich ihre Strahlen in einem Amulett, das er um den Hals trug. Eine Szene folgte der anderen, und bald war Rolanas Geist erfüllt von den wirbelnden Bildern. Plötzlich hatte sie das Gefühl, weit in die Vergangenheit gerissen zu werden – oder war es die Zukunft? Sie sah zwei knochige weiße Hände, die sechs verschiedenfarbige Drachen zu einem Reif zusammenfügten. Ein triumphierendes Lachen hallte in ihr wider. Sie sah einen hageren Mann auf einem Felsvorsprung stehen, die Krone aus farbigen Drachen auf seinem Haupt. Rolana kam es vor, als stehe sie direkt neben ihm und folge nun seinem Blick. Sie sah die steil abfallende Felswand zu ihren Füßen und dann ein wüstes Tal, eingerahmt von zwei rauchenden Kratern. Rolana spürte, wie der Mann neben ihr die Luft einsog und sie dann voller Spannung anhielt. Plötzlich konnte auch sie es sehen. Winzige Punkte am Himmel, die sich rasch näherten und dann die Gestalt von Drachen annahmen. Schwarze und rote Drachen, blaue und silberne, kupferne und sogar ein goldener Drache. Rolana hörte die magisch verstärkte Stimme des Mannes durch das Tal hallen. Er befahl den Drachen zu töten, Leid und Zerstörung über die Länder zu bringen, bis auch die letzte Kreatur bereit war, sich ihm zu unterwerfen. Die Drachen flogen davon, und die junge Priesterin zweifelte nicht daran, dass sie seine Befehle ausführen würden. Die Bilder verflossen. Als sie sich wieder aufklarten, sah Rolana, dass Krieg herrschte. Felder waren verheert, Dörfer nur noch rauchende Trümmer, zerlumpte Gestalten suchten in den Wäldern Schutz. Doch was war das? Die Drachen wandten sich gegen ihren Meister und suchten in ihrem Grimm, den Magier zu vernichten. Selbst die Götter waren erzürnt. Mächtige Wolken türmten sich am Himmel auf, heftige Gewitter entluden sich, Sturzfluten rauschten vom Himmel. Eine riesige Flutwelle rollte auf die Küste zu und riss ganze Städte mit hinab in die Tiefe. Die Erde bebte.

Fantasie und Realität verschmolzen miteinander. Tief unter der Drachenhöhle begann der Berg zu zittern. Erst war es nur ein Knacken und Summen, doch dann schwoll das dumpfe Grollen an, wurde lauter und bedrohlicher. Ein heißer Sturm fegte durch die Spalten und Gänge, und dann öffnete sich der Schlund der Hölle. Der Boden schwankte und riss die Freunde von den Füßen, so dass sie übereinander stürzten. Riesige Steinbrocken brachen aus der

Decke und polterten auf den Drachen herab. Sie rissen tiefe Wunden in die glänzenden Schuppen. Schwarz schoss das Blut hervor. Peramina fauchte und schrie, und ein Flammenstrahl schoss zur Decke empor.

Und dann geschah es. Eine riesige Felssäule schwankte ein Stück zur Seite. Die Zeit schien einen Moment still zu stehen, doch dann neigte sich die Säule langsam nach vorn. Das Gestein ächzte und knirschte, und mit einem letzten Aufstöhnen brach die schwere Säule über dem Hals des Drachen zusammen. Das Leuchten in den gelben Augen erlosch, der Kopf schlug knapp vor Rolanas Füßen hart auf. Die Verbindung der Gedanken zerriss.

Eine Woge des Schreckens brach über Rolana zusammen. Gehetzt sah sie sich um, nahm ihre Freunde wahr, die sich mühten, zwischen den herabstürzenden Felsen zu ihr zu gelangen, sah den reglosen Drachen, der unter einem Steinhagel begraben war. Die Welt um sie herum versank in Schutt, doch noch immer stand Rolana da, gefangen in ihrer Angst und den Bildfetzen, die durch ihre Gedanken jagten. Jemand griff hart nach ihrem Arm.

»Komm schnell!«, drängte Cay und zerrte die junge Frau hinter sich her. Er bahnte sich einen Weg zwischen Trümmern und Staub hindurch und strebte eilig auf die Felsspalte zu, aus der sie gekommen waren. Thunin schubste gerade die sich heftig wehrende Elbe in den schmalen Gang. Rolana sah, wie er mit den Armen ruderte und seine Lippen Worte formten, doch sie gingen im Sturm der einstürzenden Höhle unter. Schließlich erreichten sie die Spalte. Thunin wartete, bis Cay mit der verwirrten Priesterin den Zugang zur Spalte passiert hatte, dann folgte er ihnen dicht auf den Fersen nach. Das Zittern und Dröhnen der Erde verfolgte sie, während sie, so schnell sie ihre Beine trugen, zum kochenden See zurückrannten.

Als die Freunde die Halle über dem See erreichten, war das Beben vorüber, und das Höhlenlabyrinth verfiel wieder in sein finsteres Schweigen. Erschöpft ließen sich die Gefährten auf den Boden sinken. Der seltsame Glanz in Rolanas Augen war erloschen, dennoch schien sie mit ihren Gedanken immer noch weit weg zu weilen.

Peramina, dachte sie voller Wehmut, und versuchte sich all die vielen Bilder und Geschichten noch einmal ins Gedächtnis zurückzurufen. *Ach, Peramina, was wolltest du mir damit sagen? Warum hast du mich zu dir gerufen?* Doch in ihrem Kopf blieb es still. Der Drache antwortete nicht. Rolana stieß einen tiefen Seufzer aus. *Großer Drache, warum musstest du sterben?*

Thunin legte ihr die Hand auf den Arm und sah sie fragend an, doch Rolana schüttelte den Kopf.

»Vielleicht später einmal«, sagte sie leise. »Vielleicht, wenn es mir gelungen ist, Ordnung in meine Gedanken zu bringen.«

Sie ruhten noch einige Stunden, dann machten sie sich wieder auf den Weg, vorbei an der Tür, die Thunins Axt in Stücke gehauen hatte, den Gängen immer weiter nach Osten folgend. Stunde um Stunde wanderten sie weiter. Sie rasteten nur noch, wenn die Beine ihren Dienst versagten. Dann fielen sie in einen unruhigen Schlummer, erwachten so erschöpft wie zuvor, tranken einen winzigen Schluck des muffigen Wassers und trotteten dann schweigend weiter. Im Bauch rumorte der Hunger, denn die Beutel waren geleert. Der Mund war geschwollen, und der Hals schmerzte, so dass jedes Wort zur Qual wurde. Sie wussten, dass sie seit Tagen viel zu wenig Wasser zu sich nahmen und nun langsam austrockneten.

Immer wieder schleppten sie sich Treppen hinauf und Gänge entlang, dann standen sie vor einer großen Steinplatte, die den Weitermarsch blockierte, doch Ibis fand den Mechanismus, um sie zur Seite gleiten zu lassen. Nach weiteren Stunden rastloser Wanderung blieb die Elbe plötzlich stehen und schnüffelte.

»Ist euch noch nicht aufgefallen, wie sich die Gänge und Kammern um uns herum verändert haben?«

Sie sah in die Runde, doch die Freunde starrten sie nur aus tief liegenden Augen trübe an.

»Ich finde, hier sieht es aus wie in einem der weitläufigen Weinkeller unter den Ratsherrenhäusern in Ehniport. Auch ist die Luft viel frischer.« Ihre Stimme klang rau, doch es schwang Hoffnung in ihr.

Der Zwerg schüttelte resignierend den Kopf. »Das bildest du dir nur ein.«

»Nein«, sagte Ibis fest und sah ihn streng an. »Ich rieche Weinfässer und«, sie verstummte und schnüffelte wieder, ihre Augen glitzerten plötzlich wie riesige Smaragde. Flink, als hätte sie nicht mehr als einen Spaziergang hinter sich, eilte sie auf eine unauffällige Holztür zu, öffnete sie und verschwand. Nur einen Augenblick später hörten sie sie kichern und jauchzen.

»Jetzt ist sie übergeschnappt«, murmelte Thunin und schlurfte auf die Tür zu, doch Cay, der mit hängendem Kopf hinter ihm gestanden hatte, straffte sich plötzlich.

»Riecht ihr das auch?«, keuchte er und drängte sich dann an dem Zwerg vorbei. Noch bevor der junge Schwertkämpfer die Tür erreichte, riss Ibis sie wieder auf und stand dann breit grinsend im Türrahmen, in der einen Hand eine geräucherte Wurst, in der anderen einen saftigen Schinken. Vlaros fiel auf die Knie. Ein lautloses Schluchzen schüttelte seine Schultern. Rolana stand nur da und starrte die Elbe mit weit aufgerissenen Augen an, doch Cay stürzte vor, brach ein großes Stück Wurst ab und stopfte es sich in den Mund.

»Wir müssen vorsichtig sein. Ausgehungert, wie wir sind, dürfen wir nur wenig essen«, krächzte Thunin, zog jedoch mit glitzernden Augen sein Messer und schnitt sich eine dicke Scheibe Schinken ab.

In der weitläufigen Vorratskammer fanden die Freunde nicht nur geräucherte Würste und Schinken. Es gab Fässer mit eingelegtem Fisch oder Kraut, Säcke voller Nüsse, getrocknete Früchte, alle Arten von Getreide, Honig und Sirup, Gewürze und große, runde Käselaibe, Fässer mit eingelegten Gurken und Zwiebeln und zu ihrer großen Erleichterung auch eine Zisterne mit frischem Wasser. Sie zwangen sich, langsam zu trinken und nicht zu viel zu essen, doch bei diesem Berg an Köstlichkeiten fiel ihnen das schwer. Alle wurden schon bald von Bauchgrimmen und Übelkeit geplagt, doch um ihre Herzen war es wieder viel leichter. Wenn Thunin sich nicht täuschte, dann waren sie weit zurück nach Osten gewandert und standen nun vielleicht in einem der Keller unter Burg Theron.

Mit prallen Bündeln und vollen Bäuchen verließen sie das Vorratslager. Sie sahen in Räume mit alten Möbeln und sonstigem Gerümpel vergangener Tage und in einen Keller voll mit mannshohen Weinfässern. Thunin schnalzte mit der Zunge und ließ es sich nicht nehmen, einen Schluck aus dem einen oder anderen Fass zu kosten. Auch die anderen waren nicht abgeneigt, nur Rolana schüttelte den Kopf. Als sie den Weinkeller verließen, war es ihnen noch leichter ums Herz zumute. Erfrischt und angeheitert schritten sie voran, und beinahe hätten sie den Lichtschein übersehen, der ihnen von der nächsten Biegung her entgegenschimmerte, doch Ibis' Sinne waren trotz des Weins geschärft.

»Licht aus!«, zischte sie. Schnell ließ Thunin die Klappe der Laterne herunterfallen. Unschlüssig blieben sie stehen.

»Ich sehe mal nach, was sich dort vorne tut«, wisperte Ibis und war verschwunden, bevor die anderen auch nur nicken konnten. Lautlos huschte die Elbe durch die Schatten, bis sie an eine offene Tür kam. Prüfend strich sie mit dem Zeigefinger an den Scharnieren entlang und fühlte den feinen, klebrigen Film.

Frisch geölt!, dachte sie und schürzte die Lippen. Vor ihr lag ein kurzer Gang, der sich zu einem ungefähr zehn mal zehn Fuß großen Vorplatz öffnete. In der hinteren Wand war ein Torbogen, durch den warmes Licht in den Gang flutete. Die Elbe hörte leise Geräusche, die sie nicht deuten konnte. Neugierig kroch sie näher und lugte dann um die Ecke in einen hell erleuchteten Kellerraum. Fast hätte sie die magische Barriere übersehen. Erst im letzten Moment bemerkte sie das bläuliche Flirren in der Luft und fuhr mit einem lautlosen Seufzer zurück. Einige Augenblicke verharrte sie reglos in der Ecke kauernd, dann wagte sie es, ein Stück vorzurutschen und in den Raum zu spähen.

Ihre grünen Augen ruhten eine Weile auf dem Rücken eines alten Mannes, der mit gebeugtem Rücken an einem Tisch saß. Sein Umhang war voller Brandlöcher, und auch das schüttere Haar sprach von einer Begegnung mit dem Feuer. Dann wanderte Ibis' Blick weiter über die seltsame Apparatur, die auf dem Tisch stand, und über die zahlreichen Fläschchen und Tiegel. Ein kleines Erdhörnchen huschte aus einem Nebenraum herein, kletterte am Umhang des Alten hoch und setzte sich dann auf seine Schulter. Aufmerksam wanderten die schwarzen Knopfaugen des Tiers hin und her, und als sie die Beobachterin entdeckten, stieß der kleine Nager einen hohen Pfiff aus. Ibis fuhr zurück, und schon drehte der Mann den Kopf.

»Mykina? Schleichst du dich dort draußen herum? Kommst du wieder, um dich an meinem Unglück zu weiden?«, rief er, doch als keine Antwort kam, wandte er sich wieder seinem brodelnden Gebräu zu. Ibis hatte genug gesehen und zog sich leise zurück. Offensichtlich war der Alte auch ein Gefangener und somit wohl irgendwie auf ihrer Seite.

Ibis ging zurück, um ihre Kameraden zu informieren.

Zögernd näherten sich die Freunde dem Torbogen mit der magischen Barriere und blieben dann im Lichtschein stehen. Der alte Mann wandte sich auf seinem Stuhl um und musterte die Ankömmlinge in ihren schmutzigen und zerrissenen Gewändern.

»Kommt doch herein«, forderte er sie schließlich auf. »Die magische Schranke wird euch nicht aufhalten. Sie ist nur für mich bestimmt.« Er seufzte schwer.

Mutig trat Cay als Erster vor. Die anderen folgten ihm. Unsicher musterten sie den alten Mann und den Raum, der noch deutlich die Spuren eines zerstörerischen Kampfes zeigte. Rolana fing sich als Erste, legte die rechte Hand an die Brust und neigte den Kopf.

»Rolana von Lichtenfels, Tochter des Soma und Priesterin über dem Adasee«, stellte sie sich vor.

»Soso«, brummte der Mann und ließ seinen Blick von ihrem verklebten Haar über das blutverschmierte Hemd und die schmutzigen Hosen bis zu ihren ausgetretenen Schuhen wandern.

»Und ich bin Lahryn aus dem Felsental, Hofmagier von Theron – na ja, zumindest war ich das einmal«, sagte er nach einer Weile. Nun stellten sich auch die anderen vor. Lahryn zog die weißen Augenbrauen hoch und sah jeden der Freunde durchdringend an.

»Und was hat euch hier in den Keller von Theron verschlagen?«, fragte er und fügte dann noch hinzu: »Ihr seht aus, als hättet ihr einiges erlebt in den letzten Tagen.«

»Das ist eine lange Geschichte«, seufzte Rolana.

»Ich habe Zeit, viel Zeit.« Der alte Magier nickte in Richtung der schimmernden Barriere.

Er führte die Freunde in den angrenzenden Raum und bot ihnen ein paar alte Kisten zum Sitzen an. Dann schlurfte er davon und kam mit einem verkorkten Weinkrug zurück.

»Der Letzte«, sagte er und hob entschuldigend die Schultern. Grinsend schnürte Thunin seinen Rucksack auf und packte all die Köstlichkeiten aus, die er aus dem Vorratskeller mitgenommen hatte. Dann begannen die Freunde der

Reihe nach von ihrer Reise durch das Labyrinth zu berichten. Lahryn hörte aufmerksam zu. Er unterbrach sie nicht, nickte aber immer wieder einmal wissend. Nur als sie von Gerald von Therons Leiche erzählten, presste er die Lippen fest zusammen, und ein feuchter Schimmer trat in seine Augen.

»Dann habt ihr also auch das wahre Gesicht der schönen Mykina kennen gelernt«, sagte er, nachdem die Freunde ihren Bericht beendet hatten.

»Und wie seid Ihr in ihr Netz geraten?«, fragte Rolana neugierig.

»Durch Dummheit und Arroganz«, seufzte der alte Magier. Dann begann er zu erzählen, wie Mykina auf der Burg aufgetaucht war und ihn gebeten hatte, sie als Schülerin bei sich aufzunehmen.

»Aus Adahorn käme sie, hat sie mir erzählt, und dass sie die Tochter von Geralds Vetter Theobold sei. Warum hätte ich ihr misstrauen sollen? Ich war zu sehr beschäftigt, ein paar neue Tränke zu entwickeln, so dass ich froh war, die lästigen kleinen Alltagsaufgaben an sie abgeben zu können.« Er schüttelte fassungslos den Kopf. »Und so zog ich mich in meinen Keller zurück und ließ ihr freie Hand. Es gab genug Anzeichen, dass mit ihr etwas nicht stimmte, doch ich wollte sie nicht sehen, und auch auf die Gräfin habe ich nicht gehört.« Er schwieg eine Weile und hing seinen Gedanken nach. Dann fuhr er mit fester Stimme fort.

»Ich kannte Gerald von Theron seit seiner Geburt. Ich wusste, dass es ein großes Geheimnis gab, welches der Vater nur auf den Sohn vererbt. Dann trat er jene verhängnisvolle

Reise an, von der er nach einem Jahr völlig verändert zurückkehrte. Er kam zu mir. Panischer Schrecken glänzte in seinem Blick. Etwas sehr Wichtiges, das er sicher geglaubt hätte, sei verschwunden, und er wisse, wo ein weiterer Teil des, wie er es ausdrückte, zerschlagenen Ganzen liege. Das Überleben der Welt hinge davon ab, dass dieses Wissen nie in falsche Hände geriet. Er entschloss sich zu einem folgenschweren Schritt.« Lahryn holte tief Luft. »Er bat mich, sein Gedächtnis auszulöschen.« Die anderen schwiegen.

»Habt Ihr diese Bitte erfüllt?«, fragte Rolana leise.

»Ja. Es war das Schwerste, das ich in meinem Leben als Magier der Familie tun musste, doch er ließ mir keine andere Wahl. Danach war er ein anderer. Er konnte sich nicht einmal mehr an seine Gemahlin und seinen verlorenen Sohn erinnern. Doch inzwischen glaube ich, er hat die richtige Entscheidung getroffen. Mykina ist nicht an ihr Ziel gelangt, bei ihm nicht und auch nicht bei mir.«

»Was könnte das sein?«, fragte Ibis und kaute auf ihrer Lippe. »Etwas, das zerschlagen ist und nur als Ganzes einen Wert hat, etwas, das jemand unbedingt besitzen will, etwas, das die Welt zerstören kann?«

Lahryn hob die Hände. »Ich weiß es nicht. Vielleicht habe ich einmal gewusst, worum es sich handelt, doch Mykina hat bei ihrem Angriff nicht nur einen großen Teil meines magischen Wissens zerstört. Viele Erinnerungen sind verschwunden. Vielleicht für immer.«

»Dann hat Mykina von Euch vielleicht doch etwas erfahren, und Ihr könnt Euch nur nicht mehr daran erinnern«, warf Ibis ein.

Der Magier überlegte und schüttelte dann den Kopf.

»Nein, das glaube ich nicht, sie war erfüllt von Wut und Enttäuschung, als ich sie das letzte Mal hier sah. Nein, ich denke, sie ist nicht an ihr Ziel gelangt.«

»Meint Ihr, Mykina ist allein auf der Suche nach diesen wertvollen Teilen?«, fragte Rolana.

Lahryn schüttelte wieder den Kopf. »Sie ist stärker, als ich es dachte, doch nicht in der Lage, eine ganze Burg unter ihren Bann zu bringen. Nein, ich glaube, sie arbeitet für jemanden, der sie mit seiner mächtigen Magie unterstützt. Anders kann ich mir das nicht erklären.«

Sie saßen zusammen, aßen und tranken Wein und grübelten darüber nach, ob es eine Möglichkeit gab, Burg Theron von ihrem Bann zu lösen und den Magier aus seinem Verlies zu befreien. Lahryn riet den Freunden, nach einem magischen Gegenstand Ausschau zu halten, über den Mykina ihre Kräfte bezog, und diesen dann zu zerstören, doch welche Form dieser Gegenstand hatte, konnte er nicht sagen. Über ein Pergament gebeugt, saßen sie da und ließen sich von dem alten Hofmagier die Räume in und unter dem Bergfried und dem Palas skizzieren.

Es wurde Zeit aufzubrechen. Sie mussten die Quelle der Kraft finden, bevor Mykina sie aufspürte. Cay und Thunin eilten noch einmal zur Vorratskammer zurück, um Lahryn für alle Fälle genug Proviant zurückzulassen, dann verabschiedeten sie sich herzlich von dem alten Mann und machten sich auf den Weg zur Burg hinauf. Erfüllt von neuer Hoffnung, blickte Lahryn den Freunden nach. Als Ibis durch die Öffnung verschwand, sah er das Erdhörnchen aus ihrem Bündel lugen.

»Treuloses Biest«, brummte er und ließ sich schwerfällig

wieder auf seinen Stuhl sinken. »Die Ratten verlassen das sinkende Schiff.«

Rolana blieb stehen und strich das zerknitterte Pergament glatt.

»Cay, gib mir bitte mehr Licht.«

Der junge Mann hob die Lampe ein Stück höher, so dass der flackernde Feuerschein die eilig hingekritzelten Linien und Symbole erhellte. Rolana strich mit ihrem Finger den Korridor entlang, den sie gerade durchquert hatten.

»Hier ist die Eingangshalle mit dem großen Tor. Meint ihr, wir kommen trotz des Banns hinaus?«

Vlaros schüttelte den Kopf, die anderen zuckten nur die Schultern. Sie einigten sich darauf, es zumindest zu versuchen, und machten sich vorsichtig auf den Weg, doch waren, wie Vlaros gesagt hatte, nicht nur alle Türen magisch verschlossen, auch an den Fenstern scheiterten sie kläglich. So blieb ihnen nur der geheime Weg unter dem Keller, den Lahryn ihnen beschrieben hatte. Durch eine Falltür unter einem leeren Fass führte der feuchte Gang unter dem Wassergraben hindurch bis zur Familiengruft hinüber. Angespannt stiegen sie die Treppe wieder hinunter, passierten einige Kellerräume und traten dann in den nicht mehr benutzten Weinkeller unter dem Ostflügel. Ibis eilte zu dem Fass, klappte den Deckel hoch und beugte sich dann zu der Falltür hinunter. Alle hielten gespannt den Atem an.

Die Finger der Elbe schlossen sich um den eisernen Ring, und mit einem leisen Seufzer klappte die Falltür auf. Flink kletterte Ibis hinunter und kam bereits nach einigen Augenblicken wieder zurück.

»Der Weg ist frei«, meldete sie. »Ein bisschen eng und feucht vielleicht, aber es wird gehen.«

»Gut«, meinte Thunin, »unser Fluchtweg ist gesichert. Dann wollen wir uns mal zu Mykinas Gemächern aufmachen.«

Leise schlichen sie die Treppe hoch und folgten dann einem breiten Korridor. Je näher sie dem kleinen angekreuzten Quadrat kamen, das auf der Karte Mykinas Gemach bezeichnete, desto langsamer tasteten sie sich voran. Die Elbe übernahm wieder die Führung und suchte ihren Weg nach Fallen ab. Nichts rührte sich, doch es war den Freunden, als könnten sie die Spannung in der Luft fühlen.

Vorsichtig näherten sie sich der Tür am Ende des Gangs. Sie war nur angelehnt. Ibis betrachtete sie genau und schob sie dann auf. Ihr Blick wanderte durch den Vorraum, huschte über die eisernen Fackelhalter an der Wand und blieb dann nachdenklich an zwei Rüstungen hängen, die die Tür in der gegenüberliegenden Wand bewachten. Cay trat neugierig zu ihr. Als seine Stiefelspitze die Schwelle berührte, flammten die Fackeln an den Wänden auf und tauchten den Vorraum in gleißende Helligkeit. Erschreckt fuhr Cay zurück und stieß hart mit dem Zwerg hinter sich zusammen. Rasch zogen sich die Freunde ein Stück in den Gang zurück und spähten aufmerksam in alle Richtungen, doch nichts geschah. Ibis schimpfte leise über große, tollpatschige Menschen, dann huschte sie in den Vorraum und blieb einige Schritte vor den Rüstungen stehen.

»Die Burschen gefallen mir nicht«, murmelte sie und schlüpfte zwischen der rechten Rüstung und der Wand hindurch. Langsam rutschte sie zur Tür hinüber und tastete nach der Klinke, ohne jedoch die Rüstungen aus den Augen zu lassen. Ein kleines Flämmchen zischte blau auf, die Visiere der Helme öffneten sich einen Zoll. Ibis warf sich zur Seite, und schon schossen zwei gefiederte Pfeile aus den Rüstungen hervor und bohrten sich nahe der Klinke ins Holz.

»Bestimmt vergiftet«, meinte die Elbe heiter und zog eine Sammlung von Haken und Nadeln aus der Tasche. Noch einmal berührte sie die Klinke und duckte sich unter den Pfeilen hindurch, doch dann schienen die Helme leer zu sein. Die anderen konnten nicht sehen, was sie tat, aber schon nach wenigen Augenblicken klickte die Tür und sprang auf. Ibis verbeugte sich spielerisch und winkte die Freunde heran. Als sie eintraten, entzündeten sich die Kerzen eines mächtigen Kronleuchters. Ibis ließ den Blick durch das prächtige Gemach schweifen und stieß einen überraschten Pfiff aus.

»Die Dame hat einen ganz schön aufwendigen Geschmack.«

Bewundernd betrachtete sie die bestickten Teppiche und hohen Spiegel an den Wänden, das riesige, mit rotem Samt verhängte Himmelbett, die zierlichen Möbel mit kunstvollen Intarsien und die vergoldeten Kerzenleuchter. An der linken Wand führte ein Torbogen in ein angrenzendes Zimmer. Thunin trat darauf zu, um einen Blick in den Nachbarraum zu werfen, doch als er den Kopf durch die Öffnung strecken wollte, bekam er einen so heftigen Schlag auf die Nase, dass er nach hinten fiel und verdutzt auf dem Boden sitzen blieb. Ibis eilte herbei, um zu sehen, was Thunin aufgehalten hatte, doch sie konnte nichts entdecken. Langsam näherte sie ihr Gesicht der Öffnung, doch auch ihr ging es kaum besser, nur dass der Schlag nicht so hart ausfiel. Stirnrunzelnd streckte sie die Hände aus, sie ertastete jedoch nur festen Stein.

Nun eilte Vlaros herbei, um die Barriere zu untersuchen, doch in diesem Moment trat auch Cay heran. Der Umhang des Magiers verhakte sich in Cays Schwertknauf, Vlaros stolperte, fiel gegen einen der Wandteppiche – und verschwand. Sprachlos starrten sich die anderen an. Plötzlich hörten sie seine Stimme, als stehe er noch immer neben ihnen.

»Das ist ja fantastisch«, sagte er voll Staunen. »Die perfekte Illusion.«

»Vlaros?«, rief Rolana.

»Ihr müsst durch den Wandteppich gehen«, antwortete er. »Der Torbogen ist durch eine magische Illusion einfach verschoben.«

Rolana streckte ihre Hände aus und ging zaghaft auf den Wandteppich zu. Jetzt müssten ihre Finger den weichen Flor berühren, doch sie spürte nichts. Sie ging noch einen Schritt weiter, und plötzlich waren ihre Arme verschwunden. Beherzt trat sie durch die Illusionswand und stand dann neben Vlaros auf der anderen Seite. Während die anderen durch die Wand kamen, sah sich Rolana rasch um.

Sie standen in einem lang gezogenen Raum, dessen Decke von sechs schlanken Säulen getragen wurde. Zwischen ihnen standen vier Rüstungen, die Visiere auf die Raummitte gerichtet. In einer Mauernische entdeckte Rolana eine große hölzerne Truhe und hinten an der Wand einen fast sechs Fuß hohen Spiegel aber was ihren Blick fesselte und ihr Herz schneller schlagen ließ, war ein niedriger Tisch in der Mitte des Raumes. Ein schwarzes Samtkissen lag in seiner Mitte, und darauf ruhte eine kristallene Kugel, deren Oberfläche in düsteren Farben waberte. Konnte das der magische Gegenstand sein, von dem Lahryn gesprochen hatte? Dann war es ihre Aufgabe, ihn zu zerstören. Dazu mussten sie allerdings erst an die Kugel herankommen. Rolana warf den Rüstungen einen misstrauischen Blick zu.

»Ibis, meinst du, die Rüstungen hier sind auch mit diesen Pfeilen bestückt?«

Die Elbe nickte. »Bestimmt, und vermutlich gibt es hier auch noch andere Fallen. Wer es bis hierher geschafft hat, kennt die tödlichen Visiere ja schon.«

Während die anderen ungeduldig warteten, huschte Ibis, die Säule als Deckung nutzend, zu der ersten Rüstung. Sie stellte sich auf die Zehenspitzen, doch dann schüttelte sie den Kopf. Die Elbe winkte Cay heran, ließ sich von ihm auf die Schultern heben und schob dann vorsichtig einen der Halsringe hoch. Kurz darauf nickte sie zufrieden und sprang auf den Boden. Sie hatte gerade die nächste Falle entschärft, da wirbelte Thunins Axt durch die Luft und schlug mit einem sauberen Schnitt einer der hinteren Rüstungen den Helm ab. Mit einem ohrenbetäubenden Krachen fiel er zu Boden, die Axt folgte. Die Freunde fuhren erschreckt zusammen. Keiner außer Thunin hatte bemerkt, wie sich der eiserne Wächter in Ibis' Richtung gedreht hatte.

»Deckung!«, brüllte der Zwerg und warf sich auf den Boden, denn aus dem Helm der letzten Rüstung schossen flammende Blitze hervor. Cay, Rolana und Vlaros duckten sich hinter die Säulen, doch Ibis rannte, den Blitzen ausweichend, auf die Rüstung zu. Noch im Laufen zog sie ihr Schwert, setzte zum Sprung an und schlug zu. Sie durchtrennte den Halsring mit einem kräftigen Schlag. Scheppernd fiel die eiserne Haube zu Boden. Einen Augenblick wagten sich die Freunde nicht zu rühren. Das Echo verhallte, und die Stille kehrte zurück. Thunin durchquerte den Raum, um seine Axt zu holen, Ibis huschte zu der Holztruhe, um zu sehen, was sie in sich barg. Rolana und Vlaros traten zu dem Tisch in der Mitte und starrten die Kristallkugel an.

»Ich denke, sie ist die Quelle der Kraft«, sagte Vlaros.

Rolana nickte. »Doch wie sollen wir sie zerstören, und was wird dann passieren?«

Der Magier zuckte die Schultern. »Kristallkugeln sind normalerweise zerbrechlich, ich habe jedoch keine Ahnung, was geschieht, wenn man die magischen Kräfte aus ihrem Innern plötzlich befreit. Sie könnten große Verheerung anrichten.«

Rolana seufzte. »Wir haben keine andere Wahl. Wir müssen es riskieren.«

Sie streckte die Hände aus, um nach der Kugel zu greifen, als eine Flammenwand aus den Rändern des Tischchens hervorschoss und über der Kristallkugel eine schützende Feuerkuppel bildete. Mit einem Schmerzensschrei fuhr Rolana zurück. Die Haut ihrer Finger begann sich zu röten. Auch Vlaros wich erschreckt zurück.

»Das hätte ich mir denken können«, stöhnte er.

Rolana antwortete ihm nicht. Sie fühlte einen eisigen Schauder, und eine plötzliche Furcht sträubte ihr das Nackenhaar. Sie konnte die Bedrohung spüren. Entsetzt starrte sie die Kristallkugel an, doch sie lag ruhig auf ihrem Kissen. Ihr Blick huschte zur Tür, die von Cay bewacht wurde, aber die Gefahr näherte sich von der anderen Seite des Raumes. Rauch wallte plötzlich in der silbrigen Fläche des hohen Spiegels auf, und dann trat Mykina herein.

8
Mykina

Eines Morgens, als Mykina verschlafen aus dem Fenster sah, war Bewegung in die teilnahmslosen Sklaven gekommen. Aufgeregt rannten sie hin und her, schleppten Kisten und Fässer und führten mehrere Pferde in die Stallungen hinüber. Das konnte nur eines bedeuten: Astorin war zurück! Eilig warf sie sich ihren Umhang aus grüner Seide über und rannte die gewundene Treppe zu seinem Studierzimmer hinauf. Die Tür stand weit offen. Mykina verlangsamte ihren Schritt, warf das lange schwarze Haar zurück, setzte ein betörendes Lächeln auf und trat dann ein. Astorin, der große schwarze Magier, lehnte an der Wand und beobachtete zwei stumpfsinnig dreinblickende Diener, die einen zweiten gläsernen Schrein neben den stellten, der den kupfernen Drachen enthielt. Astorin war sichtlich glänzender Laune, doch er wartete, bis die Diener den Raum verlassen und die Tür hinter sich geschlossen hatten, ehe er Mykina begrüßte.

»Was tust du hier?«, fragte er und küsste sie mit seinen kalten Lippen auf beide Wangen. Ehe sie sich eine Antwort überlegen konnte, fuhr er jedoch schon fort:

»Los, komm hier herüber. Ich muss dir etwas zeigen.«

Neugierig trat sie näher und betrachtete das samtschwarze Tuch, das er ihr in die Hand drückte.

»Pack es aus!«, forderte er sie ungeduldig auf.

Behutsam schlug sie das Tuch auf, bis es eine kleine Figur

enthüllte. Ein kleiner roter Drache lag in ihrer Hand, etwa von der gleichen Größe und Machart wie der kupferne, der in seinem gläsernen Schrein ruhte. Der rote Drache hatte die Flügel abgespreizt und den Rachen weit geöffnet. Er sah aus, als wolle er sich gerade auf eine Beute stürzen. Zögernd drehte Mykina das wertvolle Kleinod in ihren Händen. Astorin beobachtete sie. Sein Gesicht zuckte vor Anspannung. Plötzlich, als könne er es nicht länger ertragen, seinen Schatz in ihren Händen zu sehen, schnellte er vor, riss ihr den Drachen aus den Händen und legte ihn in den Schrein. Als der schimmernde Schutzschild um ihn herum aufflackerte, entspannte sich seine Miene wieder.

»Es geht voran«, sagte er und rieb sich die Hände. »Noch vier Figuren, dann wird sich das Heer der Drachen unter meinem Ruf sammeln.«

»Und Ihr werdet die Welt beherrschen«, ergänzte Mykina leise und ohne rechte Begeisterung, doch er schien dies nicht zu bemerken.

»Nicht nur diese Welt«, widersprach der Magier. »Ich werde Herr über alle drei Welten sein.«

Mykina sah ihn überrascht an. »Ihr glaubt an diese alten Geschichten?«, fragte sie neugierig.

»Die Drachenkrone wurde auch für eine Legende gehalten, doch sieh dir meine Schätze an! Ich bin überzeugt, dass auch die Tore zum Elben- und zum Zwergenreich existieren, und ich werde sie finden. Ich habe meine besten Spione auf ihre Spur gesetzt.« Zufrieden strich er sich über den dünnen Bart.

Zweifel huschten über Mykinas Gesicht, doch sie widersprach ihm nicht. Es konnte ja sein, dass die Tore einst existierten, dachte sie bei sich, aber sie waren im großen Feuersturm sicher zerstört worden. Wenn sie all die Jahre funktioniert hätten, dann wären sie doch auch entdeckt und benutzt worden. Und das hätte niemand auf Dauer geheim halten können.

Astorin schritt auf die Tür zu und hielt sie Mykina auf. Er führte sie in den Speisesaal, wo unter einem prächtigen Kristalllüster bereits ein üppiges Mahl aufgetischt worden war. Die Diener eilten sich, die hohen Zinnbecher mit Wein zu füllen.

»Doch nun zu dir, meine Liebe«, begann Astorin, als er den ersten Becher geleert hatte und ihn dem Diener zum Füllen entgegenstreckte. »Deine Arbeit auf Theron ist beendet. Ich werde es zerstören, und man wird diese unbedeutende Grafschaft vergessen.« Er machte eine wegwerfende Handbewegung und schickte dann die Diener hinaus. Erst als die schwere Tür hinter ihnen ins Schloss fiel, beugte er sich nach vorn, sah Mykina durchdringend an und fuhr dann mit leiser Stimme fort.

»Du darfst mir nun auf Burg Draka dienen.«

Mykina zuckte zusammen. Ihr Magen fühlte sich an, als habe er sich in einen Eisklumpen verwandelt. Als sie den Mund öffnete, war ihre Stimme seltsam rau.

»Verehrter Meister, ich diene Euch gern, doch seid Ihr sicher, dass es Euren Plänen hilft, wenn ich das willenlose Heer des blutigen Herrschers von Draka verstärke?«

Astorin warf sich in seinem Scherenstuhl zurück und lachte. »Ach, meine Liebe, konnte ich da eine Spur von Angst in deiner Stimme entdecken?« Er schob sich mit Appetit ein großes Stück Braten in den Mund. Der Saft rann ihm über das Kinn und tropfte auf seinen Rock.

»Ich respektiere den Herrscher von Draka, aber ich liebe ihn nicht so sehr, dass ich ihm frisches Blut schicke, um seine Gier zu stillen. Ich weiß meine Vorkehrungen zu treffen, schließlich möchte ich, dass du mir etwas aus Draka mitbringst.« Er kniff die Augen zusammen und sah Mykina aufmerksam an. Sie leckte sich über die trockenen Lippen und hob dann den Becher mit Wein. Ihre Hand zitterte.

»Seid Ihr sicher, dass es auf Draka ist?«, fragte sie nach einer Weile.

Astorin grinste breit. Offensichtlich bereitete ihm ihr Missbehagen Vergnügen.

»Was im Leben ist schon sicher, meine liebreizende Mykina? Doch muss ich nicht jedem Verdacht nachgehen? War dieses Vorgehen nicht bereits in zwei Fällen von Erfolg gekrönt?«

»Ihr könntet Refos schicken.« Sie versuchte die Spitze des drohenden Schwertes, das über ihrem Haupt schwebte, in eine andere Richtung zu lenken.

»Refos, diesen armseligen Wichtigtuer?« Astorin lehnte sich in seinen gepolsterten Stuhl zurück und ließ seinen Blick ungeniert über Mykinas Dekolleté wandern. »Nicht dass ich dem Herrn von Draka besonders zugetan bin, doch, wie ich bereits sagte, man zollt sich Respekt. Wie kann ich ihm dann einen vertrockneten, dürren Magier schicken, wenn er seinen Blick doch lieber an solch einem Prachtweib ergötzt.«

Mykina ballte unter dem Tisch die Fäuste. Es könnte sich nun als Fehler erweisen, so viel ihrer Zauberkraft auf ein makelloses und verführerisches Aussehen verwandt zu haben.

»Außerdem«, fuhr Astorin fort, »habe ich Refos eine andere Aufgabe zugeteilt. Hast du jemals daran gedacht, dass der Graf seiner Gattin etwas erzählt haben könnte?«

Mykina straffte sich. Neuer Mut keimte in ihr auf.

»Das ist ein vortrefflicher Gedanke, Meister, ich werde mich sofort daranmachen, die Gräfin aufzuspüren und dann…«

Astorin unterbrach sie. »Warum nur drängt sich mir der Verdacht auf, du wolltest dich meinen Anweisungen widersetzen? Bist du nicht froh und dankbar, dass ich dich trotz deiner unverzeihlichen Fehler wieder in Gnade aufgenommen habe und dir weiterhin wichtige Aufgaben übertrage?« Er hatte sich erhoben und kam langsam näher. Mykina schob ihren Stuhl zurück und starrte ihn mit einer Mischung aus Trotz und Furcht an. »Du wirst nachher nach Theron zurückreisen, deine Sachen packen und dann die Zerstörung der Burg vorbereiten.« Er runzelte die Stirn, so als sei ihm plötzlich ein unerfreulicher Gedanke gekommen.

»Dabei fällt mir ein«, säuselte er und zeigte seine schlechten Zähne, »du hast mir noch gar nicht berichtet, wie die Dinge auf Theron stehen und warum du gekommen bist.«

Sie spürte den gefährlichen Unterton in seiner Stimme, dennoch gelang ihr ein verführerisches Lächeln.

»Ihr wisst doch, alles geschieht nach Eurem Willen«, raunte sie mit rauchiger Stimme, und plötzlich, ohne dass sie die Hand erhob, rutschten ihr Umhang und das seidig fließende Gewand, das ihren Körper eng umschmeichelt hatte, zu Boden. Zufrieden bemerkte sie das Glimmen in seinen Augen. Natürlich zog sie athletisch gebaute junge Männer einem hageren Magier, der langsam in die Jahre kam, vor, doch manches Mal bedurfte es eines Opfers, um nicht von der breiten Straße auf einen steinigen Weg vertrieben zu werden. Sie bewahrte ihr Lächeln, als er ihr gierig an die Brüste griff, und folgte ihm dann in einen Nebenraum, wo er sie, nicht gerade zart, auf ein breites Bett stieß.

Als er seine Lust befriedigt hatte, befahl er ihr, sich anzuziehen und ihm in sein Studierzimmer zu folgen. Mit unbeweglicher Miene kam sie ihm nach und stellte sich dann vor den großen Wandspiegel. Astorin entzündete eine Kohlepfanne, und als die Flammen aufloderten, warf er ein paar Körner, nicht größer als ein paar Erbsen und von ähnlicher Farbe, in die Glut. Beschwörerisch hob er die Hände, seine Stimme erfüllte den Raum. Schatten tanzten in bizarren Fratzen über die Wände, und der Rauch, düster und träge, floss um ihre Füße. Mit heiserem Flüstern stiegen die Flammen hoch, wechselten ihre Farbe von Gelb zu leuchtendem Rot und dann zu flimmerndem Blau. Die Spiegeloberfläche begann zu rauchen, und im tiefen Dunst schimmerte, erst undeutlich, dann immer klarer, das Tor auf. Astorin reichte ihr ein versiegeltes Kästchen mit den Zutaten für ihren Rückweg zu seiner Festung, dann zog er sie mit seinen knochigen Händen noch einmal zu sich und küsste sie auf den Mund.

»Wie oft ich dieses Vergnügen wohl noch haben werde?«, spottete er, und seine Augen glitzerten boshaft. »Wer kann schon sagen, ob du nicht bald schon in den Armen des Grafen Draka liegst, der frisches Blut über alles begehrt.«

Blanker Hass loderte in Mykinas Blick, und sie wandte sich rasch ab. Mit einem Ruck riss sie sich los, trat durch das Tor und verschwand im aufwirbelnden Nebel.

In Gedanken noch bei Astorin und ihrem Auftrag, nach Draka zu gehen, trat Mykina aus dem Spiegel. Sie war nicht minder überrascht als die Eindringlinge, und für einen Augenblick starrten sie sich nur entsetzt an, doch dann ging alles sehr schnell. Mykina hob die Arme, um einen tödlichen Spruch auf sie zu schleudern. Keiner aus der Gruppe stand nahe genug, um sie aufzuhalten.

Jetzt sterben wir, schoss es Rolana durch den Kopf, und sie warf noch einmal einen verzweifelten Blick auf die flammenumloderte Kristallkugel. Die Luft zirpte, als ein Dolch von hinter ihr knapp an ihrem Kopf vorbeiwirbelte. Das letzte Wort des Zauberspruchs löste sich gerade von Mykinas Lippen, da fuhr ihr die Klinge bis an das Heft in die Brust und schleuderte sie nach hinten. Blaue Flammen schossen aus ihren Fingerspitzen und brandeten gegen die Decke. Sie prallten dort ab und fuhren dann keine zwei Fuß neben Cay in die Wand.

»Die Kugel!«, rief Rolana. »Wir müssen die Kugel zerstören.«

Thunin wich einem weiteren Strahl aus, sprang nach vorn und schleuderte dann seine Axt. Die Schneide fuhr glatt durch das Bein des niedrigen Tisches. Es knickte weg, die Platte senkte sich, das Kissen geriet ins Rutschen. Mit einem harten Klacken fiel die Kugel zu Boden und rollte auf den Spiegel zu. Mykina versuchte sich aufzurichten und einen weiteren Zauber zu sprechen. Ibis schickte ihren zweiten Dolch hinterher. Hellrot sprudelte das Blut aus Mykinas Brust und rann in breiten Strömen über ihr weißes Gewand. Mit letzter Kraft warf sie sich nach vorn und griff nach der Kristallkugel, doch Rolana war schneller. Sie hob die Kugel hoch. Die Blicke der beiden Frauen trafen sich. Panischer Schrecken, Schmerz und Verzweiflung glänzten in Mykinas Blick, sie begegnete jedoch nur fester Entschlossenheit. Mit aller Kraft schmetterte die junge Priesterin die Kugel auf den Boden, so dass sie mit einem Klirren in tausende Stücke zersprang.

»Nein«, wimmerte Mykina, dann wurde ihr Blick trüb.

Thunin hob seine Axt auf und ließ sie in die Spiegelfläche sausen, die in einem Regen von Glas zerbarst. Atemlos sahen sich die Gefährten an. Zuerst war das Grollen kaum hörbar, und auch das Zittern des Bodens und der Wände konnte nur die Elbe spüren, dann schwoll es an, Risse brachen in der Decke auf, Kalk rieselte auf sie hinab, Steine lösten sich und polterten herunter.

»Raus hier!«, brüllte Thunin. »Schnell zur Falltür!«

Sie rannten um ihr Leben. Hinter ihnen neigten sich die Säulen und fielen in sich zusammen, die Decke folgte mit Donnergetöse. Wie durch ein Wunder erreichten die Freunde unbeschadet die offene Falltür und glitten die eiserne Leiter hinunter. In wilder Hast rannten sie den Gang entlang, in den Köpfen nur den einen Gedanken nach Luft und Licht. Schon zogen sich feine Risse durch das Gestein über ihnen, und Wasser rann die Wände herab. Schwer atmend eilte Rolana hinter Cay her, der immer mehr Vorsprung gewann. Sie war erschöpft, ihre Füße schwer wie Blei, ihre Lungen brannten wie Feuer, doch sie rannte weiter. Da rutschte ihr Fuß in eine Mulde, und ihr Knöchel knickte zur Seite. Die junge Frau taumelte und fiel hart gegen die Wand. Der Schmerz durchfuhr sie wie die Schneide eines Messers. Tränen schossen ihr in die Augen, und ein Stöhnen entrann ihren Lippen.

Ich muss weiter, hämmerte es in ihrem Kopf, *der Gang stürzt gleich ein.* Mit zusammengebissenen Zähnen humpelte sie weiter.

Cay lief den Gang entlang. Er glaubte Rolana dicht hinter sich zu wissen, doch plötzlich spürte er, dass sie verschwunden war. Keuchend blieb er stehen und wandte sich um, die Laterne in seiner Hand schwankte.

»Rolana«, schrie er. Aus den Augenwinkeln bemerkte er eine sich rasch weitende Spalte in der Wand. Er machte kehrt, rannte und brüllte ihren Namen. Da huschte der tanzende Lichtschein über ihre Gestalt. Sie humpelte auf ihn zu und streckte ihm ihre Arme entgegen, doch er sah auch die Wand, die sich über ihr neigte. Ihr Mund öffnete sich zu einem lautlosen Schrei.

Cay spürte das Ziehen in seinen Beinen und das Stechen in der Brust. Er trieb sich bis zum Äußersten und wusste gleichzeitig, dass er sie nicht rechtzeitig erreichen konnte. Die herabstürzenden Gesteinsmassen rissen die junge Frau nieder, und sie verschwand in einer Woge aus Trümmern und Schlamm.

»Nein!«, ächzte Cay. Tränen schossen ihm in die Augen, und er fiel auf die Knie. Wie ein Rasender riss er Steine und Felsbrocken von ihrem reglosen Körper und schleuderte sie zur Seite, bis er Rolana von der Last befreit hatte. Cay warf seinen Rucksack von sich, hob Rolana in seine Arme und hastete los. Die anderen waren schon weit voraus, aber er konnte den flackernden Lichtschein in der Ferne sehen. Der junge Kämpfer hetzte weiter. Das Poltern der Felsblöcke folgte ihm, doch er drehte sich nicht um. Dann hörte er noch ein anderes Geräusch. Es plätscherte und rauschte. Wasser!

O ihr Götter, dachte er verzweifelt, *der Wassergraben bricht ein!*

Die junge Frau in seinen Armen, lief er weiter. Da vorne war eine Treppe, endlich! Er konnte Ibis erkennen, die mit der Fackel in ihrer Hand winkte und aus Leibeskräften schrie. Das schwarze Wasser wirbelte schon um seine Knöchel, und zäher Schlamm griff nach seinen Füßen. Er dachte, seine Lungen müssten bersten, doch er kämpfte sich weiter.

»Bei allen Göttern, du wirst leben«, stieß er zwischen den Zähnen hervor.

Er stand schon bis zur Hüfte im Wasser, als er die Treppe endlich erreichte. Schnell eilte er hinter Ibis die Stufen hinauf. Das gurgelnde Wasser folgte ihnen. Oben auf einem Absatz warteten Vlaros und Thunin vor einem massiven Eisengitter. Wie ein Wilder schlug der Zwerg mit seiner Axt auf die Stäbe ein, doch die rührten sich nicht.

»Ibis, wo bleibst du?«, brüllte er die Elbe an. »Willst du, dass wir alle ersaufen?«

»Ach, wolltest du Cay und Rolana zurücklassen? Ein feiner Freund bist du«, keifte die Elbe, während sie sich einen Weg zu dem verrosteten Türschloss bahnte. Fieberhaft durchwühlte sie die Taschen ihres Rucksacks, während das stinkende Wasser um ihre Füße gurgelte.

»Beeil dich, Ibis«, drängte Vlaros, »das Wasser steigt schnell!«

»Verflucht, glaubst du, ich trödle hier absichtlich herum?«, fauchte sie zurück.

Es war zum Verrücktwerden. Immer wieder glitten die gebogenen Stifte im Schloss ab. Schon stand sie bis zum Bauch im Wasser und konnte das Schloss nicht einmal mehr sehen, da endlich spürte sie das Klicken und stieß die Gittertür auf. Die Treppe führte noch zwei Windungen nach oben und endete dann unter einer Falltür. Mit einem kräftigen Stoß stemmte Thunin sie auf und kletterte dann in eine niedrige Gruft. Die Freunde folgten ihm. Steinsärge standen sauber aufgereiht an der Wand, in einer kleinen Nische war ein Altar mit Kerzen und vertrockneten Blumen. Durch die schmiedeeiserne Gittertür sickerte bleiches Tageslicht. Die Tür war nicht verschlossen, und die Freunde traten auf den dämmrigen Friedhof hinaus. Gierig sogen sie die frische Luft in ihre Lungen und blinzelten zu dem blassblauen Himmel hinauf, der sich über den alten Tannen wölbte. Es roch nach feuchtem Moos und Harz. Die milde Nachmittagssonne sickerte durch das dunkelgrüne Nadelkleid.

Cay bettete Rolana vorsichtig ins weiche Moos. Ihr Haar war blutverkrustet, und noch immer floss ihre Lebenskraft glänzend rot aus einer klaffenden Kopfwunde davon.

Thunin schob den jungen Mann zur Seite und griff nach Rolanas Hand. Er umschloss das kalte, schmale Handgelenk – nichts, er spürte nichts. Schweißperlen traten ihm auf die Stirn, als er zitternd seine Finger auf ihren Hals legte.

»Sie lebt«, sagte er, »doch ihre Lebenszeichen sind schwach. Wir müssen die Blutung stoppen, und dann will ich sehen, was ich für ihr Bein tun kann.«

So verkrümmt, wie es dalag, bestand kein Zweifel, dass es an mehreren Stellen gebrochen war. Der Zwerg drückte Vlaros, der mit weit aufgerissenen Augen und zitternden Händen dastand, den Wassersack in die Hand und gebot ihm, ihr das Blut vom Gesicht zu waschen. Der Zwerg schnitt derweil ein Stück von einem Leinenhemd ab, drehte es zu einem festen Ballen und drückte es auf die Wunde. Mit einem Leinenstreifen band er das Knäuel fest. Dann wandte er sich mit bekümmertem Blick dem verdrehten Bein zu. Vorsichtig schlitzte er die wildlederne Hose auf und fuhr dann mit seinen dicken Fingern an dem geborstenen Knochen entlang. Seine Augenbrauen zuckten, als er die verschobenen Enden fühlte.

Ibis erhob sich. »Ich sehe mal nach, ob ich geeignete Äste finde, mit denen man das Bein schienen kann.«

Thunin nickte. »Ja, tu das und sieh zu, dass du frisches Wasser findest. Und nimm Cay mit. Es macht mich nervös, wenn er ständig mit dieser Leidensmiene neben mir steht.«

Er wartete, bis die beiden verschwunden waren, dann winkte er Vlaros heran. Mit strenger Miene befahl er ihm, Rolana festzuhalten, während er versuchte, die Knochenenden zueinander zu schieben.

»Ich kann das nicht sehen«, jammerte Vlaros und kniff die Augen zu.

Thunin brummte nur unwillig und warf immer wieder einen besorgten Blick auf Rolanas Gesicht, doch noch immer schwebte sie in tiefer Bewusstlosigkeit.

Bald waren Ibis und Cay zurück, brachten gerade, entrindete Äste mit und auch eine Hand voll Kräuter. Ibis war sich sicher, dass Rolana diese ihr auf ihrer Reise nach Theron gezeigt und erzählt hatte, wie gut sie die Heilung von Wunden vorantrieben. Cay ging gleich noch einmal los, um am Brunnen, den sie in einer Ecke des Friedhofs entdeckt hatten, die Schläuche mit frischem Wasser zu füllen. Als er zurückkam, machte er sich daran, ein Feuer für die Nacht zu entfachen und genug Holz bereitzulegen.

Nachdem Thunin und Ibis das Bein geschient und Rolana in die übrig gebliebenen Decken gewickelt hatten, blieb ihnen nur noch, zu warten. Cay bettete Rolanas Kopf in seinen Schoß und betupfte ihr ab und zu die Stirn mit kühlem Brunnenwasser. Ibis stocherte im Feuer herum, und Vlaros schritt unruhig auf und ab. Der Zwerg ließ den Blick über die Kameraden wandern, dann erhob er sich und machte sich auf, nach den Pferden zu sehen. Er brauchte nicht lange, um sich zu orientieren, denn schon bald sah er die Zinnen des Bergfrieds von Theron über die Baumwipfel ragen, doch da war nur noch ein trauriger Rest des mächtigen Bauwerks, das er einst gewesen war. An einer Seite halb eingestürzt, ragte er in den Abendhimmel. Dichte Rauchwolken quollen auf.

Für einen Moment erwog Thunin, zur Burg hinunterzusteigen, dann schritt er weiter auf die Lichtung zu, auf der sie die Pferde zurückgelassen hatten. Versonnen schlenderte der Zwerg durch den lichten Sommerwald und sog die Eindrücke mit allen seinen Sinnen in sich auf. Endlich wieder den hohen Himmel über sich zu haben, die letzten Sonnenstrahlen des Tages auf seiner Wange zu spüren, die würzige Luft in seine Lungen einzusaugen. Die Vögel stimmten ihr Abendlied an. Wie gern hätte er sich ins Gras gelegt, um ihnen zu lauschen, doch da sah er wieder Rolanas blasses Gesicht vor sich, und sein Lächeln erlosch. Verdammt, warum musste das passieren, als sie die Freiheit schon vor Augen hatten! Er fühlte tiefe Sorge in sich. Wenn sie keine Hilfe fände, sah es nicht gut für sie aus, doch wo konnten sie einen Heiler auftreiben?

Der Zwerg erreichte die Lichtung und sah erstaunt, dass die Pferde alle noch da waren, allerdings in einem erbärmlichen Zustand. Thunin sprach beruhigend auf die verängstigten, abgemagerten Tiere ein, nahm sie dann bei den Zügeln und führte sie zum See hinunter. Die Sonne war schon hinter den Bäumen verschwunden, als sie das Ufer erreichten. Gierig traten die Tiere ins seichte Wasser und begannen zu trinken. Thunin ließ sich müde am grasigen Hang nieder, stützte den Kopf in die Hände und betrachtete die Burg. Nicht nur der Bergfried war stark beschädigt, auch ein Teil des Hauptgebäudes war eingestürzt, der Ostflügel lag in Trümmern. Irgendwo flammte noch immer ein Feuer, und weißer Rauch stieg von zahlreichen bereits gelöschten Stellen auf. Ameisengleich rannten einige Männer über die Brustwehr und verschwanden dann wieder aus seinem Blickfeld.

Bevor es völlig dunkel wurde, fing der Zwerg die Pferde ein und ritt zur Burg hinüber. Die Zugbrücke war hochgezogen, und zwei Wachen auf dem Wehrgang richteten ihre Pfeile auf den Zwerg, als sie ihn kommen sahen.

»Verschwinde!«, schrie einer der Wächter. »Wir können hier kein Gesindel gebrauchen. Los, hau ab, sonst jagen wir dir einen Pfeil zwischen die Rippen!«

»Lasst mich ein«, rief der Zwerg eindringlich. »Dort drüben am Friedhof liegt eine junge Frau. Sie ist schwer verletzt und braucht Hilfe.«

»Auf diesen Trick fallen wir nicht herein«, antwortete der Wächter ärgerlich. »Geh endlich, wir haben mit Fremden schon genug Ärger gehabt.«

Doch der Zwerg war nicht bereit, so schnell aufzugeben.

»Gräfin Lamina von Theron hat uns geschickt«, versuchte er es noch einmal.

»Lügner«, brüllte der Mann von der Brustwehr zurück. »Sie sind alle tot, hörst du, tot!« Drohend zischten zwei Pfeile über den Zwerg hinweg.

Thunin fluchte vor sich hin, zog sich vorsichtshalber aber außerhalb der Reichweite der Pfeile zurück. Er warf noch einen Blick auf die abweisenden Mauern, dann ritt er seufzend zum Friedhof zurück. Er dachte an Lahryn in seinem Kellergefängnis. In die Burg war er anscheinend nicht zurückgekehrt, sonst hätte der Wächter nicht so reagiert. Vermutlich war der Keller zu seinem Grab geworden, dachte der Zwerg traurig.

Cay weigerte sich zu schlafen. Die ganze Nacht saß er da, Rolanas Kopf in seinen Schoß gebettet, streichelte ihr Haar und kühlte ihr Gesicht. Thunin und Ibis schliefen zusammengekauert im Gras, doch auch Vlaros wollte sich nicht zur Ruhe legen. Meist schritt er außerhalb des Lichtscheins auf und ab. Immer wieder blieb er stehen und sah zu Rolana hinüber. Wenn sein Blick Cay streifte, verengten sich seine Augenbrauen. Der Magier zerbrach sich den Kopf, wie er Rolana helfen konnte, doch seine Forschungen hatten die

Heilkunde nicht einmal gestreift. Verächtlich hatte er das den Priestern und Heilern überlassen und diese in ihrem Eifer immer ein wenig belächelt. Jetzt gäbe er alles darum, Rolana in ihrem Kampf gegen die Fieberdämonen beistehen zu können. Was halfen ihm seine ganzen Studien, die Jahre im Dienst der Magie? Er war nicht von größerem Nutzen als dieser dumme Muskelprotz, der sich ihr selbst in dieser kritischen Situation noch aufdrängte. Doch Sorge und Hilflosigkeit hielten nicht lange an. Ein ganz anderes Gefühl stieg in ihm hoch. Heiß loderte die Eifersucht in ihm auf, wenn er ihre wundervolle, so zerbrechliche Gestalt in seinem Schoß gebettet liegen sah.

Sie kann nichts an ihm finden, beruhigte er sich. Was sollte sie mit so einem ungebildeten, ungehobelten Kerl anfangen? Aber der Teufel der Eifersucht ließ sich nicht so einfach besiegen, und die Zweifel nagten mit dumpfem Schmerz in ihm.

Warum hatte er ihr nie seine Liebe gestanden? Warum hatte er seine Gefühle hinter der kalten Fassade des Wissens verborgen? Seine Gedanken wanderten nach Adahorn zurück.

Die Priesterin ist in die Bibliothek gekommen, um ein Buch über die Zeiten vor dem Feuersturm zu suchen. Ratlos steht sie vor dem Regal mit den großen Werken der Geschichte, als Vlaros, einen Stapel Bücher in den Armen, vorbeigeht. Erstaunt hält er inne, als sie ihn anspricht und um Rat bittet. Es trifft ihn wie ein Blitz, und er kann sie einige Augenblicke nur stumm anstarren. Rolana in ihrem fließend weißen Gewand, das schwarze Haar hochgesteckt, die Kapuze auf den Rücken geworfen. Ihre Wangen glänzen vor Eifer rosig im Kerzenschein, und ihre Augen scheinen ihn in einen unendlichen Strudel zu ziehen. Sie muss ihn zweimal fragen, ehe er den Mund aufmacht, um ihr zu versichern, wie gerne er ihr behilflich ist.

Sie blättern in alten Werken, und er erzählt ihr alles, was er an Legenden und Geschichten weiß, doch ihr Wissensdurst kennt keine Grenzen. Wenn sie etwas sagt, dann liegt Nachdruck in ihrer Stimme, und die dunklen Augen blitzen. Die Leidenschaft der Jugend lodert in heller Flamme in ihr, und sie ist enttäuscht, als sie am Abend mehr neue Fragen als Antworten gefunden hat.

Der gefürchtete Abschied naht. Ein älterer Bruder tritt schweigend heran, um sie zum Kloster auf dem Felsen zurückzubegleiten. Vlaros will sie fragen, wann er sie wieder sehen kann, aber angesichts der strengen Miene des alten Mönchs verstummt er. Da geht sie. Die weiße Gestalt verschwindet in der Dunkelheit, und er fühlt sich plötzlich leer und verzweifelt. Was ist es, das ihn quält, fragt er sich verwundert. Mit Frauen hat er keine Erfahrung, er weiß nur, dass alles, was ihm vor Stunden noch die Welt bedeutet hat, still und leise in den Hintergrund tritt. Verwirrt kehrt er in seine karge Kammer in einem Seitenflügel der Akademie zurück, er kann jedoch in dieser Nacht keinen Schlaf finden. Er sieht nur diese Augen, dieses Gesicht, dieses herrliche Haar.

Sobald die Bibliothek am nächsten Morgen ihre Pforten öffnet, ist Vlaros wieder da. Den ganzen Tag streift er zwischen den Regalen umher, blättert hier und da in einem Buch, doch er kann sich nicht auf die Sprüche und Trank-

rezepturen konzentrieren. Sie kommt nicht, und auch am nächsten Tag hat er keinen Erfolg. Zu Sehnsucht und Entzücken gesellt sich langsam auch Wut. Hat er sein Leben in eifriger Disziplin verbracht, um sich von einer Frau so aus der Bahn werfen zu lassen? Vielleicht hat sie ihn mit irgendwelchen unheimlichen Kräften verhext. Er schwankt zwischen dem Wunsch, sie wiederzusehen, und dem, sie endlich zu vergessen, um wieder so zu sein wie vor diesem verhängnisvollen Tag.

Er zögert, als sein alter Lehrer ihn wissen lässt, er werde für ein Jahr nach Fenon reisen, um mit dem großen Swerjow neue Gegengifte zu erforschen. Soll er hier bleiben und weiter nach ihr Ausschau halten, oder ist diese Reise ein Wink des Schicksals, ihn wieder auf den alten Pfad zurückzugeleiten? Er fürchtet sich davor, die Akademie mit ihrem geordneten Tagesablauf zu verlassen, um sie gegen eine Reise durch unbekannte Landschaften einzutauschen, doch was soll er ohne seinen Meister hier anfangen? Zwei Tage und zwei Nächte hadert er mit der Entscheidung, aber dann bittet er seinen Meister, ihn mit auf die Reise zu nehmen.

Mit Furcht im Herzen und Übelkeit im Magen macht er sich im Morgengrauen des Reisetages zum Nordtor auf, um dort mit den anderen der Gruppe zusammenzutreffen. Erst denkt er, seine übermüdeten Sinne spielen ihm einen Streich, als er Rolana dort neben einem Zwerg stehen sieht. Sie dreht sich um und kommt auf ihn zu, um ihn zu begrüßen. Schwindel erfasst seine Sinne, und es ist ihm, als müsse er auf die Knie sinken, um den Göttern für diese Gnade zu danken. Wochenlang haben sie, fern der strengen Klos-

termauern, Zeit, nebeneinanderher zu reiten oder am Feuer zu sitzen, um über alte Sagen und Geschichten zu sprechen. Doch so manches Mal überlegt er sich, ob es nicht doch die schwarzen Dämonen waren, die hier ihre Hand im Spiel haben, denn er merkt schnell, dass er nicht der Einzige ist, der an der jungen Priesterin Gefallen gefunden hat. Mit Unbehagen sieht er die Blicke, die der Schwertkämpfer, der zum Schutz der Reisenden mitkommt, ihr zuwirft. Manchmal, wenn er etwas zu ihr sagt, lacht Rolana silberhell auf und schenkt ihm ein Lächeln, das Vlaros wie ein Dolchstoß schmerzt. Dann, einige Tage bevor sie ihr Ziel erreichen, sitzen sie gemeinsam am Feuer. Der Zwerg pafft, genüsslich seine Pfeife.

»Was macht ihr, wenn wir Fenon erreichen?«, fragt Rolana.

Thunin lächelt. »Ich vermute, Cay wird sein Geld bis auf das letzte Kupferstück ausgeben, Ibis wird versuchen, ihres im Kartenspiel zu vermehren, und dann ziehen wir weiter nach Norden. Wir möchten den Sommer in den Silberbergen verbringen. Vielleicht suchen wir uns im Herbst dann zusammen eine Arbeit, die uns den Winter über ernährt.«

In Rolanas Augen glitzert Sehnsucht. »Ach, wie gerne würde ich mit euch weiterreisen, endlich einmal mit eigenen Augen die hohen Berge sehen.« Sie seufzt. »Stattdessen werde ich viele Monate mit den Brüdern in einer einsamen Klause leben und mich in stiller Meditation üben.«

»Dann komm doch einfach mit uns!«, ruft die Elbe. »Ein wenig göttlicher Beistand kann uns auf unserer Reise nicht schaden.«

Der Zwerg nickt. »Ja, sprich mit den Brüdern. Auf solch

einer Reise kannst du mehr lernen als bei deiner ganzen Meditation.«

Rolana schüttelt den Kopf. »Wie stellt ihr euch das denn vor? Ich kann doch nicht einfach mit euch durch die Wälder ziehen.«

Doch Vlaros muss erfahren, dass der Gedanke sie nicht mehr loslässt. Die letzten Tage ihrer gemeinsamen Reise verrinnen, und dann teilt sie ihm freudestrahlend mit, dass die Brüder nichts dagegen einzuwenden haben, wenn sie den Sommer über die Heilpflanzen der Berge studiert. Während sie in der freien Natur immer mehr auflebt, sehnt Vlaros sich nach der sicheren Geborgenheit der Akademie zurück, nach dem geordneten Tagesablauf, der warmen Bibliothek mit ihren alten Büchern. Die wilde, ungezähmte Natur ist ihm unheimlich. Schon als Knabe hat er lieber in Büchern geblättert, als mit den Kindern draußen herumzutollen. Und dennoch lässt er sich auf dieses wahnsinnige Abenteuer ein, nur, um in ihrer Nähe bleiben zu können.

Vlaros' Blick wanderte wieder hinüber zu Cay und Rolana. Er spürte die zärtlichen Blicke, mit denen Cay die Verletzte liebkoste. Brodelnd vor Eifersucht eilte er auf den Kämpfer zu und griff ihn dann grob an der Schulter.

»Wie soll sie denn gesund werden, wenn du sie nie in Ruhe lässt?«, fuhr er den verdutzten jungen Mann an.

Cay sah zu ihm auf und musterte das vor Erregung rot glühende Gesicht.

»Was verstehst du denn davon?«, fragte er verächtlich.

»Es tut ihr gut, wenn ich bei ihr bin, und außerdem geht dich das überhaupt nichts an.«

»Du tust ja gerade so, als wäre sie dir rechtmäßig angetraut«, polterte er, »doch bisher konnte ich in ihrem Verhalten nur Höflichkeit entdecken, die sie dir aus Mitleid zuteil werden ließ.«

Nun stieg auch in Cay der Zorn hoch. »Ach, wie genau du das zu wissen scheinst. Doch selbst wenn es so wäre, ich bin ihr Freund, und ich bin bereit, für sie zu sterben. Wo warst du denn, als sie in ihrer Todesnot die Hilfe eines Freundes brauchte?«

Die Spitze traf, und Cay entging nicht, wie Vlaros' Hand nach dem Dolch an seiner Seite griff. Behutsam legte der junge Mann Rolanas Kopf auf die Decke, erhob sich und trat ein paar Schritte von ihr weg. Langsam zog er das Schwert aus der Scheide.

»Du willst also Streit mit mir anfangen.« Seine Stimme klang drohend. »Gut, dann tragen wir es aus.«

Auch in Vlaros' Augen blitzte kalter Hass. Er zog seinen Dolch, obwohl diese Geste angesichts des Schwertes fast lächerlich war.

»Lass sie in Ruhe«, sagte er. »Sie ist eine weise Priesterin und etwas ganz Besonderes. Was soll sie mit einem ungebildeten Bauernbengel wie dir anfangen?«

Der Laut, den Cay ausstieß, erinnerte an ein verletztes Raubtier. Seine Augen glitzerten gefährlich.

»Du fader, mickriger Bücherwurm! Was weißt du denn schon von dem Leben da draußen? Deine Welt bricht zusammen, wenn du einen Fleck auf deinem Rock hast. Warum bleibst du nicht hinter dem warmen Ofen, wo du hingehörst? Es kann ja sein, dass Rolana sich nichts aus mir macht, doch mit dir würde sie vor Langeweile sterben.«

»Ihr habt sie überredet, sich in dieses verrückte Abenteuer zu stürzen, das sie jetzt vielleicht das Leben kostet. Ihr Blut klebt an deinen Händen.«

Thunin und Ibis fuhren aus dem Schlaf und blickten ungläubig auf die beiden Männer, die sich mit gezückten Waffen gegenüberstanden. Ibis setzte sich aufrecht hin und betrachtete die Szene interessiert. Der Zwerg jedoch war mit einem Fluch auf den Beinen und stellte sich zwischen die beiden.

»Habt ihr nichts Besseres zu tun, als euch gegenseitig an die Kehle zu gehen, während Rolana mit dem Tod ringt? Feine Freunde hat sie, das arme Ding.«

Keiner hatte bemerkt, dass Rolana aus ihrer Ohnmacht erwacht war und voller Entsetzen von einem zum anderen sah.

»Ihr seid ja verrückt!«, schrie sie. Beschämt ließen die Männer die Waffen sinken und eilten zu ihr, doch sie hob abwehrend die Hand.

»Ich will euch nicht sehen. Verschwindet, alle beide!« Tränen schossen in ihre Augen. Als Thunin sich zu ihr niederkniete, schlang sie die Arme um seinen Hals und legte ihr nasses Gesicht an seine Brust. Beruhigend streichelte er sie, bis sie in einen unruhigen Schlummer fiel.

»Solche Kindsköpfe«, knurrte er.

Lahryn hob den Kopf und lauschte. Die Erde begann zu grollen, und dann zitterten die Steinplatten unter seinen Füßen. Staub rieselte aus den Ritzen in der Decke, bedeckte sein schütteres Haar und den durchlöcherten Umhang und reizte den alten Mann zum Husten. Besorgt sah er zur Decke empor. Das Zittern und Grollen verstärkte sich, irgendwo polterten Steine herab, doch wohin sollte er fliehen? Er konnte nur hoffen und beten, dass seine Kellerräume nicht in sich zusammenstürzten. Das klapprige Regal an der Wand wankte und drohte umzukippen. Lahryn stützte es mit dem Rücken ab und fing zwei Phiolen auf, die vom oberen Brett herabfielen. Hektisch huschte sein Blick zum Tisch und zu seiner wertvollen Apparatur hinüber, doch plötzlich erstarrte er. Etwas hatte sich verändert. Lahryn trat von dem Regal weg, das nun wieder bewegungslos an der Wand lehnte, und sah sich um. Das bläuliche Licht der magischen Barriere war verschwunden. Vorsichtig näherte sich der alte Magier dem Torbogen und streckte die Hand aus. Nichts geschah. Er war frei.

Hastig packte er seine wichtigsten Bücher und Fläschchen in ein Bündel und eilte aus dem steinernen Gelass, das so lange sein Kerker gewesen war. Wieder grollte die Erde. Der Gang erzitterte, als unweit vor ihm der Treppenaufgang unter Donnergetöse einstürzte. Lahryn presste sich den Ärmel vor Mund und Nase und taumelte zurück. Als sich die Staubwolke legte, lag das ganze Ausmaß der Zerstörung vor ihm. Mit einem tiefen Seufzer lehnte er sich an die Wand. Er hatte sich wohl zu früh gefreut. Für einen Moment war es ihm vergönnt gewesen, sich frei zu glauben. Nun, da Mykinas Kerker ihn losgelassen hatte, stand ein neues unüberwindliches Hindernis in seinem Weg. Der Gedanke schmerzte, doch er musste der Wahrheit ins Auge blicken: Es gab für ihn keine Möglichkeit, in die Burg hinaufzukommen.

Lahryn fühlte sich leer und ausgelaugt, als er wieder in

seinen Kerker trat. Er dachte an die fünf Gefährten, und der lange Marsch durch die Labyrinthe, von dem sie ihm berichtet hatten, kam ihm in den Sinn. Gab es denn wirklich keinen anderen Zugang zu den Stollen? Möglich, aber nicht wahrscheinlich. Er wusste, dass seine Chancen nicht gut standen, solch ein Abenteuer allein zu bestehen, doch hier in seinem Kerker wartete der sichere Tod auf ihn. Schweren Herzens ließ er seine Bücher und Fläschchen zurück und packte stattdessen Essen, Wasser und Kienspäne in sein Bündel. Niedergeschlagen machte er sich auf den Weg, der ihn, wie die Freunde es beschrieben hatten, zu dem kochenden See bringen würde. Seine einzige Hoffnung war, die Drachenhöhle zu finden. Jetzt, wo die große Echse tot war, könnte er es wagen, sie zu durchqueren, denn irgendwie war der Kupferdrache schließlich hineingekommen, und wenn es diesen Gang noch gab, dann würde er in die Freiheit führen, hinaus in die Sonne, zu Licht und Luft.

Der alte Magier folgte Treppen und Gängen immer weiter in die Tiefe hinab und erreichte nach einigen Umwegen schließlich den kochenden See. Schon jetzt schmerzten ihm Rücken und Beine, denn weite Strecken zu gehen, war er nicht mehr gewohnt. Langsam schleppte er sich die steinernen Stufen hinauf, die ihn zu der Halle hoch über dem See brachten. Dort legte er sich auf den harten Boden und schlief erschöpft ein.

Als er wieder erwachte, hatte er das Gefühl, jeden Knochen und Muskel in sich zu spüren. Steifbeinig erhob er sich und besah sich unsicher die Gänge und Spalten in der Wand. Verzweiflung stieg in ihm auf. Die Zeit drängte. Schon hatte er den zweiten Wassersack zur Hälfte geleert.

Lahryn schloss die Augen und atmete langsam ein und aus, bis sein Herzschlag ruhig und gleichmäßig ging. Da spürte er es: eine leichte Schwingung, wie sie von mächtigen Zaubern oder von magischen Wesen ausgeht. Ganz langsam schritt er an den Öffnungen vorbei und tastete mit seinem Geist nach den unsichtbaren Wellen. Nachdem er die Halle das zweite Mal umrundet hatte, war er sich sicher. Beherzt bog er in die Spalte ein und folgte dem magischen Band, das langsam stärker wurde. Bald konnte er die Echse in seinem Geist deutlich vor sich sehen und fragte sich bang, ob die Freunde sich nicht getäuscht hatten. Konnte ein toter Drache noch eine solch starke Aura haben? Es fiel ihm immer schwerer, einen Fuß vor den anderen zu setzen, und das lag nicht an seiner Erschöpfung. Lahryn keuchte und schwitzte. Er umrundete einen frisch aufgeschütteten Steinhaufen und blieb dann wie angewurzelt stehen. Zuckende Lichtstrahlen huschten über die Wände und strichen über den riesenhaften Hügel aus kupferfarbenen Schuppen. Da lag er, der stolze Drache, von herabgefallenen Felsbrocken halb begraben. Riesige Wunden klafften in seiner Seite. Das nun getrocknete schwärzliche Blut war herabgeflossen und hatte Münzen zu düsteren Klumpen verschmolzen. Der Kopf ruhte auf seinen Vorderbeinen, deren Klauen sich schützend um ein seltsames, schmutzig weißes Gebilde gelegt hatten.

Tiefe Traurigkeit stieg in Lahryn auf, als er die verlorene Kreatur betrachtete, die zu den prächtigsten Wesen aller Welten gehört hatte. Plötzlich erstarrte er. Täuschte ihn das flackernde Licht? Nein. Die Flanke zitterte, und nun hob sich ganz langsam der geschundene Brustkorb. Feine weiße Rauchkringel stoben aus den Nüstern. Peramina lebte! Zitternd setzte der Magier einen Fuß vor den anderen, ohne den Drachen aus den Augen zu lassen. Von der verletzten Echse in ihrer Höhle entdeckt zu werden, würde ihm sicher nicht gut bekommen und seiner Flucht ein jähes Ende bereiten. Sein Herz klopfte nun so laut, dass es ihm wie Hammerschläge in den Ohren hallte, sein Atem war zum Tosen von Sturmböen angeschwollen, und jeder noch so vorsichtig aufgesetzte Schritt polterte und dröhnte in seinen Ohren, dass es selbst ein Tauber hören musste, doch der Drache regte sich nicht. Langsam schlich der Magier auf den hohen gewölbten Gang zu, durch den der Drache einst sein Lager bezogen hatte. Jeder Schritt, der ihn von der Echse wegbrachte, war wie ein Stein, der aus seinem Leib genommen wurde.

Er war noch nicht weit gekommen, als er wieder an einem Felssturz aufgehalten wurde. War er mit dem Drachen zusammen hier unter den Silberbergen eingeschlossen? Für die Echse traf dies zu, denn die vielen Spalten und Risse, die den Berg durchzogen, waren für sie viel zu schmal. Doch ein Mensch konnte sich wohl hindurchzwängen. Lahryn brach den letzten Wassersack an, holte tief Luft und wählte dann einen der Gänge, von dem er glaubte, dass er ihn nach Westen bringen würde. Er folgte dem Gewirr aus niederen Höhlungen, schmalen Spalten und domartigen Hallen, immer in der Hoffnung, sie würden ihn irgendwo an der Westflanke des Gebirges ans Tageslicht bringen.

Am nächsten Tag ging sein Wasser zu Ende. Schnell wurde der Durst zur Qual, doch der alte Mann schleppte sich weiter. Das träge Blut begann in seinem Kopf zu rauschen, trübte seinen Verstand und gaukelte ihm herrliche

Bilder vor. Immer wieder war es ihm, als könne er Wasser glucksen hören. Den Blick auf seine Füße gesenkt, tappte er schwerfällig weiter.

Ich darf nicht aufgeben, dachte er immer wieder, *ich will nicht hier unter der Erde sterben.*

Stöhnend lehnte er sich an die Wand, um einen Moment zu ruhen. Sich hinzusetzen wagte er nicht, zu sehr fürchtete er, sich niemals wieder erheben zu können.

»Ach, ihr Götter, lasst mich nicht hier in dieser Finsternis sterben!«, krächzte er. Seine Augen waren gerötet, die Zunge klebte geschwollen an seinem Gaumen.

Am dritten Tag hörte er ein Pochen und Klopfen, doch er wusste nicht mehr, ob es wirklich war oder ob ihm sein Geist wieder etwas vorgaukelte. Wie eine hölzerne Puppe an Fäden stolperte er weiter, Schritt für Schritt. Lahryn bemerkte nicht, dass der Gang nun die Spuren von Hammer und Meißel trug, und dann, nach der nächsten Biegung, von schweren Balken gestützt wurde. Eine erloschene Laterne hing an einem Haken, in einer Nische stand ein schwerfälliger Karren auf hölzernen Rädern, doch so weit kam der Magier nicht. Die Wände um ihn herum begannen sich zu drehen, der Boden unter seinen Füßen wankte. Seine Kraft war zu Ende. Er brach zusammen und blieb reglos auf dem Steinboden liegen.

Stundenlang rührte der Magier sich nicht. Er hörte nicht das Trappeln der Füße, die sich näherten und auch nicht die erstaunten Ausrufe der bärtigen Gestalten, als sie das zusammengesunkene Bündel entdeckten. Ratlos standen die Zwerge um den abgemagerten alten Mann herum, dessen Geist durch tiefe Finsternis wanderte.

Am nächsten Morgen ritten Cay und Thunin noch einmal zur Burg hinüber, doch auch dieses Mal zeigten die Wächter keine Einsicht, und ihr Bitten endete jäh in einem Pfeilhagel. Bedrückt ritten sie zum Friedhof zurück. Bei einem kargen Mahl saßen die Gefährten zusammen und berieten, wie es weitergehen sollte.

Dass Rolana Hilfe brauchte, daran gab es keinen Zweifel, aber noch wussten sie nicht, wie sie den langen Weg nach Fenon zurück bewältigen sollten, ohne ihren Zustand zu verschlechtern. Thunin und Cay machten sich schließlich daran, eine Trage zu bauen, die man zwischen zwei Pferde hängen konnte. Wenn man die Tiere am Zügel führte, sollten die Erschütterungen für die Verletzte erträglich sein. Während die beiden die Trage bauten, streifte Ibis durch den Wald, um ihre Vorräte aufzufrischen. Lahryns Erdhörnchen thronte frech auf ihrer Schulter. Offensichtlich hatte der kleine Nager Gefallen an der Gesellschaft der Elbe gefunden.

Vlaros hielt sich den ganzen Tag dem Lager fern. Er schritt zwischen den alten Grabsteinen hin und her, murmelte vor sich hin und warf ab und zu finstere Blicke in Richtung des Schwertkämpfers. Er beobachtete genau, wie Cay und Thunin die Verbände der Verletzten wechselten, ihr Wasser einflößten und sie mit etwas Honig fütterten, den Ibis entdeckt hatte. Erst als am Abend ein Hase über dem Feuer briet, kam er zurück, setzte sich möglichst weit weg von Cay ins Gras und aß schweigend. Seit dem Vorfall in der Nacht hatten die beiden Männer kein Wort mehr miteinander gewechselt. Die Spannung zwischen ihnen knisterte förmlich in der Luft, und obwohl Rolana nun immer öfter bei Bewusstsein war, wurde die Stimmung zunehmend gereizter.

Thunin kaute vor sich hin und schüttelte immer wieder den Kopf. Der Zwerg warf den letzten Knochen ins Gras, wischte sich die fettigen Finger an seiner Hose ab und erhob sich. Mit scharfer Stimme gebot er den beiden Männern, alle Waffen abzulegen und ihm dann zu folgen. Cay sah ihn verwundert an, stellte jedoch keine Fragen. Vlaros jedoch murrte, und der Zwerg musste ihn erst böse anfunkeln, bevor er ihm mit schleppenden Schritten in den Wald folgte. Thunin führte die beiden Rivalen zu einer Lichtung. Silbriges Mondlicht schwebte über dem saftigen Gras. Zwei Rehe brachen flüchtend durchs Unterholz.

»So, ihr beiden«, sagte der Zwerg streng, »ich gehe nun zum Lager zurück, und ihr werft euch alles an den Kopf, was ihr in den letzten Stunden in euren Gedanken bewegt habt. Ihr könnt euch anschreien und von mir aus auch verprügeln, aber redet miteinander und schafft die Sache aus der Welt. Wir haben dieses Abenteuer gemeinsam begonnen, und wir werden es auch gemeinsam beenden. Rolana braucht uns jetzt. Was ihr macht, wenn wir Fenon erreicht haben, ist mir egal, doch für heute und den Rest des Weges dorthin müsst ihr zumindest Waffenstillstand schließen.«

Der Zwerg drehte sich auf dem Absatz um und verschwand im dunklen Wald. Cay und Vlaros sahen sich wortlos an. Minutenlang war nur das Rauschen des Windes in den Wipfeln zu hören. Keiner brachte es über sich, das Schweigen zu brechen und den ersten Schritt zu tun. Sie standen nur da und starrten sich zornig an, dann senkte Cay den Blick. Er trat mit seinem Stiefel gegen einen Baumstumpf. Er war wütend auf Vlaros und auf sich selbst. Die Worte des Reisegefährten hatten sich tief in sein Selbstbewusstsein gefressen und nagten mit ungehemmter Zerstörungswut weiter. Cay hatte sich früher nie Gedanken über Bildungs- und Standesunterschiede gemacht. Wozu auch? Er hatte keine Rechnung aufgestellt, wie gut seine Chancen standen, Rolanas Interesse zu wecken und ihre Zuneigung gewinnen zu können, bis der Magier den Stein ins Rollen brachte. Ein zweiter Tritt erschütterte das tote Holz.

Es war Vlaros, der die unheimliche Stille brach. »Ich bitte um Vergebung, dass ich die Beherrschung verloren habe«, sagte er gestelzt. »Es ist unverzeihlich, seine Gefühle so auf der Zunge zu tragen. Ich habe viele Jahre daran gearbeitet, alles unter Kontrolle zu haben, und so erfüllt es mich mit Schrecken, dass ich solch rüder Worte fähig bin.«

»Rüde Worte? Ach ja?«, erwiderte Cay, und seine Stimme klang aggressiv. »Du hast deine Eifersucht und deine Wut herausgelassen, na und? Dafür warst du zum ersten Mal ein Mensch. Ja, ich bin wütend auf dich, und ich hasse die Worte, die du gesagt hast. Ich hätte gute Lust, dich meine Fäuste spüren zu lassen, und dennoch ist dein zorniger Ausbruch mir lieber als all das arrogante Gefasel, das du sonst von dir gibst.« Er ballte die Fäuste und trat einen Schrift näher. Ängstlich wich Vlaros zurück.

»Du setzt dich gern auf ein hohes Ross und siehst auf andere herab, die deiner Meinung nach nicht gut genug sind, nur weil sie in arme Verhältnisse geboren sind, doch auch wir haben ehrliche Gefühle, auch wenn du dir das vielleicht nicht vorstellen kannst.«

Vlaros schluckte. Das Bild einer ärmlichen Fischerhütte

stieg vor seinen Augen auf, verwahrloste, schmutzige Kinder, der ewige Gestank nach Tang und alten Fischresten, vermischt mit Schweiß und den Dämpfen der überquellenden Jauchegrube. Er räusperte sich.

»Ich bin nicht arrogant, ich teile doch nur das Wissen, das ich mir erarbeitet habe«, sagte er kleinlaut.

»Und du reibst jedem damit unter die Nase, dass du weit über ihm stehst. Doch das Leben besteht nicht nur aus den Weisheiten der Bücher. Wenn Rolana wieder gesund ist, dann soll sie selbst entscheiden, was ihr wichtiger ist.« Cays Stimme klang fest, obwohl er sich schon jetzt vor diesem Tag fürchtete.

Erleichtert, dass die Fäuste des anderen nicht mehr geballt waren, fiel Vlaros schnell ein:

»Das Wichtigste ist, dass wir Rolana nach Fenon bringen und einen Priester finden, der sie heilt. Wenn du es schaffst, deine Gefühle im Zaum zu halten, dann ist das gut für sie und für uns, und ich verspreche dir…«

Cay unterbrach ihn scharf. »Auch wenn du es dir nicht vorstellen kannst, da, wo ich herkomme, steht Freundschaft über allem. Jeder gibt sein Leben für den anderen, ohne auch nur mit der Wimper zu zucken. Rolana, Thunin und Ibis sind meine Freunde, und ich werde nichts tun, was einen von ihnen in Gefahr bringen könnte. Deshalb werde ich meinen Zorn herunterschlucken und dich nicht verprügeln, auch wenn es mich in den Fäusten juckt.«

Vlaros räusperte sich. »Dann schließen wir Waffenstillstand?«

Er wollte Cay die Hand reichen, doch der hatte sich bereits abgewandt und stapfte mit schwerem Schritt durch den Wald zurück zum Lager. Der Magier beeilte sich, ihm zu folgen. So allein wollte er nicht auf der nächtlichen Lichtung zurückbleiben.

9
Die Stadt in den Bäumen

In aller Frühe brachen die Gefährten auf. Die Trage erwies sich als brauchbar, doch wie erwartet kamen sie nur langsam voran, da immer einer zu Fuß gehen musste, um die beiden Pferde zu führen. Cay, Ibis und Thunin ritten abwechselnd voran, um den Weg zu erkunden. Manche der Pfade, die sie auf dem Hinweg benutzt hatten, stellten sich als zu schmal für die Krankentrage heraus. Obwohl die Freunde sich bemühten, möglichst ebene Wege zu finden, war die Reise für die Verletzte eine Qual, und immer wieder schrie sie vor Schmerz auf. Vlaros jammerte über Rolanas verlorenen Rucksack, in dem sicher ein schmerzstillendes Pulver gewesen war, und darüber, dass keiner von ihnen ihr Linderung verschaffen konnte. Immer öfter mussten sie eine Pause einlegen, denn die junge Frau in den Decken war schon wieder beängstigend blass. Mit gerunzelter Stirn kramte Thunin in seinem Rucksack, dann erhellte sich seine Miene.

»Ich wusste doch, dass ich einen der Krüge aus dem Keller mitgenommen habe.«

Als er den Korken entfernte, stieg ein scharfer Geruch von der dunkelbraunen Flüssigkeit auf.

»Was ist das denn?«, fragte Vlaros und sah entsetzt, dass der Zwerg Rolana das Gebräu einflößte, obwohl sie abwehrend den Kopf zur Seite drehte, hustete und keuchte.

»Guter alter Rum«, gab der Zwerg bereitwillig Auskunft und verkorkte den Rest wieder sorgfältig.

»Willst du sie mit vergorenem Zuckerrohrsaft vergiften?«, begehrte der Magier auf, doch der Zwerg zuckte nur die Achseln.

»An dem bisschen Rum wird sie sicher nicht sterben.« Er packte die Zügel der beiden Pferde und führte sie zwischen den lichten Buchen hindurch. »Nein, es ist nicht der Rum, der sie töten wird«, brummte er leise, und ein schmerzlicher Zug vertiefte die Furchen in seinem wettergegerbten Gesicht.

In den nächsten Stunden schwankte Rolana zwischen Stöhnen und Kichern, doch ihre Gesichtszüge entspannten sich, und die Hände waren nicht länger zu Fäusten geballt. Zwei Tage zogen sie dahin. Die Wälder dehnten sich nach allen Richtungen aus und wollten kein Ende nehmen. Rolana fieberte, und ihr Zustand verschlechterte sich mit jeder Stunde. Am dritten Tag fiel sie in tiefe Bewusstlosigkeit, aus der sie erst am Abend nach einer längeren Rast wieder erwachte. Thunin warf einen besorgten Blick in den Himmel. Wenn er sich nicht täuschte, dann waren sie viel zu weit nach Westen gekommen. Das war nicht gut, gar nicht gut. Der Nebelwald an der Südspitze der Silberberge war Elbenland. Sicher waren viele Geschichten über die kriegerischen Elbenstämme ausgeschmückt und übertrieben, auch gingen manche Erzählungen auf die überspannten Fantasien betrunkener Wirtshausbesucher zurück, doch einen wahren Kern hatten alle Sagen und Geschichten, und Thunin war nicht erpicht darauf, diesen nun herauszufinden.

In der Nacht wandelte Rolana wieder zwischen Fieberträumen und Wachen. Sie wälzte sich hin und her und schrie immer wieder auf. Schweigend saßen die Gefährten am Feuer und starrten in die Flammen. Die Stimmung war erstarrt wie das Wasser auf einem winterlichen See. Abwechselnd hielten sie Wache oder rückten zu einem unruhigen Schlummer nah an die Glut. Nur Ibis schien es nichts auszumachen, ohne Decke auf dem kalten Boden schlafen zu müssen.

Es geschah, als Cay die letzte Nachtwache hielt. Übermüdet döste er am Feuer, als der Ruf eines Käuzchens ihn hochschrecken ließ. Er schob noch einen Scheit in die Glut und wollte sich eben wieder niederlassen, als seine Sinne plötzlich hellwach waren. Angestrengt lauschte er in die Dunkelheit. Ein Rascheln in den Büschen hinter ihm ließ ihn herumfahren, und er versuchte mit seinen Augen die Finsternis zu durchdringen, konnte aber nichts erkennen. Eine unheimliche Stille lag über dem Lagerplatz, und die böse Vorahnung kroch wie eine Schlange in ihm hoch. Ohne das Gebüsch aus den Augen zu lassen, trat er zu Thunin hinüber und berührte dessen Schulter mit seiner Stiefelspitze. Der Zwerg fuhr hoch und griff nach seiner Axt. Auch Ibis war erwacht, zog bedächtig ihr Schwert aus der Scheide und starrte in die Büsche. Irgendetwas lauerte dort in der Nacht und kreiste seine Beute langsam ein. Schützend rückten die Freunde näher zu Rolana.

Plötzlich brachen sie durch das Dickicht hervor. Noch bevor die Freunde überhaupt an Gegenwehr denken konnten, waren sie von fünfzehn bewaffneten Elben eingekreist. Es waren hoch gewachsene, sehnige Gestalten mit schmalen, ernsten Gesichtern. Die meisten hatten ihr langes Haar auf dem Rücken zusammengebunden, so dass die spitzen

Ohren zwischen den straffen Strähnen hervorlugten. Alle waren in dunkelbraunes Wildleder gekleidet und mit leichten Schwertern und Bögen bewaffnet, von denen fünf nun gespannt waren und deren Pfeilspitzen mit tödlicher Genauigkeit auf die Gefährten zielten. Ein älterer Elb mit ergrautem Haar und einer scharfen Adlernase trat näher und sprach sie mit fremd klingendem Akzent an.

»Legt die Waffen weg. Ihr seht, dass jede Gegenwehr zwecklos ist. Ihr seid in unser Gebiet eingedrungen. Menschen und Zwerge haben im Nebelwald nichts zu suchen. Der gehört den Elben. Ich bin Eraon von den Bäumen und gebiete hier.«

Er ließ seinen Blick über Ibis gleiten, sagte aber nichts, sondern wandte sich an einen kriegerisch aussehenden Elb an seiner Seite.

»Vanadil, sammle die Waffen ein und bring sie zu mir.«

Der Angesprochene war noch jung und beeilte sich mit ernster Miene, den Auftrag auszuführen. Nur widerstrebend ließen sich die Freunde ihre Waffen abnehmen, doch der Elb hatte Recht, sie hatten keine andere Wahl. Vanadil warf einen neugierigen Blick auf die am Boden liegende Gestalt und trat dann schnell zu dem Anführer der Gruppe.

»Ihr wollt uns doch nicht etwa fesseln?«, brauste Thunin auf.

Der ältere Elb schüttelte den Kopf. »Ich vertraue darauf, dass ihr einseht, wie dumm eine Flucht wäre. Außerdem seht ihr nicht so aus, als würdet ihr einen Gefährten im Stich lassen.« Er deutete auf Rolana. »Was ist mit ihr geschehen?«

»Sie hat eine schwere Kopfwunde und ein zertrümmertes

Bein. Das Schlimmste jedoch ist das Wundfieber, gegen das wir nichts tun können. Versteht Ihr etwas von der Kunst des Heilens?«, fragte der Zwerg hoffnungsvoll.

Eraon schüttelte den Kopf. »Nein, aber wenn ihr Glück habt, dann wird der Weise von der Steineiche sich ihrer annehmen. Wir brechen im Morgengrauen auf. In zwei Tagen werden wir Ailansonee, die Stadt in den Bäumen, erreichen.«

Thunin nickte und sagte ernst: »Ja, wir werden mit euch kommen«, so als habe der Elb ihn höflich darum gebeten.

Die Elben entfachten ein zweites Feuer und brieten frisches Wildbret, während drei von ihnen Wache hielten. Der Duft des knusprigen Fleisches durchzog die Lichtung. Cay schluckte trocken. Er hatte einfach immer Hunger, und die Elben teilten den Braten großzügig mit ihren Gefangenen.

Nur wenige Stunden später brachen sie auf und ritten in die Morgendämmerung, die aufgehende Sonne im Rücken. Trotz Cays Protest nahm Vanadil die Zügel der beiden Pferde, die Rolana trugen. Geschickt verlängerte er die Zügel, so dass er dennoch weiterreiten konnte. Ein schlanker Elb mit blau schimmerndem Haar zog Ibis hinter sich auf sein ungesatteltes Ross. Die ersten Stunden ritten sie schweigend, dann fragte der Elb vor ihr:

»Wie heißt du? Mein Name ist Seradir.« Er versuchte den Kopf so weit zu drehen, dass er seine Mitreiterin sehen konnte.

»Hallo, Blauschopf, schau lieber nach vorn, damit du dein Pferd nicht gegen einen Baum reitest. Ich bin Ibis.«

»Und für eine Gefangene reichlich frech«, stellte der Reiter fest.

Ibis kicherte. »Ja, darüber beschwert sich Thunin auch immer. Das ist der mürrisch dreinschauende Zwerg, der wie ein Sack Mehl auf seinem Gaul hängt. Ich hatte eine schlechte Erziehung, musst du wissen«, fügte sie noch hinzu und entlockte ihrem Bewacher damit ein helles Lachen.

Am nächsten Morgen gab Eraon den Freunden ihre Waffen zurück. Er hatte sie beobachtet und ihren Gesprächen gelauscht. Nun war er überzeugt, er könne ihnen trauen. Der Elb war ein stolzer Kämpfer und vermied es, andere Wesen zu demütigen oder deren Ehre anzutasten. Dennoch hatte er, wie er sagte, den Befehl, alle Eindringlinge dem Ältestenrat vorzuführen.

Die Sonne stand schon tief über den Wipfeln der weit ausladenden Bäume, als sich der Wald lichtete. Die rötlichen Strahlen tauchten die alten Riesen, die hier locker verteilt in größeren Abständen wurzelten und so ihre volle Pracht entfalten konnten, in ein sanftes Licht. Auf den frischen grünen Lichtungen grasten Pferde, und Ibis' Augen leuchteten schwärmerisch beim Anblick der edlen Tiere. Die Weiden waren nicht eingezäunt, wurden aber jeweils von zwei Elben bewacht. Die Patrouille ritt mit den Eindringlingen in ihrer Mitte an kleinen Seen vorbei. Klar sprudelnde Bäche verbanden die einzelnen Teiche miteinander. Immer öfter trafen sie nun auf kleine Gruppen von Elben, bewaffnete Kämpfer, aber auch Frauen und Kinder. Die Erwachsenen würdigten die Fremden keines Blicks, doch die Kinder starrten ihnen mit unverhohlener Neugier nach.

Sie ritten an einem Marktplatz vorbei, an dem gerade die letzten Stände weggeräumt wurden. Es roch nach Kräutern und Gewürzen, nach gebackenem Fisch und Karamell. Am Ende des Platzes stand, eingebettet zwischen zwei dicken Eichen, ein großes Gebäude. Es wirkte ein wenig eingequetscht, da es an beiden Seiten bis an die Baumstämme heranreichte. Obwohl es nur einstöckig gebaut war, verschwand das Dach völlig im dichten Blätterwerk der tief herabhängenden Zweige. Vor dem Gebäude, das offensichtlich ein Wirtshaus war, standen zahlreiche Tische und Bänke im Gras. Es war recht voll, und ein würziger Duft hing über der Lichtung. Adrette Kellnerinnen brachten Windlichter heraus und verteilten sie auf den Tischen, denn die Nacht senkte sich nun rasch herab. Einige Schritte weiter leuchtete das Feuer einer Schmiede durch die Dämmerung. An der Veranda waren einige Pferde angebunden, und das Hämmern und Klopfen emsiger Arbeit hallte über die Lichtung. Eine Hand voll gut gekleideter Elben standen vor der Schmiede und unterhielten sich lebhaft. Seradir erzählte Ibis, dass die Schmiede noch ganz neu sei, denn erst seit einigen Jahren würden die Nebelwaldelben die Pferde beschlagen, die sie für längere Ritte außerhalb des Waldes benutzten. All die anderen Tiere würden, wie es Tradition war, nie ein Hufeisen und auch nie einen festen Ledersattel tragen.

In den Bäumen flammten nun überall Lichter auf, und erst jetzt bemerkten die Freunde, dass die Wohnhäuser alle dort oben in die weit ausladenden Äste der Bäume gebaut waren. Strickleitern und kleine Aufzüge führten in die luftigen Höhen hinauf. Untereinander waren die Häuser über zerbrechlich wirkende Hängebrücken aus Seilen und schmalen Brettern verbunden. Mit glänzenden Augen sog Ibis all diese Bilder in sich auf. So etwas Schönes hätte sie sich nicht einmal in ihren Träumen vorstellen können. Geduldig beantwortete Seradir ihre vielen Fragen.

Eraon strebte auf ein rundes Gebäude zu, das, im Gegensatz zu den anderen Häusern, mitten auf einer freien Lichtung stand. Zwei schlanke Blütenbäume, deren Wipfel sich zueinander neigten, bildeten das Eingangsportal. In langen Ranken hingen die dicht mit roten Blüten besetzten Zweige bis zum Boden und wölbten sich oben zu einem Torbogen. Eraon ließ absitzen und befahl Seradir und Vanadil, die Verletzte hereinzutragen. Der Rest der Elbentruppe ritt weiter und nahm auch die Pferde der Freunde mit. Der weißhaarige Eib führte die Gefährten in einen kleinen, sauberen Raum, den blütengeschmückte Lämpchen in ein weiches Licht tauchten. Die Freunde achteten darauf, dass die Elben Rolana behutsam auf einen flauschigen Teppich betteten, und setzten sich dann auf die weichen Polster, die an zwei Seiten auf dem Boden lagen. Mit einem Kopfnicken ließen die Elben sie allein. Es war still hier drinnen. Sie warteten, doch nichts geschah. Irgendwann trat ein junges Elbenmädchen ein und brachte auf einem Tablett Becher mit Met und einen Teller, auf dem fantasievoll geformte Kuchen lagen. Während es sich Thunin, Ibis und Vlaros schmecken ließen, ging Cay ruhelos im Zimmer auf und ab. Immer wieder beugte er sich über Rolana, doch sie schwebte durch die Finsternis ihrer endlosen Ohnmacht, ihre Augen waren geschlossen. Die Sorge um sie trübte das leuchtende Blau von Cays Blick.

Es musste schon mitten in der Nacht sein, als sich die Tür endlich wieder öffnete und Seradir eintrat. Er lächelte die Gefährten freundlich an.

»Sie haben die Ältesten zusammengerufen und den Weisen von der Steineiche hergebeten. Eraon hat ihnen berichtet, wie wir euch gefunden haben, und auch von der verletzten Frau erzählt. Der Rat hat beschlossen, euch nun anzuhören. Das ist eine große Ehre.«

Thunin rappelte sich auf und griff nach seinem Bündel. »Das wird aber auch langsam Zeit«, brummte er, ohne auf den vorwurfsvollen Blick des jungen Elben zu achten. Die Freunde folgten Seradir. Nur widerstrebend ließ Cay Rolana allein zurück, doch der Elb versprach, sofort zu ihr zurückzukehren, sobald er die Gäste zum Rat gebracht hatte.

Er führte die Freunde in einen ebenfalls runden Innenhof, in dessen Mitte eine gerade gewachsene Blutbuche emporragte, die ihr Blätterdach nach allen Seiten ausstreckte. Zwischen Laub und Ästen schimmerte ein klarer Sternenhimmel. Im Hof saßen an einem hufeisenförmigen Tisch fünf ergraute Elben in langen Gewändern, die, je nach den unterschiedlichen Flammen in den Lampen, mal saftig grün und dann wieder golden schimmerten. Sie alle trugen ihr Haar lang, dass es ihnen bis auf den Rücken fiel, die Gesichter jedoch waren wie bei allen Elben weich und haarlos. Hier und da schimmerte ein Kristall an einer Kette um den Hals oder ein edelsteinbesetzter Ring aus gehämmerten Goldblättern an einem Finger. Im Innern des Hufeisens standen Stühle für die Freunde bereit. Seradir verbeugte sich tief vor den Ältesten der Stadt und zog sich dann lautlos zurück. Der Elb in der Mitte deutete auf die Stühle und forderte die Ankömmlinge auf, sich zu setzen.

»Erzählt mir eure Geschichte«, forderte er sie mit leiser Stimme auf.

Thunin erhob sich, neigte den Kopf und berichtete dann mit wenigen Worten, wie sie auf Burg Theron in eine Falle geraten, wie Rolana bei ihrer Flucht verletzt worden und sie dann auf dem Rückweg nach Fenon vom Weg abgekommen waren.

Die Elben hörten schweigend zu. Als der Zwerg geendet hatte, trat eine Gestalt aus den tiefen Schatten. Der Elb war groß und schlank, das weiß schimmernde Gewand fiel ihm bis über die Füße, sein Haar glänzte silbrig, sein Gesicht war alt und doch jung zugleich. Doch es waren seine Augen, die die Gefährten ihn anstarren ließen. Sie hatten die Farbe eines klaren Waldquells, türkis und unendlich tief. Trotz des gewundenen Stabes in seiner Hand, der in einem geschnitzten Schlangenkopf endete, hielt er sich gerade, und sein Schritt war fest. Er trat in die Mitte des Hufeisens und betrachtete die Freunde schweigend. Es fühlte sich an, als würde er ihre Gedanken erforschen und in ihren Herzen lesen. Dann endlich öffnete er den Mund und sagte mit dunkler Stimme:

»Seradir soll unsere Gäste ins Ahornhaus bringen, auf dass sie ruhen und sich erholen können. Morgen werde ich sie rufen lassen, um mich mit ihnen zu unterhalten. Die junge Frau lasst in mein Haus bringen. Ich werde die Nacht bei ihr wachen.«

Die Ältesten nickten mit dem Kopf, und da stand auch schon Seradir in der Tür, um die Gäste hinauszubegleiten, doch Cay schüttelte widerspenstig den Kopf.

»Ich lasse Rolana nicht allein. Ich komme mit ihr.«

Der Weise hob den Kopf und sah dem Schwertkämpfer in die Augen. Cay war es, als würde er in diese türkisfarbenen Augen hineingesogen. Er konnte den Boden unter seinen Füßen nicht mehr spüren. All seine Wünsche und Geheimnisse lagen da wie ein offenes Buch, und er reichte es dem Fremden, damit dieser darin lesen konnte. Als der Elb wieder sprach, klang seine Stimme sanft.

»Du brauchst keine Angst um sie zu haben, wenn ich bei ihr bin. Vertraue mir. Morgen kannst du sie sehen. Ich werde einen Boten schicken.«

Cay fühlte den tiefen Frieden, der in ihm aufglomm und sich dann warm und prickelnd in seinem Körper ausbreitete. Er senkte den Kopf.

»Ja, ehrwürdiger Meister«, sagte er leise und folgte dann den anderen aus dem Versammlungshof hinaus. Ein sanftes Lächeln umspielte das alterslose Gesicht, als der Heiler den Gästen nachsah.

Der Rat löste sich auf, und Galorond strebte auf seine Hütte in der uralten Steineiche zu. Es dauerte nicht lange, bis zwei weiß gekleidete Elben Rolana mit Hilfe eines Bretts, das an einem Seilzug befestigt war, zur Hütte hinaufbrachten. Sie betteten die Verletzte auf ein Lager aus weichem, duftendem Moos, über das ein kühles Laken gebreitet war, verbeugten sich stumm und zogen sich dann lautlos zurück.

Der Raum war in Dämmerlicht gehüllt. Nur die flackernden Flammen zweier Kerzen in einer flachen Tonschale drängten die nächtlichen Schatten zurück. Geräuschlos trat der Weise ein, setzte sich an Rolanas Lager und begann leise vor sich hin zu singen. Die beschwörenden Töne erfüllten den Raum und hüllten den leidenden Körper ein, als er sacht seine Hände über die Bewusstlose gleiten ließ. Es würde nicht leicht werden, die verschobenen Brüche und brandigen Wunden zu heilen. Ein Schlag auf den Kopf hatte die Schädeldecke verletzt, doch der schlimmste Feind war das Wundfieber, das die Entzündungen anheizte. Schon vor Tagen hatte es seinen Feldzug durch den geschwächten Körper begonnen und griff nun mit zerstörerischer Kraft um sich.

Galorond zog Rolana aus und legte dann Blätter eines seltsam geformten Krauts auf ihre Wunden. Dann nahm er eine Tonschale, vermischte ein gräuliches Pulver mit warmem Wasser und rührte es um, bis es zu einer tiefroten Paste wurde. Er tauchte seinen Finger ein und malte dann ein Zeichen auf die weiße, schweißbedeckte Stirn. Eine zweite blutrote Rune zeichnete er auf ihren Bauch und eine zwischen ihre Brüste. Wieder sang er und hielt seine Handflächen über ihren Körper. Seine Augen waren geschlossen, als er nach ihrem Geist suchte. Er durchdrang die Nebelschwaden, griff nach ihm und hielt ihn fest. Er musste ihn zwingen, sich den heilenden Kräften zu unterwerfen. Rolana bäumte sich auf, doch der alte Elb drückte sie mit eiserner Hand auf das Mooslager zurück. Sein Gesang wurde lauter, die Töne scharf wie Klingen. Er rang mit den Fieberdämonen, mit den Wundgiften und Schmerzen. In der schrecklichen Fratze des Todes traten sie dem Eindringling entgegen, nicht bereit, ihre Beute so leicht aufzugeben, doch das konnte Galorond nicht schrecken. Seine Kraft war so tief verwurzelt wie die Steineiche, in deren Ästen sein Haus thronte. Schon bald fühlte er, wie das Glühen der Haut nachließ, die eitrig glänzenden Wundränder verblassten. Langsam begannen sich die Wunden zu schließen, die verschobene Linie ihres Beins glättete sich. Rolana wurde ruhig, ihre Züge entspannten sich, und ein tiefer Friede schwebte um sie.

Bis zum Sonnenaufgang saß der Weise an ihrem Lager, sang leise und wachte über ihren Genesungsschlaf. Dann erhob er sich und löschte die Kerzen. Eine junge Elbenfrau kam, wusch Rolanas schweißbedeckten Körper und hüllte sie in ein leichtes Gewand. Noch schlief sie tief, damit die heilenden Kräfte in ihr wirken konnten, doch es würde kein Tag mehr vergehen, und sie würde sich gesund von ihrem Lager erheben.

Seradir brachte die Gefährten zu ihrem Quartier, das wie die anderen Wohnhäuser in luftiger Höhe schwebte und nur über eine schwankende Strickleiter erreicht werden konnte. Thunin verzog das Gesicht, seine Befürchtungen waren jedoch unbegründet. Obwohl die Seile leicht und dünn waren, hielten sie erstaunlichen Belastungen stand, und bald waren alle auf der rundum laufenden Plattform versammelt, die ein herrlich geschnitztes Geländer zierte. Seradir zeigte den Freunden noch, wie sie den Seilzug bedienen mussten, und dann schwebten ihre Rucksäcke in einer Kiste zu ihnen hinauf. Der Elb verbeugte sich und verschwand über eine schwankende Brücke in der Nacht.

Neugierig betraten die Gefährten das Haus im Ahornbaum. Es bestand aus zwei Räumen, war blitzsauber und gemütlich eingerichtet. In jedem Raum standen drei Betten. In dem kleineren Zimmer fanden sie auf einer Kommode zwei Waschkrüge mit blütenduftendem Wasser und frische weiße Tücher; der größere Raum war neben den Betten auch noch mit einem Tisch, einer Eckbank und zwei Stühlen ausgestattet. Auf der Tischplatte aus rötlichem Wurzelholz standen nicht nur ein Krug mit Met und einer mit kaltem, erfrischendem Kräutersud, es gab Platten mit Beeren und Nüssen, kleine gebratene Fischstücke, knusprige Brotstreifen, eine Schale mit Honig und scharf gewürzte, gebackene Scheiben einer Wurzel, die die Freunde nicht kannten. Der Duft eines bunten Wiesenstraußes vermischte sich mit dem Geruch der Sommernacht, der durch das offene Fenster hereinströmte. Herzhaft griffen die Freunde zu. Cay fühlte sich so leicht und frei, dass er sich kaum mehr die drückende Angst der letzten Tage ins Gedächtnis zurückrufen konnte. Auch die tiefen Falten auf Thunins Stirn schienen geglättet. Stumm sah er hinaus in das schwebende Lichtermeer und trank vom gewürzten Met. Auch die anderen schwiegen, doch es war eine freundliche Stille. Der Wind wehte leisen Gesang vom Gasthaus zu ihnen herüber. Glühwürmchen surrten durch die Nacht.

»Also, ich gehe nun zu Bett«, brach der Zwerg schließlich das Schweigen, reckte sich und gähnte. »Solch weiche, warme Kissen muss man doch ausnutzen.«

Er erhob sich, warf Stiefel, Wams und Hosen von sich und ließ sich dann mit einem wohligen Seufzer in eines der Betten sinken.

Ibis trat ans Nachbarbett, betastete es misstrauisch mit den Fingerspitzen und ließ sich dann nach hinten fallen. Kopfschüttelnd setzte sie sich wieder auf. »Das ist nichts für mich«, sagte sie, erhob sich, holte ihre Decke aus dem Rucksack und legte sich unter dem zweiten Fenster auf den Boden.

»Du weißt ja nicht, was gut ist«, grummelte der Zwerg und zog sich das Federbett bis über die Ohren.

Ibis kicherte und murmelte etwas wie: »Alt und verweichlicht«, doch Thunin grunzte nur wohlig.

Cay und Vlaros beschlossen, im Nebenraum zu schlafen. Die Aussicht auf eine Nacht ohne das Schnarchen des Zwergs war zu verlockend. Cay riss sich seine Kleider vom Leib, ließ sie achtlos auf den Boden fallen und sprang dann mit Schwung ins Bett. Vlaros betrachtete die schmutzige, zerknüllte Kleidung missbilligend und legte dann seinen Umhang und das weite Gewand sorgfältig zusammen. Er schlüpfte in ein leidlich sauberes Hemd, das er noch in seinem Rucksack fand, und rutschte dann unter die weiche Decke.

Ruhe kehrte ein. Seit Wochen konnten die Freunde endlich wieder einmal eine Nacht durchschlafen, ohne Wache halten zu müssen und ohne die Angst, von einem plötzlichen Angreifer aus dem Schlummer gerissen zu werden.

Rolana träumte. Sie fühlte die Hände des Elben auf ihrer Haut, spürte die Kraft, die in ihren geschwächten Körper eindrang und ihren Geist einwebte. Plötzlich verwandelte sich der Heiler und der große Kupferdrache saß an ihrem Lager. Traurig sah er sie aus seinen Bernsteinaugen an. Peramina war verletzt und brauchte Hilfe. Immer wieder rief sie Rolanas Namen.

»Peramina, warte, ich komme zu dir«, wollte sie antworten, aber kein Laut kam über ihre Lippen.

Rolana wollte sich von ihrem Lager erheben und zu der kupfernen Echse laufen, doch sie konnte sich nicht von der

Stelle rühren. Sie sah an sich herab und erkannte mit Schrecken, dass ihre Beine fest im Boden verwurzelt waren. Die Rufe des Drachen wurden verzweifelter, seine Stimme jedoch entfernte sich langsam von ihr. Sie wurde leiser und schwächer, und dann übertönte ein tiefes Grollen der Erde den Drachen. Mit lautem Getöse öffnete sich eine Erdspalte zu Füßen der jungen Priesterin. Giftiger Nebel wallte in dichten Wolken hervor, stieg auf und hüllte sie ein. Der Qualm nahm ihr die Sicht und stach in ihrer Lunge. Sie keuchte und hustete, doch mit jedem Atemzug drang der ätzende Dampf nur noch tiefer in sie ein. Schmerz flammte durch ihren Körper, quälende Krämpfe schüttelten sie. Ihre Sinne trübten sich, die Welt drehte sich um sie herum. Sie erstickte und fiel zu Boden.

Gesang schwebte um sie. Es war die Stimme des alten Elben, die sie auffing, sie umwebte und zärtlich über ihren Körper strich. Die schmerzverzerrten Glieder entspannten sich, die Lungen füllten sich mit klarer, frischer Luft, die Pein verwehte. Mit dem Vertrauen eines Kindes ließ sie sich in die tiefe Dunkelheit fallen und von den Tönen in sanften Armen wiegen. Sie sah die Gesichter ihrer Eltern, die sich über ihr Bett beugten, um der Tochter einen Kuss auf die Stirn zu drücken. Beruhigt schlief Rolana ein.

Der Nebel lichtete sich, und Rolana schritt durch kühle Dämmerung. Ihr Geist war klar und sah sich suchend um. Wo waren die Eltern geblieben? Wie lange war es her, dass sie von ihnen Abschied genommen hatte? Ein Buch lag in ihren Händen. Es war ihr Lebensbuch, in dem in steilen, sauberen Buchstaben ihr Leben aufgezeichnet war. Rolana starrte die aufgeschlagene Seite an. Es war der Tag der Hochzeit ihrer Schwester. Vier Jahre lag dies nun zurück.

Rolana starrt aus dem Fenster den Kutschen nach, die die letzten Gäste, müde und vom Wein berauscht, nach Hause bringen. Im Osten dämmert schon der Morgen, so lange haben sich die Festlichkeiten zu Leas Hochzeit hingezogen. Von unten erklingen Leas silberhelles Lachen und die Schritte der Bediensteten, die sich eiligst daranmachen, die Spuren der Feier zu tilgen.

Lea ist glücklich. Warum bin ich dann so schrecklich traurig und enttäuscht?, *fragt sich die junge Frau und lehnt ihre Stirn an das kalte metallene Fensterkreuz.* Wir sprechen nicht mehr die gleiche Sprache, und wir haben nicht mehr dieselben Träume! Wo ist sie nur hin, meine beste Freundin, meine Vertraute, meine Schwester, mit der ich gelacht und geweint, gelitten und gelebt habe? *Anklagend starrt Rolana auf den schon fast kahlen Baum vor ihrem Fenster.*

Den ganzen Tag hat sie nur von ihrer neuen Garderobe, dem teuren Brautkleid und dem Schmuck, von ihrem reichen, gut aussehenden Bräutigam und den einflussreichen Gästen gesprochen!

»Wie konntest du in den wenigen Jahren zu so einem oberflächlichen Geschöpf werden?«

Tränen rinnen Rolana über das Gesicht, und es ist ihr, als sei Lea gestorben. Sie denkt an früher, und plötzlich steht es ihr so klar vor Augen, dass es sie wie ein Schlag ins Gesicht trifft: Nein, nicht Lea hat sich verändert, sie selbst ist im Kloster zu einer anderen geworden.

»Verzeih mir«, flüstert sie den langsam weichenden Schatten zu, »ich bin es, die unsere Freundschaft verraten hat. Es wird zwischen uns nie mehr sein wie früher.«

Rolana ist froh, sich nach den Festlichkeiten in die nüchterne Stille des Klosters zurückziehen zu können. Die Welt dort draußen, die Familie und alten Freunde flößen ihr Unbehagen ein, und als sie auf ihrer Rückreise die alten Türme und Mauern auf dem Fels über dem Adasee in der Sonne blitzen sieht, hat sie das Gefühl, heimzukommen. Die Geheimnisse des Wissens, die Kraft ihres Gottes und die Gemeinschaft der Glaubensbrüder und -schwestern geben ihr so viel mehr als das flatterhafte Leben in Ehniport.

Rolana blätterte einige Jahre in ihrem Lebensbuch zurück, bis sie die Tage fand, an denen ihr Leben eine solch drastische Wende erfahren sollte. Es waren die Tage, als die Feier ihrer Vermählung mit Bertram von Reichenberg unmittelbar bevorstand, und es war die Zeit, in der sie ihrem Vater das Herz brach.

»Melanie, wir wollen den heiligen Mann sehen!«

Lea zieht einen Schmollmund, wohl wissend, dass die Kinderfrau ihr nur selten widerstehen kann. Rolana unterstützt die Bitte ihrer jüngeren Schwester.

»Meli, bitte, sei kein Spielverderber. Was sollte der Vater denn dagegen haben, dass wir Somas Heiligen sehen?«

Melanie schweigt. Sicher ist nichts Schändliches daran, den Worten eines Heiligen zu lauschen, doch sie ist sich sicher, dass der Herr Senator sehr wohl etwas dagegen einzuwenden hat, seine Töchter zwischen all den Bettlern und dem anderen Gesindel zu sehen, das sich auf dem großen Platz vor dem Tempel drängt. Noch einmal richtet Rolana ihre dunklen Augen auf die Kinderfrau.

»Bitte, Meli!«

Und so streben die beiden Mädchen mit ihrer Kinderfrau im Schlepptau dem Platz vor dem Tempel zu. Vergnügt drängen sich die Schwestern zwischen den vielen Menschen hindurch, so dass Melanie ihre liebe Not hat, die beiden nicht aus den Augen zu verlieren.

Die Stimme des heiligen Mannes erfüllt den Platz, aber die Schwestern sind viel zu sehr damit beschäftigt, die jungen Männer zu mustern, über Kleider und Kopfputze zu lästern oder über die bunten Gaukler zu staunen, statt den erbaulichen Worten des Hohepriesters zu lauschen.

Nach der Predigt empfängt der ehrwürdige Solano die Menschen. Er lauscht ihrem Kummer und ihren Sorgen, heilt Kranke, und manches Mal wirft er auch einen Blick in die Zukunft.

»Melanie, wir wollen auch mit dem heiligen Mann sprechen«, drängt Lea und zieht die widerstrebende Kinderfrau mit sich. Solano legt dem dreizehnjährigen Mädchen, das ihn in kindlicher Unschuld anstrahlt, die Hand auf die Stirn.

»Du bist mit Glück und Gesundheit gesegnet«, sagt er, doch seine schwarzen Augen suchen Rolanas Blick. Sie dringen in das junge Mädchen ein, und plötzlich spürt sie den Wunsch davonzulaufen, aber diese ernsten Augen zwingen sie, näher zu treten. Verwirrt kniet Rolana nieder. Sie hat das Gefühl, ihm nackt und schutzlos ausgeliefert zu sein, und ein Schauder läuft über ihren Rücken, als

er ihr die Hand auf die Stirn legt. Zum ersten Mal spürt sie die göttliche Kraft, die sich wie eine warme Woge in ihr ausbreitet.

»Du bist auserkoren, mein Kind«, sagt er mit weicher Stimme. »Soma wird dich in den Kreis der Erwählten aufnehmen, und du wirst seine jüngste Priesterin sein. Schon bald wirst du in die heilige Stadt Adahorn kommen und im Kloster über dem See deine Ausbildung beginnen. Das Leben hält viel für dich bereit. Du wirst Glück, aber auch sehr viel Leid erfahren, und du wirst dieser Welt mehr schenken, als sie dir zurückgeben kann, denn die göttliche Kraft ist in dir. Ich werde auf dich warten.«

Als er sie loslässt und das warme Gefühl in ihr verblasst, starrt sie den heiligen Mann verwirrt an.

»Ihr seid ja verrückt«, bricht es aus ihr heraus. »Noch ehe der Sommer vorbei ist, werde ich mit Bertram von Reichenberg verheiratet sein.« Sie dreht sich auf dem Absatz herum und rennt die Stufen hinunter.

»Rolana, Rolana, so warte doch!« Lea hat Mühe, die Schwester einzuholen.

»Was ist nur in dich gefahren?«, wundert sich die Kinderfrau und rügt ihren Schützling der ungezogenen Worte wegen, die sie an den heiligen Mann gerichtet hat.

Das junge Mädchen ist vor dem Hohepriester des Mondgottes davongelaufen, aber seinem Bild in ihrem Kopf und seiner Stimme in ihrem Herzen kann sie nicht entgehen. Immer wieder hört sie die Worte in sich, die er gesprochen hat. Sie lassen sich nicht mehr vertreiben. Tag und Nacht trägt Rolana sie in sich. Doch es sind nicht nur seine Worte, die sie nicht mehr zur Ruhe kommen lassen. Das Gefühl, das er in ihr wachgerufen hat, dieses warme Prickeln, das den Körper und den Geist erfüllt, klingt noch wie ein Echo in ihr nach, und alles in ihr verlangt danach, es wieder zu erleben.

Nach einer Woche hat sich Rolana entschieden und ruft die Eltern in den Salon. Nervös knetet sie ihre Hände und sucht nach dem letzten Hauch des göttlichen Gefühls in sich. Noch einmal wiederholt sie im Geist die Sätze, die sie sich sorgfältig zurechtgelegt hat.

»Nun, mein Kind, was gibt es so Wichtiges?«, fragt der Vater. Seine linke Augenbraue wandert ein Stück nach oben, als er seine Tochter aufmerksam ansieht. Rolana holt tief Luft.

»Ich habe beschlossen, Bertram nicht zu heiraten. Der heilige Solano sagt, dass ich berufen bin und deshalb – also – ich will zu ihm, ins Kloster nach Adahorn, um Soma zu dienen.«

Totenstille senkt sich über den prächtig eingerichteten Salon der Familie von Lichtenfels. Ängstlich sieht Rolana von einem zum anderen. Die Mutter ist blass geworden, die Miene des Vaters dagegen verhärtet sich. Röte steigt in seine Wangen.

»Was soll dieser Unsinn? Ich habe dich für vernünftig und erwachsen gehalten, und nun sprichst du wie ein unreifes Kind. Die Verbindung mit dem Haus von Reichenberg ist sehr wichtig für uns, und es war dein eigener Wille, dich zu verloben.«

»Habt ihr euch gestritten, Liebes? Soll ich mit Bertram reden?«, schaltet sich die Mutter mit sanfter Stimme ein.

»Ihr habt mir nicht zugehört«, sagt Rolana. »Das hat

nichts mit Bertram zu tun. Ich möchte in Somas Orden eintreten und Priesterin werden.«

Die Mutter schweigt bestürzt, doch der Vater, der vom Besuch seiner Töchter am Tempel erfahren hat, poltert los:

»Wenn ein bisschen zu viel Freiheit gleich zu solchen Fantastereien führt, dann muss ich dich eben strenger halten. Du wirst bis auf weiteres das Haus nicht mehr verlassen. Ich werde Melanie genaue Anweisungen geben, was du darfst und was nicht, und wenn sie sich nicht an meine Befehle hält, dann ist sie in diesem Haus nicht mehr erwünscht.«

»Aber Vater, Ihr könnt doch nicht einfach Eure Wut an Meli auslassen. Versteht doch, der heilige Mann hat mich gerufen!« Sie bricht in Tränen aus, aber der Vater hat das Zimmer bereits verlassen. Bekümmert nimmt die Mutter ihre Älteste in die Arme.

»Es ist sicher nur ein wirrer Traum, mein Kind. Denk in Ruhe darüber nach, bevor du etwas tust, was dir später einmal Leid tun wird.«

»Ihr wollt mich nicht verstehen«, sagt Rolana.

Die Mutter schüttelt den Kopf. »Ich habe Angst, dich für immer zu verlieren«, flüstert sie und streicht über die langen schwarzen Locken.

Schwere Tage ziehen wie Gewitterwolken über das Haus von Lichtenfels hinweg. Immer wieder sucht Rolana die Auseinandersetzung mit den Eltern, doch der Vater bleibt hart. Dennoch wird die Vermählung verschoben. Zu sehr fürchtet der Senator, Rolana könnte die Familie des Bräutigams vor der versammelten Gesellschaft brüskieren. Für Lea ist das alles nur ein Spiel. Nachdem sie Rolana das Ver-

sprechen abgerungen hat, sie oft in ihrem Kloster besuchen zu dürfen, ist der Streit für sie nicht mehr interessant. Immer wieder spricht Rolana von ihrer Berufung durch den heiligen Mann, und da die Mutter eine gläubige Frau ist und selten versäumt, im Tempel den Beistand der Götter zu erflehen, glaubt sie den Worten ihrer Tochter, doch tiefe Trauer senkt sich über ihr Gemüt, und sie hadert mit Somas Entscheidung. Der Vater jedoch bleibt uneinsichtig. Immer wieder vertröstet er die von Reichenbergs, bis diese sich eine andere Braut für ihren Sohn wählen. Es ist Rolanas sechzehnter Geburtstag, als sie in die Kutsche steigt, die sie und Melanie nach Adahorn bringen soll. Der Vater kommt nicht, um sich zu verabschieden.

»Es bricht ihm das Herz, dich an die Götter zu verlieren«, entschuldigt ihn die Mutter. »Du darfst ihm nicht zürnen.«

Rolana nickt, und dennoch schmerzt es sie zu sehen, wie er nun seine ganze Liebe Lea zuwendet. Die Kutsche setzt sich in Bewegung, und bald ist der prächtige Säulenbau, der so lange ihre Heimat war, ihren Blicken entschwunden, doch für Trauer und Abschiedsschmerz ist kein Platz in ihrem Herzen, und auch Bertram lässt sie ohne Bedauern zurück. Was ist ein Leben an seiner Seite gegen das Leben im warmen Licht eines Gottes? Der Dienst an den Göttern verbietet nicht die Liebe zu einem Menschen, doch ein von Reichenberg würde es nie dulden, dass seine Gattin im Tempel weilt, statt sich um die vornehmen und reichen Gäste des Hauses zu kümmern.

Adahorn, die heilige Stadt der Magie, ist traumhaft schön. Sie ist so hell und sauber. Keine Bettler streifen durch die Straßen, kein Unrat auf dem Boden zwingt einen, die Rö-

cke anzuheben, kein Gesindel lauert in der Dunkelheit, um einem die Börse zu rauben. Die Stadt ist den Göttern und der magischen Wissenschaft gewidmet. Es gibt riesige Bibliotheken, Studierhäuser, Tempel, Hallen und Parkanlagen. In den Gärten wandeln Magier und Priester, tauschen ihr Wissen aus oder ruhen von ihren Studien. Rolana liebt diese Stadt, und sie liebt den heiligen Mann, der sie in die Geheimnisse des Lebens und der Natur einweiht. Bald schon kann sie die göttliche Kraft in sich spüren, und nach und nach lernt sie, die Kräfte zu beherrschen. Doch am glücklichsten ist sie, wenn sie am Abend im Studierzimmer zu seinen Füßen sitzen darf und seiner wunderbaren Stimme lauschen, das wärmende Kaminfeuer im Rücken. Am Tag nimmt er sie mit zu den Kranken, um Wunden zu heilen und Fieberdämonen zu verjagen. Die Jahre fliegen dahin, und es scheint Rolana, als sei sie am Ziel ihrer Wünsche angelangt, doch eines Tages lässt der heilige Mann sie zu sich rufen.

»Liebes Kind, ich spüre die ungewöhnlichen Kräfte, die in dir schlummern. Du hast viel gelernt, aber die Welt besteht nicht nur aus Klostermauern und geistvollen Gesprächen vor dem Kamin. Ich weiß, du wirst Großes vollbringen, und die Welt braucht dich. Deshalb darf ich dich nicht länger von ihr fern halten. Du wirst Bruder Domerio nach Fenon im Norden der Ehnibucht begleiten. Er wird das Zusammenspiel einiger Kräuter erforschen, die nur dort in den rauen Felsspalten gedeihen.«

»Ihr wollt mich fortschicken?«, ruft Rolana entsetzt. Eine kalte Hand greift nach ihrem Herzen.

»Du zürnst mir«, sagt Solano leise, »doch das solltest du

nicht. Es wäre eine Sünde, dich länger in diesen Mauern zu behalten.«

»Aber was soll ich denn in Fenon tun?«, fragt sie ein wenig ungehalten, doch der alte Mann lächelt.

»Folge deinem Herzen, mein Kind, folge deinem Herzen.«

Schon im Morgengrauen schlich sich Ibis davon, um die merkwürdige Elbenstadt zu erkunden. Es waren erst wenige Bewohner zu dieser frühen Stunde unterwegs. Sie nickten der Fremden mit einem freundlichen Lächeln zu, und Ibis grüßte fröhlich zurück. Ziellos schlenderte sie über die Lichtungen, an den leeren Tischen des Gasthauses vorbei, bis hinüber zum Marktplatz.

Hier herrschte schon reges Treiben. Die Händler bauten ihre Stände auf, lachten und scherzten miteinander. Ganz aus Gewohnheit stibitzte sich die Elbe einen Apfel und kletterte dann auf eine Buche, um von einem breiten Ast aus das bunte Durcheinander auf dem Marktplatz zu beobachten. Lange blieb sie nicht allein. Ein kleiner Junge mit blauschwarzem Haar erklomm den Baum und setzte sich mit etwas Abstand neben sie auf den Ast. Seine spitzen Ohren lugten vorwitzig zwischen dem strähnigen Haar hindurch, Hose und Kittel wiesen verräterische Grasflecken auf. Lässig ließ er die Beine baumeln und starrte auf seine schmutzigen Füße herab, doch immer wieder wanderte sein Blick verstohlen zu der Fremden neben sich. Da diese keine Anstalten machte, ihn anzusprechen, zog der Junge eine Tüte mit Nüssen hervor, begann einige zu knacken und hielt dann die Tüte der Elbe neben sich unter die Nase. Ibis dankte und bediente sich großzügig. Eine Weile war nur das Knacken der Nussschalen zu hören, doch dann hielt der Junge es nicht mehr aus.

»Du bist nicht von hier«, stellte er fest. »Ich habe dich noch nie gesehen, also kannst du hier auch nicht wohnen«, schloss er scharfsinnig und sah Ibis erwartungsvoll an.

»Mutter sagt, Eraon hat Fremde mitgebracht«, versuchte er erneut, Ibis in ein Gespräch zu ziehen, dann aber entdeckte er etwas, das mindestens genauso interessant war. Ein schnüffelndes Näschen mit zitternden Haaren, zwei schwarze Knopfaugen und pelzige Öhrchen erschienen in Ibis' Kragen. Angelockt vom Duft der Nüsse, kletterte das Erdhörnchen vorsichtig an ihrem Ärmel herunter und machte sich dann über die Leckereien her.

»Oh«, rief der Junge entzückt. »Gehört das dir?«

Ibis nickte und schob den pelzigen Nager näher zu dem Jungen, damit er ihn streicheln konnte. Misstrauisch beäugte das Tier die fremde Hand, doch da noch mehr Nüsse in der Tüte waren, ertrug es die Liebkosungen.

»Wo kommst du her?«, drängte der Kleine, und endlich gab Ibis nach und erzählte das ein oder andere Erlebnis ihrer Reise. Der Junge riss die Augen auf.

»So etwas will ich auch einmal erleben!« Sehnsüchtig wanderte sein Blick in die Ferne, doch plötzlich strahlte er Ibis an. »Soll ich dir die Stadt zeigen?« Er sprang vom Baum. Flink kletterte Ibis hinter ihm her.

»Wir können meine Höhle besuchen und dann bei Mutter frühstücken.« Er deutete zum Gasthaus hinüber. »Und dann steigen wir zu Galadin hinauf. Er wohnt in den Felsen und ist ein großer Magier.« Ehrfurcht schlich sich in seine

Stimme. »Aber ich darf ihn immer besuchen. Er ist mein Großvater«, erklärte er Ibis vertrauensvoll.

Er nahm die Fremde bei der Hand und zog sie mit sich fort. Stolz schielte er auf seine Schulter, auf der das Erdhörnchen Platz genommen hatte und eine Nuss nach der anderen verzehrte.

Inzwischen waren auch Cay, Thunin und Vlaros erwacht. Auf dem Tisch fanden sie ein Frühstück vor. Verwundert schüttelte der Zwerg den Kopf. Hatte seine Wachsamkeit so sehr nachgelassen, dass er nichts davon mitbekommen hatte, wie jemand eingetreten war? Nur gut, dass sie sich hier unter Freunden befanden. Ein wenig unheimlich schienen ihm die lautlosen Elben mit ihrem singenden Tonfall schon. Das hielt ihn jedoch nicht davon ab, Brot, Honig und Früchten kräftig zuzusprechen. Kaum hatten sich die Freunde zu Tisch gesetzt, als ein Elbenmädchen in einem weißen Gewand eintrat, sich verbeugte und ihnen Nachricht von Rolanas Genesung brachte. Cay und Vlaros seufzten hörbar auf. Das Mädchen legte ihre schmale Hand an die Brust, senkte noch einmal den Kopf mit dem goldenen Haar und verschwand dann wieder.

»Wo ist eigentlich Ibis?«, fragte Thunin und brach sich noch ein großes Stück von dem noch warmen Brot ab. »Sicher stellt sie wieder irgendwelchen Unfug an«, brummte er, als die anderen nur mit den Schultern zuckten.

Vlaros erhob sich und schlüpfte in seinen runenbestickten Umhang. »Ich gehe mir die Stadt ansehen.« Er bückte sich unter der niedrigen Tür hindurch und kletterte die Strickleiter hinunter.

Cay sah ihm nach. Seine Lippen waren ungewöhnlich schmal. »Bestimmt geht er zu Rolana«, knurrte er.

Der Zwerg warf einen gequälten Blick an die Decke. »Na, und wenn schon, sie gehört dir nicht! Das solltest du dir ganz schnell in deinen dicken Schädel einprägen, wenn du sie nicht schneller verlieren willst, als du dich umsehen kannst. Außerdem kann ich mich nicht erinnern, dass sie sich dir versprochen hätte oder so.«

Verlegen sah Cay auf sein Brot herab. »Nein, so ist das nicht.«

»Gut, dann führe dich nicht wie ein eifersüchtiger Bulle auf und lass mich in Ruhe frühstücken.«

Der junge Kämpfer erhob sich und schob das Schwert in die Scheide. »Dann lasse ich dich jetzt mit Brot und Honig allein.«

»Und ich würde dir auch nicht empfehlen, den ganzen Tag wie ein Wachhund um die Steineiche herumzuschleichen. Vor heute Abend lässt Galorond sicher niemanden zu ihr.«

»Das habe ich auch nicht vorgehabt«, verteidigte sich Cay und kletterte dann flink die Strickleiter hinunter.

Neugierig schlenderte der junge Mann über die Lichtungen und Plätze. Die Sonne blinzelte zwischen den Ästen hindurch, tupfte die letzten Tautropfen auf und malte Schatten in das weiche Gras. Cay schlug einen weiten Bogen und näherte sich dann wieder dem Marktplatz. Nicht weit entfernt sah er nun Thunin unter einer mächtigen Eiche sitzen. Mit zufriedener Miene lehnte der Zwerg am rauen Stamm und sog genüsslich an seiner Pfeife. Vor ihm auf der Lichtung klirrten die Schwerter, allerdings ging es nicht so kriegerisch zu, wie es sich anhören mochte. Zwei junge Elben, angetan mit dicken, wattierten Westen und mit ungeschliffenen Schwertern bewaffnet, jagten sich in spielerischem Kampf über die Wiese. Einige Kameraden hatten sich als Zuschauer eingefunden und feuerten die beiden abwechselnd an. Der Zwerg genoss das Spiel der geschmeidigen Elben, die nie die Anmut in ihren Bewegungen verloren und, das musste er neidlos zugeben, einfach großartig fochten.

Cay blieb am Rand des Platzes stehen und beobachtete die beiden Kämpfer. Ihm war schnell klar, dass Vanadil und Seradir keine Neulinge mit diesen ungewöhnlich schmalen Klingen waren. Zuweilen glich das Spiel ihrer Kräfte einem lange einstudierten Tanz.

Seradir, der Kleinere von beiden, schien die Oberhand zu gewinnen und trieb Vanadil vor sich her. Ein verschmitztes Lächeln umspielte seine Lippen, sein Haar glänzte bläulich in der Sonne. Vanadil verlor immer mehr an Boden. Der Schweiß lief ihm in Strömen über Stirn und Schläfen, und nun keuchte er in kurzen Stößen. Die Zuschauer ahnten bereits, was kommen musste, und wirklich, mit einer raschen Drehung des Handgelenks und einem kräftigen Schlag entwaffnete Seradir seinen Gegner und schleuderte ihn mit einem Fußtritt zu Boden. Mit einem strahlenden Lächeln auf den Lippen setzte er dem hilflos im Gras Liegenden die Schwertspitze an die Kehle.

»Ergibst du dich, lieber Vanadil?«

»Ja, du blauer Teufel«, stöhnte der Geschlagene und schob vorsichtig die Schwertspitze von seinem Hals weg. Die Zuschauer applaudierten, und Seradir verbeugte sich spielerisch nach allen Seiten. Dann gab er seinem Opfer die

Hand und zog Vanadil hoch. Der klopfte sich das Laub aus den Kleidern und band die Weste los.

»Mir reicht es. Meine trockene Kehle verlangt nach Met!«, sagte der Besiegte und ging davon.

Seradir hob das zweite Schwert auf, schlenderte zu Cay hinüber und rammte es vor dem jungen Mann in den weichen Boden.

»Zeig uns doch einmal, wie du die Klinge zu führen weißt«, forderte er den Fremden auf.

Hilfesuchend warf Cay dem Zwerg einen Blick zu, doch der nickte.

»Ja, zeig ihnen, was du draufhast!« Erwartungsvoll lehnte sich Thunin zurück.

Cay entledigte sich seines Schwertgurts und der Jacke, dann zog er das Übungsschwert aus dem Boden und wog es abschätzend in der Hand. Die Waffe war gut ausbalanciert. Versuchsweise ließ er die Klinge ein paar Mal durch die Luft zischen. Vanadil war mit einem Krug Met zurückgekommen und half ihm, die etwas zu schmale Weste anzulegen, dann stellten sich Seradir und Cay in der Mitte der Lichtung mit einigen Schritten Abstand zueinander auf. Vanadil gab das Startzeichen. Die Elben riefen und johlten, doch Cay konzentrierte sich nur auf den Kampf, so dass die Umgebung verschwamm und er bald darauf nichts mehr um sich herum wahrnahm. Er fixierte nur Seradir und das Schwert, das er nun wirbeln ließ. Der Elb war flink und geübt, und Cay hatte Mühe, sich gegen ihn zu behaupten. Auch fehlte Cays Kampf so manche Finesse, die er nur mühsam durch seine Kraft und Körpergröße wettmachen konnte. Immerhin war er durchtrainiert und nicht gerade schwerfällig. Ein paar Mal konnte er Seradir in Bedrängnis bringen, doch meist war er nur froh, dessen Hiebe parieren zu können, und kam nicht einmal dazu, an Angriff zu denken. Sie hielten sich gut, und die Zuschauer genossen den Kampf und das Spiel der Kräfte zwischen Mensch und Elb.

Da, Seradir wagte eine Finte und tauchte blitzschnell unter Cays Schwert hindurch. Die Menge, die immer zahlreicher wurde, hielt den Atem an. Bevor der junge Mann sich umdrehen konnte, schlug ihm der Elb die flache Seite der Klinge kräftig auf den Hintern. Die Leute lachten und spendeten Seradir Applaus. Cay lief rot an vor Wut. Wild schlug er auf den Elben ein. Seine Deckung wurde jedoch immer schlechter, und nicht nur Thunin erkannte, was geschehen würde. Mit einem sauberen Schlag entwaffnete Seradir den großen Mann, senkte dann sein Schwert und streckte Cay die Hand hin, die er zögernd ergriff.

»Du kannst mit einem Schwert umgehen, doch solltest du immer daran denken: wenn du die Beherrschung verlierst, dann ist auch der Kampf verloren.« Er grinste Cay offen ins Gesicht. »Das ist ein alter Trick von mir: Mach den Gegner wütend, dann hast du leichtes Spiel.«

Nun zuckte auch um die Lippen des jungen Mannes ein Lächeln. »Das muss ich mir merken.« Er drückte Seradir fest die Hand. Die Zuschauer klatschten, und ihr Beifall galt nicht nur dem Sieger.

Nun erhob sich Thunin, kam zu den beiden herübergeschlendert und hob das zweite Schwert vom Boden.

»Bist du schon müde, Elb, oder wagst du es, auch gegen mich zu kämpfen?«

Seradir hob abwehrend die Hände. »Ich kämpfe doch

nicht gegen jemanden, der mehr als einen Kopf kleiner ist als ich, und gegen alte Männer schon gar nicht.«

Thunin startete einen Scheinangriff. Der Elb wich zurück.

»Los, verteidige dich, Spitzohrjunge! Dein Grinsen wird dir gleich vergehen.«

Seradir verbeugte sich spöttisch. »Auf dass du deine voreiligen Worte bereuen mögest, Großväterchen!«

»Thunin, nimm die Weste«, rief Cay, doch der Zwerg wehrte ab und drang auch schon auf Seradir ein. Thunins Hiebe waren wuchtig und hart, so dass Seradir Mühe hatte, sie zu halten, doch seine Beweglichkeit und der schlanke Körperbau waren eindeutig zum Vorteil des Elben. Die Menge starrte schweigend auf das ungleiche Paar. Thunin war klar, dass er dem Elben in der Kunst des Fechtens unterlegen war, und nur durch den ein oder anderen Trick und seine jahrzehntelange Erfahrung konnte er Seradir überraschen. Er wusste, wenn er diesen Kampf gewinnen wollte, dann musste er ihn schnell beenden.

Der Zwerg täuschte einen Rückzug vor und tat so, als würde er stolpern. Der Elb fiel auf die Täuschung herein und stürzte vor. Da schlug Thunin dessen Schwert nach oben, sprang nach vorn und riss den verdutzten Elb von den Füßen. Bevor er sich von seinem Schreck erholt hatte, entwand ihm Thunin das Schwert und schleuderte es weit weg über die Lichtung. Breitbeinig stand der Zwerg über ihm, stemmte die Hände in die Hüften und grinste.

»Und was machst du nun, Junge?«

Seradir streckte dem Zwerg die Hand entgegen, und dieser griff zu, um ihn hochzuziehen. Blitzschnell stieß Seradir

Thunin die Füße in den Bauch und zog mit einem kräftigen Ruck an der Hand, so dass der Zwerg über den Kopf des am Boden liegenden Elben hinwegflog und dumpf krachend hinter ihm im Gras aufschlug. Seradir stürzte sich auf ihn. Eng ineinander verkeilt rollten sie über die Wiese, doch der Kampf war bald entschieden. Thunin hockte auf Seradirs Rücken, einen Arm unter seinem Knie, den anderen auf den Rücken gedreht. Mit der freien Hand drückte der Zwerg das Gesicht des Elben in die feuchte Erde.

»Gibst du auf, Spitzohr?«

Die Antwort fiel etwas undeutlich aus, doch Thunin ließ ihn los und rollte sich von ihm herunter. Fluchend rappelte sich Seradir mit dreckverschmiertem Gesicht auf und spuckte kleine Erdklumpen aus. Lachend ließ sich der Zwerg ins Gras fallen. Als Seradir den Mund wieder frei hatte, fiel er in das Gelächter ein. Fröhlich knuffte er den Zwerg in die Rippen, seine Augen leuchteten.

»Das war ein guter Kampf, du zu kurz geratener Gnom.«

Thunin keuchte. »Ja, Spitzohr, du sagst es. Hör auf, mich zu kitzeln.«

Die Menge verstreute sich. Es war Mittagszeit, und sie strebten zu ihren Baumhütten oder dem Wirtshaus, von dem aus ein herrlicher Duft über die Lichtung wehte. Cay gesellte sich zu den beiden, die atemlos im Gras lagen, und half dem Zwerg beim Aufstehen. Auch Seradir sprang auf und klopfte sich den Schmutz aus Kittel und Hosen.

»Habt ihr Hunger?«

Cay und Thunin nickten nachdrücklich.

»Dann kommt mit. Meine Eltern betreiben das Wirtshaus, und ich verspreche euch, ihr werdet begeistert sein.«

10
Lahryn

Weit im Norden, am Westrand der steil abfallenden Silberberge, lag eine ärmliche Ansammlung von Hütten. Solide gebaut mit steinernen Grundmauern, duckten sie sich nun seit zwei Jahren an den kargen Hang. Was jedem sich nähernden Fremden als Erstes ins Auge fiel, war die große Zahl an Silberschmieden, aus deren Öfen sich die grauen Rauchschwaden zu einer dunklen Wolke sammelten, die träge über dem Dorf hing. Am Fuß des Hangs standen die Reste einer zerstörten Stadt, die noch immer erahnen ließen, um wie viel größer und prächtiger die Häuser dort einst aufragten. Es waren nur geschwärzte Grundmauern geblieben, die mit jedem Winter mehr zerfielen.

Eine kleine Gestalt schritt langsam an den Mauerresten entlang und brach ein paar Blumen ab, die sich einen Weg zwischen den Trümmern suchten. Die Natur war bereit zu vergessen und bedeckte die Vergangenheit mit ihrem grünen Kleid, doch in den Gedanken der Zwergenfrau waren die Eindrücke noch frisch, als sei all der Schrecken erst gestern gewesen.

Sie lebten nicht schlecht, die Zwerge, die dem schroffen Berg das schwärzliche Silbererz entrissen und dann das unscheinbare Material in das begehrte, glänzende Metall verwandelten. Sie gossen es zu Barren oder verarbeiteten es zu Schmuck, Geschirr und anderen schönen, unnützen Dingen, die die Menschen in den Städten so begehrten. Regelmäßig zogen Karawanen vorbei, und die Zwerge tauschten gegen das Silber, was sie zum Leben brauchten und ihnen das Vieh und die kleinen, steinigen Gärten nicht liefern konnten. Doch eines Tages kamen wilde Gestalten aus dem Norden und überfielen die Zwergenstadt Pantha. Orks und Gnolle, Oger und ein paar einäugige Zyklopen. Die Zwerge waren völlig überrascht, und so hatten die Angreifer leichtes Spiel. In kaum einer Stunde plünderten sie die Stadt und brannten sie nieder. Viele starben, und noch mehr gerieten in Gefangenschaft. Die Angreifer töteten die Kinder und Greise, die Kräftigen jedoch schleppten sie nach Norden davon. Nur die Zwerge, die zur Zeit des Angriffs in den Stollen arbeiteten, und die wenigen, die sich in die Höhlen flüchten konnten, kamen mit dem Schrecken davon.

Es war ein trauriges Grüppchen, das sich daranmachte, das Dorf wieder aufzubauen. Die Angst saß tief, und es gab keine Familie, die nicht Verluste zu beklagen hätte. Die Ältesten der Überlebenden, die nun den Rat übernahmen, beschlossen, das Dorf an einer Stelle zu errichten, die besser zu verteidigen war, und so entstand in nur wenigen Monaten eine neue kleine Siedlung, geschützt durch einen Palisadenzaun, bewacht durch einen hohen Turm, der Tag und Nacht besetzt war. Außerdem legten die Zwerge ein ausgeklügeltes System von Fluchtgängen an, die mit den weit verzweigten Stollen verbunden wurden. In dieses Labyrinth würde ihnen kein Angreifer folgen können. Nun zog sich das Dorf am steilen Abhang entlang, so dass die obersten Hütten an der aufragenden Felswand lehnten, in der mehrere schwarze Löcher die Eingänge der Stollen markierten, die sich tief in die Silberberge hineinzogen.

Langsam kehrte der Alltag wieder ein. Die Zwerge zogen jeden Morgen in die Stollen oder nahmen ihre Plätze in den Schmieden ein, doch sie versäumten es nie, Tag und Nacht Wachen aufzustellen.

Mit Tränen in den Augen stand die Zwergenfrau da und starrte auf die zerdrückten Blumen in ihrer Hand. Sie warf sie in die Luft und sah zu, wie der Wind die welken Stängel verwehte. Sie seufzte schwer und erzählte dem Wind von ihren Sorgen, von ihrem verschleppten Ehemann, vom alten Vater und den Brüdern, die sie jeden Tag satt bekommen musste, von ihrem kleinen Sohn, der sie mit jedem Tag mehr forderte, und von dem großen alten Menschen, den die Brüder in den Stollen gefunden hatten. Vielleicht war er inzwischen erwacht. Eilig machte sie sich auf den Rückweg zum Dorf.

In einem kleinen Haus, das sich durch nichts von den anderen Hütten der Siedlung unterschied, standen fünf Zwerge erwartungsvoll um eine große, schlafende Gestalt herum.

»Ich habe ganz bestimmt gesehen, dass er sich bewegt hat«, verteidigte sich der Kleinste der Runde. »Und die Augen hat er auch kurz aufgemacht.«

Schmollend über so viel Ungläubigkeit, steckte er seine schmutzigen Hände in die Taschen seiner kaum saubereren Hose und zog die Unterlippe hoch. Als wolle er die Ehre des Jungen retten, drehte sich der Mensch stöhnend in dem viel zu kurzen Bett auf die andere Seite und erwachte.

Als Lahryn die Augen aufschlug, musste er erst einmal kräftig blinzeln. Das kleine, dreckverschmierte und die vier bärtigen Gesichter, die sich über ihn beugten, waren kein Teil seiner Fantasie. Auch konnte er deutlich seinen schmerzenden Rücken spüren, seine angewinkelten Beine und die Füße, die gegen einen Pfosten des kurzen Bettes stießen. Das musste als Beweis genügen. Offensichtlich war er noch am Leben. Wie um seine Gedanken zu bestätigen, bewegte sich eine der bärtigen Gestalten mit fast grauem Haar und stellte sich ihm als Boran vor.

»Wir freuen uns, dass Ihr nicht gestorben seid.« Die anderen nickten zustimmend.

Eine junge Zwergenfrau kam mit einem Tablett in den Händen herein und scheuchte die männlichen Familienmitglieder energisch hinaus und an ihre Arbeit. Erst als der Letzte der fünf die Kammer verlassen hatte, schloss sie geräuschvoll die Tür und setzte sich zu Lahryn auf die Bettkante.

»Suppe!«, sagte sie streng. »Wenn Ihr zu schwach seid, sie zu essen, dann werde ich Euch füttern.«

Stöhnend richtete sich Lahryn auf und griff nach dem Löffel. Die braunen Augen der kleinen Frau blitzten vergnügt. Während er die wohlschmeckende Brühe schluckte, schwatzte sie fröhlich vor sich hin, und wenn sie lachte, traten kleine Grübchen in ihre prallen, rosigen Wangen.

»Da bin ich aber froh, dass Ihr endlich erwacht seid. Vater sagte nur: Der stirbt eh, so wie er aussieht, doch ich habe mit ihm geschimpft und ihm gesagt: Nun lass es mich doch erst einmal versuchen – und seht, ich hatte Recht.« Ihre Augen glänzten triumphierend.

»Vater sagt, Ihr seid ein Hexer und mit den schwarzen Dämonen im Bunde. Wie sonst hättet Ihr unbemerkt so weit in die Stollen vordringen können? Aber ich habe mir gedacht, wer ein so gütiges Gesicht durch die Welt trägt, kann unmöglich etwas mit den finsteren Mächten zu tun haben. Ich habe doch Recht, oder?«

Lahryn lächelte. »Ich führe zwar Magie aus, doch mit Dämonen hatte ich noch nie zu tun.«

Die Zwergin nahm ihm den leeren Teller ab und füllte ihn erneut. »Ihr müsst das essen. Keine Widerrede! Ihr habt drei Tage wie tot hier gelegen.«

»Drei Tage?«, wunderte sich der Magier. »Dann habe ich mehr als genug Zeit im Bett verbracht.« Er schwang die nackten Beine über die Bettkante und sah sich suchend um.

Sie kicherte errötend und reichte ihm sein frisch gewaschenes und geflicktes Gewand, das er rasch über sein knielanges Hemd zog.

»Seid Ihr denn schon stark genug, Herr?«, wagte die Zwergenfrau zweifelnd einzuwenden.

»Das werden wir nun zusammen ausprobieren«, sagte er voller Zuversicht, stellte sich vor und fragte nach ihrem Namen.

»Golerenina«, antwortete die Zwergenfrau, »aber alle rufen mich nur Nina.« Sie lächelte ihm zu, doch dann zeigte sich wieder der strenge Zug um ihren Mund. »Ich werde Euch nicht verbieten aufzustehen, und wenn Ihr wollt, führe ich Euch durch das Dorf und erkläre Euch alles, doch bevor Ihr diese Kammer verlasst, müsst Ihr alles aufessen, was ich gekocht habe.« Ihr Tonfall ließ keinen Widerspruch zu, und da die Speisen herrlich dufteten und Lahryn einen Bärenhunger verspürte, willigte er lächelnd ein.

Bald darauf schlenderten sie durch das Dorf. Nina deutete auf die Ruinen und erzählte, wie die Ungeheuer aus dem Norden die Zwerge getötet oder verschleppt hatten.

»Vater und die Brüder haben zu dieser Zeit in den Stollen gearbeitet, aber meinen Durwien haben sie mitgenommen.« Sie seufzte schwer. »Grindir und ich hatten uns im Kamin versteckt und wären beinahe mit verbrannt, als sie unser Haus anzündeten.« Ihre Stirn umwölkte sich. »Ja, und nun muss ich allein einen unternehmungslustigen Buben großziehen und noch dazu vier ungehobelte Brüder und einen rechthaberischen alten Vater versorgen.« Plötzlich traten wieder die Grübchen in ihre Wangen. »Doch Ihr solltet einmal sehen, wie die alle gehorchen, wenn ich böse dreinschaue und mit dem Besen komme. Wenn ich drohe, es gibt nichts zum Abendessen, dann sind sie alle lammfromm.«

Die Zwergenfrau kicherte. Sie führte Lahryn zu den Silberschmieden, die ihre Werkbänke hinaus in die warme Julisonne gestellt hatten. Der Magier bewunderte die filigranen Figuren, die einer der Zwerge gerade bearbeitete, dann schlenderten sie weiter zu den Öfen, in deren Hitze die Zwerge schufteten. Rußig und schweißnass glänzten die gedrungenen Körper. Lahryn blieb stehen und fragte Nina, wie die Zwerge dem Erz das Silber entrissen, doch sie zuckte nur die Achseln.

»Ihr solltet mich nach Dingen befragen, auf die ich Euch eine Antwort geben kann«, sagte sie vorwurfsvoll. »Das hätte ich mir ja denken können, dass Euch das Silber mehr interessiert als die Herstellung einer guten Suppe.«

Lahryn lächelte zu ihr herunter. »Dafür bin ich sehr daran interessiert, deine gute Suppe zu *essen.*«

Ihre Miene schwankte zwischen Entrüstung und Lachen. Sie stapfte davon, um Burk zu holen, der die Schmelzöfen beaufsichtigte und auch sonst viel über die Bergmannskunst wusste. Bald waren die beiden Männer in ein ernsthaftes Gespräch vertieft und hatten Nina vergessen. Stirnrunzelnd sah sie von einem zum anderen, dann zuckte sie die Schultern und stieg den steilen Pfad wieder hinunter, um sich ihrer Hausarbeit zuzuwenden.

Burk merkte schnell, dass der große Mensch etwas von Alchemie verstand, und führte ihn in das Versuchslabor. Sorgfältig untersuchte Lahryn das Erz und die verschiedenen Zutaten, mit denen die Zwerge das Silber herauslösten. Der Magier kniff ein Auge zusammen und hielt den schlanken Kolben, den der Zwerg ihm reichte, gegen das Licht.

»Hm, vielleicht könnten wir da etwas tun«, murmelte Lahryn. Burk sah ihn erwartungsvoll an und lief dann los, dem Fremden all die Dinge zu besorgen, nach denen er verlangte. Lahryn rührte und schabte, kochte und dampfte wieder ein. Manches Mal wühlte er ratlos in seinem Haar, das ihm abenteuerlich nach allen Seiten abstand. Er suchte in seinem Gedächtnis nach den Fetzen seines Wissens, doch immer wieder, wenn er nach ihnen zu greifen suchte, verschwanden sie in den schwärzlichen Tiefen der Zerstörung. Unschlüssig nagte er an seiner Unterlippe. Sein Blick huschte über den Zwerg, der bewundernd zu ihm aufsah. Er musste es einfach probieren. Vorsichtig mischte er die Zutaten und erhitzte sie in einem Tiegel. Eine ganze Zeit lang geschah nichts, doch dann zischte plötzlich eine grelle Lichtsäule auf, ein dumpfer Schlag ließ den Raum erzittern. Glas- und Tonscherben regneten herab, und dicker, schwarzer Ruß legte sich über Tisch und Regale, über Haar und Gewänder. Hustend rannten sie ins Freie, in den Ohren ein Rauschen und Klingeln. Dichter Rauch drang aus den Ritzen der Hütte und senkte sich dann auf Sträucher und Steine. Entsetzt sah der Magier auf seine schwarzen Hände herab. Die Verzweiflung griff nach seinem Herzen, als er den rußbedeckten Zwerg ansah, doch der kicherte.

»Nun seht Ihr wirklich aus wie ein Dämon«, prustete er und unterbrach die Entschuldigung des großen Menschen. »Vielleicht sollten wir hier draußen weiterexperimentieren. Es wäre schade, wenn uns die Hütte einstürzt.«

Lahryn nickte und lächelte schwach. Zum Glück kam in diesem Moment Nina den Berg heraufgekeucht, um den Magier zum Abendessen zu holen. Missbilligend schweifte ihr Blick über das nun schon wieder verschmutzte Gewand.

»Wie gut, dass es das Nachtmahl gibt«, sagte sie zu Lahryn, als sie neben ihm in der Dämmerung den Pfad hinabstieg. »Sonst würde ich nie erfahren, was über den Tag Aufregendes passiert.« Ihre Neugier hielt sie allerdings nicht davon ab, die dreckigen Zwerge und den rußigen Magier erst zum Waschzuber vor das Haus zu schicken, ehe sie sich an den Tisch setzen durften.

Die nächsten Tage verbrachte Lahryn mit Burk zusammen. Sie schickten Ninas Brüder auf die Suche nach fehlenden Zutaten und vergruben sich dann so in ihrer Arbeit, dass sie alles um sich herum vergaßen.

Nina war mit einem Korb voller Essen in der einen Hand und ihrem Sohn Grindir an der anderen zur Hütte hinaufgekommen, aber die Männer ließen sich nicht stören. Erst später bemerkte Lahryn die melancholisch dreinschauende

Zwergin, die ihrem Sohn beim Spielen zusah. Er nahm eine Schale zur Hand, füllte sie mit Wasser und einem Pulver und hielt sie Nina und Grindir hin.

»Kommt mit hinaus. Das wird euch gefallen.«

Im hellen Sonnenschein vor der Tür tauchte Lahryn einen Strohhalm in die Schale und blies dann vorsichtig hinein. Bunte Blasen stiegen träge auf, lösten sich von der Oberfläche der Flüssigkeit und schwebten dann schillernd im Hauch des Windes davon. Hingerissen sah Grindir den bunten Kugeln nach. Nina umarmte den Magier und nahm ihm dann vorsichtig die Schale aus der Hand. Den ganzen Nachmittag saß sie auf der Treppe und blies bunte Kugeln in den Wind, die Grindir fröhlich kreischend zu fangen versuchte.

Rolana erholte sich schnell, und schon nach einigen Tagen beschlossen die Gefährten weiterzureisen. Lamina und Cewell warteten auf sie, und sie mussten der jungen Gräfin die traurige Nachricht vom Tod ihres Gatten bringen. Am Abend vor ihrer Abreise saß Vlaros bei ihr in ihrem luftigen Krankenzimmer in der hohen Steineiche.

»Willst du es dir nicht noch einmal überlegen?«, sagte er eindringlich. »Ich wollte dich nie zu irgendetwas drängen, doch das Schicksal ist es, das nun nach einer schnellen Entscheidung verlangt.«

Rolana schüttelte den Kopf und schenkte ihm seinen Metbecher noch einmal voll. »Ich habe dir meine Entscheidung bereits vor zwei Tagen mitgeteilt, und auch heute hat sich meine Meinung nicht geändert. Ich bin Somas Priesterin, und ich werde mich an keinen Sterblichen binden.«

Sie beobachtete sein Mienenspiel. Es zeigte den inneren Kampf, den er angestrengt zu verbergen suchte.

»Es hat mich sehr erschreckt, die Beherrschung verloren zu haben«, sagte er nach einer Weile und fuhr dann, anscheinend zusammenhanglos, fort: »Ich habe gestern den Elbenmagier Galadin aufgesucht. Er lebt in einer Höhle, kaum eine Wegstunde von der Stadt entfernt. Ein wunderlicher Ort, der eher wie ein behagliches Haus wirkt denn wie eine Höhle.« Er sah Rolana an, doch sie wartete schweigend.

»Ich habe mit ihm gesprochen, und seine Weisheit und sein Wissen haben mich sehr beeindruckt. Er gibt mir die Chance, als sein Schüler an diesen Schätzen teilzuhaben.« Wieder sah er sie forschend an, aber sie sagte immer noch nichts. Vlaros holte tief Luft. »Ich habe ihm zugesagt, dass ich morgen zu ihm komme und sogleich mit meinen Studien beginne.« Die junge Frau zog die Augenbrauen hoch und trieb ihm damit die Röte ins Gesicht. »Ich kann Cays Gegenwart nur schwer ertragen, und da du dich entschlossen hast, nicht zu mir gehören zu wollen, ist es besser, wenn ich mich so schnell wie möglich zurückziehe.« Verlegen sah er zu Boden.

»Schade«, sagte Rolana leise. »Wir haben das Abenteuer zusammen begonnen, und ich kann es nicht gut finden, wenn wir es nicht auch gemeinsam beenden, doch ich sehe, du hast deine Entscheidung bereits getroffen. Also bleibt mir nur, dir zu wünschen, dass du deinen Seelenfrieden wiederfindest und viel von deinem neuen Lehrer lernen kannst.«

Es klopfte stürmisch, und bevor Rolana die Stimme erheben konnte, kam Cay ins Zimmer.

»Geht es dir gut? Hast du Lust…« Als sein Blick auf Vlaros fiel, brach er ab, und seine Miene verfinsterte sich.

Rolana unterdrückte einen Seufzer. »Wozu soll ich Lust haben?«

Cay vergrub die Hände in den Hosentaschen und murmelte: »Ach, nichts.« Sein Blick schweifte über die Metbecher. »Ich wollte nur fragen, ob du mit rüber ins Wirtshaus kommen möchtest. Aber wie ich sehe…« Wieder ließ er den Satz unvollendet. »Ist ja nicht so wichtig.« Er wandte sich zum Gehen, doch Rolana sprang auf und hielt ihn an seinem Ärmel fest.

»Ich komme gerne mit«, sagte sie und hauchte dann dem Schwertkämpfer einen Kuss auf die Wange. »Geh schon vor. Ich komme gleich.«

Völlig verwirrt sah Cay von Rolana zu Vlaros, dann wieder zu den beiden Bechern. Kopfschüttelnd wandte er sich ab und stieg langsam die Strickleiter hinunter. Auch Vlaros erhob sich und nahm von Rolana Abschied.

»Wir reiten bei Sonnenaufgang. Wirst du da sein, oder verlässt du deine Gefährten, ohne dich zu verabschieden?«

Sie spürte, wie er sich wand, doch dann senkte er den Blick und versprach, rechtzeitig auf der Lichtung zu sein. Mit verschlossener Miene kletterte er die Leiter hinunter und ging dann zwischen den alten Bäumen hindurch auf den steil ansteigenden Hügel zu, nahe dessen Spitze Galadins Höhle lag. Sein Blick war starr geradeaus gerichtet, doch er nahm seine Umgebung gar nicht wahr. Sein Herz lag wie ein kalter Fels in seiner Brust, und irgendetwas in ihm wand sich in Pein. Zum ersten Mal in seinem Leben zweifelte er, ob der gewählte Weg der rechte sei. Er würde ein brillanter Magier werden, an dessen Lippen voll Bewunderung eine Schar Schüler hing. Diese Zukunftsvision begleitete ihn, seit er den kurzen Kitteln entwachsen war, und doch schob sich nun immer hartnäckiger das Bild einer trauten Familie vor seinen Lebenstraum: sein prächtiges Weib mit herrlich schwarzem Haar, ein stolzer Sohn, der voll Bewunderung zu ihm aufsah, ein weißer Marmorbau, den er sein Eigen nennen durfte. Er sah Rolana wieder vor sich, wie sie in den furchtbaren Grüften ohne Angst zwischen all den untoten Ungeheuern stand, die Arme erhoben, ein seltsames Glitzern in den Augen, der magische Wind in ihren Haaren. Diese von der Macht ihres Gottes getragene Erscheinung wollte einfach nicht in seine Vorstellung eines ruhigen Familienlebens passen.

Doch an Cays Seite passt sie erst recht nicht, grollte eine Stimme tief in ihm, *nicht zu diesem Bauernlümmel, dem noch immer der Mistgeruch seiner einfachen Herkunft anhaftet.*

Und wie steht es mit deinem Stallgeruch?, erwiderte eine andere Stimme und lachte voller Häme. *Meinst du, sie zieht den Gestank von faulendem Tang und altem Fisch vor?*

Viele Jahre hatte er die Erinnerungen an seine Herkunft erfolgreich aus seinen Gedanken verbannt, doch nun stürzten sie voller Macht auf ihn ein, und wieder empfand er diese tiefe Scham, die ihn seine ganze Kindheit begleitet hatte.

Das Häuschen des Fischers ist ärmlich und schmutzig und viel zu klein für die Familie, die inzwischen vierzehn Mäuler zählt. Die Familie Rübelof lebt in einem kleinen Weiler am Ufer des Adasees, kaum zwanzig Meilen vor den Toren der weißen Stadt, und doch lebt sie in einer anderen Welt. Der See bestimmt das Leben der Menschen hier. Jeden Tag, noch bevor der Morgen graut, stehen der Vater und die älteren Brüder auf und lassen das Boot zu Wasser, in der Hoffnung auf gnädig gestimmte Götter, die ihnen die Netze füllen. Es ist eine harte Arbeit, und selten ist der Fang so groß, dass es sich lohnt, ihn gleich in die Stadt zu bringen. Meist fährt der Vater nur einmal in der Woche auf den Markt nach Adahorn und nimmt den frischen Fang des Morgens und die gesalzenen Fische der Vortage mit. Oft darf Vlaros ihn begleiten. Stolz wie ein König sitzt der Junge hinten im Wagen und träumt von weißen Palästen, goldenen Kuppeln und schlanken Türmen. Es sind die schönsten Stunden in Vlaros' Kindheit. Zu Hause gibt es nur Schmutz und Armut. Elf Geschwister zählt Vlaros, bis zu dem Tag, als die beiden ältesten Brüder bei Sturm im See ertrinken. Danach wird alles noch schlimmer. Vater bringt immer weniger Fisch mit nach Hause, und Mutter kauft von den wenigen Kupfermünzen im Beutel heimlich scharf riechenden gebrannten Wein und betrinkt sich, wenn der Vater auf dem See draußen ist. Sie weint und gibt sich der Trauer um ihre verlorenen Söhne hin, und dabei vergisst sie ihre anderen Kinder. Wenn Vlaros an diese Zeit denkt, dann spürt er auch noch Jahre später den quälenden Hunger, fühlt das Jucken des Ungeziefers in seinen schmutzigen Haaren und hat den Geruch fauler Fische und ranzigen Fetts in der Nase. Wenn der Vater die Mutter beim Trinken erwischt, dann schlägt er sie.

»Du stürzt unsere Familie ins Unglück«, schreit er. »Sieh

dir nur die Kinder an, vernachlässigt, verschmutzt und verlaust! Sie werden nicht satt, weil du das Geld für Branntwein hinauswirfst.«

Dann färbt sich Mutters Gesicht rot. Ihr sonst so weiches Antlitz verzerrt sich zu einer Fratze.

»Wer bringt denn immer weniger Geld nach Hause?«, keift sie. »Du bist ein Versager. Kinder zeugen, ja, das kannst du, aber Geld heranschaffen, damit sie nicht hungern müssen, das kannst du nicht. Ich ziehe sie groß, und du bringst sie um. Meine Söhne, du hast meine Söhne gemordet!«

Der Vater ballt die Fäuste und schlägt ihr ins Gesicht, so dass die Mutter gegen die Wand taumelt. Blut rinnt ihr aus der Nase, und sie beginnt hemmungslos zu weinen. Noch immer schimpfend reicht ihr der Vater ein altes Tuch, das sie sich an die Nase presst, um die Blutung zu stillen. Traurig schleichen Vlaros und seine Geschwister hinaus auf die Gasse. Wie oft müssen sie solche Szenen ertragen? Die Streitereien ähneln einander, und es gibt keinen Ausweg aus dem Strudel, der die Familie immer tiefer in die Verdammnis herabzieht.

Doch ganz plötzlich, als Vlaros acht Jahre alt ist, beginnt für ihn ein neues Leben. Wie so oft fährt er mit dem Vater in dem alten Eselkarren nach Adahorn, um den kärglichen Fang an eine Magierin im Ostteil der Stadt zu verkaufen. Schon seit Monaten nimmt sie ihm regelmäßig seine ganze Ladung ab. Oft schon hat Vlaros ihr Gesicht am Fenster gesehen, wenn er mit dem Vater die Kiste ums Haus trägt, um den Fisch durch die Hintertür in die Küche zu bringen, an diesem Tag aber lässt die Magierin Vater und Sohn zu sich rufen. Ein älterer Diener führt sie durch einen teppichbelegten Gang in eine Bibliothek, in der trotz der Frühlingswärme ein Feuer prasselt. Verlegen dreht der Vater seine speckige Mütze in den Händen und wagt nicht, in die hellgrünen Augen der alten Frau zu sehen, die, eine Felldecke über den Beinen, kerzengerade in ihrem Sessel sitzt. Der durchdringende Blick wandert über den Vater und bleibt dann an dem mageren Bürschchen an seiner Seite hängen, das mit offenem Mund und vor Staunen weit aufgerissenen Augen die hohen Bücherregale ringsherum betrachtet.

»Ich möchte Euch einen Vorschlag machen, guter Mann«, sagt sie plötzlich mit tiefer, rauchiger Stimme. »Wie Ihr seht, werde ich alt. Auch tragen mich meine Beine schon seit Jahren nicht mehr. Es wäre mir eine Erleichterung, einen aufmerksamen Jungen an meiner Seite zu haben, der mir die Bücher aus den Regalen reicht, Botengänge erledigt oder meinen Kräutersud aus der Küche bringt. Wie alt ist Euer Junge?«

Der Fischer starrt die Magierin mit großen Augen an, ehe er hervorstößt: »So um das achte Jahr, wenn ich mich recht erinnere. Vlaros ist sein Name, verehrte Meisterin.«

»Vlaros«, wiederholt sie und lächelt den Jungen an. »Ich verspreche Euch, der Junge wird es gut bei mir haben. Er bekommt zu essen und ein Bett…«

»Und der Lohn?«, stößt der Fischer hervor. Seine Wangen werden abwechselnd blass und rot vor Aufregung.

Adelaide von Eichenberg zieht die linke Augenbraue ein wenig hoch und fixiert den nervösen Mann, dessen vom Hunger gezeichneter Körper von geflickten, viel zu weiten Kleidern nur unzureichend verhüllt wird.

»Ich gebe Euch ein Goldstück im Monat«, sagt sie bestimmt.

Die Augen des Mannes leuchten. Es ist lange her, dass er solch einen Schatz in Händen gehalten hat. Eifrig nickt er, doch dann treten Schweißperlen auf seine Stirn.

»Könntet Ihr, ich meine, wäre es möglich, den ersten Monat im Voraus?« Er bricht ab und sieht verlegen zu Boden. Adelaide greift nach einem silbernen Glöckchen. Der helle Ton dringt durch den Gang und die Treppe hinunter, und nur wenige Augenblicke später steht ein Diener in der Tür und verneigt sich.

»Gib diesem Mann ein Goldstück«, sagt sie, »und führe ihn dann, wenn er sich von seinem Sohn verabschiedet hat, hinaus.« Sie wendet sich Vlaros zu, der noch immer die Bücher betrachtet.

»Hast du zugehört, mein Kind? Willst du artig und fleißig sein und für mich arbeiten?«

Große Kinderaugen sehen zu ihr auf. »Ja, Meisterin«, haucht der Junge. Sein Vater greift nun hart nach seiner Schulter.

»Du tust, was die Dame von Eichenberg zu dir sagt! Sei ja nicht frech, sonst setzt es eine Tracht Prügel, wenn mir irgendwelche Klagen über dich zu Ohren kommen.«

Vlaros nickt gleichmütig und stellt sich dann neben den Sessel, um seinen ersten Befehl entgegenzunehmen.

»Ihr könnt jetzt gehen, Fischer«, sagt sie mit dunkler Stimme. »Vlaros soll gleich bei mir bleiben. Ihr könnt ihn nächste Woche wieder sehen, wenn Ihr die Fische bringt.« Sie entlässt ihn mit einer Handbewegung. Mit starrer Miene sieht Vlaros seinem Vater nach. Er zeigt weder Ab-

schiedsschmerz noch Freude. Wieder erklingt das Glöckchen, das den Diener herbeiruft. Dieses Mal, um Vlaros mitzunehmen, ihn in einen heißen Badezuber zu stecken und mit einem neuen Gewand zu versehen.

So bleibt Vlaros bei Adelaide von Eichenberg und führt ihre Befehle aus. Einmal in der Woche sieht er seinen Vater. Meist beobachtet er ihn nur durch das Fenster, wie er durch den Hof geht, um die Fische in der Küche abzugeben. Seine Mutter und die Geschwister sieht er viele Jahre lang nicht wieder, doch er vermisst sie nicht.

Es dauert nicht lange, bis Vlaros aus seiner Erstarrung auftaut, und die Magierin muss feststellen, dass sie sich keinen stummen Botenjungen ins Haus geholt hat, sondern einen aufgeweckten, wissbegierigen Knaben. Er will nicht nur Bücher hin und her tragen. Er will wissen, was in ihnen geschrieben steht. Mit einem nachsichtigen Lächeln erzählt sie dem Jungen die ein oder andere Geschichte oder liest ihm eine Passage aus einem der dicken Wälzer vor. Erstaunt stellt Adelaide fest, dass der Knabe sich auch nach Wochen noch an jedes Detail erinnern kann. Sie lehrt ihn Lesen und Schreiben und findet Gefallen daran, Vlaros zu unterrichten. Abends, wenn das Feuer im Kamin knistert, liegt er auf einem zottigen Fell zu ihren Füßen und verschlingt ein Buch nach dem anderen, bis sie ihn ermahnt, zu Bett zu gehen. Ohne Protest erhebt sich der Junge, verneigt sich vor der Meisterin und steigt dann hinauf in seine Kammer. Nur das Glühen in seinem Blick verrät seine Ungeduld.

Als Vlaros in seinem vierzehnten Lebensjahr steht, bekommt er die zweite große Chance seines Lebens.

»Würdest du gerne die magischen Künste studieren?«, fragt ihn die Meisterin an einem Abend.

Vlaros hält die Luft an. »Aber ja«, sagt er zurückhaltend, »doch dazu braucht man eine große Menge Gold, und die habe ich nicht.«

Adelaide von Eichenberg lächelt und streicht ihm über das Haar. »Aber ich habe eine große Menge Gold«, sagt sie, »und ich werde dir deine Studien an der Akademie bezahlen, wenn du bereit bist, fleißig und gewissenhaft zu lernen.«

Vlaros starrt sie mit offenem Mund an. Er kann nicht glauben, was er eben gehört hat. Er, der arme Sohn eines einfachen Fischers, soll ein Magier werden? Mit den großen Meistern, die er bei seinen Botengängen manches Mal sieht, durch die Parks wandeln und über die Wissensschätze disputieren? In den weißen Hallen und Sälen den gelehrten Worten der mächtigen Zauberer lauschen? Selbst Magie ausüben?

Und so geht Vlaros mit den anderen Jungen und Mädchen erst in die Elemantalschule und studiert dann an der Akademie der magischen Künste. Bald kann er durch kleine magische Dienste ein wenig Geld verdienen. Trotz der inneren Abwehr, die in ihm brennt, mietet er sich ein Pferd und macht sich in den Weiler auf, in dem sein Elternhaus steht, der ihm aber nie wirklich Heimat gewesen ist.

Es schaudert ihn, als er um die Ecke biegt und die alte, mehrfach reparierte Hütte zwischen der Scheune und dem Schweinestall des Nachbarn auftaucht. Er sieht seine Mutter auf einer Bank in der Sonne sitzen, ein verblichenes Tuch gegen den kühlen Nordwind um die Schultern ge-

legt. Sein Vater, der schon einige Jahre keinen Fisch mehr nach Adahorn bringt, steht in der Tür, der Rücken gebeugt, das Gesicht zerfurcht. Die jüngste Schwester ist noch da und kümmert sich um die Eltern. Zwei der Brüder haben das Boot übernommen und werfen nun die Netze aus. Die anderen Geschwister sind davon gegangen, um irgendwo anders ihr Glück zu versuchen. Wo sie gelandet sind, kann die Schwester nicht sagen. Die monatliche Goldmünze der Meisterin hat ihnen zwar geholfen, ihr Leben aber nicht wirklich bereichert.

Vlaros lehnt die Einladung zum Nachtmahl ab. Er drückt dem Vater die Münzen, die er entbehren kann, in die Hand, dann wendet er sein Pferd und treibt es durch die Dämmerung nach Adahorn zurück. Am Anfang kommt er jeden Monat, um der Familie Geld zu bringen, doch dann, als die Mutter stirbt, werden seine Besuche seltener, und nach des Vaters unglücklichem Unfalltod bleibt er ganz weg. Das ist nicht mehr seine Welt. Er gehört nun zu den Magiern der weißen Stadt Adahorn.

11
Die Entführung

Sanft strichen die knochigen Hände über die gekrümmte Kristallfläche. Nebel wallten unter der grauen Oberfläche auf, doch das Bild wollte sich nicht klären. Obwohl die Kugel ihm nichts zeigte, stieg ein Bild von Tod und Zerstörung in seinem Geist auf. Ärgerlich schüttelte Astorin den Kopf. Er hatte die Erschütterung seiner Macht gefühlt, doch er war zu beschäftigt gewesen, der Ursache des Bebens auf den Grund zu gehen. Erst als die Rückkehr Mykinas sich Tag um Tag hinauszögerte, begann er nach ihr zu forschen und fand das Astraltor und die zweite Kugel zerstört. Jemand hatte gewagt, seine Pläne zu durchkreuzen. Der Magier kniff die Augen zusammen und sah noch einen Augenblick auf die neblige Kugel, dann warf er ein schwarzes Tuch über den magischen Kristall. Er musste wissen, wie es um Theron stand und ob Mykina noch am Leben war. Mit einem Fingerschnippen schloss er die Tür zu seinem Studierzimmer und machte sich dann an die komplizierten und langwierigen Vorbereitungen, ein neues Portal nach Theron zu öffnen. Zwei Tage verließ er das Zimmer nicht, aß nicht, trank nicht, schlief nicht. Seine Diener schlichen nur auf Zehenspitzen durch die Burg, und keiner wagte es, zum Turm hinaufzusteigen. Endlich waren die Vorbereitungen abgeschlossen. Mit schleppenden Schritten stieg Astorin die gewundene Treppe hinunter und ließ sich am Tisch in seinen Sessel fallen. Er klatschte in die Hände, und schon eilte einer der Diener herbei, verbeugte sich tief und fragte nach den Wünschen des Meisters.

»Wein und etwas zu essen, aber schnell!«, schnauzte Astorin den Jüngling an.

»Wein, ja, sofort«, sagte der atemlos, »doch das Essen wird ein wenig dauern.« Ängstlich wich er einige Schritte zurück. »Wir haben jeden Tag das Mahl serviert und wieder abgetragen. Die Speisen sind verdorben, und wir wussten nicht, ob Ihr wieder abgereist seid oder wann Ihr…«

Weiter kam er nicht. Astorin hatte einen schweren Kerzenleuchter vom Tisch genommen und warf ihn nun nach dem verschreckten Bediensteten. Kaum eine Haaresbreite rauschte das Geschoss am Ohr des Dieners vorbei und krachte dann gegen eine Truhe mit wertvollen Intarsienarbeiten, die aus der sagenhaften gläsernen Stadt stammen sollte.

»Spar dir dein Gestotter. Ich will bedient werden, und zwar sofort!«

Der Jüngling war leichenblass geworden. Mit zitternden Händen hob er den Leuchter auf und eilte dann hinaus, um den Auftrag weiterzugeben. Ein anderer Diener brachte den Wein und eine Schale mit Obst und Süßigkeiten. Bevor der Magier den zweiten Becher geleert hatte, kam der Jüngling wieder und stellte einen Teller mit kleinen gebratenen Fleischstücken, Zwiebeln und Speck und gewärmtem Brot vor ihm ab. Schnell zog er sich wieder zurück, bevor der Magier ihn wieder mit etwas bewerfen konnte, doch der war zu ausgehungert, um sich noch weiteren Wutanfällen hingeben zu wollen. Mit den Fingern stopfte er sich die heißen Fleischstücke in den Mund, schob reichlich Brot hinterher und schüttete dann den schweren Wein herunter. Der Teller war noch nicht halb geleert, als er sich schwankend erhob und in sein Gemach taumelte. Wie ein Toter schlief er einen Tag und eine Nacht.

Erfrischt erhob sich Astorin wieder von seinem Lager, löffelte zwei Teller Milchsuppe leer, verspeiste ein kaltes Huhn und machte sich dann wieder in sein Turmzimmer auf. Er entzündete die magische Schale, streute das wertvolle Pulver in die Flammen, bis sie sich smaragdgrün färbten, und sprach dann mit lauter Stimme die Beschwörungsformel. Das Tor öffnete sich. Rasch warf sich der Magier einen Mantel über, der ihn für alle menschlichen Augen unsichtbar machte, und trat dann durch den wabernden Rauch.

Was er auf der anderen Seite vorfand, hob seine Stimmung nicht gerade: Mykina getötet, sein Bann gebrochen, der Ostflügel mit seinen magischen Schätzen völlig zerstört und keine Spur von denen, die ihm das angetan hatten. Er lauschte den Gesprächen der verängstigten und verunsicherten Menschen auf der Burg, die ihm ohne Herr und Herrin hilflos wie ein Haufen Hühner vorkamen. Anscheinend war die Gräfin noch immer in Fenon bei ihrem Vater. Nun gut, Refos würde die Sache für ihn erledigen. Theron hatte jede Bedeutung für ihn verloren. Unbemerkt reiste der Magier zu seiner Burg zurück.

Der Tag begann mit strömendem Regen, daher fanden sich nur wenige Elben zu ihrem Abschied ein. Vlaros allerdings kam wie versprochen, und auch Galorond von der Steineiche schritt in trockenem Gewand über das triefende Gras und zeichnete jedem der Freunde eine unsichtbare Rune auf die Stirn. Plötzlich rannte ein kleiner Junge über die Lichtung, ein prall geschnürtes Bündel auf dem Rücken. Erwartungsvoll strahlte er Ibis an.

»Bitte, nehmt mich mit. Ich möchte ein richtiges Abenteuer erleben!«

Die Elbe strich über sein nasses Haar. »Das geht leider nicht, kleiner Freund, doch wir werden uns eines Tages wiedersehen und ich werde dir alles aus erster Hand berichten.«

Der Elbenjunge schniefte.

»Hier, damit du nicht so allein bist«, sagte Ibis lächelnd, holte das verschlafene Erdhörnchen aus ihrer Tasche und drückte es dem Jungen in den Arm. »Pass gut auf es auf, solange ich weg bin.«

Der Kleine strahlte. Lange noch stand er im Regen und winkte den Gefährten nach, bis ihre Umrisse in den Nebeln des Waldes verschwammen.

Seradir begleitete die Gefährten, bis sie den Rand des Elbenwaldes erreichten, dann war es auch für ihn an der Zeit, Abschied zu nehmen. Der Regen war inzwischen versiegt, und eine späte Nachmittagssonne lugte golden zwischen bauchigen Wolken hervor. Feierlich legte der Elb die Hand an die Brust und verneigte sich vor jedem der Freunde.

»Ihr dürft jederzeit wieder einkehren im Elbenwald.« Ein schelmisches Lächeln huschte über seine weichen Lippen, als er Cays Blick auffing. »Du willst doch sicher eine Revanche?«

»Das kannst du glauben. Das nächste Mal haue ich dich in Grund und Boden.«

Seradir sprang mit einem Satz auf seinen ungesattelten Rappen und drückte ihm die Fersen in die Flanken.

»Dann solltest du noch ein paar Trainingsjahre nehmen«, rief er Cay zu, doch in seiner Stimme lag Wärme. Er ließ den Hengst tänzeln und sprengte dann in den Wald hinein.

Die Freunde ritten einige Stunden nach Süden, bis die Nacht hereingebrochen war. Wie Seradir gesagt hatte, erreichten sie eine Lichtung, durch die ein klarer Bach floss, gesäumt von grünen Birken. Die Nacht verlief ruhig. Sie brachen früh auf, und bereits zu Mittag lichteten sich die Bäume, so dass sie ihre Pferde weit ausgreifen lassen konnten. Allerdings mussten Cay, Ibis und Rolana ihren Übermut immer wieder zügeln, um auf den brummenden und schimpfenden Zwerg zu warten, der behauptete, sein Gaul wäre eine Kreuzung aus Maultier und Ziegenbock. Cay drängte es weiterzukommen, und er behauptete felsenfest, die Seeluft schon riechen zu können.

Am Nachmittag erreichten sie die Handelsstraße, die von Neteran im Westen bis zum Ufer der Ehnibucht führte, um sich dann zu verzweigen. Die Hauptspur folgte der Küste nach Süden bis Ehniport, die andere Abzweigung führte weiter nach Osten bis Fenon. Der holprige Karrenweg war eine wichtige Verbindung ins Hinterland, und so trafen sie andere Reisende, Händler mit schwerfälligen Wagen, einfache Bauern zu Fuß oder Adlige auf feurigen Rössern, die, eine Staubwolke aufwirbelnd, an ihnen vorbeipreschten.

Am Abend erreichten die Freunde die Weggabelung und gönnten sich den Luxus, im *Blauen Krebs,* dem großen Gasthaus, das nahe der Straße über den aufragenden

Klippen stand, zu speisen. Trotz Ibis' Protest mietete Thunin auch noch zwei kleine Kammern für die Nacht.

In dem warmen, rauchigen Schankraum herrschte reger Betrieb, denn in den Sommermonaten, wenn das Meer ruhig war, legte die Fähre aus Ehniport in der Nähe an, kaum eine Wegstunde einen steilen Pfad die Klippen hinunter, wo zwei Felsvorsprünge eine kleine sandige Bucht umspannten. Stimmengewirr erfüllte die bierdunstige Luft, ausgelassenes Gelächter stieg von den Bänken auf. Die Kellnerinnen hatten Mühe, mit ihren Lasten zu den Gästen vorzudringen, und immer wieder zeugte ein Klirren von einem zu Bruch gegangenen Krug.

Die vier drängten sich zwischen den dicht besetzten Tischen bis zu einer Nische, die gerade frei wurde. Eine dralle Kellnerin balancierte ein mit Bierhumpen und Weinbecher gefülltes Tablett zwischen den Gästen hindurch, verteilte flink die Getränke und eilte dann zu den Neuankömmlingen. Während sie mit einem fleckigen Lappen die klebrigen Lachen von der Tischplatte wischte, zählte sie auf, was es heute zu essen gab, und empfahl das süffige Fassbier, das der Wirt selbst braute. Während sich Ibis, Cay und Thunin für knusprige Schweinefüße und frisches Brot mit Griebenschmalz entschieden, wählte Rolana eine Schale Gemüseeintopf mit Speck. Alle tranken schäumendes Bier und dann roten Wein, von dem Thunin, der heute in großzügiger Laune war, einen großen Krug bestellte.

Nach dem Essen holte Ibis Spielkarten aus ihrem Rucksack. Rolana hob abwehrend die Hände, doch das ließ die Elbe nicht gelten. Sie erklärte der jungen Priesterin die Regeln und begann dann die Karten zu verteilen. Das Spiel machte auch Rolana Spaß, und später am Abend, als die Wangen vor Hitze glühten und die Augen vom Wein glänzten, begannen sie um Kupfermünzen zu spielen, doch immer wenn der Haufen in der Mitte eine ansehnliche Höhe erreichte, strich Ibis den Gewinn ein.

»Ich sage euch, sie spielt falsch!«, entrüstete sich Thunin und warf sein Blatt auf den Tisch. »Am besten geben wir ihr gleich unser Geld, dann müssen wir uns nicht mit dem Kartenspiel aufhalten.«

Rolana, die dem Wein mehr als sonst zugesprochen hatte, kicherte. »Dafür muss Ibis jetzt für die Zeche aufkommen. Ich jedenfalls habe keine einzige Münze mehr in der Tasche.«

Mit einem Triumphschrei legte Cay seine Karten auf den Tisch und sah dann erwartungsvoll in die Runde. »Na, da könnt ihr nicht mithalten«, frohlockte er. Auch Rolana ließ ihre Karten sinken. »Zwei Drachenpärchen? Ich habe nicht einmal einen Grafen auf der Hand!«

Mit einem breiten Grinsen schob Cay die Münzen zu sich herüber. Ibis zupfte ihn am Ärmel.

»Äh, ich möchte dich nicht ärgern, doch ich habe den weisen Magier und drei Hydras.«

Mit hoheitsvollem Blick schob sie die Münzen in ihre Tasche. Rolana prustete vor Lachen, als sie Cays verdutzte Miene sah. Wie ein geprügelter Hund starrte er auf den Tisch, wo eben noch die Münzen gelegen hatten.

»Das gibt es doch gar nicht!«, schimpfte der Zwerg, nahm seine Karten und schleuderte sie gegen die Wand, wo sie fein säuberlich im Rahmen eines Bildes, das ein Schiff auf sturmgepeitschtem Meer darstellte, stecken blieben.

Rolana klatschte begeistert in die Hände und forderte ihn auf, das Kunststück zu wiederholen, doch Thunin knurrte nur gereizt.

Mit einem Seufzen erhob sich Ibis schließlich, sammelte die Karten ein und verstaute sie in ihrer Tasche. Auch die anderen stemmten sich von ihren Hockern hoch. Die Elbe bezahlte beim Wirt ihre Schulden und folgte dann den Freunden. Kichernd schwankte Rolana an Cays Arm die Treppe hinauf. Thunin, der seinen Ärger schon wieder vergessen hatte, neckte sie amüsiert:

»Da sieht man es mal wieder, edle Priesterin des Mondordens, kaum bist du den Klostermauern entronnen, schon führst du dich auf wie«, er warf Ibis einen boshaften Blick zu, »wie eine versoffene Gossenelbe.«

Ibis trat ihn hart gegen das Schienbein, dass der Zwerg beleidigt aufjaulte. Er rülpste vernehmlich und taumelte gegen die Brüstung.

»Na warte, ich ziehe dir die spitzen Ohren lang.« Wieder rülpste er. »Wenn ich wieder nüchtern bin«, fügte er hinzu und schwankte auf die Kammertür zu. Rolana legte ihre Arme um Cays Hals und drückte sich an ihn. Sie versuchte ihm etwas ins Ohr zu flüstern, doch da sie unaufhörlich kicherte, konnte er nichts verstehen. Ibis machte ein angewidertes Gesicht und griff hart nach Rolanas Arm.

»Los, ins Bett! Das Geturtel ist ja nicht auszuhalten.«

Nur widerstrebend ließ die junge Priesterin von Cay ab und folgte der Elbe in ihre Kammer. Kurz darauf schliefen die vier friedlich. Thunins Schnarchen sorgte allerdings dafür, dass einige Gäste in der Nebenkammer immer wieder aus ihrem Schlummer gerissen wurden. Die Freunde jedoch rührten sich nicht, auch nicht, als der Hahn krähte und die Sonne sich über den Horizont schob. Selbst der Lärm der anderen Gäste, die sich zur Abreise bereitmachten, konnte sie nicht stören. Es war schon fast Mittag, als Ibis verschlafen ins grelle Sonnenlicht blinzelte. Eilig weckte sie die anderen. Da die Nachwirkungen von Bier und Wein jede Lust auf ein Frühstück vertrieben, saßen sie bereits eine halbe Stunde später im Sattel und ritten weiter nach Osten auf Fenon zu. Die Sonne ließ das glatte Meer zu ihrer Rechten erstrahlen, und Cay trieb seinen Schecken an.

»In wenigen Stunden sind wir da«, rief er fröhlich. Anscheinend hatte er die Folgen der durchzechten Nacht schon überwunden. Rolana allerdings folgte ihm nur unwillig. Ihr war übel, und in ihrem Kopf hämmerte es.

Das ist die gerechte Strafe für deine Ausschweifungen, rügte sie sich streng und wünschte sich, das Pferd möge seine Hufe nicht so schrecklich hart aufsetzen.

Sie ritten an Fenon vorbei. Heute war Markt, und am Tor war trotz der fortgeschrittenen Stunde noch dichtes Gedrängel. Bauern zerrten ihre Karren mit Obst und Gemüse zur Stadt, andere trieben Ziegen oder Schweine heran, viele der Händler und Käufer machten sich allerdings auch schon wieder auf den Heimweg. Zufrieden genossen sie den sonnigen Tag, freuten sich über ihre Münzen im Beutel oder über ihre Einkäufe.

Die Gefährten warfen nur einen Blick auf das Treiben und ritten gleich weiter auf das Gut der Mojewskys zu. Cay plagte der Hunger, und Thunin betete zu Thor, das Ziel möge endlich auftauchen, so dass er von diesem bockigen Reittier absteigen konnte.

»Lieber drei Wochen zu Fuß als noch einen Tag auf diesem Biest«, schimpfte er und blieb immer weiter hinter den anderen zurück.

Auf der Kuppe des nächsten Hügels zügelte Cay sein Pferd, um den Zwerg aufholen zu lassen.

»Nun schau doch nicht so mürrisch drein«, versuchte er ihn aufzumuntern. »Sieh, dort vorn ist das Gut, und Cewell hat vor lauter Entzücken über unsere Rückkehr schon ein Freudenfeuer angezündet und einen Ochsen auf den Grill gesteckt.«

Cay deutete auf die Rauchwolken, die in den klaren Himmel stiegen. Rolana folgte mit ihrem Blick dem ausgestreckten Arm, doch plötzlich stockte ihr der Atem.

»Bei allen Göttern, das Gut brennt!«, schrie sie und schlug ihrer Stute die Fersen in die Flanken. Im Galopp jagten die Freunde den Hügel hinunter.

Missmutig stand Refos an der Reling der *Schlange* und starrte in das eintönige Graublau des tiefen Wassers. Ihm war schon seit Tagen übel, und er vermisste die behagliche Gemütlichkeit seines Studierzimmers. Krampfhaft umklammerte er die Brüstung, als der Zweimaster in ein Wellental glitt und zu schlingern begann. Der Himmel war die vergangenen Tage bewölkt gewesen, und ein beständiger Nordostwind hatte sie zügig vorangebracht.

Von Übelkeit gebeutelt beugte sich Refos über die Reling, um sein karges Frühstück den Fischen zu überlassen. Die Möwen kreischten hämisch und schienen sich an seinem Unglück zu weiden. Fast ängstlich sah der Magier zum Himmel auf. Er durfte nicht einmal an Sturm denken!

Der Kapitän hat versichert, dass das ruhige Wetter anhält, versuchte er sich selbst zu beruhigen, und wenn er die Wolkendecke genau betrachtete, so war sie schon dünner geworden, und hier und da blitzte ein Stückchen Blau hervor.

Am nächsten Tag bei Morgengrauen ließen sie die Ostspitze der Fenonhalbinsel hinter sich und segelten in die breite Ehnibucht. Weit konnte es nicht mehr sein. Refos hoffte inbrünstig, die Gräfin auf dem elterlichen Gut vorzufinden. Er verfluchte Astorin und den Narbigen, die ihm diese Seereise eingebrockt hatten. Welche Unannehmlichkeiten würde er noch auf sich nehmen müssen, wenn er sie hier nicht finden würde? Jede Stunde auf diesem Pott war für ihn eine Qual. Der Kapitän näherte sich Refos und verkündete mit seiner rauen Stimme:

»Der Ausguck hat das gesuchte Anwesen entdeckt. Ich lasse die Segel reffen und die Tiefe ausloten.«

Der Magier trat an die Reling und beschirmte seine Augen, obwohl er die Sonne fast im Rücken hatte. Angestrengt ließ er den Blick über die weichen Grashügel wandern, bis er an einem bräunlichen Dach hängen blieb. Er sah eine kleine Bucht mit einem Steg, an dem zwei Fischerboote vertäut waren. Refos ließ die Hand sinken.

»Am besten legen wir dort drüben in der Bucht an, Ihr schickt Eure Männer zum Gehöft, sie holen die Frau, und schon sind wir wieder weg.«

Der Kapitän schnaubte verächtlich durch die Nase. »Da drüben soll ich anlegen? Das ist viel zu flach! Wir haben einen Zweimaster und kein Ruderboot.«

»Ich finde, es sieht recht tief aus«, widersprach der Magier.

»Passt auf, ich rede Euch nicht in Eure Arbeit hinein und Ihr nicht in meine«, schnitt ihm der Kapitän barsch das Wort ab. »Ich rufe jetzt meine Leute zusammen, dann könnt Ihr ihnen ihre Aufgabe erklären. Ihr bekommt zwei Beiboote mit acht Männern. Das muss genügen.«

Ohne eine Reaktion des Magiers abzuwarten, drehte er sich um und ging davon. Refos sah ihm ärgerlich nach. Es passte ihm nicht, dass der Kapitän ihn so respektlos behandelte, aber durfte er ihn deshalb mit einem schmerzhaften Fluch strafen? Außerdem gefiel es ihm nicht, dass er mit den Seeleuten zusammen in den winzigen Booten an Land rudern musste, doch nur er hatte über die Kristallkugel das Bild der Gräfin gesehen, und er musste sichergehen, dass es zu keiner Verwechslung kam. Vielleicht würde es ihm sogar gut tun, für eine Weile festen Boden unter den Füßen zu spüren.

Die Beiboote wurden zu Wasser gelassen, und unbemerkt ruderten die Piraten auf den Anleger zu. Sie waren gut eingespielt, und die Boote schossen geradezu über die glatte Wasseroberfläche. Am Steg angekommen, zerstörten sie als Erstes die beiden Fischerboote, dann schlichen sie lautlos auf die um einen Hof gruppierten Gebäude zu. Auf den ersten Blick wirkte das Gut wie ausgestorben. Die Mägde und die Köchin waren noch nicht vom Markt in Fenon zurückgekehrt, die Knechte arbeiteten in den Stallungen, und Cewell selbst war mit seinen Gehilfen im Lager und kontrollierte die am Vortag eingetroffenen Waren, die mit einem Schiff von den fernen Inseln unter den kreisenden Winden gekommen waren.

Vier verwegene Gestalten huschten über den Hof, warfen

einen Blick durch die grünlichen Scheiben in die Stube und drangen dann ins Haus ein, doch weder hier noch im Garten war auch nur eine Frau zu entdecken. Schulterzuckend kehrten sie in ihr Versteck zurück. Refos fluchte leise, gebot aber den Seeleuten, sich zu gedulden. Er grübelte nach, was er jetzt tun sollte, als sich aus dem Wäldchen zwei Frauen näherten. Zweifellos handelte es sich um Mutter und Tochter, denn selbst das weiße Haar und die Falten im Gesicht der Älteren konnten die Ähnlichkeit der beiden nicht verbergen. Die jüngere der Frauen trug einen üppigen Blumenstrauß in ihren Armen und sang sorglos ein fröhliches Lied. Der Wind trug ihre reine Stimme zu den finsteren Gestalten, die verborgen im Gebüsch auf ihr Opfer warteten. Refos erkannte die junge Gräfin sofort. Er beugte sich zu den Männern vor, gab ihnen flüsternd Anweisungen und reichte dann dem bulligen Kerl neben sich einen Sack und ein paar feste Stricke.

»Sie darf nicht verletzt werden!«, schärfte er ihnen noch einmal ein. »Tötet jeden, der versucht, uns zu folgen. Geplündert wird erst, wenn die Gräfin sicher an Bord ist. Los jetzt!«

Zwei der Männer huschten geduckt davon und verschwanden dann im Schatten des prächtigen Wohnhauses, die anderen warteten, bis die Frauen den Hof erreichten, dann gab Refos das Zeichen zum Angriff. Es ging alles sehr schnell, und den Frauen blieb nur wenig Zeit, ein paar schrille Hilferufe auszustoßen, als sie die fremden bewaffneten Männer auf sich zustürzen sahen. Wie vorgesehen, warf der Bullige den Sack über Lamina und verschnürte sie in Windeseile zu einem Paket, so dass sie sich nicht mehr rühren, geschweige denn an Gegenwehr denken konnte.

Die Blumen lagen verstreut und zertreten im Kies, als der Pirat seine wertvolle Beute aufhob, um sie zum Steg hinunterzubringen, wo Refos schon ungeduldig wartete. Sarah Mojewsky schrie verzweifelt auf.

»Mein Kind! Nein, das werdet ihr nicht tun! Schurken, Gesindel, lasst meine Tochter los!« Sie schlug mit ihren feingliedrigen weißen Händen auf den Piraten ein und kreischte: »Cewell, zu Hilfe, Cewell!«

Als der Pirat Lamina aufhob, umklammerte Sarah ihn von hinten und versuchte ihn aufzuhalten. Sie biss ihn und trat um sich, doch er schüttelte sie ab wie eine lästige Fliege. Mit einem Ruck drehte er sich um, ließ den Sack mit der jungen Gräfin hart zu Boden fallen und zog sein langes, gebogenes Messer aus dem Gürtel.

»Jetzt reicht es, Weib«, fauchte er. Ohne mit der Wimper zu zucken, stach er die verzweifelte Mutter nieder. Sarah schrie. Sie presste die Hände an die Wunde in ihrer Brust und fiel auf die Knie. Das Blut schoss in hellroten Strömen hervor und rann ihr über Mieder und Rock, dennoch rutschte sie den Männern hinterher, in dem sinnlosen Versuch, ihrer Tochter zu helfen. Dann erstarb ihr Schreien, sie brach zusammen und blieb lang ausgestreckt mit dem Gesicht im Kies liegen.

Die ersten Rauchschwaden stiegen aus dem Haus auf. Da kamen die Stallburschen mit Mistgabeln und Stöcken bewaffnet angerannt. Die Piraten zogen ihre Säbel. Auch Mojewsky und seine Gehilfen stürzten, von den Schreien alarmiert, in den Hof, um das Gesindel zu vertreiben. Es war ein ungleicher Kampf, und bald schon färbte das Blut von Mojewskys Männern den Kies rot.

Während sich die Seeleute gnadenlos über die ungeübten Verteidiger hermachten, schoss das kleine Beiboot mit seiner wertvollen Fracht dem Zweimaster entgegen. Der Kapitän ließ die Segel setzen. Er war zum Auslaufen bereit und wartete nur noch auf die Rückkehr seiner Männer.

In gestrecktem Galopp und mit wildem Geschrei jagten vier Gestalten den Hügel hinunter. Den Gefährten war rasch klar, wie es um die Bewohner des Guts stand: Cewell stand an die Wand der Scheune gedrängt und verteidigte sich mühsam mit seinem Schwert gegen einen rohen Kerl in bunten Pluderhosen, der ihn mit seinem Säbel attackierte. Sarah und zwei Stallknechte lagen reglos am Boden, einer der Piraten verfolgte einen weiteren Knecht. Er hatte seine Mistgabel fallen gelassen und lief in Todesangst davon. Drüben am Lager kämpfte einer von Cewells Kaufmannsgehilfen, ein anderer lehnte reglos an der Gartentür. Aus dem Lagerhaus tauchten nun drei Piraten auf, voll beladen mit Stoffballen und Ledersäckchen, die von wertvollem Inhalt kündeten. Schwer beladen mit Beutestücken strebten sie dem Landungssteg zu. Flammen schlugen aus dem Dach des Wohnhauses, und nun quollen auch aus dem Lager dunkle Rauchwolken.

Wild stürmte Cay über den Hof auf Cewell zu, hob sein Schwert und schlug im Vorbeireiten mit einem gewaltigen Hieb dem Piraten den Kopf von den Schultern. Der Tote machte noch einen Schritt vorwärts, dann kippte er wortlos um. Vom Grauen geschüttelt brach der Kaufmann zusammen und übergab sich. Cay sprang vom Pferd und stürzte sich auf den Angreifer, der dem Kaufmannsgehilfen gerade einen tiefen Stich in die Schulter verpasste, so dass dieser mit einem Aufschrei seine Waffe fallen ließ. Ibis setzte dem Seemann nach, der noch immer dem flüchtenden Knecht folgte. In rasantem Ritt schleuderte sie ihm den Wurfdolch nach, der ihm mit Wucht bis ans Heft zwischen die Schulterblätter fuhr. Der Pirat brach zusammen. Rasch wendete die Elbe ihr Pferd und sprengte zurück, um Thunin zu helfen, der versuchte, die drei Plünderer aufzuhalten.

In all dem Chaos kniete Rolana bei Sarah nieder, deren Wunde nur noch schwach blutete. Mit all ihren Kräften und ihrem Glauben kämpfte sie um das Leben, das langsam aus dem Körper der Frau entwich. Sie betete inbrünstig, aber vergeblich. Es war schon zu viel des Lebensblutes vergossen, und mit all ihrem Willen und all ihrer Kraft konnte sie den Tod nicht mehr aufhalten, der ihr Sarah entriss.

Voller Bedauern ließ Rolana von der Toten ab, denn es gab andere, die ihrer dringender bedurften. Die junge Priesterin eilte über den Hof, doch ein quälender Schmerz folgte ihr. Sie waren zu spät gekommen. Leichtfertig hatten sie sich billigem Vergnügen hingegeben und das Schicksal versucht, und nun war Cewells Gattin tot.

Besorgt beugte sich Rolana über den Stallknecht, der am Boden lag, und tastete nach dem Schlag seines Herzens, doch schon ein Blick in seine starren Augen machte ihr klar, dass auch für ihn jede Hilfe zu spät kam. Sie sah sich nach Cewell um. Seine Verletzungen schienen nicht lebensbedrohend, und auch der Jüngling mit dem Stich in der Schulter brauchte nicht sofort Heilung. Cay hatte ihn von seinem Angreifer befreit und war nun auf dem Weg zu Thunin und Ibis, die noch mit den drei Plünderern fochten.

Da fiel Rolanas Blick auf den Jungen, der reglos am Gartentor zusammengesunken war. Sie eilte zu ihm hinüber und nahm ihn behutsam in die Arme. Dieses Mal jedoch blieb die Priesterin Sieger im Kampf gegen die Mächte des Todes. Obwohl sie einer Ohnmacht nahe war, breitete sich ein warmes Gefühl der Erleichterung in ihr aus. Der Junge würde leben.

Der Kampfeslärm verstummte, und in die plötzlich eintretende Stille erhob sich das Knistern und Brausen des Feuers. Die Reste des Wohngebäudes kapitulierten vor dem Flammenmeer und stürzten in sich zusammen. Funken stoben in den Himmel. Der Wind trug die düsteren Wolken auf das Meer hinaus.

Der Kapitän stand mit dem Fernrohr in der Hand an der Reling und beobachtete die unerwartete Wendung des Kampfes. Er fluchte laut und gab dann Befehl, noch zwei Boote zu Wasser zu lassen, um seinen Männern zu Hilfe zu eilen. Das erste Beiboot mit der Gefangenen erreichte gerade das Schiff. Die Männer hatten rote Gesichter und waren schweißnass. Eilig schafften sie die junge Frau an Bord. Refos folgte ihnen und kletterte unbeholfen die Strickleiter hinauf.

»Wir segeln sofort ab«, befahl er barsch. »Der Auftrag ist ausgeführt.«

»Ich bin hier der Kapitän, und ich gebe auf diesem Schiff die Befehle! Meine Männer sind noch da drüben, und ich werde ihnen jetzt Hilfe schicken.«

Refos lief rot an. Er hatte Angst, dass diese unerwartete Wende seinen Auftrag gefährden könnte, und das gab ihm den Mut zurückzuschreien.

»Ihr könnt Euren Männern nicht mehr helfen. Bis die Boote drüben ankommen, sind sie alle tot. Der Narbige hat eindeutige Befehle gegeben, und auch Ihr werdet sie befolgen!«

Der Kapitän warf noch einen Blick durch das Fernrohr. Er konnte zwei seiner Männer sehen, wie sie von drei Kämpfern hart bedrängt wurden. Er sah, wie Kem fiel. Mit einem Ruck wandte er sich ab und gab den Befehl zum Auslaufen. Träge drehte sich das Schiff, bis der Wind in die Segel fuhr und sie aufblähte. Der Zweimaster legte sich zur Seite und nahm rasch Fahrt auf. Der Kapitän ließ Kurs auf die Spitze der Fenonhalbinsel setzen, erst dann erlaubte er sich ein paar Minuten, um an seine verlorenen Männer zu denken. Es waren gute Jungs gewesen, auf die er sich immer hatte verlassen können. Jetzt waren sie tot. Das Sterben gehörte mit zum Handwerk der Piraten, und es war nicht ihr Tod, der den Kapitän so wütend machte. Der ganze Auftrag hatte ihm von Anfang an nicht geschmeckt. Auf seinem Schiff Befehle von einem schmächtigen Magier entgegennehmen zu müssen, der keine Stunde auf einem Kahn sein konnte, ohne sich die Seele aus dem Leib zu kotzen! Er nahm Refos übel, dass er sich in Sicherheit gebracht und seine Männer im Stich gelassen hatte. Das würde er ihm nicht verzeihen. Wenn es nicht der Narbige gewesen wäre, der ihm seine Befehle gegeben hätte, dann wäre er bereit zu vergessen, dass der Magier unantastbar sein sollte.

Der Tag verging, und der Wind drehte nach Südosten, so dass sie nicht mehr kreuzen mussten, sondern hart am Wind segeln konnten. Die *Schlange* legte sich ächzend noch weiter auf die Seite, weiß schäumend schoss das Wasser an den geteerten Planken entlang.

Refos ließ seine kostbare Fracht unter Deck bringen, befreite Lamina von Fesseln und Sack und stieß sie in eine kleine Kajüte. Der Schlüssel knirschte im Schloss, der Riegel rastete ein. Während die Männer an Deck hin und her eilten und darauf achteten, dass die Segel gut im Wind lagen, begab sich Refos in seine Koje, bevor sein Magen wieder zu rebellieren begann.

Es war ein trauriger Haufen, der dort auf der Wiese vor dem niedergebrannten Gut stand. Blutverschmiert und rußbedeckt hockten sie da und starrten auf den rauchenden Trümmerhaufen, der alles war, was von dem prächtigen Anwesen übrig geblieben war.

Cewell, dessen Wunden inzwischen verbunden waren, hielt sein totes Weib in den Armen. Sein Blick war versteinert, keine Träne trat in seine Augen. Auch die anderen schwiegen. Es gab nichts, womit sie ihn über den Verlust von Frau und Kind und seinem Gut hätten hinwegtrösten können. Die Waren, die die Piraten hatten plündern wollen, und die Pferde und Kühe, die dem Feuer entkommen waren, waren alles, was ihm nun noch blieb.

Ibis, der solch ein Kampf nicht so schnell aufs Gemüt schlug, schlenderte zu den gefallenen Piraten, um sie zu durchsuchen. Vielleicht trugen sie etwas Brauchbares bei sich. Die Elbe trat zu der Gestalt, die ihr Wurfdolch niedergestreckt hatte. Ohne erkennbare Gemütsbewegung zog sie die Klinge aus seinem Rücken und wischte sie sorgfältig im Gras ab, als ein leises Stöhnen sie aufhorchen ließ.

»Der ist ja gar nicht tot«, sprach sie zu sich selbst. »Ibis, du lässt nach!« Sie drehte den Mann auf den Rücken. Er öffnete die Augen und sah die Elbe hasserfüllt an. Ibis kniete sich auf seine Brust.

»Du willst mir jetzt sicher verraten, wohin euer Kapitän die Gräfin bringt. Los, du Ratte, spuck es aus!«

Der tödlich Verletzte presste die Lippen zusammen. Ibis setzte ihm die Dolchspitze an die Kehle.

»Lass diese Spielchen, wenn du nicht willst, dass ich dir vor deinem Tod noch sehr wehtue.«

Die Schneide fuhr an seinem Hals entlang und hinterließ eine feine rote Spur, aber der Pirat starrte die Elbe nur an. Ein zweiter Schnitt zog sich nun über seine Wange.

»Nun? Hast du mir gar nichts zu sagen?«

»Fansei«, wimmerte er plötzlich.

»Was? Ich kann dich nicht verstehen.«

»Hoher Turm, Wasserstadt, Fansei«, keuchte der Seemann, doch dann wurde sein Blick starr. Sein Kopf fiel zur Seite, und voll Bedauern bemerkte Ibis, dass er tot war. Kopfschüttelnd schob sie den Dolch zurück in den Stiefel.

»Fansei, Fansei«, murmelte sie. »Habe ich noch nie gehört. Etwas deutlicher hätte sich der Kerl schon ausdrücken können.«

Alle warteten darauf, dass Cewell das Wort erhob, doch der starrte immer noch schweigend vor sich hin.

Die Priesterin schlug dem Kaufmann vor, nach Fenon zu fahren, um im Schutz der Mauern die Nacht zu verbringen. Er reagierte nicht, ließ es jedoch zu, dass die Gefährten die Toten auf einen Wagen luden. Rolana zog Cewell vom Boden hoch und schob ihn dann neben Thunin auf den

Kutschbock. Cay und Ibis fingen die versprengten Pferde und Kühe ein, dann machte sich der Zug auf und rollte langsam nach Fenon.

Den ganzen Tag war Lahryn mit den Zwergen in den Stollen, doch schon zu Mittag taten ihm alle Knochen weh, und er sehnte den Abend herbei.

»Ich bin zu alt«, seufzte er, als er endlich wieder auf der Bank vor dem Haus seiner Gastfamilie saß und die erschöpften Beine von sich streckte. Er sah zu dem gläsernen Himmel empor, der sich langsam purpurn verfärbte. Nina trat aus dem Haus und setzte sich neben ihn. Lange hielt sie die Stille nicht aus.

»Du wirst uns verlassen, nicht wahr?«, sagte sie traurig.

Lahryn nickte. »Ja. Der Rat ist so freundlich, mir ein Pferd zu überlassen, so dass ich weiterziehen kann.«

»Warum?«, fragte sie leise, und Tränen traten in ihre Augen. »Gefällt es dir denn nicht bei uns?«

Lahryn legte den Arm um die kleine Gestalt. »Liebste Nina, natürlich gefällt es mir bei euch, und ich wurde noch nie in meinem Leben so liebevoll umsorgt, aber ich muss mich auf die Suche machen. Ich bin krank und suche nach Heilung.«

Nina sprang auf und sah ihn besorgt an. »Was fehlt dir? Ich kann nichts erkennen. Kein Fieber, keine Ringe unter den Augen, keine Flecken auf deiner Haut.«

»Es ist keine Krankheit, die du sehen kannst. Mein Geist, mein Gedächtnis ist krank, und ich fühle, dass ich mit jedem Tag ein Stück mehr meiner Erinnerungen verliere.«

»Das ist das Alter«, sagte Nina weise und nickte mit dem Kopf. »Man wird vergesslich und wunderlich.«

Der Magier lächelte. »Ja und nein. Mein Geist wurde von einem mächtigen Zauber angegriffen und zu großen Teilen zerstört. Nun hoffe und wünsche ich, dass ich jemanden finde, der mir das zurückgeben kann, was der Zauber mir genommen hat. Ein großer Magier oder Heiler kann mir vielleicht helfen.«

Nina sah zu Boden. »Wir Zwerge haben keine Magie. Wir haben nur unsere Hände, mit denen wir unsere Arbeit tun.«

Lahryn nahm ihre kleinen Hände in die seinen. »Fleißige und geschickte Hände, doch keine, die Zauber ausüben, und deshalb werde ich mich morgen nach Süden aufmachen, um in den Nebelwäldern nach den Elben zu suchen.«

»Elben?«, kreischte Nina auf und entzog ihm ihre Hände. »Sie sind falsch und verlogen, hinterhältig und gefährlich. Du darfst nicht zu den Elben gehen!«

»Ja, diese Gerüchte gibt es, aber auch über Menschen und Zwerge wird manch falsches Urteil gefällt. Es heißt auch, dass der Weise von der Steineiche der mächtigste Heiler im ganzen Reich ist. Ich muss es einfach versuchen.«

Sie wischte sich die Tränen aus dem Gesicht und nickte. »Ich werde immer an dich denken und mir wünschen, dass du wiederkommst«, sagte sie schlicht, umarmte den Magier und eilte dann ins Haus, um den gellenden Rufen ihres Sohnes nach seinem Brei Folge zu leisten.

»Ich werde dich vermissen«, sagte der Magier, doch sie war schon verschwunden. Lange saß er noch auf der Bank und sah in den Sternenhimmel hinauf. Vielleicht war er wirklich schon zu alt, um noch einmal in die Welt hinauszuziehen, eine innere Stimme jedoch trieb ihn an und ließ es nicht zu, dass er sich einen ruhigen Lebensabend in einem kleinen Zwergendorf am Rande der Silberberge gönnte.

Der nächste Morgen kam, und schon im Morgengrauen führte Lahryn das Pferd zum Tor hinunter. Nina weinte. Auch der Vater und die Brüder kamen alle mit hinunter vor das Dorf, um sich von dem großen Menschen zu verabschieden. Die Zwergenfrau drückte ihm ein großes Paket mit allerlei Köstlichkeiten in den Arm, und dann kam Burk angelaufen und reichte ihm eine Landkarte, die er von den alten Pergamenten, die im Versammlungshaus aufbewahrt wurden, abgezeichnet hatte. Er umarmte den Magier.

»Wir stehen in Eurer Schuld, Lahryn. Durch Eure Hilfe ist unsere Ausbeute nun größer und das Silber noch reiner.«

Der Magier lächelte. »Wir haben es uns gemeinsam erarbeitet.«

Die bärtigen Gestalten standen noch lange vor dem Tor und winkten dem alten Mann nach. Die ersten Sonnenstrahlen lugten schon über die schroffen Gipfel der Silberberge, als die Silhouette im Morgendunst ihren Blicken entschwand.

Im offenen Land am Fuß der Berge kam Lahryn rasch voran. Er wunderte sich selbst, wie gut er sich im Sattel hielt und wie frisch er sich plötzlich fühlte. Bald zeigten ihm die Spuren zahlreicher Pferde und Wagenräder, dass er sich auf der Handelsroute nach Süden befand.

Am nächsten Tag verließ er die Straße, die nach Südwesten abbog, und ritt stattdessen weiter südwärts. Schon von weitem konnte er den dunklen Saum am Horizont erkennen, der langsam wuchs und sich dann am Abend in Wipfel und Zweige, knorrige Stämme und ausladende Äste auflöste. Am Waldrand unter einer Blutbuche entzündete Lahryn ein kleines Feuer und wärmte sich das Brot, das Nina ihm eingepackt hatte. Er kaute salzigen Speck und lauschte dem Knistern der Flammen. Zuerst genoss er die Stille, doch dann begann der alte Mann zu frösteln. Mit klammen Fingern griff die Einsamkeit nach ihm. Er wickelte sich in eine Decke, er konnte aber keine Ruhe finden. Vielleicht war der Weise von der Steineiche ja nur eine jener Legenden, die die Jahrhunderte überdauerten. Unruhig wälzte er sich hin und her, doch der Schlaf wollte nicht kommen. Noch bevor der Tag anbrach, packte er sein Bündel und ritt in den Wald hinein. Die ersten Stunden folgte er einem kaum erkennbaren Pfad, dann wurde das Unterholz so dicht, dass er absteigen und das Pferd am Zügel hinter sich herführen musste. Dornenranken verfingen sich in seinen Haaren und in seinem Umhang. Der Boden wurde schlammig, und schon bald waren seine Schuhe und Strümpfe schwarz und durchweicht. Es dämmerte schon, als er einen kleinen Teich mit grasigem Ufer erreichte. Vergeblich bemühte er sich, das feuchte, faulende Holz am Ufer zum Brennen zu bringen. Erschöpft und entmutigt ließ sich Lahryn auf einen toten Stamm sinken.

Früher hätte es nur eines kleinen Zauberspruchs bedurft, um ein Feuer zu entzünden – magische Grundlagen, die die jungen Schüler nach wenigen Jahren erlernten. Sicher war das eine seiner leichtesten Übungen gewesen, doch er konnte sich nicht mehr daran erinnern. Je mehr er versuchte, in die Winkel seines Gedächtnisses vorzudringen, desto tiefer wurde die Schwärze, die ihn umfing.

Von tiefer Verzweiflung geplagt, setzte er seinen Weg am nächsten Tag fort. Die Bäume waren so hoch und dicht, dass er nicht einmal mehr wusste, in welche Himmelsrichtung er ging. Müde setzte er einen Fuß vor den anderen. Trübe huschte sein Blick über den blätterbedeckten Waldboden, bis er an einem Paar Füße hängen blieb, die in wildledernen Schlupfschuhen steckten. Verwirrt sah der Magier auf und starrte einen Augenblick verständnislos auf die grün gekleidete Gestalt, die einen Bogen gespannt und einen Pfeil auf ihn gerichtet hatte. Spitze Ohren schauten zwischen den braunen Haaren hervor. Ein Seufzer der Erleichterung kam über seine Lippen. Er hatte die Elben gefunden.

»Lahryn, Lahryn!«

Ein junger Mann stürzte aufgeregt auf den verdutzten Magier zu, als er, von vier bewaffneten Elben begleitet, die Elbenstadt in den Bäumen erreichte.

»Dass ich Euch noch einmal wieder sehe, habe ich nicht zu hoffen gewagt.«

»Vlaros? Das ist wirklich eine Überraschung.«

Herzlich umarmten sich die Männer.

»Ich bin hier, weil ich hoffe, bei Galorond von der Steineiche Heilung zu finden.«

Vlaros nickte. »Er ist ein mächtiger Heiler. Er hat Rolana gerettet und wird auch sicher etwas für Euch tun können.«

Lahryn hob fragend die Augenbrauen, doch der älteste seiner Elbenbegleiter trat nun vor und bat den Magier höflich, ihm zum Versammlungshaus zu folgen, damit die Ältesten über sein Schicksal entscheiden konnten.

»Ich werde im Gasthaus auf Euch warten«, rief Vlaros ihm hinterher, als er mit seinen Begleitern weiterging.

Die Versammlung dauerte den ganzen Abend, doch dann trat Galorond von der Steineiche zu Lahryn und forderte ihn auf, ihm zu seinem Baumhaus zu folgen. Schweigend schritten die beiden Männer nebeneinanderher und stiegen dann die schwankende Leiter in die Äste der Eiche hinauf. Lahryn betrat hinter dem Weisen einen düsteren Raum, der nur von den Flämmchen zweier Ölschalen erhellt wurde. Galorond deutete auf das linnenbedeckte Mooslager an der Wand und forderte den Magier auf, sich hinzulegen. Seine Stimme klang sanft, doch Lahryn spürte die starke Kraft, die dem alterslosen, sehnigen Körper innewohnte. Er spürte auch sein eigenes Zittern, als Galorond nach seiner Hand griff.

»Versucht Euch zu entspannen und an nichts zu denken. Lasst Eure Gedanken ruhig fließen. Ich will mich auf eine Reise durch Euren Geist begeben und nach Eurem Gedächtnis suchen. Ich will das aufdecken, was die zerstörerische Magie in Euch verschüttet hat.«

Die Ölschalen erloschen, und der Raum wurde von den Schatten verschlungen. Der Weise begann zu singen, es kamen jedoch keine Worte aus seinem Mund, es war ein Teppich aus Tönen und Klängen. Zwei seltsam geformte Stäbe, die zu beiden Seiten von Lahryns Kopf von der Decke hingen, begannen zu glimmen und sandten ein weiches, rötliches Licht aus.

»Habt Vertrauen und schließt Eure Augen.«

Im Schneidersitz saß Galorond vor dem niedrigen Lager und legte seine Fingerspitzen auf Lahryns Schläfen. Leise erhob sich sein Lied, das den kranken Geist einhüllte und sacht in die Welt der Träume entführte. Verstohlen glitt Galorond mit seinen Gedanken zu Lahryn hinüber und machte sich auf die Suche. Er musste große Widerstände überwinden, denn wie jeder Mensch hatte auch der Magier viele Erlebnisse, die ihn zu sehr schmerzten oder erregten, verdrängt und in tiefe Kammern vergraben. Der Elbenheiler spürte sie auf. Hatte er die Fährte einmal aufgenommen, ließ er nicht mehr locker und folgte ihr wie ein Hund der Spur des Wildes. Auf seinem Weg in die Tiefe öffnete er viele Türen und riss feste Mauern nieder. Die befreiten Empfindungen loderten ihm entgegen: Hass und Eifersucht auf einen Rivalen, die tiefe Verzweiflung der unerwiderten Liebe der Jugend, die Enttäuschung über den Vater, der die Mutter im Stich gelassen hatte. Dann traf Galorond auf die magische Schranke. Der Zauber hatte eine feste Wand errichtet. Vorsichtig umschlich der Elbenheiler die Barriere auf der Suche nach einer Lücke oder schwachen Stelle, doch es gab keine. Dann musste er eben angreifen. Er konzentrierte seine Energie auf einen Punkt und schleuderte sie dann in sengender Hitze gegen die Mauer. Lahryn stöhnte auf, aber die Barriere hielt stand. Ein grimmiger Zug grub sich in die glatten Gesichtszüge des Elben. Wieder stürzte er vor und stellte sich der anderen Macht, die ihm den Zugang verstellte. Die Kräfte wogten hin und her, und eine Weile war nicht abzusehen, welche die Oberhand gewinnen würde, doch dann begann die Magie des Spruchs zurückzuweichen, ihre Macht ließ nach. Unerbittlich rückte Galorond weiter vor. Er fühlte, wie die Mauer brüchig wurde, wie sich Risse bildeten. Als sie dann aber plötzlich brach, warf ihn die freigesetzte Flut von Gedanken fast um und spülte ihn beinahe mit sich fort. All das Wissen, die Erfahrungen, die Gefühle und Eindrücke eines langen Lebens schäumten wie wildes Wasser um ihn her.

Erschöpft lehnte sich Galorond zurück und schloss für ein paar Minuten die Augen. Er schob die fremden Erinnerungsfetzen von sich und wartete, bis sein Herzschlag sich beruhigte. Den Spruch zu brechen hatte ihm mehr zugesetzt, als er erwartet hatte. Behutsam flößte er Lahryn einen starken Schlaftrunk ein, um seinem Unterbewusstsein ein wenig Zeit zu verschaffen, mit der befreiten Flut fertig zu werden. Die starken Eindrücke waren nicht ungefährlich und konnten eine ernste Gefahr für den alten Menschen werden. Dann erhob sich der Elb schwankend und trat in den Nebenraum, wo er sich auf sein karges Lager sinken ließ. Er musste jetzt ruhen, denn der Magier würde ihn dringend brauchen, wenn er aus seinem Schlaf erwachte.

»Fansei, Fansei«, murmelte Rolana vor sich hin, doch dann zuckte sie die Achseln. »Ich fürchte, ich habe das Wort noch nie gehört.«

Auch der weit gereiste Thunin musste passen. Es war der Tag nach der Beerdigung der Gefallenen, die Freunde saßen im *Grünen Drachen* in Fenon zusammen und schmiedeten Pläne. Die Überlebenden waren inzwischen bei Freunden und Verwandten in Fenon untergebracht worden, währenddessen Cewell Mojewsky Stunde um Stunde Gespräche mit den Geldverleihern der Stadt, dem Advokaten des Grafen von Theron und anderen Kaufleuten führte, um Unterstützung für den Wiederaufbau des Guts zu erhalten.

»Ich glaube, ich weiß, in welcher Gegend Fansei liegt«, sagte Cay zwischen zwei Schlucken Met. Die anderen sahen ihn überrascht und ungläubig an. Thunin drängte ihn weiterzusprechen.

»Nun lass dir doch nicht jedes Wort aus der Nase ziehen«, brummte er ungeduldig.

Cay trank in Ruhe noch einen Schluck und begann dann zu berichten.

»In den Jahren, in denen ich mit der *Gonola* zur See fuhr, stießen wir einmal auf einer Fahrt weit nach Norden vor. Auf unserem Weg kamen wir an einer versprengten, öden Inselgruppe vorbei, eher ein Haufen felsiger Klippen, die vor einer lang gestreckten Landzunge aus dem Meer ragen. Dieser Ort wird von allen Seefahrern gemieden und weiträumig umsegelt. Der Kapitän war ziemlich nervös, dass uns die Strömung so nahe herantrieb, und ließ jedes Fleckchen Segel setzen, um wieder aufs offene Meer hinauszugelangen. Später hockte ich mit Kevin, dem Smutje, in den Taurollen. Er liebte es, spannende und schaurige Geschichten zu erzählen, und so berichtete er auch von Fansei.«

Cay goss seinen Becher noch einmal voll, nippte an dem heißen Gebräu und versuchte dann, so gut es ging, die Geschichte des Smutjes zu wiederholen:

»Fansei ist nicht nur eine Inselgruppe mit gefährlichen Untiefen und unberechenbaren Strömungen, Fansei ist seit alter Zeit verflucht. Einst gab es hier eine blühende Stadt mit reich geschmückten Palästen. Ein roter Leuchtturm wies den Schiffen ihren Weg. Der Handel gedieh und brachte Reichtum in die Stadt. Doch die Menschen waren schlecht und zollten dem Meeresgott keinen Respekt. Eine ganze Weile ließ er sich das gefallen und versuchte sie wieder auf den rechten Weg zu bringen, aber sie verlachten ihn nur. Sie hatten die alten Götter vergessen und huldigten nur noch dem Gott des Goldes und des Geschmeides. In seinem Zorn wühlte er das Meer auf, schwarze Wolken ballten sich am Horizont zusammen, ein Sturm brach los, wie ihn die Menschheit noch nicht erlebt hatte. Der Gott des Meeres riss die Stadt aus ihrem Felsen und schleuderte sie in den tiefen Grund hinab, doch noch immer war er nicht besänftigt. Er griff nach den Menschen, nahm sich ihre Seelen und verdammte sie dazu, auf ewig ruhelos um die Klippen von Fansei zu wandeln. In klaren Nächten kann man noch heute den Lichtschein der Verfluchten auf dem Meeresgrund sehen. Mit Geisterschiffen segeln sie in Sturmnächten hinaus und ziehen die ahnungslosen Seeleute der Handelsschiffe mit sich herab. Viele Schiffe sind vor Fansei schon spurlos verschwunden. Der schöne Leuchtturm ist heute nur noch ein felsiger Finger, der mahnend in die Nacht ragt, doch wenn Unheil bevorsteht, dann kann man noch heute sein Licht über das Wasser huschen sehen.«

Cay schwieg, und auch die anderen mussten erst einmal über seine Geschichte nachdenken.

»In den meisten Sagen steckt ein Körnchen Wahrheit«, sagte Rolana nachdenklich. »So eine Geschichte wäre eine gute Tarnung für ein Piratennest, und sie hielte unliebsamen Besuch fern.«

»Ja, und wenn sie in der Nähe ein Handelsschiff aufbringen, dann untermauert das noch diese Geistergeschichte«, fügte Thunin hinzu. »Doch wie sollen wir dorthin kommen, wenn sich kein Schiff in die Nähe traut?«, fügte er mit grimmiger Miene hinzu.

»Wir könnten es von der Landseite aus versuchen«, schlug Cay vor. »Immerhin steht der Leuchtturm auf einer Landzunge, die mit dem Festland verbunden ist.«

Ibis nagte an ihrer Unterlippe. »Gut, wenn die mit ihrem Schiff lange segeln müssen, können wir mit unseren Pferden vielleicht ein wenig Zeit aufholen.«

»Meint ihr, wir vier können etwas gegen eine ganze Piratenmannschaft ausrichten?«, fragte Rolana zweifelnd. »Natürlich bin ich dafür, der Gräfin zu Hilfe zu eilen«, fügte sie rasch hinzu, als sie die Empörung in den Gesichtern ihrer Freunde bemerkte, »doch vielleicht wäre es sinnvoll, wenn wir nach ein wenig Unterstützung Ausschau hielten.«

Thunin machte eine wegwerfende Handbewegung. »Wenn du an diese Lumpen von Stadtwachen oder das sonstige Gesindel denkst, das man sich für Geld anheuern kann, vergiss es! Meist sind sie feige und nur darauf aus, das Geld einzustecken. Außerdem hat Mojewsky alles verloren, wer sollte die denn bezahlen?«

Rolana schüttelte den Kopf. »Ich dachte nicht an bezahlte Kämpfer. Wie wäre es, wenn wir einen Umweg über den Nebelwald machten? Vielleicht finden wir dort Unterstützung?«

Den Nachmittag verbrachten sie damit, ihre Ausrüstung, die sie für dieses gefährliche Abenteuer benötigten, zu ergänzen. Ohne Bedauern zog Ibis einige Schmuckstücke, die auf zweifelhafte Weise in ihren Besitz gelangt waren, aus der Tasche, um sie bei einem Goldschmied in Münzen zu tauschen. Sie erstanden nicht nur neue Rucksäcke für Rolana und Cay, samt einigen Kleidungsstücken, zwei warmen Decken und Proviant für die lange Reise, in einem Stall entdeckten sie auch einen kräftigen dunkelbraunen Hengst, der einen viel versprechenden Eindruck machte. Der Besitzer, ein gedrungener Zwerg aus dem Roten Gebirge im Südwesten, versprach, er sei ein ausdauernder Renner. Thunin handelte lange mit ihm, doch dann führte Cay den Braunen stolz am Zügel zum *Grünen Drachen* hinüber. Seinen schon etwas müden Schecken wollten sie als Packpferd mitnehmen. Rolana überließ den Pferdekauf den beiden Männern und streifte stattdessen über den Markt, um sich mit Heilkräutern aller Art einzudecken. Wo Ibis sich den Nachmittag über herumtrieb, wusste keiner. Noch eine Nacht verbrachten sie im Gasthaus in Fenon, dann brachen sie in aller Frühe auf, sobald die Stadttore ihre schweren Flügel öffneten.

Lahryn saß auf der Veranda vor der Krankenhütte und starrte vor sich hin. Gedanken und Gefühle wirbelten in seinem Kopf durcheinander, sie schubsten sich und drängten alle danach, bemerkt und beachtet zu werden. Stundenlang hatte Lahryn versucht, den Strom zu ordnen, aber nun gab er erschöpft auf. Er ließ die Gedanken strömen, wie sie kamen, und ergab sich dem tiefen Schmerz in sich. Er blickte durch das grüne Blätterwerk, ohne es jedoch zu sehen.

Galorond stand schon eine ganze Weile da und beobachtete ihn. Nun endlich hob Lahryn den Kopf und sah ihn an.

»Kommt mit mir«, forderte ihn der Weise auf. »Ich möchte Euch etwas zeigen.«

Unwillig erhob sich der Magier und folgte ihm. Er wollte in Ruhe gelassen werden und sich seiner Trauer und Verzweiflung hingeben, all den Gefühlen, die er so lange verdrängt hatte.

Schweigend gingen die beiden Männer durch den Wald. Als sie eine verlassene Lichtung erreichten, gebot Galorond dem Magier zu warten. Lautlos verschwand er zwischen den tief herabhängenden Zweigen. Lahryn setzte sich ins Gras, lehnte sich mit dem Rücken an einen Baumstumpf und hüllte sich wieder in seinen Schmerz.

Ein Geräusch ließ ihn hochschrecken. Es war ein Heulen, das ihm eiskalt in die Knochen drang. Von der anderen Seite der Lichtung erklang eine Antwort. Lahryn fuhr herum. Da, zwanzig Schritte vor ihm bewegten sich die Zweige der Büsche, und plötzlich stürzte eine junge Elbenfrau hervor. Sie zerrte ein Kind an der Hand hinter sich her und blickte sich immer wieder gehetzt um. Lahryn sprang auf. Er wollte zu der Elbe eilen, doch da brach das Ungeheuer schon aus dem Gebüsch hervor. Es war ein riesenhaftes, zottiges Biest mit grauem Fell und rot funkelnden Augen. Seine scharfen Klauen gruben sich in den weichen Waldboden. Es heulte kurz auf, zog die Lefzen hoch und entblößte seine gelben Fangzähne. In Vorfreude auf sein Opfer tropfte der Speichel ins Gras.

Bleich, aber gefasst, stellte sich die junge Frau schützend vor das Kind, das nun leise zu weinen begann, und sah dem geifernden Untier trotzig in die Augen. Lahryn hatte keine Chance, rechtzeitig zu ihr zu kommen. Also hob er die Hände und konzentrierte seine Kräfte. Die richtigen Worte und Gesten waren plötzlich da, sein Geist beugte sich dem Willen und gab das Wissen frei.

Flammen schossen aus seinen Fingerspitzen, flogen über die Lichtung und vereinten sich zu einer Feuerwand, die das Biest von seinem Opfer trennte. Lahryn zauberte ein kühles Kraftfeld um die Elbe mit ihrem Kind, doch bevor er Zeit hatte aufzuatmen, erscholl ein noch grässlicheres Brüllen hinter ihm. In rasendem Lauf stürzte ein zweites Tier aus dem Unterholz hervor auf den Magier zu. Sein Blitzstrahl traf es im Sprung und schleuderte es zu Boden. Schnell vergewisserte sich Lahryn, dass es auch wirklich tot war, dann eilte er über die Lichtung, wo der erste Angreifer gierig um das Kraftfeld schlich. Die Flammenwand war inzwischen in sich zusammengesackt. Der Magier hob wieder die Arme. Kleine schwarze Pfeile zischten hervor und trafen das Biest, das wütend aufheulte. Von Schmerz und Zorn angestachelt, ließ es von seiner Beute ab und wandte sich seinem Angreifer zu. Ein Flammenstrahl schoss plötzlich aus seinem Maul, doch Lahryn war schneller. Das Feuer verpuffte in einem Hagel aus Eiskörnern.

Noch einmal ließ Lahryn schwarze Pfeile hervorschießen, dann wankte er. Seine Kräfte waren aufgezehrt. Erschöpft fiel er auf die Knie. Das Ungeheuer knurrte böse. Schon glaubte der Magier, den heißen Atem spüren zu können. Er sah, wie sein Schutzschild um die Elbe verblasste. Noch einmal begehrte er auf, um dem Biest einen letzten Abwehrzauber entgegenzuschleudern, doch plötzlich verwehte der faulige Gestank aus seinem Rachen, das Knurren verklang, die Konturen des Wesens begannen zu flimmern, und es löste sich einfach in Luft auf. Auch die Elbenfrau und das Kind verschwanden und selbst das tote Ungeheuer. Lahryn sah Galorond zwischen den Bäumen hervortreten, und da verstand er. Dankbar nahm er dessen Hand. Noch immer atmete er schwer. Tränen der Erleichterung rannen ihm über die Wangen. Galorond nickte wissend.

»Ich habe mich nicht geirrt. Die Illusion diente nur dazu, Euch Eure Selbstzweifel zu nehmen und Euch aus dem Sog Eurer befreiten Gefühle zu retten. Jetzt seid Ihr wirklich geheilt.«

12
Lamina

Die frische Luft tat gut. Lamina stand an der Reling und blickte sehnsüchtig zu dem weit gespannten Sternenhimmel empor. Die Sternbilder waren die gleichen wie über Burg Theron, derselbe Mond schien auf die grauen Zinnen, dennoch war sie schon eine Woche durch die schäumenden Wogen unterwegs, und jede Stunde entführte sie weiter weg von ihrem Heim, von ihrem Leben. Mit jedem Wellenschlag schien auch ihre Hoffnung, jemand würde sie finden und retten, Stück für Stück zu verrinnen. Sie dachte an ihre Mutter. Tränen traten in ihre Augen. Der qualvolle Todesschrei hallte ihr noch immer in den Ohren. Wo war ihr Vater gewesen, als seine Gattin um ihr Leben rang, dachte sie zornig. Was hatte er getan, als die Männer seine Tochter auf das Schiff verschleppten?

Lamina spürte den Blick des Magiers auf sich ruhen. Ein eisiger Schauder rann ihr über den Rücken und ließ ihre Nackenhaare sich sträuben. Sie fürchtete sich vor diesen kalten, abschätzenden Augen, die ihr überallhin folgten. Bisher hielt die Mannschaft respektvoll Abstand, und auch der Magier hatte sich ihr nicht ungebührlich genähert, und doch fühlte sie die gierigen Blicke und wusste, dass diese Tage auf See nur einen kleinen Aufschub bedeuteten, bis das Schicksal seine Fänge um sie schloss. Dies war keine zufällige Entführung, weil sich die Gelegenheit ergeben hatte. Diese Tat war geplant und mit Bedacht durchgeführt worden, aber warum? Diese Frage quälte sie Tag und Nacht, doch noch war niemand bereit, ihr darauf eine Antwort zu geben, und Lamina wagte nicht zu fragen.

Refos sah zu der jungen Frau hinüber, aber er näherte sich ihr nicht. Zweimal am Tag durfte die Gräfin kurz an Deck, die übrige Zeit schloss er sie in die kleine Kabine neben der seinen ein. Durch ein Loch in der Wand konnte er sie beobachten, wann immer er wollte. Der Magier achtete streng darauf, dass keiner der Männer sich ihr näherte, er selbst verwahrte den Schlüssel und brachte ihr das Essen. Er traute weder dem Kapitän noch seiner Mannschaft über den Weg und achtete daher peinlich darauf, dass seine Fracht unversehrt ihr Ziel erreichte, um dort dem Narbigen übergeben zu werden. Was der dann mit ihr anfing, war seine Sache.

Nachdenklich betrachtete Refos die Frauengestalt, die sich scherenschnittgleich vor dem sternenbesetzten Himmel abhob. Was für ein Prachtweib! Er spürte das Blut in seinen Lenden pochen, und für einen Augenblick gab er sich dem süßen Gedanken hin, sie später in ihrer Kabine zu besuchen. Das Bild verwehte im Fahrtwind. Daran war nicht zu denken. Der Narbige würde davon erfahren, und dann, fürchtete Refos, würden ihn nicht einmal seine magischen Kräfte vor dem Zorn des Piratenanführers schützen können.

Der Kapitän trat durch eine schmale Tür auf Deck und begann seine übliche Runde zu drehen, bevor er sich für ein paar Stunden in seine Koje legte. Ein starker Südostwind blähte die Segel, so dass der Zweimaster durch die schäumenden Wellen schoss. Sie kamen gut voran. Der Himmel war klar, ein heller gelber und der schmale rote Mond leuchteten, so dass sie in sicherem Abstand zur Küste die ganze Nacht weitersegeln konnten. Endlich ging es wieder vorwärts, denn die vergangenen beiden Tage hatten sie mühsam gegen den Wind segeln müssen. Heute Nacht würden nur wenige Männer gebraucht. Die anderen konnten in ihren Kojen Kräfte sammeln. Kapitän Karkoloh kletterte die schmale Stiege hinauf und trat hinter den Steuermann, der, eine Pfeife schmauchend, breitbeinig dastand, beide Hände um das große Steuerrad gelegt.

»Zwei Tage noch, wenn der Wind anhält«, brummte er. Der Kapitän nickte. Zwei Tage noch, dann endlich würden sie Fansei erreichen und der Magier mit der Frau von Bord gehen. Er sah zu der Gräfin hinunter, die nun ihren Rock raffte und auf die Tür zuschritt, die Refos ihr aufhielt.

»Frauen an Bord bringen nur Ärger«, knurrte der Steuermann, der die Gestalt ebenfalls beobachtet hatte.

Der Kapitän nickte erneut. Die Veränderung, die mit seinen Männern vor sich ging, seit die Gräfin an Bord war, war ihm nicht entgangen. Sie wurden unruhig, starrten sie an und erzählten mehr schlüpfrige Geschichten als sonst. So mancher ließ sich dazu hinreißen, seine Arbeit zu vernachlässigen, und musste dann durch eine schmerzhafte Strafe lernen, dass der Kapitän so etwas nicht duldete.

»Ich muss ihnen mal wieder ein paar Huren besorgen«, murmelte er in seinen Bart, doch der Steuermann hatte ihn gehört und nickte.

»Ja, das täte den Jungs gut. Und mir auch.«

Sie ließen den Pferden ein paar Minuten Zeit, ihren Durst mit dem klaren Bachwasser zu löschen, bevor sie das andere Ufer erklommen. Plötzlich hieb Ibis ihrem Pferd die Fersen in die Flanken, stieß einen schrillen Ruf aus und jagte dann auf die beiden schattenhaften Gestalten zu, die ihre scharfen Augen dort im Unterholz entdeckt hatten. Einer der Reiter brach durch das Gebüsch und ritt der Elbe halsbrecherisch entgegen. Als er Ibis erreichte, zügelte er sein Pferd hart. Es tänzelte und stieg in die Höhe, doch der Reiter ließ sich nicht aus der Ruhe bringen, lachte und schwenkte den Bogen über dem Kopf.

»Dass ich euch so schnell wiedersehe, hätte ich nicht gedacht.« Die Augen des Elben glänzten.

»Seradir, wie gut, dass wir dich treffen«, begrüßte ihn nun Cay, der mit den anderen herankam. Er nickte dem zweiten Elb, einem älteren Krieger, der sich nun langsam näherte, höflich zu.

»Leider ist der Grund unserer schnellen Rückkehr nicht erfreulich«, sagte Rolana. »Ist es möglich, dass wir mit den Ältesten sprechen?« Ihr Blick wanderte fragend zwischen Seradir und seinem Begleiter hin und her.

Der zweite Elb, der sich als Bergorund vorstellte, wiegte zweifelnd den Kopf hin und her, doch er war einverstanden, die Freunde in die Stadt zu begleiten. Immerhin hatte der große Weise die Priesterin geheilt, und so war er sicher, dass die Menschen und sogar der Zwerg willkommen waren. Er wendete sein Ross und winkte den Gästen, ihm zu folgen. Seradir und Ibis ritten mit etwas Abstand hinterher. Schweigend lauschte er ihrem Bericht.

Die Freunde hatten Glück. Sie ritten gerade über die große Lichtung, die zum Versammlungshaus unter der Blutbuche führte, als ihnen Galorond entgegenkam. Rolana ließ sich von ihrer Stute gleiten, verbeugte sich und sprach dann hastig auf den alten Elbenheiler ein. Seine lebhaften Augen huschten über die junge Priesterin und dann über ihre Gefährten, die nun auch abstiegen und abwartend in einiger Entfernung stehen blieben.

Rolana war mit ihrer Geschichte zu Ende und sah Galorond erwartungsvoll an. Seine türkisfarbenen Augen kehrten wieder zu ihr zurück.

»Es freut mich, dich bei so guter Gesundheit zu sehen, Rolana, Tochter des Soma«, sagte er mit sanfter Stimme.

Die junge Frau errötete. »Ich wollte nicht unhöflich sein, Meister der Heilkunst«, erwiderte sie entschuldigend, »doch versteht, das Leben der Gräfin von Theron ist in ernster Gefahr.«

Der Alte nickte. »Ja, das habe ich vernommen, doch ich weiß nicht, ob wir Elben, die wir uns so viele hundert Jahre in den Schutz dieses Waldes zurückgezogen haben, uns für das Schicksal der Menschen interessieren sollen.«

»Aber Ihr habt Euch doch auch meiner angenommen«, wagte Rolana einzuwerfen.

»Ja, du hast dich in unseren Schutz begeben, doch unsere Männer mit hinausschicken in einen Kampf, der sie nichts angeht? Ist das nicht etwas ganz anderes?«

Rolana senkte den Kopf. »Ihr habt Recht, Galorond von der Steineiche. Verzeiht, dass wir euch um Hilfe gebeten haben.«

Der Heiler schüttelte den Kopf und lächelte. »Um Hilfe und Rat zu fragen ist jedermanns Recht und sich die Nöte anzuhören jedermanns Pflicht. Ich werde mit den Ältesten sprechen, und ich verspreche, ihr werdet unsere Antwort hören, noch ehe Rubius am Himmel erscheint.«

Er wandte sich ab und ging auf das Versammlungshaus zu. Rolana schien es, als verneigten sich die Blütenranken vor ihm, als der Weise durch den Torbogen schritt. Einige Augenblicke standen die Freunde noch da und sahen zu dem runden Haus unter der Blutbuche hinüber, dann nahmen sie ihre Pferde beim Zügel und führten sie zum Gasthaus hinüber. Ein Junge brachte den Pferden Heu und Wasser, während sich die Ankömmlinge an einem Tisch unter den Kastanienzweigen niederließen, der sich schnell mit duftenden Speisen, einem Krug Met und tönernen Bechern füllte. Die zierliche Elbe lächelte und knickste, dann war sie schon wieder verschwunden, um an einem anderen Tisch zu bedienen.

»Werden sie uns helfen? Was meint ihr?«, fragte Cay nun schon zum fünften Mal nervös. Der Zwerg knurrte unwillig, doch auch sein Blick wanderte immer wieder zu den Bäumen hinüber, hinter denen sich die Lichtung mit dem Versammlungshaus verbarg.

»Vielleicht sollten wir hinübergehen und vor der Tür warten?«, schlug Cay vor, obwohl in der Schüssel noch ein großes Fleischstück lag.

Da entdeckte Rolana die Gestalt des Heilers unter den Bäumen. Die Freunde erhoben sich und gingen ihm entgegen. Die Anspannung spiegelte sich in ihren Gesichtern. Galorond schüttelte den Kopf.

»Bitte verzeiht, dass wir eurem Wunsch nicht entsprechen können. Es wäre nicht gut, wenn wir Elben wieder Krieg gegen Menschen führen. Es hat lange gedauert, bis wir uns nach dem großen Feuersturm von der Bevormundung und Beherrschung durch die Menschen befreien konnten. Wir werden unser Volk nicht wieder der Gefahr aussetzen, zum Spielball ihrer Machtgier zu werden.«

Cay wollte etwas erwidern, doch der Blick aus den türkisfarbenen Augen ließ ihn verstummen. Enttäuscht gingen die Freunde zum Gasthaus zurück.

»Seht, dort drüben ist Vlaros«, rief Rolana plötzlich und strebte auf einen der Tische zu. Dann blieb sie unvermittelt stehen. »Aber, das kann nicht sein«, stieß sie hervor. »Ist das nicht Lahryn aus dem Felsental, der dort bei ihm sitzt?«

Das war eine freudige Überraschung. Herzlich begrüßten die Freunde den Hofmagier von Theron, den sie tot unter den Trümmern der Burg geglaubt hatten.

»Wie seid Ihr nur entkommen? Erzählt uns Eure Geschichte«, rief Ibis und stieß ihn auffordernd in die Seite.

Cay winkte nach der Wirtstochter um mehr Wein, und Thunin schob noch ein paar Stühle heran. Gebannt lauschten sie der Geschichte seiner Flucht bis zu den Zwergen, seiner Wanderung in die Elbenstadt und seiner Heilung.

»Nun darf ich mich also mit Recht wieder einen Magier der hohen Schule nennen«, schloss er nicht ohne Stolz. »Doch was führt Euch hierher?«

Rolana berichtete knapp von Laminas Entführung und ihrem Versuch, Unterstützung bei den Elben zu finden. Lahryn trank einen Schluck Wein und nickte dann.

»Es ist schon verständlich, dass sich die Elben nicht in fremden Händel einmischen. Doch wenn euch ein alter Hofmagier eine Hilfe ist, dann will ich mich diesem Abenteuer nicht verschließen. Ich denke, ich habe der Gräfin gegenüber noch einen Schuldenberg abzutragen.«

Cay schlug dem Magier auf den Rücken, und Rolana drückte ihm warm die Hand. »Ihr seid uns mehr als nur willkommen.«

»Wenn sich nun auch noch Vlaros uns anschließt, dann sind wir zu sechst«, rechnete der Zwerg. »Das ist keine Armee, doch es wird hoffentlich reichen, um den Piraten ihre Beute zu entreißen.« Erwartungsvoll sahen die Freunde Vlaros an.

»Also, ich weiß nicht, ob ich mich darauf einlassen kann. Ich meine, ich habe hier gerade erst mit meinen Studien begonnen und kann jetzt nicht wieder abreisen und…«

»Aber wir brauchen deine Hilfe«, rief Rolana und griff nach seiner Hand. Vlaros entzog sie ihr rasch und wich ihrem Blick aus. Da griff Lahryn ihn energisch am Ärmel und forderte ihn auf, mit ihm ein paar Schritte zu gehen. Die Freunde hörten seine aufgebrachte Stimme, die von Freundschaft und Treue sprach, dann gingen seine Worte im Stimmengewirr der anderen Gäste unter.

Rolana sah ihnen nach. Ein ganzes Stück entfernt blieben sie unter einer Eiche stehen. Sie sah Lahryn, wie er eindringlich auf Vlaros einredete, der immer wieder ein Stück zurückwich. Abwehrend hob der junge Mann die Hände, doch dann sackte sein Kopf beschämt nach vorn. Er drehte sich auf dem Absatz um und verschwand in den Tiefen des Waldes. Schwer atmend und mit rotem Gesicht kam Lahryn wieder an ihren Tisch, setzte sich und trank mit einem Zug seinen Becher leer. Die Freunde musterten ihn schweigend.

»Er kommt mit«, knurrte der alte Magier und fügte dann noch kaum hörbar hinzu: »Es war längst überfällig, dass ihm jemand seine kindischen Flausen austreibt. Er ist kein schlechter Kerl, aber er steht sich selbst im Weg « Mit einem Ächzen erhob er sich und schlang sich seinen Umhang enger um die Schultern.

»Ich werde nun mein Bündel schnüren und zu Bett gehen. Bei Sonnenaufgang hier an der großen Eiche?«

Die anderen nickten.

Vlaros war am Morgen der Erste, der bei der großen Eiche eintraf. Das Wirtshaus lag verwaist da, nur die ausgebrannten Windlichter standen noch auf den Tischen. Als die ersten Sonnenstrahlen die höchsten Spitzen der Baumriesen streiften, waren alle versammelt. Schweigend ritten sie los. Die Stadt schlief noch, und der Nebel schwebte nass und träge über dem tauglänzenden Gras. Als sie die letzten Baumhäuser hinter sich gelassen hatten, löste sich ein Schatten aus den Büschen und kam auf sie zugeritten.

»Ich werde mit euch ziehen«, sagte er einfach.

»Seradir!« Ibis' Augen glänzten, und auch Cay strahlte ihn an. Thunin schüttelte jedoch bedauernd den Kopf.

»Du weißt, der Rat hat jede Hilfe abgelehnt.«

»Ich habe um Erlaubnis gebeten«, erwiderte der Elb, und Rolana war es, als zeigte sich ein bitterer Zug um seinen Mund. »Jemanden wie mich lassen sie getrost davonziehen«, sagte er leise, doch dann lächelte er wieder. Thunin streckte ihm feierlich die Hand entgegen, ohne nachzufragen.

»Dann nehmen wir dein Angebot mit Freuden an. Wir können jedes Schwert gebrauchen.«

Seradir schlug ein und übernahm dann die Führung der Gruppe. Ohne auch nur einmal zu zögern, führte er sie durch die lichten Stellen des Waldes Richtung Norden, so dass sie die Pferde immer wieder traben lassen konnten. Das Morgenlicht flutete durch den stillen Wald. Die Gefährten hingen ihren Gedanken nach und dachten mit Spannung, aber auch voller Hoffnung, an das, was dort weit im Norden vor ihnen lag. Die ungewisse Zukunft, in einem geheimnisvollen Wort: Fansei.

Der Zweimaster glitt gefährlich nahe an den messerscharfen Klippen vorbei. Nur wenige Seeleute konnten sich rühmen, ein so großes Schiff sicher zwischen die Inseln von Fansei manövrieren zu können. Kapitän Karkoloh war ein hervorragender Seemann, doch nicht tollkühn, daher steuerte er die kleine Bucht, die zwischen den Felsen einen natürlichen Hafen bildete, nur in den Sommermonaten an, wenn die See ruhig war.

Vor der großen Grotte gab er Befehl, den Anker fallen zu lassen. Die schwere Kette rasselte, und der rostige, gebogene Anker klatschte ins Wasser. Ein Beiboot wurde herabgelassen, und zusammen mit Refos und der Gräfin ließ sich der Kapitän von zwei Männern zur Grotte hinüberrudern.

Karkoloh sah hinauf zu dem trutzigen Turm, der von der nahen Halbinsel stolz und mächtig in den Himmel ragte. Viele Jahrhunderte trotzte er nun schon dem Sturm und den Wellen, und nichts hatte seinen mächtigen Mauern etwas anhaben können. Das Boot tauchte in die Dämmerung der Grotte ein und nahm dann Kurs auf einen von bläulichem

Licht schwach erleuchteten Steg, an dem schon zwei weitere Kähne vertäut waren. Die Männer stiegen aus. Refos reichte Lamina die Hand, um ihr auf den Steg zu helfen. Sie zögerte einen Augenblick, doch dann legte sie ihre Finger auf die seinen und kletterte rasch aus dem Boot. Als habe sie sich an ihm verbrannt, ließ sie sofort wieder los und trat einen Schritt zurück.

Einer der Seeleute nahm eine eiserne Stange aus einem Halter und hielt sie in die bläuliche Flamme der Fackel, die am Steg befestigt war. Es zischte und knisterte, dann flammte auch aus dem Eisenstab ein helles blaues Licht auf. Der Pirat ging den Steg entlang und folgte dann einem feuchten Gang, der so breit und hoch war, dass drei Männer bequem nebeneinander gehen konnten. Karkoloh schritt hinter seinem Matrosen her, Lamina folgte ihm mit hoch erhobenem Haupt. Sie schenkte dem Magier, der neben ihr ging, keine Beachtung, vermied es aber peinlich, ihm so nahe zu kommen, dass er nach ihr greifen konnte. Der zweite Matrose bildete den Schluss. Sie passierten einige von der Feuchtigkeit verzogene Holztüren, die mit einer Schicht kristallglänzendem Salz überkrustet waren. Immer wieder zweigten weitere Gänge ab, doch endlich öffnete der Seemann eine der Türen und ließ Refos, den Kapitän und Lamina eintreten.

Staunend sah sich die junge Frau in der wie ein gemütliches Zimmer eingerichteten Höhle mit den glatt gehauenen Wänden um. Weiche Teppiche lagen im Rund an den Wänden entlang, flauschiger Stoff verhüllte die Steinwände dahinter. Auf niederen Holztischchen standen gefüllte Becher und goldglänzende Teller mit appetitlichen Erfrischungen.

Refos wies auf einen rotsamtenen Diwan und setzte sich dann neben Lamina, sobald diese Platz genommen hatte. Er bot ihr zu essen und einen Becher mit Wein an, an dem sie lustlos ein wenig nippte. Sie hörte, wie der Kapitän seinen Mann losschickte, um den Narbigen zu holen. Wie von einer dunklen Vorahnung erfasst, erschauderte die junge Frau und begann plötzlich zu zittern.

»Ist Euch kalt?«, fragte Refos beflissen und beugte sich zu ihr hinüber. »Soll ich Euch einen Umhang holen lassen?«

»Nein«, sagte sie schnell und rutschte unwillkürlich noch ein Stück von ihm ab. Sie sah, wie er die Augen zusammenkniff. Die tiefe Abneigung in ihrer Stimme war ihm anscheinend nicht entgangen.

Sie mussten nicht lange auf den uneingeschränkten Herrscher der Wasserstadt warten. Die Ankunft des Schiffes war dem Wächter auf dem Turm natürlich nicht entgangen, und so hatte sich der Narbige bereits auf den Weg gemacht. Lässig betrat er die Höhle, und obwohl er die Gräfin nur mit einem raschen Blick streifte und dann sogleich auf Karkoloh zutrat, um ihn zu begrüßen, war es der jungen Frau, als schnüre eine unsichtbare Macht ihren Brustkorb ein. Auch Refos erhob sich und trat auf den Narbigen zu. Lamina spürte seine Anspannung.

Er hat Angst, dachte sie verwundert.

Mit zitternden Händen nahm sie ein Stück Honigkuchen vom Teller auf dem Tisch neben ihr und biss ein Stück ab. Sie tat so, als würde sie die Männer nicht beachten, doch ihre Sinne waren geschärft, jedes gesprochene Wort einzufangen.

Der Narbige, der sehr nachlässig gekleidet war, erkundigte sich höflich über den Verlauf der Fahrt und hörte dann Karkoloh zu, der ankündigte, hier zwei Tage vor Anker zu liegen, um Lebensmittel und Wasser zu bunkern und die Kisten zu laden, die er für den großen Meister nach Süden bringen sollte.

Der Narbige zog eine Karte aus der Tasche seiner smaragdgrünen Pluderhose und breitete sie auf einem der Tischchen aus. Er beugte sich mit dem Kapitän über das Blatt und zeichnete eine Route mit dem Finger nach. Lamina konnte nichts erkennen, doch sie verstand die Worte:

»Hier in dieser Bucht werden Astorins Männer mit ihrer Karawane auf Euch warten.«

Mit einem Händedruck wurde das Geschäft besiegelt, ein offensichtlich schwerer Beutel wechselte den Besitzer. Karkoloh beugte noch einmal das Haupt und verließ dann die Höhle, den Lederbeutel mit den klingenden Münzen in seiner Hand.

Nun wandte sich der Narbige Refos zu. »Und?«, sagte er nur und zog eine Augenbraue hoch.

Lamina sah, wie der Magier schwitzte.

»Es ist alles glatt gegangen«, beeilte sich Refos zu sagen und rieb sich mit hektischen Bewegungen die Hände. »Hier ist sie, unversehrt. Ich habe über sie gewacht, damit ihr keiner zu nahe kommt.«

Mit einer weit ausladenden Geste zeigte der Magier auf die Gräfin, doch der Narbige verschwendete nur einen uninteressierten Blick.

»Alles glatt gegangen?«, wiederholte er. »Ihr seid auf keinen Widerstand gestoßen und habt auch keine Spuren hinterlassen?«

Nervös fuhr sich Refos mit der Zunge über die trockenen Lippen. »Ja, also, ein paar Männer hat Karkoloh verloren«, gab er widerstrebend zu.

Die Stimme des Narbigen klang freundlich, doch weder Refos noch Lamina ließen sich davon täuschen.

»Gegen ein paar Knechte und Kaufmannssöhne? Wie konnte denn das geschehen?«

»Nun«, stotterte der Magier, »es kamen ein paar Fremde dazu, und ich wollte nichts riskieren, daher habe ich die Gräfin sofort an Bord gebracht, während die Männer uns den Rücken freihielten.«

»Ihr habt diese Schurken dann sicher zur Rechenschaft gezogen und die Leichen von Karkolohs Leuten der See übergeben«, säuselte der Narbige.

Refos wand sich. »Wir mussten die Anker lichten. Die Flut kam, und es war ohnehin zu spät, die Männer zu retten. Sie waren bereits tot.«

»Soso, dann hoffe ich nur, dass Ihr Recht habt. Ich halte nicht viel davon, Gefangene zurückzulassen, die bei einem Verhör Dinge preisgeben können, die niemand wissen soll.« Seine Stimme war nun so schneidend, dass nicht nur Refos zusammenzuckte. »Unter diesen Umständen kann ich Euch natürlich den versprochenen Lohn nicht auszahlen«, sagte er und lächelte hämisch. Er griff in einen zweiten Beutel, den er am Gürtel trug, öffnete ihn und nahm dann drei Goldstücke heraus, die er Refos in die Hand drückte. Dieser lief rot an vor Wut, er wehrte sich aber nicht.

»Ich brauche noch zwei Luftblasen, dann könnt Ihr Euch zurückziehen, um Euch von Eurer Reise zu erholen«, fügte der Narbige hinzu, und nicht nur der Gräfin war klar, dass dies keine freundliche Einladung, sondern ein Befehl war. Mit zusammengepressten Lippen verließ Refos die Höhle und ließ die junge Frau mit dem Narbigen allein zurück. Nun endlich hob er den Blick und sah die Gräfin durchdringend an. Die kalten blauen Augen schienen sie zu durchbohren, und sie fühlte sich seltsam nackt. Nach einer Ewigkeit unerträglicher Stille hob er die Hand und sagte:

»Komm mit.«

Lamina erhob sich und widerstand dem Versuch, seine Hand an ihrem Arm abzuschütteln. Ihr war klar, wie sinnlos das gewesen wäre. Er griff nach einem der leuchtenden Stäbe und führte sie dann durch einen schmaleren Gang als den, durch den sie gekommen waren. Plötzlich stand Refos neben ihnen. Er warf ein Pulver in die Luft und murmelte ein paar Worte, dann nickte er und zog sich mit einem Kopfnicken wieder zurück. Der Narbige führte die junge Frau weiter. Noch immer sprach er kein Wort zu ihr, was die Anspannung nur noch unerträglicher machte. Plötzlich verengte sich der Gang, flache Stufen führten zum Wasser hinunter. Lamina sah sich um. Wo wollte er nur hin? Doch nun huschte der blaue Lichtschein über die Felsendecke, die sich rasch über der Wasseroberfläche herabsenkte und dann unter ihr verschwand.

Ohne zu zögern, stieg der Narbige die Treppe hinunter. Schon war er bis zu den Knien im Wasser und zog Lamina unerbittlich mit sich. Die plötzlich durch ihre Adern schießende Panik gab ihr den Mut, sich zu sträuben. Sie versuchte sich aus seinem Griff zu winden. Ein Schrei stieg zur Höhlendecke hinauf und hallte durch die Gänge. Seine eiserne Hand umfasste ihren Arm noch fester.

»Dummes Ding«, sagte er kalt, »deine Zeit zu sterben ist noch nicht gekommen, also führe dich nicht so auf. Du wirst schnell lernen, dass jeder Widerstand schmerzhafte Folgen für dich haben wird.«

Mit diesen Worten drehte er ihr mit einem Ruck den Arm auf den Rücken, so dass der stechende Schmerz ihr Tränen in die Augen trieb. Ohne sich weiter zu wehren, folgte sie dem Piratenanführer Stufe für Stufe tiefer ins Wasser. Ihr Herz klopfte so sehr, dass sie das Wasser um sich herum nicht einmal spürte. Sie biss die Zähne zusammen, doch als der Wasserspiegel ihren Hals erreichte, stieg die Panik noch einmal in einer heißen Welle in ihr hoch. Unerbittlich zog der Narbige sie unter Wasser.

Als Lamina sich von ihrem ersten Schock erholt hatte, sah sie, dass nicht nur die seltsam blaue Fackel unter Wasser weiterbrannte, sie selbst und der Pirat waren immer noch trocken, und sie konnte ohne Mühe weiter atmen, obwohl sie die Wasseroberfläche kaum mehr mit ihren Armen erreichen konnte. Erstaunt starrte sie den Narbigen an, doch der beachtete sie nicht und schritt auf dem rutschigen Boden des schmalen Unterwassergangs weiter. Nun erst bemerkte Lamina die beweglichen Luftblasen, die sich um sie und den Piraten gebildet hatten. In der Mitte, wo der Mann sie am Arm gepackt hatte, verschmolzen sie zu einer einzigen. Nach einigen Schritten ließ er sie los, und die beiden Luftblasen glitten auseinander. Das Gehen fiel ungewöhnlich leicht und war fast ein Gefühl des Schwebens. Lamina folgte dem Narbigen, der mit der Fackel in der Hand voranging.

Ein paar Minuten später ließen sie die düstere Höhle

hinter sich und traten in das sonnendurchflutete Wasser der Bucht. Die goldenen Strahlen tanzten flimmernd bis zum Meeresgrund und mischten sich dort mit dem Blau zu schimmerndem Türkis. Fischschwärme zogen elegant ihre Bahnen. Eine ganze Wolke silberner Leiber hüllte sie für einen Moment ein, teilte sich wieder und zog dann ungerührt weiter. Ein großer, graugrüner Krebs krabbelte vor ihren Füßen durch den weißen Sand, das entliehene Haus einer Schnecke schwerfällig mit sich ziehend. Die junge Frau öffnete in lautlosem Staunen den Mund. Einige Meter weiter tauchte nun ein Wrack hinter einem gezackten Felsen auf. Es schien unzähligen Meeresbewohnern als Unterschlupf zu dienen. Tausende Fische umtanzten die vermoderte Reling, schwammen durch die Bullaugen oder durch das Loch, das einst eine Felsrippe in den Rumpf gerissen hatte. Ein großer Hai bog um das steil aufragende Heck und schlängelte sich in eleganten Bewegungen am Deck entlang, die anderen Fische ließen sich von dem großen Räuber nicht stören.

Lamina blieb stehen. Für einen Moment vergaß sie den Schrecken und tauchte in diese herrlich fremde Unterwasserwelt ein, doch schon bald holte die gedämpfte Stimme des Narbigen sie wieder zu ihrer Angst zurück.

»Die Lufthüllen halten nicht ewig. Wenn du dein Leben nicht in wenigen Minuten hier auf dem Meeresgrund beenden willst, dann solltest du weitergehen, statt hier die Fische anzugaffen.«

Sie raffte ihren Rock und eilte ihm hinterher, denn sie zweifelte nicht im Geringsten daran, dass er die Wahrheit sprach.

Der Narbige sah sich nicht einmal um, ob sie ihm folgte. Er wusste es, denn er hatte die Furcht in ihren Augen gelesen. Sie war stolz und hatte Mut, doch er war sich sicher, sie würde ihm nicht lange Widerstand leisten. Er hatte so seine Methoden, den Willen eines Menschen zu brechen, und schon bald würde Refos die Kristallkugel reiben können, um Astorin zu rufen und ihm die gewünschten Informationen zu übergeben – wenn sie denn etwas wusste.

Die Gedanken des Piraten wanderten zu Refos. Nun, da er zurück war, konnte er seinen Unterschlupf auf dem Meeresgrund endlich wieder trockenen Fußes erreichen und musste nicht mehr das Atempulver gebrauchen. Dennoch hatte er den Magier nicht gern um sich. Er verabscheute dessen kriecherische Art zutiefst, dennoch war er auf ihn angewiesen. Refos musste die Luftkuppel reparieren, wenn sie wieder Risse bekam, und so manch andere Aufgaben erledigen, bei denen magische Kräfte vonnöten waren. Was ihm zum Leidwesen des Narbigen jedoch immer noch nicht gelang, war, das Atempulver selbst herzustellen, obwohl er ihm viel Geld und Zeit für seine Forschungen zur Verfügung stellte. Gern hätte der Pirat gegen Astorin noch eine Trumpfkarte im Ärmel gehabt, aber noch musste er sich gedulden und sein Temperament zügeln.

Zwischen zwei algenbewachsenen Türmen betrat der Narbige mit Lamina im Schlepptau die Unterwasserstadt. Er schenkte weder den verwunschenen Gebäuden, deren Wände und Simse von farbigen Muscheln und Korallen verkrustet waren, einen Blick, noch dem prächtigen Kuppelbau, der unter seiner Luftblase golden schimmerte. Mit großen Schritten ging er die sandbedeckte Straße entlang auf ein Tor zu, öffnete es und trat ein. Hier drinnen herrschten Licht und Luft. Der Pirat ließ der Gräfin keine Zeit, sich umzusehen, sondern führte sie in sein Arbeitszimmer, deutete auf einen Schemel und gebot ihr, sich zu setzen. Lässig schlenderte er zum Fenster, sah anscheinend interessiert einem Schwarm gelb-schwarz gestreifter Fische zu und forderte sie dann auf, von ihrem Gatten zu erzählen.

»Er hat im letzten Jahr eine lange Reise unternommen. Was kannst du mir darüber berichten?« Seine Stimme klang trügerisch ruhig und geduldig.

Lamina zuckte mit den Schultern. »Ja, er war viele Monate unterwegs, doch ich weiß nichts über diese Reise. Er hat nie mit mir darüber gesprochen.«

Langsam trat der Narbige auf sie zu, und bevor sie seine Absicht erkennen konnte, holte er weit aus und gab ihr eine kräftige Ohrfeige, so dass sie mit dem Hocker nach hinten kippte. Mit einem Knall schlug ihr Hinterkopf auf den Steinboden. Blut sickerte aus ihrer Nase und aus einem kleinen Riss unter ihrem Ohr. Gelähmt vor Schreck blieb die junge Frau auf dem Boden liegen. Der Narbige machte einen Schritt nach vorn, beugte sich vor und packte sie an ihrem langen Haar. Brutal zog er sie hoch.

»Du solltest noch einmal darüber nachdenken, bevor du mir erneut auf meine Frage antwortest«, sagte er leise.

»Er hat mir wirklich nichts erzählt«, beharrte sie. »Er sagte, er müsse eine Weile fort, und ich dachte, er würde zu den Gütern reisen, doch aus den Tagen wurden Wochen und dann Monate. Ich glaubte, er wäre tot, aber dann stand er eines Morgens plötzlich in meinem Gemach.« Hastig stieß sie die Worte hervor. »Ich glaubte, einen Geist zu sehen, doch es war mein verschollener Gatte – und doch war er es wieder nicht.«

Der Pirat hob fragend die Augenbrauen.

»Er war so verändert und sprach kaum mehr mit mir. Er wich mir aus und schien mich nicht mehr zu kennen.«

Der Narbige griff sie hart am Arm und schleuderte sie gegen die Wand. Mühsam erhob sich Lamina, taumelte und musste sich erst einmal gegen den schweren Eichenschrank lehnen, um die Schwärze in ihrem Kopf zu vertreiben. Aus einer Platzwunde unter dem Haar rann Blut über ihre Schläfe und tropfte in ihren schmutzigen Spitzenkragen.

»Fällt dir sonst noch etwas ein, das du mir berichten könntest? Über euren Hofmagier oder sonst jemanden, der dir etwas erzählt hat?«

Trotzig schüttelte Lamina den Kopf.

»Zieh dich aus«, sagte der Pirat leise und ließ sich in seinen bequem gepolsterten Sessel sinken.

Die Gräfin rührte sich nicht und blickte starr geradeaus auf das Fenster, an dem gerade einige rotbraune Tintenfische vorbeischwammen. Bedächtig zog der Narbige einen Dolch mit gekrümmter Schneide aus dem Gürtel und schleuderte ihn dann eine Handbreit an Laminas Kopf vorbei, so dass die Spitze tief in die Eichentür hinter ihr fuhr.

»Ich habe gesagt, du sollst dich ausziehen«, rief er. »Glaub ja nicht, dass ich in der Stimmung bin, alles zweimal sagen zu wollen.«

Mit dem Handrücken wischte sie sich das Blut von der

Nase, dann begann sie langsam ihr Kleid aufzuknöpfen. Raschelnd fiel das mit teurer Spitze verzierte Gewand zu Boden. Mit geballten Fäusten und trotzigem Blick stand die Gräfin in ihrem dünnen Seidenunterkleid da und starrte den Narbigen an. Er stand auf und kam auf sie zu. Lamina zuckte zusammen, doch er ging an ihr vorbei, ohne sie zu berühren, trat zur Tür, zog den Dolch aus dem Holz, drehte ihn einige Augenblicke zwischen den Fingern und steckte ihn wieder in seinen Gürtel. Er baute sich vor der Gräfin auf, doch sie senkte die Lider nicht.

»Du kannst dich wieder anziehen«, sagte er ruhig, trat zur Tür und öffnete sie. Erstaunt und erleichtert zog Lamina ihr Kleid hoch und knöpfte es rasch wieder zu.

»Tom!«, rief er mit durchdringender Stimme, und sofort erklangen eilige Schritte. Ein junger Mann mit zerzaustem, langem Haar, einem kurzen grünen Kittel und einer verfleckten braunen Hose, die von einer bunten Schärpe an ihrem Platz gehalten wurde, trat ein und sah den Narbigen fragend an.

»Bring sie in die hintere Kammer und schließ sie ein. Sie bekommt zu essen und zu trinken. Sorge dafür, dass eine Wache vor der Tür steht. Du bürgst mir für sie mit deinem Kopf.«

Tom nickte knapp, trat zu Lamina und streckte die Hand aus. »Komm.«

Sie folgte ihm ohne Widerstand. Tom führte sie durch einen freundlich hellen Gang, dann durchquerten sie eine große Halle, in der einige Tische und Stühle standen, und bogen in einen schmalen Flur ein. Der junge Mann öffnete eine Tür, ließ die Gräfin eintreten und verriegelte sie dann hinter ihr. Sie hörte ihn mit einem anderen Mann sprechen, ein Stuhl knarzte auf dem Boden, dann war es still.

Ihr Gefängnis war ein einfach eingerichtetes Zimmer mit einem schmalen Bett und einer Kommode, auf der ein Wasserkrug und eine Waschschüssel standen. Der Boden war gefegt und vor dem Bett mit einem bunten Teppich belegt. Durch ein schmales Fenster konnte sie in das düstere Wasser hinaussehen. Nur gedämpft drang Licht in die Kammer, und die bläulichen Schatten trugen nicht dazu bei, ihre Stimmung zu heben. Wenige Minuten später knirschte der Riegel wieder, und Tom trat mit einer Schüssel voll dampfendem Eintopf, einem dicken Kanten Brot und einem Krug mit Wasser verdünntem Wein ein. Dann ließ er sie wieder allein, und eine Grabesstille legte sich über die kleine Kammer.

Wie ein eingesperrtes Raubtier ging Lamina ruhelos auf und ab. Jede Bewegung schmerzte sie und rief die furchtbaren Erinnerungen wieder wach. Sie zwang sich, sich auf das Bett zu setzen und etwas zu essen. Erstaunlicherweise schmeckte der Eintopf gut, und sie bekam sogar Appetit. Hastig leerte sie die Schüssel. Es war vernünftig. Sie würde ihre Kräfte vielleicht noch brauchen.

Wieder begann sie zu grübeln. Was erwartete der Narbige von ihr zu hören? Was würde er mit ihr machen, wenn sie ihn davon überzeugte, dass sie nutzlos war? Er würde sie kaum auf Burg Theron zurückbringen lassen. Eine eisige Hand griff nach ihrem Herzen und umklammerte ihren Magen. Er würde sie behalten, solange er sich einen Vorteil von ihr versprach, doch dann … Lamina vermied es, den Gedanken zu Ende zu führen. Vielleicht konnte er für ihre

Freilassung Geld verlangen. Doch wer würde für sie bezahlen? Gerald – wenn er noch am Leben war, und wenn er sich daran erinnerte, dass er eine Gattin hatte, die er einst geliebt. Sie suchte in ihrem Herzen nach einem Funken Hoffnung, dass Gerald noch lebte, sie fand aber nur schwarze Leere.

»Ich muss mich beschäftigen, um nicht dauernd nachzugrübeln«, ermahnte sie sich streng. Sie goss Wasser in die Schüssel und wusch sich das Blut aus dem Gesicht. Dann zog sie ihr Kleid und das lange Hemd aus, wickelte sich in das Betttuch und reinigte so gut es ging die Gewänder, die sie nun mehr als eine Woche auf dem Leib trug. Sorgfältig breitete sie den nassen Stoff zum Trocknen aus. Sie lauschte. In der Ferne erklangen Stimmen und Gelächter, doch im Gang vor ihrer Tür war alles ruhig. Inzwischen war es so dunkel geworden, dass Lamina kaum mehr die Hand vor Augen sehen konnte. Sie ließ sich auf das schmale Bett sinken und legte sich mit einem Stöhnen zurück. Ihr Kopf hämmerte, die Wunden brannten, Rücken und Schultern schmerzten dumpf. Sie war erschöpft und schloss die Augen, sie konnte jedoch keine Ruhe finden. Schreckliche Bilder quälten sie und hielten sie wach. Erst im Morgengrauen fiel sie in den tiefen, traumlosen Schlaf der Erschöpfung.

Sie hörte weder die sich nähernden Schritte noch den Schlüssel, der sich im Schloss drehte. Sie schlief noch immer fest, als der Narbige mit einer Lampe in der Hand die Kammer betrat und sie auf dem Hocker abstellte. Mit unbeweglicher Miene betrachtete er die schlafende Frau. Er fuhr sich mit der Zungenspitze über die rissigen Lippen, das Blut pochte hinter seinen Schläfen, der Stoff in seinem Schritt regte sich. Gemächlich knöpfte er seine Hose auf, trat ans Bett und riss Lamina das Betttuch weg.

Die junge Frau schreckte mit einem Aufschrei auf, doch bevor sie begreifen konnte, was vor sich ging, warf er sich auf sie. Sein schwerer Körper drückte sie in die Matratze, eisenharte Fäuste umklammerten ihre Handgelenke, seine Knie drängten unerbittlich ihre Beine auseinander. Der Gestank nach Schnaps und altem Schweiß hüllte sie ein.

Lamina schrie nicht. Sie erstarrte einfach. Sie konnte ihrem Körper nicht helfen, der von diesem Teufel in Menschengestalt geschändet wurde, doch ihre Seele würde er nicht besitzen. Laminas Blick huschte über das schmale Fenster, das sich nun von Grau zu Türkis färbte. Sie dachte an die ungeheuren Wassermassen, die sie von der wärmenden Sonne trennten. Wenn sie sich nur von ihrem Körper befreien könnte, schwerelos sein wie das Licht, das auf dem Wasser tanzt, körperlos und frei wie die Farben des Regenbogens, sich einfach hinaufschwingen in die unendliche Weite des blauen Himmels. Wenn sie doch einfach sterben könnte.

Helft mir, ihr Götter, flehte sie, *nehmt mich in eurer Gnade zu euch.*

Doch sie starb nicht. Als der Narbige sich befriedigt hatte, ließ er von ihr ab und zog sich gemächlich seine Hose wieder an.

»Tom wird dir dein Frühstück bringen. Danach werden wir uns noch einmal unterhalten. Vielleicht ist dir ja inzwischen etwas eingefallen, das mich interessieren könnte.«

Er verzog seine Lippen zu einem bösen Lächeln, dann ließ er sie allein. Lamina stürzte aus dem Bett, schlüpfte in ihr feuchtes Hemd und warf sich das Kleid über. Dann rutschte sie wieder auf das Bett, zog das Leinentuch bis an den Hals und presste sich in die kühle Mauerecke.

Es war der Geruch, den sie nie wieder vergessen und der sie in Zukunft, immer wenn sie sich an ihn erinnert fühlte, würgen lassen würde. Der körperliche Schmerz konnte vergehen, doch die Wunden der Seele waren eine andere Sache. Lamina starrte vor sich hin; sie konnte nicht einmal weinen. Sie gab sich dem tiefen Entsetzen hin, das sie wie klirrende Kälte durchschüttelte und sie in die Finsternis hinabzog. Sie fiel, immer tiefer, in eine endlose, bodenlose Nacht, die von ihrem Gemüt Besitz ergriff und sich wie ein Geschwür in ihr ausbreitete. Panisch durchforschte sie ihr Gedächtnis, was sie dem Narbigen erzählen konnte. Sie wusste ja nicht einmal, um was es dem Piraten ging. Tom kam herein und stellte ihr Frühstück auf den Hocker, doch die junge Frau rührte sich nicht. Nicht einmal ihre Wimpern zuckten. Sie blieb so sitzen, bis der Narbige sie holen ließ. Noch einmal versuchte sie es mit der Wahrheit und beteuerte, nichts weiter zu wissen. Wieder schlug er sie. Dann brachte Tom die Gräfin zurück in ihre Kammer und schloss die Tür. Tränen brannten hinter ihren Augen, aber da blitzte noch einmal ihr Trotz auf und züngelte als heiße Flamme in ihr hoch.

Du kannst mich schlagen und schänden, dachte sie und ballte die Fäuste, *aber du wirst meinen Willen nicht brechen. Ich werde leben – überleben –, und der Tag wird kommen, an dem du für alles bezahlen wirst, was du mir antust.*

Doch nicht nur ihr Wille wurde in den nächsten Tagen

auf eine harte Probe gestellt. Die ersten beiden Tage klammerte sie sich noch an ihre Rache- und Fluchtgedanken, aber dann verschwanden auch diese in der Finsternis, die sie umgab. Sie aß nicht und schlief nicht mehr, wusch sich nicht und wischte auch nicht mehr das Blut weg, wenn er sie wieder einmal schlug. Am Abend, bevor er sich zur Ruhe begab, kam er, um seine Lust zu befriedigen, am Morgen ließ er sie holen, um die sich immer wieder im Kreis drehenden Fragen zu wiederholen. Zweimal am Tag kam Tom, brachte frisches Essen und räumte die vorherige, unangerührte Mahlzeit weg. Mit jedem Tag wurde sie weniger. Bald war sie nur noch ein bleicher, hohlwangiger Schatten. Tom warf ihr verstohlen mitleidige Blicke zu, doch sie bemerkte es nicht.

Am fünften Tag kam der Pirat nicht, und auch in der folgenden Nacht ließ er sich nicht blicken. Zu Tode erschöpft fiel Lamina in tiefen Schlaf. Sie sah aus, als sei nun auch der letzte Rest Leben aus ihr gewichen. Als Tom am nächsten Morgen hereinkam, eilte er erschreckt an ihr Lager und griff nach ihrer Hand, um zu fühlen, ob der Tod sie mit sich genommen hatte.

Refos saß zusammen mit dem Narbigen in seiner abgedunkelten Kammer, rieb mit den Handflächen sanft über die kühle Kristallkugel und murmelte die Beschwörungsworte. Es dauerte nicht lange, da wirbelten farbige Nebel auf und Astorins Stimme hallte von den Wänden wider.

»Habt Ihr die Gräfin?«, fragte er barsch, ohne sich mit einer Begrüßung aufzuhalten.

Der Narbige schickte Refos hinaus und schlenderte dann

mit in den Taschen vergrabenen Händen näher an die Kugel heran.

»Aber ja, großer Meister«, sagte er. In seiner Stimme schwang ein Hauch von Spott, doch für solche Nuancen war der Magier auf seiner fernen Burg nicht empfänglich.

»Was habt Ihr in Erfahrung gebracht?«, polterte er nur.

Der Narbige stieß einen kurzen Laut aus, der fast wie ein Lachen klang. »Ihr werdet enttäuscht sein, denn all die Mühe war vergebens. Sie weiß nichts.«

»Oder Ihr seid unfähig, es aus ihr herauszubekommen«, schimpfte Astorin.

»Nein, ich denke, daran liegt es nicht«, schnurrte der Pirat. »Meine Methoden sind ausgefeilt, oft erprobt und äußerst wirksam.«

Einen Augenblick herrschte Stille. Nur das pulsierende Licht zeigte, dass der Magier noch mit Fansei in Verbindung stand. Dann drangen gedämpfte Flüche durch den Kristall.

»Nun, wie lauten Eure weiteren Befehle?«, fragte der Pirat mit gespielter Unterwürfigkeit.

»Macht mit ihr, was Ihr wollt, sie hat für mich keinen Wert mehr. Ich werde Karkoloh Eure Belohnung mitgeben.«

»Meinen untertänigsten Dank, großer Meister«, spottete der Pirat, aber die Kugel hatte sich bereits eingetrübt.

Langsam schlenderte der Narbige in die Unterwasserstadt zurück. Ein fast zehn Fuß langer Hai kam auf ihn zugeschwommen, fixierte ihn einen Augenblick und drehte dann kurz vor ihm ab. Der Narbige bemerkte den Hai gar nicht, denn er dachte über seine Gefangene nach. Nein, sie war zu schade, um als Fischfutter zu enden, doch wenn sie sich weiterhin weigerte zu essen, dann würde sie sowieso nicht mehr lange durchhalten. Vielleicht sollte er sie zu Tara in die Küche stecken. Zumindest einen Versuch war es wert.

Kaum in seinem Zimmer angekommen, ließ er Tara rufen. Sie war eine kleine, kräftige Frau mit brünettem Haar, das sie zu einem Pferdeschwanz zusammengebunden hatte. Sie war barfuß, trug eine hochgekrempelte Hose und ein grobes, fleckiges Hemd. In der breiten Schärpe, die sie um ihre erstaunlich schmale Taille gewickelt hatte, steckte ein langes Messer mit breiter Klinge. Schwungvoll stieß sie die Tür auf, so dass sie mit einem Krachen gegen den Eichenschrank schlug.

»Tara, ich wiederhole mich ungern. Du weißt, dass ich es nicht mag, wenn du die Türen so aufschlägst.«

Die Frau grinste und ließ eine Zahnlücke sehen. Obwohl sie den Zahn erst vor kurzem eingebüßt hatte, als sie dem Narbigen eine zu freche Antwort gegeben hatte, gehörte sie zu den wenigen Menschen, die sich von seiner Autorität nicht einschüchtern ließen.

»Ich küsse deine Füße, großer Piratenkapitän, doch sage mir, wie soll ich mit dem Essen fertig werden, wenn ich immer gestört werde? Außerdem könntest du deinen Männern endlich einmal klar machen, dass ich keine Zeit für ihre Triebe habe, wenn ich am Herd stehe. Alles zu seiner Zeit. Ich schneide dem dreckigen Hinkebein die Ohren ab, wenn er mich noch einmal von meinem Kessel wegzerrt und mir die Suppe ruiniert.« Zur Bestätigung ihrer Drohung zog sie ihr Messer und fuchtelte dem Narbigen damit vor dem Gesicht herum.

»Tu das, aber steck deinen Dolch wieder ein. Halt endlich den Mund und hör mir zu. Du holst das Mädchen aus der hinteren Kammer zu dir in die Küche und päppelst sie auf. Wenn sie sich nicht zu störrisch anstellt, kann sie dir zur Hand gehen. Ich hoffe, du machst ihr klar, welche Konsequenzen es für sie hat, wenn sie sich meinen Anweisungen widersetzt.«

Tara salutierte spöttisch. Sie drehte sich um, verließ das Zimmer und zog die Tür leise hinter sich zu.

Lamina schreckte aus dem Schlaf hoch und drängte sich in panischer Angst in die Ecke. Erst dann bemerkte sie, dass es nicht der Narbige war, der in ihre Kammer gekommen war. Misstrauisch musterte sie die Frau, die mit einer Waschschüssel in den Händen vor ihrem Bett stand. Sie war das erste weibliche Wesen, das sie seit ihrer Entführung zu Gesicht bekam. Die Frau grinste und ließ ihre Zahnlücke sehen.

»Wenn du mit deiner Musterung fertig bist, kann ich dich dann waschen?«

Lamina errötete. »Das kann ich selbst.« Zögernd rutschte sie zur Bettkante vor.

»Auch gut«, erwiderte die kleine Frau und zuckte mit den Schultern. »Ich heiße Tara und soll dich ein wenig bemuttern, damit du nicht ganz vor die Hunde gehst.«

»Wozu?«, sagte Lamina leise.

Tara schüttelte vorwurfsvoll den Kopf. »Es gibt immer einen Grund weiterzuleben. Der Alte hat sein Interesse an dir offensichtlich verloren, und nun soll ich dich mit in die Küche nehmen. Mein Reich. Ich rate dir also, mir gut zu gehorchen.«

»Und dann? Was wird aus mir?«

»Du kannst mir helfen. Tagsüber koche ich, und abends halte ich die dreckige Bande bei Laune – wenn ich nicht zu müde dazu bin.« Sie rollte viel sagend mit den Hüften.

»Kochen kann ich ja einmal versuchen, aber das andere tue ich auf keinen Fall«, meinte die junge Gräfin.

Tara zuckte wieder mit den Schultern. »Dann fangen wir mit dem Kochen an.« Sie half Lamina, ihre Bänder und Knöpfe zu lösen, setzte sich dann auf den Schemel und sah ihr beim Waschen zu. Eigentlich war das der Gräfin unangenehm, doch sie wagte nicht, Tara zu bitten hinauszugehen.

Wie unangebracht sind solche Schamgefühle in meiner Lage, dachte sie bitter, griff nach dem schmuddeligen Lappen und tauchte ihn in das lauwarme Wasser. Tara betrachtete den schlanken weißen Körper mit den unzähligen blauen Flecken und blutigen Schrammen eine Weile schweigend, dann stand sie auf, nahm Lamina den Lappen aus der Hand und wusch ihr vorsichtig den Rücken.

»Weißt du, am Anfang fand ich es auch schlimm«, sagte sie leise. »Als ich jung war, wollte ich bestimmt keine Hure werden, aber wie das so ist, ich bin da eben so reingeschlittert. Zuerst habe ich im Hafen in Ehniport gearbeitet. Das war kein schlechter Schuppen, kann ich dir sagen, doch dann ist mir diese Sache mit dem Geldwechsler passiert.«

Lamina sah sie fragend an.

»Ich habe ihn erstochen«, fuhr Tara leichthin fort. »Glaub mir, er hat mich ohne Grund getreten und geschlagen«, sagte sie, als sie Laminas schockierten Blick sah, »und als er dann die Peitsche rauszog, hatte ich genug. Na ja, und dann hatte er meinen Dolch in der Brust und sagte keinen Ton mehr. Wenn ich nicht abgehauen wäre, dann hätten mich die Stadtwachen sicher aufgeknüpft. Die sind da nicht zimperlich. Als ich so mit meinem Bündel über die nächtlichen Kais rannte, bin ich geradewegs in Tom reingelaufen. Ist schon ein feiner Kerl. Er hat mich mit an Bord der *Schlange* genommen, tja, und so bin ich schließlich hier gelandet.« Sie reichte Lamina ein Leinentuch, damit sie sich abtrocknen konnte.

»Weißt du, die Arbeit hier ist nicht besser und nicht schlechter als in der Stadt. Gut, manches Mal fühlt man sich schon wie lebendig begraben, aber es gibt immer genug zu essen und Wein und ein weiches Bett. Hin und wieder vermisse ich die anderen Mädchen, obwohl da auch ganz üble Biester dabei waren, die, ohne mit der Wimper zu zucken, einem die Augen ausgekratzt hätten.« Ein Lächeln huschte über ihre Lippen und spiegelte sich in ihrem Blick. Plötzlich sah sie richtig hübsch aus. »Aber jetzt habe ich ja dich zur Gesellschaft.«

»Ich verstehe nicht, wie du es mit diesen grässlichen Männern aushältst«, meinte Lamina.

»Ach, weißt du«, erwiderte Tara, »so schlimm sind die meisten gar nicht. Man muss nur wissen, wie man sie zurechtstutzen kann. Sie sind rau, und der Narbige ist schrecklich jähzornig, doch oft geht es hier richtig lustig zu.«

Die Gräfin schauderte es unwillkürlich. Sie schlüpfte in ihr Unterkleid, das inzwischen mehr graubraun als weiß war. Die andere Frau legte ihr den Arm um die Schulter.

»Ich werde dir schon beibringen, wie du mit ihnen fertig wirst.«

»Und dann werde ich den Narbigen töten«, stieß Lamina hervor.

Tara wiegte den Kopf hin und her. »Das haben schon ganz andere versucht und sind damit gescheitert. Mach lieber einen großen Bogen um ihn.«

Lamina antwortete nicht und zog stattdessen ihr Kleid hoch, doch Tara schüttelte den Kopf.

»Ich hole dir etwas Praktisches zum Anziehen, und dann kommst du mit in die Küche.«

Die Gräfin musste nicht lange warten, bis die quirlige kleine Frau zurückkehrte. Sie warf ihr ein rotes Hemd, eine halblange Hose und ausgetretene Schlupfschuhe zu und band ihr dann eine gelbe Schärpe um die Hüften. Zum Schluss steckte sie ihr noch einen kleinen Dolch mit einem speckigen Griff in den Gürtel.

»So, fertig.« Tara trat zurück und betrachtete kritisch ihr Werk. »Du bist richtig hübsch, vor allem mit diesem Zorn in deinen Augen. Doch ich kann dich nur warnen: Hüte dich vor dem Narbigen. Am besten ist es, wenn er vergisst, dass du überhaupt noch hier bist. Du musst lernen, deine Wut zu zähmen. Vielleicht wird der Tag deiner Rache kommen, irgendwann, aber du musst Geduld haben.«

Die beiden Frauen gingen in die große Küche hinüber. Niemand störte sie in der behaglichen Wärme. Tara kochte und erzählte Lamina von Ehniport. Später schlief die Gräfin zusammengerollt auf einer Decke, die an der Wand auf dem Boden lag, denn sie wollte nicht allein in Taras Kammer hinüber. Hier fühlte sie sich sicherer, und so schlief sie friedlich, während Tara hin und her huschte, um für zwanzig hungrige Männer ein Mahl zuzubereiten.

13
Die Stadt im Meer

Die Gefährten waren in den vergangenen Tagen gut vorangekommen. Sie gönnten sich und ihren Pferden nur die notwendigsten Pausen, denn die Zeit drängte. Jeder Tag, den die Gräfin länger in Gefangenschaft war, musste eine Qual für sie sein. Je weiter sie jedoch nach Norden vordrangen, desto drängender wurden die unbeantworteten Fragen: Wie sollten sie das Piratennest finden und wie Lamina aus der Gewalt ihrer Entführer befreien? Sie schmiedeten Pläne und verwarfen sie wieder, und über allem schwebte die bangste aller Fragen, die sie nicht auszusprechen wagten: War die Gräfin überhaupt noch am Leben?

Lahryn ritt mit Vlaros am Schluss und erklärte ihm wortreich einen schwierigen, doch bei dieser Unternehmung vielleicht recht nützlichen Zauberspruch. Seit Tagen ging das nun schon so, und dem jungen Mann, den der harte Ritt mehr anstrengte, als er zuzugeben bereit war, fiel es immer schwerer, sich auf Lahryns Worte zu konzentrieren.

Wenn sie abends rasteten, ließ Lahryn Vlaros nur Zeit, sein Mahl zu verschlingen, dann schleppte er ihn unerbittlich mit sich fort und ließ ihn das üben, was er ihm am Tag erklärt hatte. Heute ritten sie bis nach Sonnenuntergang. Endlich erreichten sie einen kleinen Hain, der für ein Nachtlager geeignet schien. Die Pferde waren rasch abgesattelt und von ihren Lasten befreit. Bald flackerte ein kleines Lagerfeuer, an dem Ibis und Thunin das Abendessen vorbereiteten. Vlaros warf einen sehnsüchtigen Blick auf die Reste des Rehs, das Ibis gestern erbeutet hatte, aber Lahryn erhob sich und winkte dem jungen Mann, ihm zu folgen.

»Auf, komm! Ich habe etwas ganz Besonderes mit dir vor.«

Vlaros stöhnte. »Ich habe den ganzen Tag im Sattel gesessen und auch die Tage vorher. Ich kann nicht mehr.«

Der alte Magier runzelte die Stirn. »Sagst du das dann auch zu deinem Angreifer? ›Ich bitte dich, komm wieder, wenn ich geruht habe, denn im Augenblick bin ich zu müde, mit dir zu kämpfen‹?«

Ibis kicherte, sagte aber nichts. Widerwille kroch in Vlaros hoch, doch er folgte seinem Lehrer, auch wenn er noch immer leise vor sich hin murrte. In einiger Entfernung blieb Lahryn stehen.

»Ich spreche dir die Worte langsam vor und zeige dir die Handbewegungen, damit du sie nachmachen kannst. Das Schwierige an diesem Spruch ist allerdings, dass du all deinen Willen und deine Kraft konzentrieren und auf einen Punkt bündeln musst.«

Es war nicht einfach, und immer wieder verhaspelte sich Vlaros oder schaffte es nicht, die Gesten sauber zu wiederholen. Mit ruhiger Stimme korrigierte ihn der alte Magier. Endlich war er zufrieden und forderte seinen Schüler auf, den Zauber zu wagen.

»Nimm dir den Baum dort als Ziel«, riet er und zeigte auf eine vom Sturm geknickte Tanne.

Vlaros sprach die Worte aus und bewegte die Hände dazu, doch nichts geschah.

»Versuch es noch einmal.«

Doch wieder tat sich nichts. Frustriert ließ der junge Mann die Arme hängen.

»Ich kann es nicht. Ich bin zu ungeschickt und lerne nicht schnell genug, und außerdem bin ich viel zu erschöpft.« Sehnsüchtig sah er zum Feuer hinüber, von dem ein herrlicher Geruch herüberwehte. Die anderen saßen dort gemütlich, ruhten sich aus und stärkten sich.

»Du versuchst es jetzt noch einmal, und konzentriere dich!« Lahryns Tonfall war nun der eines gestrengen Lehrers. »Der Zauber wird nie gelingen, wenn du mit deinen Gedanken beim Lagerfeuer weilst.«

Vlaros seufzte. Er schloss die Augen und versuchte all seine Gedanken und Kräfte in sich zu sammeln. Im Geist ging er noch einmal die Worte und Gesten durch, dann öffnete er die Augen und fixierte den geknickten Baum. Langsam hob er die Hände. Seine Stimme klang tiefer, als er die beschwörenden Worte aussprach und die Zeichen in die Luft malte. Er spürte, wie seine Finger zu glühen begannen, fühlte die Kraft in sich. Plötzlich flimmerte es vor seinen Händen bläulich, die Luft knisterte und vibrierte, und dann schoss ein Blitzstrahl aus den Fingerspitzen hervor, spannte einen hohen Bogen durch die Nacht und fuhr mit einem Zischen in das tote Holz. Ein Knallen und Bersten ließ die Freunde am Lagerfeuer auffahren. Erschreckt sahen sie den Baum an, aus dem nun meterhohe Flammen schlugen, die erst erloschen, als Lahryn einen Eisregen über ihnen niedergehen ließ.

Erst starrte Vlaros den Baum nur fassungslos an, dann glitt ein Strahlen über sein Gesicht. Er hatte es geschafft!

Am liebsten hätte er den Baum gleich noch einmal in Brand gesetzt, doch Lahryn gebot ihm Einhalt und schritt stattdessen zum Lagerfeuer hinüber, um sich über sein Abendessen herzumachen. Auch Vlaros sprach dem Braten zu, obwohl er Fleisch sonst eher verschmähte, dann rollte er sich in seine Decke und fiel in tiefen Schlaf, der von beglückenden Träumen begleitet wurde. Dennoch fiel es ihm am anderen Morgen schwer, wieder in den Sattel zu steigen, und er war froh, dass Lahryn den ganzen Vormittag über schwieg.

Die Freunde ritten Stunde um Stunde in strengem Tempo, immer der Küstenebene nach Norden folgend. Das Land war baumlos, karg und trocken, und erst am Mittag zeigte sich am Horizont wieder ein Streifen Grün. Vom Staub durstig geworden, strebten sie darauf zu und erreichten am Nachmittag einen breiten Fluss. Er sprang wild von den spitzen Gebirgsgraten im Westen herab, floss danach in der Ebene nur noch träge dahin und bahnte sich in majestätischen Schwüngen seinen Weg, bis er sich am Strand mit den schäumenden Wellen des Meeres mischte.

Die Freunde mussten eine ganze Weile flussaufwärts reiten, bis sie an eine Furt kamen, an der sie das breite Gewässer gefahrlos überqueren konnten. Als sie das andere Ufer erreichten, zügelte Rolana entzückt ihre Stute, um die bezaubernde Landschaft zu betrachten, die sich vor ihnen ausbreitete. Mächtige Weiden säumten das klare Wasser, alte Flussschleifen bildeten grünliche Seen, die mit ihrem dichten Schilf der Anziehungspunkt ganzer Vogelschwärme waren. Ihr Gezwitscher erfüllte die von der späten Sonne durchflutete Luft. Eine Sandbank ragte in die Flussschlinge und lud zum Verweilen ein. Vlaros, der sich wieder einmal verstohlen sein schmerzendes Hinterteil rieb, betrachtete sehnsüchtig das paradiesische Plätzchen.

»Wir sollten den Pferden und uns eine Rast gönnen«, schlug Lahryn vor, denn bis auf die beiden Elben waren alle von der Anstrengung der letzten Tage gezeichnet. Die anderen nickten. Steifbeinig ließ sich der Magier vom Pferd gleiten und setzte sich in den weichen Sand. Seradir bot an, für ein Nachtmahl zu sorgen, und zog mit Ibis zusammen davon. Cay sammelte Feuerholz, während sich die anderen faul im warmen Sand ausstreckten. Thunin bastelte sich eine Angel, befestigte sie am Ufer, legte sich auf dem Bauch daneben und blinzelte schläfrig in das träge dahinfließende Wasser.

Das Abendessen fiel an diesem Tag reichlich aus. Thunin zog zwei fette Brocken aus dem Wasser, und die Elben kamen mit einem Hasen und zwei Rebhühnern zurück. Gemütlich schmausten die Freunde, während die Sonne tiefer sank und die Vögel ihr Abendlied anstimmten. Es war ein heißer Tag gewesen, und die abendliche Kühle wurde freudig begrüßt.

Im rötlichen Schein wanderte Rolana ein Stück vom Lager weg. Ein kleiner Teich mit schimmernd klarem Wasser lockte sie, am Ufer entlangzuwandern. Die junge Frau war vom langen Ritt verschwitzt und sehnte sich nach einem erfrischenden Bad. Suchend blickte sie sich um, doch es war niemand zu sehen. Sie legte ihre Kleider ab und ließ sich in das erfrischende Wasser gleiten. Zufrieden summte sie vor sich hin.

Auch Cay hatte das Lager verlassen. Er lief barfuß durch das kühle Gras und genoss es, der Natur so nahe zu sein. Er legte sein Hemd ab, um den sanften Wind auf seiner Haut spüren zu können, atmete die laue Luft ein und lauschte dem Wispern der Bäume. Plötzlich stutzte er. War das nicht Rolanas Stimme? Aufmerksam lauschend folgte er dem Gesang, und als er einen tief hängenden Zweig zur Seite schob, entdeckte er die junge Frau. Von den letzten rötlichen Strahlen der Abendsonne umspielt, saß Rolana im flachen Wasser und sang leise vor sich hin. Wassertropfen perlten über ihre Schultern und ihre nackten Brüste. Cay blieb wie angewurzelt stehen und konnte den Blick nicht mehr von ihr wenden, so schön war das Bild, das sich ihm bot. Er schluckte trocken und spürte, wie sich sein Puls beschleunigte.

Gemächlich stieg die junge Frau aus dem Wasser und schüttelte ihr langes schwarzes Haar, dass das Wasser nach allen Seiten spritzte. Dann legte sie sich ins Gras, um sich trocknen zu lassen. Der Wind strich über ihre nasse Haut, und ein angenehmer Schauder rieselte über ihren Rücken.

Cay schob den Ast noch etwas weiter zur Seite, um besser sehen zu können, doch mit einem lauten Knacken brach das morsche Holz. Erschreckt fuhr Rolana hoch und griff nach ihrer Hose.

»Wer ist da?«, rief sie scharf.

Verlegen trat Cay zwischen den Bäumen hervor. »Oh, bitte, zieh dich nicht an, ich möchte dich noch ein wenig ansehen«, stieß er hervor, ehe er über seine Worte nachgedacht hatte. Röte schoss ihm ins Gesicht, als er sich der

Dreistigkeit bewusst wurde, doch die junge Priesterin lachte nur und zog ihre Hose hoch.

»Warum sollte ich dir das gestatten, du Spion?«

Unsicher trat Cay näher, streckte den Arm aus und strich mit den Fingerspitzen ein paar Wassertropfen von ihrer weißen Schulter. Die Gefühle brodelten wild durch seinen Körper. Sein Kopf dagegen war plötzlich ganz leer. Natürlich hatte er in seiner Zeit auf der *Gonola* mit den anderen Seeleuten die freien Weiber in den Häfen besucht, und auch in seiner Zeit bei Phillos hatte sich ab und zu die Gelegenheit ergeben, bei einer Frau zu liegen, nie jedoch hatte er solche Gefühle empfunden, wie sie ihn jetzt durchdrangen. Er wollte diesen herrlichen Körper in Besitz nehmen, aber dieses Mal ersehnte er nicht nur die Erlösung seiner Lust, er wollte sie ganz: ihren Geist, ihre Seele und ihr Herz.

Rolana sah in seine blauen Augen, sie konnte jedoch nur ahnen, was in dem jungen Mann, der stumm vor ihr stand, vor sich ging. Sie spürte seine Erregung und sein aufgewühltes Gemüt, doch auch in ihr erhob sich ein Sturmwind, der den glatten Spiegel ihrer Seele aufwühlte. Noch nie war sie einem Mann so nahe gewesen, so nackt und verletzlich ausgeliefert. War das nicht die Situation, vor der sie sich fürchten musste, in der alles außer Kontrolle geraten konnte? Dennoch fühlte sie keine Angst. Stattdessen loderten Sehnsucht und Verlangen in ihr auf. Erstaunt merkte sie, dass sie ihre Hände auf seine nackte Brust legte. Wohin waren die Abgeklärtheit, die ruhige Würde verschwunden? Sie war eine Priesterin, die ihr Leben dem Dienst der Götter verschrieben hatte!

Plötzlich schlang Cay seine Arme um sie und zog sie an seine Brust. Sie fühlte seine Wärme und sein heftig klopfendes Herz. Sein Geruch war herb und doch voller Süße. *Soma wird dir zürnen*, durchfuhr es sie, *er wird seine Gnade von dir abwenden.* Aber sie konnte und wollte sich nicht aus diesen Armen befreien, deren Muskeln sie auf ihrem Rücken spürte. Sie lehnte ihre Wange an seine Brust und lauschte seinem raschen Atem. Sie hob den Kopf und sah zu ihm auf. Als habe er sehnsüchtig darauf gewartet, beugte er sich herab und schloss seine Lippen über den ihren. Der zarte Kuss wurde immer stürmischer. Einen Augenblick bangte Rolana um ihre Rippen, doch dann löste sich die Welt um sie herum auf. Alles drehte sich, und als auch der starke Mann, der sie in seinen Armen hielt, das Gleichgewicht verlor, fiel er, sie mit sich ziehend, rücklings ins Gras. Einen Augenblick ließ er von ihr ab. Ängstlich sah er ihr in die Augen. Sorge und Zärtlichkeit spiegelten sich in seinem Blick. Ein befreiendes Lachen voller Glück entschlüpfte Rolanas Lippen, dann suchte sie wieder nach Cays Kuss, um der Welt noch einmal in einem bunten Farbenwirbel zu entfliehen.

Ibis kicherte fröhlich. Sie saß auf einem Stein am anderen Ufer des Teiches und beobachtete die Szene interessiert. Abwartend warf sie noch einen Blick auf das ineinander verschlungene Paar, dann zog sie sich lautlos in den Wald zurück. Ihre Augen blitzten, als die beiden mit geröteten Gesichtern eine Stunde später aus verschiedenen Richtungen ans Lagerfeuer zurückkehrten.

»Darf man zu irgendetwas gratulieren?«, raunte sie Rolana mit einer Unschuldsmiene zu, die jedoch kaum das Grinsen verbarg.

»Ja, zu unserer guten Bewachung«, erwiderte Rolana leise, zwischen Verlegenheit und Belustigung schwankend.

Sie wickelte sich in ihre Decke und rückte näher ans Feuer. Ruhe kehrte ein. Thunin, der die erste Wache übernahm, lehnte sich ein Stück außerhalb des Feuerscheins an einen bemoosten Baum, zog genüsslich an seiner Pfeife und sah dem blauen Rauch nach, wie er gemächlich in die klare Nachtluft stieg.

Es regnete. Seit Stunden stürzten die Wassermassen vom düsteren Himmel und verbanden sich mit dem Grau des tosenden Meeres. Die Kapuzen tief ins Gesicht gezogen, kamen die Gefährten nur langsam voran. Bald war es völlig dunkel, und die Gruppe zog sich in ein Eichenwäldchen zurück, um der Unbill der Elemente zu entgehen. Blitze zuckten durch die Nacht, doch sie waren nicht das einzige Licht in dem dichten Vorhang des niederrauschenden Regens. Thunin stieß Cay in die Seite.

»Vielleicht sind wir am Ziel«, sagte der junge Schwertkämpfer. »Das Licht ist weit vor der Küstenlinie, es schwankt aber nicht. Möglich, dass es der Turm auf der Landzunge ist.«

»Ich könnte mich dort ein wenig umsehen«, schlug Ibis vor, die ihr Pferd dicht an die anderen herandrängte. »Es scheint nicht allzu weit zu sein.«

Thunin schüttelte energisch den Kopf. »Wenn es wirklich das Seeräubernest ist, ist das viel zu gefährlich.«

»Ich finde, Ibis hat Recht«, mischte sich Seradir ein. »Die

Nacht und der Sturm sind auf unserer Seite. Ich werde sie begleiten.«

Die beiden Elben huschten durch die Nacht davon. Der strömende Regen nahm ihnen die Sicht, doch so bestand auch keine Gefahr, dass sie entdeckt würden. Vorsichtig tasteten sie sich zwischen scharfkantigen Blöcken und windzerzausten, verkrüppelten Büschen hindurch, immer auf den Lichtschein zu. Ein Blitz zerriss die Nacht und tauchte einen hohen, grauen Turm mit mächtigen Mauern für den Bruchteil einer Sekunde in gleißendes Licht. Geblendet blieben die Elben stehen, bis sich ihre Augen wieder an die Dunkelheit gewöhnt hatten.

»Vorsicht, da vorne hinter dem Felsen bricht das Kliff überhängend ins Meer ab.« Ibis musste fast schreien, um den Sturmwind zu übertönen. »Wir müssen uns mehr nach links halten, um zum Turm hinauszugelangen.«

Vor Kälte zitternd und völlig durchweicht schlichen sie über die schmale Landzunge, die die Halbinsel mit dem Festland verband, bis der Turm vor ihnen aufragte. Er war ein hohes Gebäude mit quadratischem Grundriss und dicken, aus großen Quadern zusammengefügten Mauern. Im Schein eines Blitzes konnten sie erahnen, wie hoch der Turm war. Ein windschiefer Schuppen lehnte an einer der Wände. Drinnen konnten sie das Wiehern von Pferden hören. Oben im Turm huschte ein Lichtschein hin und her. Es sah aus, als würde jemand eine Laterne schwenken.

»Da!« Ibis zog Seradir am Ärmel. Von See her kam eine Antwort, doch sie hatten keine Ahnung, was die verschieden langen Lichtsignale bedeuten sollten.

Im Schutz der Nacht umrundeten die Elben den Turm,

konnten jedoch keine Tür entdecken. Ibis legte den Kopf in den Nacken und ließ den Blick die gemauerten Wände hinaufgleiten. Oben, in mindestens zwanzig Fuß Höhe, zog sich ein Mauervorsprung mit einem Geländer um den Turm. Einige dunkle Höhlungen schienen Türen oder Fenster zu sein. Nachdenklich strich Ibis über die sauber zusammengefügten Quader, doch Seradir packte sie am Handgelenk und schüttelte den Kopf.

»Lass uns erst einmal den Stall untersuchen«, raunte er.

Sie schlichen zu dem Bretterverschlag, öffneten die Tür einen Spalt und huschten lautlos hinein. Von den fünfzehn abgetrennten Boxen waren nur sechs belegt. Es waren edle Reitpferde, keine der gedrungenen Arbeitstiere, die die Bauern der Gegend benutzten. Neugierig sahen sich Ibis und Seradir um und entdeckten in der hintersten Box unter dem Stroh verborgen eine Falltür. Die mit Eisenbändern verstärkte Bodenplatte war verschlossen, doch das war für Ibis kein Problem. Sie zog die Häkchen und Nadeln aus der Tasche, die sie für solche Fälle immer bei sich trug, und in nur wenigen Minuten hatte sie das Schloss geknackt. Ohne Licht zu machen, zog sie die Falltür auf und tastete sich die ersten Stufen hinunter.

»Nun mach schon«, drängte Seradir, »wir haben nicht ewig Zeit!«

Ibis ließ sich nicht aus der Ruhe bringen und untersuchte den Schacht genau, bevor sie langsam tiefer stieg.

»Ich glaube nicht, dass man hier einfach so hereinspazieren kann«, flüsterte sie. »Sicher gibt es hier etwas, um ungebetene Gäste fern zu halten.«

Am Fuß der Stufen wurde sie fündig. Mit einem triumphierenden Lächeln zeigte sie dem Elb den Mechanismus, mit dem man eine üppige Ladung Steine auf die Häupter der Eindringlinge herabstürzen lassen und zur Not auch den ganzen Gang blockieren konnte.

Ibis brauchte nicht lange, die Falle zu entschärfen. Dann folgte sie einem schmalen Gang, der zu einer zweiten Falltür, diesmal über ihnen, führte. Leise kletterten sie hinauf und fanden sich im Innenhof des Turmes wieder. Hier war alles dunkel, doch oben, zwei Stockwerke über ihnen, geisterte der Lichtschein hin und her. Die Elben sahen zwei Türen, die vom Hof in das Innere des Turmes führten, und entschieden sich, mit der Linken ihre Erkundung zu beginnen. Die Tür war nicht verschlossen und ließ sich geräuschlos öffnen. Ibis strich mit dem Finger über die Angeln und hielt Seradir den öligen Finger unter die Nase.

»Mit Geistern oder verdammten Seelen haben wir es jedenfalls nicht zu tun«, flüsterte sie ihm zu.

Leise schlichen sie durch die düsteren Räume, konnten jedoch nichts Aufregendes entdecken. Die kleinen steinernen Zimmer zogen sich um den ganzen Turm herum und lagen alle zur Außenseite hin. Vor den Zimmern verlief ein schmaler Gang, dessen Fensterschlitze zum Hof hin zeigten. Manche der Räume waren leer, andere spärlich mit einem Tisch und rohen Stühlen eingerichtet. In einem hölzernen Gestell lehnten einige Piken und lange Speere, in einer anderen Kammer lagen Strohsäcke und schmutzige Decken auf dem Boden. Auch einige Kleidungsstücke waren achtlos auf einen Haufen geworfen, doch sie konnten keine Menschenseele entdecken. Die Elben kamen zu einer Treppe, huschten hinauf und sahen sich das nächste

Stockwerk an, das sich jedoch kaum von dem darunter unterschied. Von oben hörten sie plötzlich Stimmen. Vorsichtig huschten sie noch eine Treppe höher. Sie duckten sich hinter einen Vorsprung und spähten dann aufmerksam um die Ecke. Vom Ende des Gangs kam ein schwacher Lichtschein, und dort schien auch die Quelle der beiden Stimmen zu sein.

Ibis winkte Seradir, ihr zu folgen, und lief, eng an die Wand gedrückt, auf die Stimmen zu. Vorsichtig riskierte sie einen Blick durch die nur angelehnte Tür und betrachtete neugierig den großen Raum, der sich dahinter öffnete. Er lag zur Seeseite, und durch das Fenster sah die Elbe die Lichtsignale des Schiffes, das sich dort draußen in der stürmischen Nacht herumtrieb. Zwei Gestalten standen mit dem Rücken zu ihr am Fenster und sahen hinaus. Der eine hielt ein Fernrohr in der Hand und beobachtete die Signale, der andere studierte ein Blatt Pergament. Ibis' Blick huschte durch das Zimmer, das von einer Laterne nur schwach erleuchtet wurde. Sie erkannte einen großen Tisch, auf dem Seekarten ausgebreitet waren, einige Stühle standen an den Wänden, ein Haufen nasser Kleider lag in einer Ecke.

»So eine verdammte Nacht«, fluchte der Größere der beiden. »Wie sollen wir bei diesem Sturm die Ware an Bord kriegen?«

Die andere Gestalt ließ das Fernrohr sinken. »Seras wird nicht in die Bucht fahren. Er traut sich bei diesem Seegang und der Dunkelheit nicht durch die Haifischzähne. Wir werden also mindestens einen Tag verlieren.«

Jetzt erst bemerkte Ibis, dass die zweite Gestalt eine Frau

war, deren Stimme jedoch rau und hart wie die eines Mannes klang.

»Geh zum Narbigen und berichte ihm, dass wir erst beladen können, wenn morgen die Flut die Klippen überspült – falls der Sturm bis dahin nachgelassen hat. Er wird toben, doch das nützt auch nichts. Der große Magier wird schon nicht gleich umkommen, wenn er das Zeug erst ein paar Tage später bekommt.« Sie zuckte mit den Schultern und fügte dann noch leise hinzu: »Weiß sowieso nicht, wozu er das so dringend braucht.«

Der Mann rührte sich nicht von der Stelle. Erst als die Frau ihn rüde anfuhr, warum er sich denn noch immer nicht auf den Weg gemacht habe, drehte er sich um und hob eine triefende Hose und einen ebenfalls nassen Kittel vom Boden. Er fluchte leise vor sich hin, während er in die nassen Sachen schlüpfte. Seradir zupfte Ibis hektisch am Ärmel. Geräuschlos zogen sich die beiden zurück, huschten den Gang entlang und verbargen sich wieder in der Nische.

Sie mussten nicht lange warten, da kam der Mann in seinen nassen Kleidern auch schon leise vor sich hin schimpfend an ihnen vorbei und stieg die Treppe hinunter. Mit angehaltenem Atem warteten die Elben, bis er das nächste Stockwerk erreicht hatte, dann folgten sie ihm leise. Das Gewitter war inzwischen weitergezogen, und nur noch vereinzelt fielen dicke Regentropfen auf den Hof herab. Nass und grau drang die Dämmerung durch alle Ritzen und ließ sie beiden Elben frösteln.

Der Mann verschwand in einem Raum und zog die Tür hinter sich zu. Ungeduldig warteten Ibis und Seradir in einiger Entfernung darauf, dass er endlich wieder auftauchte.

Besorgt sah der Elb das immer heller werdende Grau durch die schmalen Fenster in den Gang dringen und die Schatten der Nacht verdrängen.

»Wir müssen zurück«, flüsterte er. »Ibis, komm!«

Doch die Elbe schüttelte trotzig den Kopf. »Jetzt, wo wir so nah dran sind, den Eingang zu dem Seeräubernest zu finden? Wenn es dir zu gefährlich ist, dann kannst du dich ja zurückziehen.«

Seradir stieß sie in die Seite. »Was denkst du denn von mir? Ich lasse dich doch nicht allein in dieser Räuberhöhle.«

Sie schwiegen einige Augenblicke, dann stieß Seradir ungeduldig hervor: »Was macht der Kerl denn so lange in dem Zimmer? Ich denke, er soll den Narbigen verständigen.«

Ibis schlug sich an die Stirn. »Verflucht! Der Zugang ist bestimmt in dem Raum, und nun ist der Kerl schon längst über alle Berge.«

Sie huschte zur Tür und presste lauschend ihr Ohr an das Holz. Da nichts zu hören war, drückte sie die Klinke und schob die Tür langsam auf. Wie erwartet, war das Zimmer leer. Die Nasenspitze fast am Boden, suchte sie nach den feuchten Abdrücken von Schuhen und folgte ihnen dann bis zu einer Nische, die mit einer Holzplatte verschlossen war. Hastig schob die Elbe die Platte beiseite. Zu spät kam ihr der Gedanke, dass diese Schiebetür vielleicht gesichert sein könnte. Mit einem Zischen fuhr ihr eine scharfe Klinge in die Hand. Ibis unterdrückte einen Schrei. Nur der hastig ausgestoßene Atem verriet, wie schmerzhaft die Wunde sein musste. Hastig riss Ibis ein Stück Stoff aus ihrem Umhang und wickelte ihn fest um den stark blutenden Schnitt. Seradir wischte die verräterischen roten Tropfen vom Boden.

»Ibis, nun komm mit zurück. Wir kommen heute Nacht noch einmal wieder.«

Doch die Elbe blieb störrisch. »Was ist, wenn sie bis dahin entdecken, dass die Falle unter dem Stall entschärft ist?«

Ibis kroch in die Nische, und bald schon erklang ein leises Klicken. Mit einem Glitzern in den tiefgrünen Augen winkte sie Seradir, ihr zu folgen. Seufzend stieg er hinter ihr die feuchten Steinstufen hinab. In einer Wandnische an einem Treppenabsatz fanden sie ein Bündel Fackeln, zwei Laternen und mehrere Tonfläschchen voller Öl. Daneben lagen einige seltsame Stäbe, deren Oberfläche metallisch schimmerte. Ibis nahm einen davon und drehte ihn in ihren Händen. Sie warf Seradir einen fragenden Blick zu, doch auch er hatte so etwas noch nie gesehen und zuckte nur ratlos mit den Schultern.

Ohne Licht zu machen, stiegen sie weiter die Stufen hinunter, die bald in einen felsigen Gang übergingen. Immer wieder zweigten zu beiden Seiten kleine Höhlen ab. Es roch nach Tang und verwesendem Fisch. In den Höhlen fanden die beiden Elben Kisten mit Lebensmitteln, Fässer mit Wasser und Wein und Bündel mit Waffen. In einem schmalen, trockenen Raum standen kleine Kisten, in denen ein graues Pulver aufbewahrt wurde, sorgsam in Lederbeuteln zu kleinen Portionen verpackt.

Seradir rieb es zwischen den Fingern und roch daran, er konnte sich aber keinen Reim darauf machen. Auch Ibis schüttelte den Kopf, steckte jedoch einen der Beutel ein, um ihn Lahryn zu zeigen. Dann folgten sie dem Gang weiter, bis er sich herabsenkte und im Wasser verschwand.

Erstaunt sahen sich die Elben an. Hatten sie eine Abzweigung übersehen? Noch einmal sahen sie in jede Höhle, aber sie konnten keine verborgene Tür entdecken. Der Mann hatte sich doch nicht einfach in Luft aufgelöst!

Schließlich gab Ibis nach, und so machten sie sich enttäuscht auf den Rückweg. Als sie den Turmhof wieder erreichten, war der Tag vollends erwacht. Die Sonne versteckte sich noch hinter bauchigen Wolken, doch es regnete nicht mehr. Im Turm war alles ruhig. Schnell huschten sie zur Falltür zurück, stiegen durch den Gang zum Pferdestall und eilten dann, hinter Büschen und Steinblöcken Deckung suchend, über die Landzunge dem Festland zu.

Tara zog ihr scharfes Messer aus der Schärpe und ließ es durch die Luft surren. Die Klinge wirbelte durch die Küche und fuhr dann tief in das Holz der geschlossenen Tür.

»Hast du es gesehen? Also los, dann probiere es!«

Lamina nahm den Dolch, den die kleine kämpferische Frau ihr gegeben hatte, und holte ungeschickt zum Wurf aus, doch Tara gebot ihr Einhalt.

»Halt! Willst du dir selbst in die Hand schneiden? Warte, ich zeige es dir noch einmal.«

Sie stellte sich hinter die junge Gräfin und führte ihr die Hand ein paar Mal langsam vor und zurück. Dann trat sie einen Schritt zur Seite und nickte Lamina aufmunternd zu. Die junge Frau ließ den Arm nach vorn schnellen, das blanke Metall blitzte auf, dann schlug der Dolch mit dem Griff gegen den Türrahmen und fiel klappernd zu Boden. Tara ließ ihre Zahnlücke sehen.

»Oje, da müssen wir aber noch viel üben!«

Sie ließ den Dolch über den Boden zu Lamina zurückgleiten, stutzte dann und stürzte mit einem Aufschrei zu ihrem Kessel, dessen brodelnder Inhalt den Deckel tanzen ließ. Das Feuer zischte, die Flammen schlugen hoch, als die fettig aufschäumende Brühe in die Glut tropfte. Tara rührte in ihren Töpfen und gab ihrer Schülerin gleichzeitig Anweisungen. Vergeblich mühte sich Lamina, den verwirrenden Ratschlägen Folge zu leisten, doch nach unzähligen Versuchen blieb der Dolch endlich im Holz stecken, und die junge Gräfin klatschte erfreut in die Hände. Auch Tara ließ sich zu einem Lob herab und klopfte mit dem Kochlöffel gegen den eisernen Kessel.

Als der Dolch bei ihrem nächsten Versuch auf die Tür zuflog, ging diese plötzlich auf, und der glänzende Stahl wirbelte an der Nase des verdutzten Ankömmlings vorbei. Wütend stürmte Tom auf die junge Frau zu, aber Tara drängte sich dazwischen.

»Pass genau auf, denn jetzt bekommst du Lektion Nummer zwei. Wenn du dich ohne Waffen auf einen Kampf einlassen musst, dann hilft nur ein gezielter Tritt.«

Zur Demonstration wirbelte sie herum, und bevor Tom erahnen konnte, was sie vorhatte, trat sie ihm kräftig zwischen die Beine, so dass er sich vor Schmerz zusammenkrümmte. Tara strahlte über die gelungene Vorführung, stemmte die Hände in die Hüften und betrachtete ihr Opfer ungerührt. Sobald Tom sicher war, dass er keinen ernsthaften Schaden genommen hatte, hob er die Hand und verpasste Tara eine schallende Ohrfeige, so dass sie sich unsanft auf den Hintern setzte. Dann packte er sie an ihrem Hemd und riss sie wieder hoch.

»Du verdammtes Luder«, schimpfte er sie, doch sie lachte so unwiderstehlich, dass es auch um seine Mundwinkel zuckte. »Das kostet dich eine ganze Nacht mit allem, worauf ich Lust habe«, fügte er nicht mehr ganz so wütend hinzu.

»Aber sicher, mein Schatz«, schmeichelte sie und küsste ihn feucht auf den Mund. »Du bekommst sogar zwei Nächte, lieber Tom, wenn du noch ein wenig bleibst und mir hilfst, eine Kämpferin aus dem Täubchen zu machen.«

Tom stieß sie weg. »Darauf kann ich verzichten! Wozu soll das gut sein, dass Weiber so etwas können? Glaubst du, wir wollen noch so ein rohes, zänkisches Weib wie dich?«

Tara lachte schallend, während Tom zu einem der Regale schlenderte und sich einen Becher mit Branntwein füllte. Fassungslos sah die Gräfin von einem zum anderen und wusste nicht, was sie von dieser Szene halten sollte. Tom biss Tara zum Abschied spielerisch in den Hals, klatschte ihr auf den Hintern und ging dann, den gefüllten Becher in der Hand, pfeifend hinaus, während sich Tara wieder dem Essen zuwandte. Laminas Blick missverstehend, meinte sie:

»Ich habe dir ja gesagt, dass die meisten Jungs ganz nett sind. Man muss sie eben so nehmen, wie sie sind – auch wenn sie sich nicht gerade zartfühlend benehmen.«

Lamina dachte daran, wie zartfühlend Tara war, und plötzlich stieg der Drang zu lachen in ihr auf.

Nach dem Essen legte sich Lamina auf das Bett, das sie nun nachts mit Tara teilte, wenn diese nicht einem der Männer zu Diensten war. Seufzend verschränkte die junge Gräfin die Arme im Nacken und sah zur Decke hinauf, an der in einem silbrigen Wirbel die Strahlen des Mondes tanzten. Sie sah Tara vor sich. Sie war so lebendig, so fröhlich und voller Kraft, trotz ihres harten Loses. Sie schien gar Spaß daran zu haben. Würde sie selbst es schaffen, solch ein Leben zu ertragen? Lamina konnte sich das nicht vorstellen, andererseits glaubte sie auch nicht mehr daran, dass jemand kommen und sie retten würde, und auch die Hoffnung, sich selbst befreien zu können, war kaum mehr ein Funke in ihr, der langsam erlosch.

Die Tür öffnete sich, und Tom kam herein. Mit einem Ruck setzte sich Lamina auf, warf ihm einen misstrauischen Blick zu und rutschte dann, das Betttuch bis unter das Kinn gezogen, dicht an die Wand.

»Hallo«, sagte er freundlich und hob grüßend die Hand. »Hast du schon geschlafen?«

Lamina schüttelte den Kopf und presste abweisend die Lippen zusammen, doch offensichtlich bemerkte Tom die Ablehnung nicht.

»Tara ist gerade beschäftigt«, fuhr er fort, trat näher und setzte sich auf die Bettkante. »Na ja, da dachte ich, ich komme mal zu dir. Wollen wir nicht ein wenig Spaß miteinander haben?«

Er krabbelte auf das Bett, schlang seine Arme um Laminas Taille und zog sie zu sich heran. Tom war ein kräftiger junger Mann, und schon das Gefühl der muskulösen Arme, die sie umfassten, ließ die namenlose Qual in ihr wieder lebendig werden. Sie konnte sich nicht wehren, sie konnte nicht schreien, sie erstarrte einfach. Er küsste sie auf den

Mund, stürmisch und voller Leidenschaft, doch nicht brutal. Seine Bartstoppeln stachen in ihre zarte Haut. Still rannen die Tränen über ihre Wangen. Sie fühlte wilde Panik in sich aufsteigen, der Strudel begann sich zu drehen und drohte sie in die finstere Tiefe zu reißen.

Tom ließ sie los und rückte ein Stück von ihr ab. »Habe ich dir wehgetan?«

Stumm schüttelte Lamina den Kopf.

»Aber was hast du dann?«, fragte er ratlos. »Tara sagt, dass es auch den Frauen Freude bereitet.«

Wehmütige Erinnerungen regten sich in Laminas Herz: die fast vergessenen Schatten leidenschaftlicher Liebesnächte, die Wärme und der Geruch des geliebten Gatten, den sie verloren hatte. Wie konnte sie diesem rauen Burschen begreiflich machen, welches Glück die Vereinigung der Liebe war und welch schreckliches Leid sie über ein Weib brachte, das durch die Gewalt eines Mannes erniedrigt und gedemütigt wurde?

»Möchtest du Wein?«, fragte Tom, der sie immer noch aufmerksam betrachtete. Unfähig, auch nur ein Wort herauszubringen, nickte Lamina.

Er erhob sich, lief hinaus und kam mit einem Krug und zwei Bechern zurück. Mit zitternden Händen führte Lamina den Becher an die Lippen, während Tom begann, von seinen Fahrten auf der *Schlange zu* erzählen. Es waren ernste und lustige, grausame und unglaubliche Geschichten, doch allmählich ließen die Klauen der Panik von Lamina ab. Der Wein wärmte sie, und die Worte hüllten sie ein. Schläfrig lehnte sie sich in die Kissen zurück. Dann schwieg er.

»Wo kommst du her?«, fragte er nach einer Weile.

Lamina sah ihn verwirrt an. Fenon, das Gut ihres Vaters, Burg Theron, all das schien so weit weg, als seien es Orte eines früheren Lebens. Eine tiefe Traurigkeit griff nach ihrem Herzen, als die Sehnsucht in ihr aufstieg. Die Einsamkeit ließ sie frösteln.

»Theron«, sagte sie versonnen, und dann formten sich die Worte wie von selbst.

Tom rutschte an ihre Seite, legte den Arm um ihre Schulter und streichelte sanft ihre Hände. Lamina sah in die Ferne. Ihr Geist war nach Hause zurückgekehrt, und ihr Mund sprach von den saftigen Wiesen, durch die der Wind strich, von den Schluchten in den aufragenden Silberbergen, durch die sie mit Gerald geritten war, von den Sorgen und Nöten der Burgbewohner und der Pächter. Tom streichelte sie und hörte zu. Als sie dann schwieg, küsste er zaghaft ihre Lippen. Dieses Mal versteifte sie sich nicht. Seine Lippen waren rau und schmeckten nach Wein, doch sie sprachen von Wärme und Anteilnahme. Mit einem Seufzer lehnte Lamina ihre Wange an seine Brust und schlang ihre Arme um seinen Leib. Sie schloss die Augen und schlief ein.

Eine ganze Weile wagte Tom nicht, sich zu rühren, dann löste er vorsichtig ihre Hände aus seinem Kittel, rutschte vom Bett und schob die Schlafende unter die Decke. Sie rollte sich wie ein kleines Tier zusammen, erwachte aber nicht. Einen Augenblick blieb er noch vor dem Lager stehen und strich über das herrlich rote Haar, dann ging er hinaus und schloss leise die Tür hinter sich.

Thunin schritt unruhig auf und ab, und auch die anderen konnten keine Ruhe finden. Der Regen hatte nachgelassen, und im Osten kündigte sich der neue Tag an, von Ibis und Seradir fehlte jedoch jede Spur.

»Verdammt, wir müssen sie suchen«, murmelte der Zwerg, der in die sich lichtende Dämmerung starrte. Lahryn legte ihm beruhigend die Hand auf die Schulter.

»Das Tageslicht ist nicht gut für uns. Wir sollten nichts überstürzen.«

»Aber wir können sie doch nicht im Stich lassen!«, begehrte Thunin auf. »Sicher hat Ibis ihre vorwitzige Nase wieder einmal ein Stück zu weit in die Dinge gesteckt.«

Lahryn hob beschwichtigend die Hände und versicherte dem Zwerg gerade, dass er natürlich nicht daran dachte, einen Gefährten im Stich zu lassen, da deutete Cay aufgeregt zur Halbinsel hinüber. Zwei geduckte Schatten huschten zwischen den Felsblöcken näher. Erleichterung glättete die tiefen Furchen auf Thunins Stirn. Die Freunde zogen sich tiefer ins Unterholz zurück und hörten voll Spannung den Bericht der beiden Elben. Dann schickte Thunin Ibis mit strenger Stimme schlafen. Maulend gehorchte sie. Viel lieber hätte sie das Schiff beobachtet, doch alle waren sich einig, dass sie ihre Kräfte in der nächsten Nacht sicher brauchte. Rolana kümmerte sich noch um den Schnitt in ihrer Hand, der sich zum Glück als nicht vergiftet herausstellte, dann wickelten sich die beiden Elben in ihre Decken und schliefen ein. Während die anderen ihren Schlaf bewachten, schlichen Thunin und Rolana an die Felskante vor, um einen Blick auf das Schiff zu werfen, das im nächtlichen Sturm vor Fansei angekommen war.

Eine Weile gingen sie parallel zur Küste, bis sie die Halbinsel mit dem Turm hinter sich gelassen hatten. Rolana eilte hinter dem Zwerg her durch das dichte Buschwerk des lang gestreckten grünen Hangs. Dann verlangsamte er seinen Schritt und wandte sich der Küste zu. Er suchte sich im Zickzack seinen Weg hinter Büschen und Steinen, immer darauf bedacht, dass sie vom Turm aus nicht gesehen werden konnten. Dann kam der gefährlichste Teil des Weges. Ein karges, ausgetrocknetes Flussbett, in dem an sandigen Stellen nur ein paar dürre Grasbüschel wuchsen, trennte sie von der Steilkante, die zum Meer hin abbrach.

Thunin rannte als Erster los, duckte sich auf der anderen Seite hinter einen Felsen und wartete einige Augenblicke. Nichts regte sich. Eilig winkte er Rolana, ihm zu folgen. Vorsichtig krochen sie die letzten paar Schritte, bis sie über die Kante sehen konnten. Nur wenige Handbreit vor ihnen brach der Fels leicht überhängend mehr als sechzig Fuß ab. Tief unter ihnen brodelten weiße Schaumkronen auf dem tintenblauen Wasser. Vom frischen Wind getragen, segelten Möwen über den Wellen und ließen ihr heiseres Krächzen hören.

Das Schiff, das in der Nacht noch in sicherem Abstand vor der Küste auf und ab gesegelt war, lag nun zwischen den Felsen in der ruhigen Bucht vor Anker. An Bord herrschte emsiges Treiben. Verwegen aussehende Männer schleppten schwere Kisten unter Deck, die von einer langen Reihe Ruderboote herangebracht wurden. Im Austausch dagegen wanderten Bündel und Säcke aus den Laderäumen des Schiffes an Deck und wurden dann zu den Booten hinuntergelassen. Thunin und Rolana hörten die Stimmen der

Männer, sie konnten die Worte aber nicht verstehen. In einer langen Reihe machten sich die Ruderboote wieder auf den Weg und strebten einer Grotte zu, die, düster wie das Maul eines riesigen Wals, hinter dem Zweimaster aufragte. Bald schon kehrte die kleine Flotte wieder mit Kisten zurück.

»Meinst du, die Grotte ist der Unterschlupf der Piraten?«, fragte Rolana, die die bunten Gestalten in ihren Booten nicht aus den Augen ließ.

Thunin zuckte mit den Schultern. »Hm, sieht fast so aus. Einerseits ist so eine raue Felseninsel gewiss ideal, denn man kann vor Störungen sicher sein. Sieh nur, wie die Wellen gegen die Klippen donnern. Dort kann kein Schiff anlanden. Andererseits frage ich mich, wie kommen die Piraten und ihre Beutestücke von diesem Felsklotz wieder weg? Nur mit den Ruderbooten? Das kann ich nicht glauben.«

»Es gibt bestimmt einen unterirdischen Gang«, meinte Rolana nach einer Weile. »Erinnere dich, was Ibis und Seradir erzählt haben. Ich denke, sie haben ihn einfach übersehen. Wohin soll der Mann sonst verschwunden sein? Ich sage: Es gibt eine Verbindung zwischen der Grotte auf der Insel und dem Turm.«

»Nun müssen wir sie nur noch finden«, brummte der Zwerg.

Die Sonne hatte die Wolken endgültig vertrieben und heizte den beiden in ihrem Felsenversteck ein. Rolana gähnte und rollte sich unter einem stacheligen Busch zu einem Mittagsschlaf zusammen, doch der Zwerg starrte unverwandt zu der felsigen Insel hinüber. Er wusste, wie sinnlos es war, und dennoch hoffte er, ein Lebenszeichen der Gräfin zu entdecken.

Am späten Nachmittag, als die Flut einsetzte, waren die Seeleute mit dem Umladen fertig. Der Zwerg weckte Rolana, die sich verschlafen die Augen rieb, ehe ihr wieder einfiel, wo sie sich befand. Interessiert setzte sie sich auf und beobachtete, wie der Anker gelichtet wurde und der Kapitän einige Segel setzen ließ. Langsam nahm das Schiff Fahrt auf und näherte sich den gefährlichen Haifischzähnen. Der Lotse schrie die Fadentiefen, noch einmal wurde der Kurs korrigiert, dann passierte das Schiff unbeschadet die scharfen Klippen, die bis fast an die Wasseroberfläche aufragten. Als das Schiff die offene See erreichte, ließ der Kapitän die restlichen Segel setzen, der Wind fuhr in das weiße Tuch und blies den Zweimaster in Richtung Süden. Rolana und der Zwerg sahen ihm noch eine Weile nach, dann machten sie sich auf den Rückweg zum Lager. Die Elben hatten inzwischen ausgeschlafen, und bei einem kalten Abendessen besprachen die Freunde den Plan für die nun hereinbrechende Nacht.

Sie warteten, bis es dunkel war. Thunin zog sich einen mit Eisenplatten verstärkten Brustpanzer über, und Cay schlüpfte in sein altes, schon etwas rostiges Kettenhemd. Die Elben verzichteten lieber auf irgendwelche Rüstungsteile, die ihre Gewandtheit behindern würden. Die Sinne vor Anspannung geschärft, machten sie sich auf den Weg. Von Westen zogen wieder Wolken auf, und bald verhüllten sie den Mond und bedeckten den Sternenglanz. Da sie nicht riskieren konnten, Licht zu machen, mussten sich die Magier, Cay und Rolana auf die Führung der Elben und des

Zwergs verlassen, für deren Augen noch genug Licht vorhanden war. Vorsichtig passierten sie die Landzunge und schlichen dann bis zum Pferdestall. Er war ausgemistet worden und die Krippen mit frischem Heu gefüllt, doch auch in dieser Nacht ließ sich keine Menschenseele blicken. Ibis huschte zur Falltür, kletterte die Stufen hinunter und kam kurz darauf wieder zurück. Sie winkte den anderen, ihr zu folgen. Offensichtlich hatte niemand bemerkt, dass sie sich an der Falle zu schaffen gemacht hatte. Die Eindringlinge erreichten unbeschadet den Innenhof des Turmes und folgten den Elben in den Raum, von dem aus man in die Höhlen hinuntersteigen konnte. Dieses Mal war Ibis darauf bedacht, die Falle zu entschärfen, bevor sie das Brett zur Seite schob. Wieder huschten die Elben voran, um zu sehen, ob die Luft rein war. Erst dann folgten die anderen. Sie wagten es, zwei Laternen zu entzünden, denn hier unten war es so finster, dass selbst Thunin, Seradir und Ibis nur noch vage Umrisse wahrnehmen konnten. Sie teilten sich in zwei Gruppen auf und begannen sorgfältig den Gang und die abzweigenden Höhlen nach einer geheimen Tür abzusuchen.

»Licht aus!«, zischte Seradir plötzlich, der dem Höhleneingang am nächsten stand. Die Flammen erloschen, und die Freunde duckten sich hinter einen Stapel Kisten und Fässer. Sie hörten Stimmen, ein seltsam blauer Lichtschein kroch über den Boden. Nur wenige Augenblicke später betraten eine Frau und zwei Männer die Höhle. Ihre Kleider trieften vor Nässe, so dass sich um ihre Füße kleine Pfützen auf dem Boden bildeten. Das blaue Licht erlosch, und dann flackerte die warme Flamme einer Laterne auf. Seradir, der ganz in der Nähe hinter einer Truhe kauerte, hielt den Atem an und drückte sich noch tiefer in die Schatten, als die Schritte der Frau auf ihn zukamen. Sie öffnete die Kiste, holte drei kleine Beutel heraus und schloss dann den Deckel wieder. Sie drückte jedem ihrer Begleiter einen davon in die Hand, dann wandten sich die drei Gestalten dem Höhlenausgang zu.

»Ich hasse nasse Kleider«, schimpfte einer der Männer.

»Stell dich nicht so an. Du kannst dich im Turm umziehen«, antwortete die Frau mit ihrer dunklen Stimme. Es war dieselbe, die Ibis und Seradir in der Nacht zuvor oben im Turmzimmer gesehen hatten.

»Wir haben eine ruhige Nacht vor uns. Heute wird kein Schiff ankommen, und die Karawane aus den Bergen erwartet der Narbige frühstens in zwei Tagen.«

Sie sprach noch weiter, doch die Freunde konnten ihre Worte nicht mehr verstehen. Die Stimmen entfernten sich und verklangen, dann war es wieder still. Dennoch warteten die ungebetenen Besucher noch eine ganze Weile, ehe sie es wagten, ihre Laternen wieder anzuzünden.

»Wo sind die beiden nur hergekommen?«, wunderte sich Ibis und folgte den nassen Spuren. »Sind sie mit dem Boot umgekippt, dass sie so triefend nass waren?«

Ratlos blieb sie am Ende des Gangs stehen und sah auf das leise plätschernde Wasser zu ihren Füßen herab. Weit und breit war kein Boot zu sehen.

»Vielleicht ist es wieder weggefahren«, schlug Vlaros vor, doch Lahryn hob die Lampe und ließ den Strahl über die Decke gleiten. Verwundert schüttelte er den Kopf. Es war keine Öffnung zu sehen.

»Sie sahen nicht aus wie Magier, sonst würde ich sagen, sie sind durch das Wasser gelaufen«, murmelte Vlaros.

Lahryn fuhr herum. »Aber ja, das ist es!«, rief er. »Atempulver!«

Die anderen sahen ihn fragend an, und so berichtete er rasch von dem Pulver, das einem gestattete, unter Wasser zu atmen. Nur sehr wenige Magier waren in der Lage, so etwas herzustellen, daher war das Pulver sehr selten und wurde in Gold aufgewogen.

Ibis schlug sich an die Stirn. Rasch griff sie in ihre Tasche und holte das lederne Beutelchen heraus, das seit der vergangenen Nacht vergessen dort steckte. Sie öffnete das Band und schlug vorsichtig den seidigen Stoff im Innern auseinander.

»Könnte das dieses Atempulver sein?«, fragte sie, trat zu Lahryn und hielt ihm den Beutel unter die Nase. Nachdenklich ließ der Magier das graue, unscheinbare Pulver durch seine Finger rieseln. Er streute sich etwas davon auf seine Handfläche, schloss die Augen und konzentrierte sich auf die magischen Schwingungen. Kein Zweifel, das Pulver strahlte starke Magie aus, die so mächtig war, dass Lahryn sich sicher sein konnte, er wäre nicht in der Lage, solch ein Pulver herzustellen.

Ein sehr großer Magier muss hier seine Finger im Spiel haben, dachte er bei sich und fühlte, wie sich seine Nackenhaare aufstellten.

»Und?«, drängte Ibis und riss ihn aus seinen Gedanken.

Lahryn schüttete das Pulver sorgfältig wieder in den Beutel zurück und schlug die Tücher übereinander.

»Alles, was ich sagen kann, ist, dass mächtige Magie darin steckt, wie das Pulver jedoch wirkt, weiß ich nicht.« Entschuldigend hob er die Handflächen.

»Dann müssen wir es einfach ausprobieren«, schlug Ibis vor und streckte die Hand nach dem Beutel aus, doch Thunin stellte sich dazwischen.

»Bist du nun völlig übergeschnappt? Du willst irgendein magisches Zeug schlucken, das diese üble Seeräuberbande hier aufbewahrt?«

Ibis zuckte gelassen die Schultern. »Wie sollen wir denn sonst herausfinden, ob es funktioniert?«

Die Freunde sahen sich an. Nur der Zwerg war vehement gegen das Ausprobieren, die anderen jedoch nickten. Sie einigten sich darauf, dass Seradir und Cay testen sollten, ob und wie lange das Pulver wirkte. Lahryn zog einen kleinen Löffel aus seiner Tasche und gab Seradir einen und Cay zwei Löffel von dem Pulver zu schlucken. Dann suchten sie eine der großen Höhlen auf, die ebenfalls ins Wasser führten. Sie hofften, hier während ihres Experiments vor ungebetenen Besuchern sicher zu sein.

Cay griff sich an den Hals. »Komisches Gefühl«, murmelte er. Er warf der sorgenvoll dreinschauenden Rolana noch einen Blick zu, dann folgte er dem Elb, der bereits bis zu den Schultern im kalten Wasser stand.

»Viel Glück«, murmelte Rolana und sah mit bangem Blick, wie die beiden Männer im Wasser verschwanden. Es blieb nur ein Kräuseln an der pechschwarzen Oberfläche zurück. Lahryn zog ein Stundenglas hervor und stellte es auf einen Stein. Nun blieb ihnen nichts anderes übrig, als zu warten. Ibis stand etwas im Hintergrund, die Arme vor der Brust verschränkt, die Lippen schmollend vorgestülpt.

Sie sah zu, wie die beiden im Wasser verschwanden, dann wandte sie sich ab und verließ unbemerkt die Höhle.

Es war still in der Höhle. Nur das leise Plätschern und Glucksen der Wellen drang an das Ohr. Ungeduldig beobachteten die Freunde den Sand, der durch das Stundenglas rann. Sie mussten fast eine halbe Stunde warten, dann begann die Oberfläche zu brodeln, das Wasser schäumte, und mit Schwung hob Cay den nach Luft schnappenden Elben hoch. Ohne sich um dessen Protest zu kümmern, trug der kräftige Kämpfer Seradir bis ans Ufer und setzte ihn dort ab. Ungeduldig warteten die Zurückgebliebenen, bis die beiden Männer wieder zu Atem gekommen waren.

»Es war fantastisch!«, schwärmte Cay und schüttelte sich wie ein Hund, so dass die Tropfen nach allen Seiten flogen. »Die Höhle zieht sich ziemlich weit in die Klippen hinein, und der Grund fällt an manchen Stellen steil ab. Wusstet ihr, dass es Fische gibt, die im Dunkeln leuchten? Ansonsten haben wir nicht viel gesehen, aber es war ein tolles Gefühl.«

»Man merkt recht früh, wenn die Wirkung des Pulvers nachlässt«, fiel der Elb in den Bericht ein. »Es zieht dann stark im Hals, doch ich wollte wissen, wie lange es dann noch dauert, bis man unter Wasser nicht mehr atmen kann. Am Schluss musste ich dann die Luft anhalten, bis Cay mich an die Oberfläche schleppte.«

Plötzlich verstummte er, und auch die anderen fuhren erschreckt herum. Ein blauer Lichtschein näherte sich der Höhle. Hastig sahen sich die Freunde um, aber hier gab es nichts, hinter dem sie sich verstecken konnten. Es gelang ihnen noch, ihre Lampen zu verdunkeln und ihre Waffen zu ziehen, bevor eine zierliche Gestalt mit einem blau leuchtenden Stab in der Hand die Höhle betrat.

»Ibis!«, schimpfte Thunin empört. »Was fällt dir ein, uns so zu erschrecken!«

»Wenn du so zart besaitet bist, solltest du dich besser auf dein Altenteil zurückziehen«, fauchte sie. Offensichtlich war sie noch immer beleidigt, dass sie das Pulver nicht hatte ausprobieren dürfen.

»Kindskopf«, murmelte der Zwerg kopfschüttelnd. Er wollte noch etwas hinzufügen, doch Lahryn schnitt ihm das Wort ab und trat zu der Elbe. Aufgeregt winkte er Ibis, ihm zum Wasser zu folgen.

»Ich habe da eine Idee«, murmelte er und forderte sie auf, den Stab ins Wasser zu tauchen. Sobald die Flüssigkeit den Stab benetzte, wurde der Lichtschein heller, fast blendend, und beleuchtete den felsigen Grund, über den einige Krebse eilig davonhuschten.

»Dann wollen wir mal sehen, woher die Piraten gekommen sind«, sagte Ibis zufrieden und zog den Stab wieder aus dem Wasser.

Die Freunde verließen die Höhle. Sie versorgten sich aus der Kiste mit einem reichlichen Vorrat an Atempulver, nahmen noch zwei weitere Stäbe mit und folgten dann den nassen Spuren der Piraten bis zum Ufer. Thunin machte ein missmutiges Gesicht und betrachtete unschlüssig das schwarze Wasser zu seinen Füßen.

»Ich werde untergehen wie ein Stein«, brummte er.

»Sollst du ja auch«, erwiderte Cay. »Wir werden einfach am Grund der Höhle entlanggehen. Du wirst sehen, es ist fantastisch!«

Thunin sah ihn zweifelnd an, sagte aber nichts mehr. Mit heroischer Miene schluckte er sein Atempulver und stapfte dann ins Wasser, den Griff seiner Axt fest umklammert. Die anderen folgten ihm neugierig. Rolana hatte zuerst Schwierigkeiten, am Grund der Höhle zu bleiben. Immer wieder schwebte sie der Wasseroberfläche entgegen, so dass Cay und Seradir sie wieder hinunterziehen mussten. Ibis deutete auf den Stein, den sie sich unter den Arm geklemmt hatte, hob dann einen zweiten Brocken auf und reichte ihn der Priesterin. Dankbar lächelte Rolana der Elbe zu. Sie musste sich zwar noch immer sehr vorsichtig bewegen, doch wenigstens schwebte sie nicht einfach davon.

Langsam folgten sie dem wassergefüllten Gang mit seltsam schwerelosen Schritten. Alle Bewegungen verlangsamten sich, nur gedämpft drangen ungewohnte Geräusche an ihr Ohr. Es war, als habe jemand das Rad der Zeit verdreht. Nur Thunin stapfte gleichmütig über Fels und durch Sand, so als wäre das Wasser um ihn herum nicht vorhanden.

Es war wie eine Reise zu einem der weit entfernten Sterne des Firmaments. Staunend sahen sich die Freunde um. Immer neue Geheimnisse enthüllte ihnen das Licht der Stäbe. An den Höhlenwänden klebten Muscheln dicht an dicht, hellblaue Krabben huschten über den sandigen Boden, wenn sie die Erschütterungen der Tritte spürten, rostrote Krebse gruben sich in Windeseile ein. Silbrige Fischleiber durchquerten die Höhle und glotzten die Gefährten ausdruckslos an. Neugierig lugte ein grün gefleckter Tintenfisch aus einer Felsspalte hervor, zog sich dann aber blitzschnell zurück, als Ibis ihn mit dem Finger anstupste, und ließ eine Wolke schwärzlicher Tinte zurück.

Die Gefährten kamen an einer großen Halle vorbei. Kisten stapelten sich an ihren Wänden, doch schon nach einem kurzen Blick sahen sie, dass sie leer waren. Nur eine große Muräne ringelte sich auf einem der Bretterböden und schwamm eilig davon, als das Licht sie streifte. Die Höhle wurde immer höher und breiter, und bald reichte der Schein der Stäbe nicht mehr aus, um ihre Wände zu erreichen. Lahryn deutete nach oben, und nun sahen auch die anderen, dass sich der Glanz an der Wasseroberfläche brach. Flink schwamm Ibis hinauf, um sich umzusehen.

Sie waren in einer großen Grotte. Durch den hohen Eingang konnte sie den wolkenverhangenen Nachthimmel sehen. Zur anderen Richtung stieg der Felsengrund an und mündete in eine trockene Höhle. Ein hölzerner Steg, an dem vorn einige kleine Ruderboote angebunden waren, ragte ins Wasser. Warmes Licht schimmerte um eine Ecke, und es waren Stimmen zu hören.

Nachdenklich kaute die Elbe auf ihrer Lippe, dann tauchte sie wieder ab und winkte den anderen, ihr zum Steg zu folgen.

14
Die Rache

Die ungehobelte Bande war schon ziemlich betrunken, und das laute Gegröle drang bis in die friedliche Unterwasserwelt, so dass ein paar verschlafene Fische erschreckt das Weite suchten. Den blutroten Wein und den scharfen Rum hatte Kapitän Seras mit der *Sephiana* aus dem Süden mitgebracht, und ausnahmsweise drückte der Narbige ein Auge zu. Fast wäre Streit unter den Männern ausgebrochen, als die Wachen ausgelost wurden, denn sie würden von dem Gelage ausgeschlossen bleiben, da kannte der Piratenkapitän kein Pardon. Mit seinem gnadenlosen Blick hatte der Narbige den Protest im Keim erstickt und die ausgelosten Männer auf ihre Posten geschickt.

Die Piraten saßen in einem großen, prächtigen Raum im Zentrum der Unterwasserstadt. Über der gewölbten Decke ragte ein schlanker Turm mit goldener Spitze bis auf wenige Fuß an die Wasseroberfläche empor. Die einst strahlend weißen Wände im Innern, die mit vergoldeten Figuren geschmückt waren, hatten mit den Jahren eine dicke Rußschicht bekommen. Eine runde Bankettafel bot Platz für mehr als vierzig Gäste, doch heute, da die Piraten der Stadt unter sich waren, blieben mehr als die Hälfte der Stühle leer.

Die Stimmung schlug hohe Wogen, und die geröteten Augen glänzten im Schein der zahlreichen Fackeln, die in eisernen Haltern an der Wand steckten. Zu viele der berauschenden Getränke waren schon durch die durstigen Kehlen geflossen. Tara, die dem Wein ebenfalls kräftig zugesprochen hatte, schwankte mit einem schweren Krug in den Händen zwischen den Männern hindurch und füllte die geleerten Becher wieder.

»Komm her, meine Süße!«

Sie zog eine Grimasse, als ein Seebär mit dichtem schwarzem Bart sie auf seinen Schoß zog und seine Pranken auf ihre Brüste legte.

»Lass los, du Saukerl«, rief sie. »Ich habe noch etwas anderes zu tun.«

Mit einer Hand balancierte sie den Weinkrug, mit der anderen hämmerte sie dem Piraten gegen die Brust. Als das nichts nützte, goss sie ihm mit Schwung den Rest des Weins über den Kopf und erntete damit bei seinen Saufkumpanen kräftigen Beifall.

»Verfluchtes Luder«, schimpfte er, ließ sie los und klatschte ihr, bevor sie sich davonmachen konnte, kräftig auf den Hintern. Lachend lief sie hinaus, um den Weinkrug wieder zu füllen.

In der Halle herrschte inzwischen ein wüstes Durcheinander. Tisch und Boden waren mit Essensresten übersät, und aus einigen Bechern war der Wein über das polierte Holz geflossen. Mühsam arbeitete sich Lamina durch die verstreuten Abfälle. Mit einer großen Holzschüssel ausgerüstet, sammelte sie die Knochen und Fleischreste auf und versuchte die groben Hände, die nach ihrem Hintern und ihren Schenkeln griffen, zu ignorieren.

»Sei doch nicht so grässlich prüde!«, grölte ein unsympathischer Kerl mit scharfen Gesichtszügen, dem drei Finger an der linken Hand fehlten. Er zog die junge Gräfin zu sich heran und küsste sie brutal. Polternd fiel die Schüssel herab, und ihr Inhalt verteilte sich wieder über den Boden. Lamina wehrte sich, doch es gelang ihr nicht, sich von dem übel riechenden Piraten loszureißen.

Da stand Tom auf und schlenderte gemächlich heran. »Lass sie los«, sagte er leise.

»Warum sollte ich das tun?«, fragte der Kerl und lachte grob.

»Weil ich schneller und besser bin als du.« Toms Stimme war trügerisch sanft. Langsam zog er den Säbel aus der Scheide.

Der Pirat stieß einen Laut aus, der an ein gereiztes Raubtier erinnerte. »Da, nimm sie, wenn's dir Spaß macht«, fauchte er und gab Lamina einen heftigen Stoß. Sie prallte gegen Tom, der sie mit seinem freien Arm auffing.

»Nein, schaut euch das reizende Paar an«, höhnte der andere, seine hagere Miene verzerrte sich. »Die Nutte und ihr Galan.«

Doch Tom reagierte nicht, und der Hagere verlor das Interesse an den beiden und wandte sich wieder seinem Rum zu.

»Danke«, flüsterte Lamina, und ihre Blicke trafen sich. Tom ließ sie los, nickte ihr kaum merklich zu und ging dann mit hoch erhobenem Kopf zu seinem Platz zurück, während sich die junge Frau seufzend auf die Knie niederließ, die zu Boden gefallenen Abfälle aufsammelte und in die Schüssel warf.

Refos und der Narbige hatten sich in einiger Entfernung zu den Männern niedergelassen und beobachteten schweigend das Gelage. Der Narbige trank nur wenig. Er achtete streng darauf, dass er sich jederzeit im Griff hatte und seine Wachsamkeit niemals nachließ. Doch die durchwachten Nächte, die in letzter Zeit immer häufiger wurden, zehrten langsam an ihm. Er gähnte herzhaft und stemmte sich dann von seinem Hocker hoch. Gebieterisch winkte er dem Magier, der den ganzen Abend noch kein Wort gesprochen hatte. Die Lippen wie üblich zu einer säuerlichen Miene zusammengepresst, folgte Refos dem Narbigen. Sie durchquerten die achteckige Haupthalle und wandten sich dann einem hell erleuchteten Gang zu, der sie in das Arbeitszimmer des Piratenkapitäns führte. Sie beugten sich über eine Karte und besprachen leise die Vorbereitungen, die für die erwartete Karawane noch getroffen werden mussten.

Die Geführten verbargen die verräterisch glühenden Stäbe in ihren Rucksäcken und näherten sich leise dem Licht, das aus einer angrenzenden Höhle schimmerte. Vor einem Stapel Kisten saßen zwei Männer im Schein einer Laterne, einen Krug mit Wein vor sich auf dem Boden. Die Säbel lehnten achtlos an einer Kiste. Sie waren völlig in ihr Kartenspiel vertieft und bemerkten nichts von der sich nähernden Gefahr.

Cay gab Seradir ein Zeichen. Sie stürzten sich auf die völlig überraschten Männer, die viel zu lange zögerten, um noch eine Chance zur Gegenwehr zu haben. Cay traf den größeren der beiden mit einem Faustschlag ins Gesicht, so dass er, ohne einen Laut von sich zu geben, zusammenbrach. Seradir machte sich über den zweiten Mann her. Auch er brauchte nur wenige Augenblicke, um den Piraten niederzuringen. Er lag schon am Boden, als es ihm gelang, seinen Gürtel zu erreichen und ein Messer zu ziehen. Ibis schnellte vor und landete mit ihrem Schuh auf dem Arm des am Boden Liegenden. Knirschend brach der Knochen, und mit einem Schmerzensschrei ließ der Pirat das Messer fallen. Kurz darauf waren beide gefesselt und geknebelt.

»Wo ist eigentlich Thunin?«, fragte Rolana plötzlich und sah sich suchend um. Lahryn holte seinen Leuchtstab aus dem Rucksack und wollte schon zum Wasser zurückeilen, da trat der Zwerg in den Lichtschein. Nur in Strümpfen, die tropfenden Stiefel in der Hand, sah er die Gefährten vorwurfsvoll an.

»Könnt ihr nicht wenigstens warten, bis ich mir die Stiefel ausgeleert habe?« Sein Blick fiel auf die beiden Gefesselten am Boden. »Wie ich sehe, seid ihr auch ohne mich zurechtgekommen.« Kopfschüttelnd zwängte er seine Füße wieder in das durchweichte Leder.

Die Gefährten untersuchten sorgfältig die verschiedenen miteinander verbundenen Höhlenräume. Es gab Kammern mit nassen und trockenen Kleidungsstücken, merkwürdige Metallsohlen, die man sich unter die Schuhe binden konnte, noch mehr Pulver zum Atmen, Leuchtstäbe und Fackeln, Laternen, Öl, Seile und allerlei Gerätschaften. In einer weiteren Höhle waren wieder Kisten aufgestapelt. Auf dem Boden fand Lahryn eine kleine metallische Dose. Vorsichtig öffnete er sie. Ratlos starrte er auf die zähe, silbrige Flüssigkeit.

»Was ist das?«, fragte Rolana interessiert.

»Wenn ich mich nicht ganz täusche, dann ist das Quecksilber«, antwortete der Magier, »doch ich kann mir nicht vorstellen, wozu man große Mengen davon gebrauchen könnte.« Er kam zu dem Schluss, dass die Kisten sicher etwas anderes enthalten hatten.

Sie gingen weiter. Hinter einer verschlossenen Tür fanden sie ein üppiges Vorratslager, dann kamen sie in eine Höhle, die wie ein prächtiges Gemach ausgestattet war, aber nirgends konnten sie auch nur eine Spur der Gräfin entdecken. Enttäuscht kehrten sie zum Steg zurück. Cay, Ibis und Seradir bogen gerade um die Ecke, als zwei Gestalten dem schwarzen Wasser entstiegen.

Geistesgegenwärtig riss Ibis ihren Dolch aus dem Stiefel und ließ ihn durch die Luft wirbeln. Ein Schrei erscholl. Seradir zog einen Pfeil aus dem Köcher und spannte die Sehne, doch bevor die Spitze ihr Ziel erreichen konnte, ließ sich der Pirat rücklings fallen. Der Pfeil klatschte wirkungslos ins Wasser.

Ibis stürzte hinter dem Fliehenden her. Zum Glück wirkte das Atempulver noch. Sobald sie ins Wasser eingetaucht war, konnte sie eine schattenhafte Gestalt sehen, die dem Ausgang der Grotte zustrebte. Halb gehend, halb schwimmend setzte sie ihm nach, doch schnell musste die Elbe einsehen, dass sie ihn in dem trägen Wasser nicht einholen konnte. Ibis hielt inne, nahm ihren kurzen Bogen von der Schulter und legte einen Pfeil an. Sorgfältig spannte sie die Sehne und visierte den fliehenden Schatten an. Träge nahm der Pfeil seinen Flug durch das Wasser auf, sie konnte aber nicht sagen, ob er sein Ziel auch getroffen hatte. Ibis eilte weiter, doch da spürte sie eine Bewegung hinter sich. Die Elbe fuhr herum und erkannte Seradir, der ihr folgte.

Der Pfeil der Elbe hatte den Fliehenden in die Kniekehle

getroffen. Er war eingeknickt und zur Seite gefallen. Heftig mit den Armen rudernd, versuchte er sein Gleichgewicht wiederzufinden. Warme, dunkle Schlieren quollen aus seiner Wunde und wallten durch das klare Wasser. Langsam wie in Trance zog er den Säbel, als er die beiden Schatten auf sich zukommen sah, doch bevor er zu einem Stoß ausholen konnte, stach Ibis mit ihrem kurzen Schwert zu. Der Stahl fuhr dem Piraten zwischen die Rippen. Noch mehr Blut mischte sich mit dem Wasser und wirbelte in schwärzlichen Wolken um den Sterbenden. Einige Fische kamen neugierig näher.

Plötzlich spürte Ibis das Wasser in ihrer Kehle, Hustenreiz krampfte ihre Brust zusammen. In der Aufregung des Kampfes hatte sie nicht auf das Ziehen in ihrem Hals geachtet, als die Wirkung des Pulvers langsam nachließ. Ibis ließ ihr Schwert fallen. Die Lippen fest zusammengepresst, stieß sie sich heftig vom Grund ab und ruderte mit den Armen. Ihr Brustkorb pumpte, ihre Lungen schrien nach Luft. Wie weit die rettende Oberfläche noch entfernt war! Eine Ewigkeit schien zu vergehen. Der Atemreiz wurde immer stärker. Krämpfe begannen ihren Körper zu schütteln. Wie ein Pfeil schoss sie der lebensrettenden Atmosphäre entgegen und durchbrach die Oberfläche. Gierig saugte sie die kühle Nachtluft in ihre Lungen. Sie hustete und keuchte noch immer, als Seradir neben ihr auftauchte und ihr ihr Schwert vor die Nase hielt. Schwer atmend lehnte sie sich an seine Schulter, und es dauerte noch eine ganze Weile, bis ihr Atem wieder ruhig ging und sie mit ihm zum Steg zurückschwimmen konnte.

»Er hat nicht die Richtung eingeschlagen, aus der wir gekommen sind«, berichtete Seradir den anderen. »Er wollte zur Grotte hinaus fliehen. Das kann nur bedeuten, dass es dort draußen noch ein Versteck der Piraten gibt.«

Sie saßen auf dem Steg und ließen ihre Beine ins Wasser hängen. Ibis nickte. »Ja, ich denke, wir sollten uns das Gelände vor der Grotte etwas genauer ansehen.«

Dieses Mal stimmte der Zwerg ihr zu. »Ja, vielleicht finden wir dort die Gräfin. Es wird Zeit, dass wir sie aus den Klauen dieser Gesellen befreien.« Er schluckte sein Atempulver und stapfte dann mit festen Schritten voran. Nachdem sein erster Ausflug unter Wasser so erfolgreich verlaufen war, schien er seine Abscheu vor dem Meer – zumindest solange er unter Wasser atmen konnte – abgelegt zu haben.

Die Freunde banden sich die schweren Metallsohlen, die sie in einer der Höhlen entdeckt hatten, unter die Schuhe, zogen die Leuchtstäbe hervor und folgten dann dem Zwerg am Grund der Grotte entlang, bis sie an die Stelle kamen, an der Ibis den Piraten getötet hatte.

Plötzlich schnellte ein Schatten auf sie zu und drehte erst kurz vor dem Schein des Stabes ab. Für einen Moment erhellte das Licht einen mächtigen grauen Leib und einen aufgerissenen Rachen mit unzähligen spitzen Zähnen. Ein zweiter Schatten schoss über die Elbe hinweg. Haie! Behutsam ging Ibis einige Schritte zurück, ohne die vor ihr schwebende Leiche aus den Augen zu lassen. Einer der großen Jäger tauchte aus der Dunkelheit auf, packte den noch immer blutenden Körper des Toten mit seinen messerscharfen Zähnen und löste durch kräftiges Schütteln einen Arm von der Leiche. Seine Beute im Maul, verschwand der Hai, doch ein zweiter näherte sich und umkreiste den Piraten gierig.

Vorsichtig setzte die Gruppe ihren Weg fort. Sie hatten die Waffen gezogen, wollten aber keinen Kampf mit den Haien provozieren, deren Zahl mit jeder Minute wuchs. Neugierig schwammen sie auf die Lichter zu, umkreisten die Freunde ein paar Mal, wandten sich dann aber der leichteren Beute zu.

Der Mond trat hinter den Wolken hervor und sandte sein silbriges Licht bis hinunter auf den sandigen Meeresgrund. Rund um sie herum offenbarten sich den Gefährten die Wunder des Meeres, und sie wussten gar nicht, wo sie zuerst hinsehen sollten. Fischschwärme aller Farben kreuzten ihren Weg, bizarre Felsen ließen die Fantasie spielen, schimmernde Gewächse wiegten sich sanft im Takt der Wogen, die weit über ihnen schäumend gegen die Felsen donnerten. Farbige Seesterne krochen auf der Suche nach Beute über den weißen Sand, eine gebänderte Seeschlange schwebte elegant schlängelnd vorüber. Staunend folgten die Gefährten einer Spur leuchtender Steine, die fast wie die Begrenzung einer Straße wirkten.

Rolana sah das Wrack als Erste. Ihre Augen leuchteten. Auch Ibis deutete aufgeregt auf das versunkene Schiff. Rasch verbargen sie die Stäbe und näherten sich dann, hinter den Felsen Deckung suchend, dem geborstenen Kahn. Sie scheuchten zwei junge Meermänner auf, die in der Kajüte des Kapitäns geruht hatten. Beide trugen silberne Dreizacke bei sich, doch sie schienen an einer Auseinandersetzung nicht interessiert zu sein. Mit eleganten Bewegungen schwammen sie eilig davon.

Das Wrack war inzwischen Heimat von vielen Meeresbewohnern geworden. Sie fanden Krabben und Muränen, Tintenfische und Quallen, doch Menschen schienen sich hier schon lange nicht mehr aufgehalten zu haben. Enttäuscht folgten sie weiter den leuchtenden Steinen. Lautlos schritten sie über den weichen Sand. Die Schatten der Nacht vor ihnen nahmen langsam die Konturen von Gebäuden an. Türme schälten sich aus der Finsternis, eine goldene Kuppel schimmerte im Mondlicht. Mit offenen Mündern blieben die Gefährten stehen. Erst langsam begriffen sie, was die zurückweichende Dunkelheit ihnen offenbarte: eine Stadt im Meer! Nie hätten sie gedacht, dass die alten Legenden so viel Wahrheit in sich bargen. Aus einem großen, achteckigen Gebäude schimmerte warmes Licht auf die gepflasterte Straße. Jetzt verstanden die beiden Elben das vergangene Nacht belauschte Gespräch. Sie waren sich sicher: Sie hatten ihr Ziel erreicht.

Hastig verstauten die Freunde die Leuchtstäbe in ihren Bündeln und näherten sich im Dämmerlicht des langsam anbrechenden Tages dem großen Kuppelbau. Vielleicht hatten sie Glück, und ihr Kommen war unentdeckt geblieben.

»Hast du das gesehen?« Der dicke, unrasierte Mann trat schwerfällig näher ans Fenster und starrte in die bleiche Dämmerung. »Da waren drei Leuchtstäbe, und nun sind sie verschwunden.«

Der junge Pirat, der bisher dösend auf dem Boden gesessen hatte, war sofort hellwach. Er eilte zu einem zweiten Fenster und sah hinaus. Schweigend beobachteten sie, wie sieben schattenhafte Gestalten sich im Schutz der aufragenden Mauern näherten.

»Das gibt es doch gar nicht«, keuchte der Dicke. »Wir müssen dem Narbigen Bescheid geben!«

Eilig rannte der junge Pirat die Treppe hinunter, während der andere die nahenden Eindringlinge nicht aus den Augen ließ. Camon riss seinen Säbel aus der Scheide und stürzte ohne anzuklopfen in die Kammer des Piratenkapitäns. Er saß angezogen an seinem Schreibtisch und sprang erzürnt auf, als der junge Mann atemlos ins Zimmer schlitterte.

»Käpt'n«, keuchte er, »ich glaube, wir werden angegriffen!«

Ruhig schob der Narbige den Dolch, der auf dem Tisch gelegen hatte, in seinen Gürtel, erhob sich und legte die Hand an seinen Säbel.

»Wie viele sind es?«

»Ich habe sieben gesehen, doch vielleicht kommen noch mehr. Sie sind auf dem Weg zum Haupttor.«

»Gut, hol die Männer. Ich werde Refos Bescheid sagen.«

Camon lief davon, während der Narbige rüde den Magier aus seinem Schlaf riss und dann in die Eingangshalle eilte. So kam es, dass die Gefährten, als sie in dem kleinen Vorraum ihre Bleisohlen abgestreift hatten und dann vorsichtig die Flügeltüren zur großen Halle öffneten, von vier Piraten und dem Magier erwartet wurden. Die Piraten zogen ihre Waffen. Thunin, der mit Cay als Erster eintrat, fluchte laut, hob seine Axt und stürzte vor. Er fällte den dicken Seemann, der die Gefährten entdeckt hatte, wie einen Baum. Ohne einen Laut von sich zu geben, fiel er tot zu Boden. Refos schrie erzürnt auf, und bevor Lahryn den Zwerg warnen konnte, hatte der Magier schon die Arme erhoben. Ein Energiestrahl schoss aus seinen Fingern und traf den Zwerg hart in die Brust. Die Metallplättchen auf seinem ledernen Brustpanzer reflektierten einen Teil der Energie, doch noch immer war die Kraft so stark, dass Thunin von den Füßen gehoben wurde, einige Schritte weit durch die Luft flog und dann hart mit dem Rücken gegen die Wand krachte. Er fiel zu Boden und blieb stöhnend auf dem Bauch liegen.

»Thunin!«, rief Cay und zerrte den Zwerg auf die Füße. Ein Blick in seine wild entschlossene Miene zeigte deutlich, dass Thunin bereit war weiterzukämpfen. Cay ließ den Zwerg los und drang mit blankem Schwert auf den Piraten mit dem narbigen Gesicht ein, der ihn mit gezogenem Säbel empfing. Bisher waren nur wenige Augenblicke vergangen, doch nun standen die Gefährten alle kampfbereit in der großen Halle. Rolana eilte zu Thunin, der noch immer schwankte, und Lahryn stellte sich den Blitzen des anderen Magiers. Seradir drang auf einen dünnen Kerl mit einer Augenklappe ein, während Ibis den vierten Mann mit ihrem Wurfdolch niederstreckte. Die Energiestrahlen der beiden Magier zischten durch die Luft, trafen sich in der Mitte und stoben Funken sprühend nach allen Richtungen. Explosionen erschütterten das Gebäude. Die Kräfte wogten hin und her, doch keinem der beiden Magier gelang es, an den anderen heranzukommen. Das Geklirr von Waffen und das Getrampel zahlreicher Stiefel ließen die Gefährten erschreckt aufhorchen. Da stürmten auch schon fünfzehn schwer bewaffnete Piraten in die Halle.

»Jetzt sitzen wir in der Tinte«, entfuhr es Thunin, der nun endlich sein Gleichgewicht wiedergefunden hatte.

»Was sollen wir tun?«, jammerte Vlaros.

»Kämpfen und beten«, schrie Thunin und schwang seine Axt. »Thor steh uns bei!«, rief er und stürzte los.

Cay kämpfte noch immer mit dem Narbigen. Er merkte schnell, dass der Pirat ihm überlegen war, doch keiner der anderen hatte Zeit, ihm zu helfen. Ibis schleuderte ihren zweiten Dolch, dann zog sie ihr Schwert und folgte Seradir, der sich gegen zwei Piraten wehrte. Vlaros ließ schwarze Pfeile aus den Fingerspitzen zischen, denn in der Aufregung fielen ihm die neu erlernten Sprüche nicht ein.

Thunin wütete wie ein Wahnsinniger, und in kürzester Zeit hatte er drei Piraten mit seiner Axt erschlagen. Ibis erstach einen dicken Mann, dessen langes schwarzes Haar von einem leuchtend roten Band zusammengehalten wurde, bekam aber von einem Kerl mit Augenbinde einen tiefen Stich in die linke Schulter, bevor sie sich dem neuen Angreifer zuwenden konnte. Mit einem Schmerzensschrei ließ sie den Dolch fallen, den sie einem der Gegner entwunden hatte, und wehrte sich mit ihrem kurzen Schwert. Auch Cay blutete bereits aus einer Wunde am Arm und an der Hüfte.

Rolana sah sich hastig um. Ein kleiner, drahtiger Kerl machte sich mit gezogenem Dolch von hinten an Cay heran. Die junge Frau stieß einen Schrei aus, doch der Narbige hielt Cay so in Schach, dass er nur mit höchster Konzentration dessen Hiebe abwehren konnte. Ohne weiter nachzudenken, entriss Rolana einem der Getöteten seinen Säbel und drang, beide Hände um den Griff geklammert, auf den Mann ein. Sie sandte ein Stoßgebet an Soma und hob den Säbel. Der Mann wirbelte herum und grinste sie böse an. Ungeschickt hielt Rolana die ungewohnte Waffe hoch und dachte mit aller Kraft an ihren Gott, doch der Pirat zog sein Schwert und schlug ihr mit einem Hieb den Säbel aus den Händen.

»Du bist ein böses Mädchen«, knurrte er und hob das Schwert zum tödlichen Streich.

»Du wirst mich nicht töten!«

Sie hob die Handflächen und sah ihm in die Augen. Mit aller Kraft schleuderte sie ihm ihren Zorn ins Gesicht. Für einen Moment stand der Angreifer mit erhobenem Schwert reglos da und starrte verwirrt in die hypnotischen Augen der jungen Priesterin, als eine herabsausende Axt ihn aus der Erstarrung riss. Getroffen stürzte er zu Boden. Sein letzter Blick galt der seltsamen jungen Frau, dann nahm ihn der Tod mit auf seine lange Reise.

Lahryn wich langsam zurück, Schweiß rann über seine Stirn, seine Kräfte ließen nach. Gehetzt sah Vlaros von einem der Magier zum anderen. Lahryn würde fallen, daran bestand kein Zweifel mehr. In seiner Verzweiflung schoss er eine Tirade von Pfeilen auf Refos. Zu beschäftigt, gegen den fremden Eindringling zu kämpfen, trafen ihn die schwarzen Geschosse ohne Vorwarnung. Refos wankte, für einen Augenblick brach der Energiestrahl aus seinen Fingern zusammen. In diesem Moment erfasste ihn Lahryns Blitz mit voller Kraft. Er schwärzte Refos' Haar und schleuderte ihn einige Schritte in den Gang hinein, wo er reglos auf dem Rücken liegen blieb. Keuchend lehnte sich Lahryn gegen die Wand.

»Vlaros, danke, das war Rettung im letzten Augenblick.«

Der junge Magier glühte vor Stolz, doch dann wandte er sich wieder dem Kampf zu. Rasch ließ er den Blick über die

Kämpfenden schweifen. Seradir focht wie noch nie in seinem Leben. Er wirbelte herum und drehte sich im Tanz der Schwerter. Zu dritt drangen sie nun auf ihn ein, doch er schaffte es wie durch ein Wunder, zwei seiner Gegner niederzustrecken. Der Boden war nun bedeckt vom Blut der Verletzten und Gefallenen, und die Kämpfenden mussten aufpassen, nicht auszurutschen oder über einen der Körper zu fallen. Da flog ein verirrter Dolch durch die Luft und bohrte sich tief in Seradirs Wade. Mit einem Aufschrei knickte der Elb ein und fiel zur Seite. Schon war der Pirat über ihm und entwand ihm sein Schwert. Er riss den Dolch aus seinem Gürtel und stieß zu. Die Hand des Elben schnellte empor und umfing das Handgelenk des Piraten. Die Dolchspitze schwebte keinen Zoll über einem seiner Augen. Der Pirat hatte Kraft, aber mit der Verzweiflung des in die Enge Getriebenen drückte Seradir den blitzenden Stahl von sich weg. Dann, mit einer raschen Bewegung, drehte er sich zur Seite, warf den Piraten ab und drückte ihm seinen eigenen Dolch zwischen die Rippen. Ohne zu wissen, ob sein Opfer tot war, griff der Elb wieder nach seinem Schwert, doch bevor er auf die Beine kommen konnte, traf ihn ein Säbel und bohrte sich tief in seinen Rücken. Er brach zusammen. Geduckt eilte Rolana zu ihm und versuchte ihn aus der Gefahrenzone zu schleifen.

Angelockt vom Getöse des Kampfes, verließen zwei Frauen die Küche und tauchten in dem breiten Gang auf, der zur Linken von der Halle fortführte. Beim Anblick des Schlachtfelds blieb Lamina wie angewurzelt stehen. Trotz des Kampfgewühls erblickte der Zwerg die junge Frau. Sie kannte ihn:

Er war damals im Haus ihres Vaters gewesen, als der Leute gesucht hatte, um nach Gerald zu suchen. Nicht nur er, die ganze Reisegesellschaft war hier und focht mit ihren Entführern.

»Zurück, Gräfin, zurück!«, brüllte der Zwerg.

Tara zog ihr Messer und stürzte sich in den Kampf.

»Tara, nein!«, kreischte Lamina, aber Tara hörte nicht auf sie. Sie rannte auf Ibis los, bereit, ihr die Klinge in den Rücken zu stoßen, doch die Elbe sprang zur Seite, und so traf der Säbelhieb, der für sie bestimmt war, die heranstürmende Tara. Der Schnitt trennte ihr das Ohr ab und fuhr dann tief in ihre Schulter. Vom Grauen geschüttelt schlug Lamina die Hände vors Gesicht. Tara taumelte und fiel schwer atmend gegen die Wand. Lamina huschte zu ihr hinüber und schleifte sie zurück in den Gang. Vergeblich versuchte sie mit ihren Händen die Blutung zu stillen. Mit starrem Blick sah sie auf die klaffende Wunde und das strömende Blut, doch ihr Verstand weigerte sich zu begreifen, was sich hier vor ihren Augen abspielte.

Cay wehrte sich noch immer gegen den Narbigen. Völlig außer Atem wich er einige Schritte zurück. Er fühlte, wie sein Stiefel den Halt verlor. Er versuchte noch, sich mit dem anderen Bein abzufangen, aber da war es schon zu spät. Der Schwertkämpfer rutschte aus und fiel rücklings in eine Blutlache. Der Säbel des Piratenkapitäns hob sich. Cay schloss die Augen, sein Schicksal schien besiegelt, doch bevor die Klinge herabsausen konnte, schoss von der Seite eine kleine, stämmige Gestalt herbei. Mit lautem Gebrüll schlug der Zwerg dem Narbigen den Säbel aus der Hand, dass er in hohem Bogen davonflog. Thunin hob die Axt ein zweites Mal und schlug zu. Schwer getroffen sackte der Piratenkapitän zusammen. Sofort war Cay wieder auf den Beinen, das Schwert kampfbereit erhoben. Thunin zu danken war nicht die Zeit. Er erschlug einen schlanken Mann mit gelben Pluderhosen, wirbelte herum und ging auf einen jungen Mann los, der seinen Säbel erhob. Erbittert begannen die Männer zu fechten.

»O ihr Götter, nein!«, schrie Lamina, »Tom, Cay, hört auf!« Ihre Schreie gingen in ein Aufschluchzen über.

Cay zögerte einen Moment, Tom nützte seine Chance. Er rannte zur Tür, riss sie auf und hechtete ins Wasser. Mit kräftigen Schwimmbewegungen schoss er voran. Über ihm glänzte verlockend die Wasseroberfläche im Licht der aufgehenden Sonne. Seine Lungen schrien nach Luft, und der Schmerz drohte ihm die Sinne zu rauben, aber er schwamm um sein Leben. Luftblasen perlten aus Nase und Mund, als er der Leben spendenden Sonne entgegenschoss. Es wurde ihm vor Anstrengung beinahe schwarz vor Augen, als er endlich die Wasseroberfläche durchbrach und die kühle Morgenluft in seine schmerzenden Lungen sog.

Auch Ibis' Kräfte ließen nun nach, und sie war froh, dass Lahryn ihren Gegner mit einem Energiestrahl ausschaltete. Vom Blutverlust geschwächt, wankte sie auf Rolana zu und lehnte sich keuchend an die Wand. Ihr vorheriger Gegner flog, von Lahryns Blitz getroffen, weit in den Gang hinein und prallte gegen die beiden Frauen, die aus der Küche gekommen waren. Erst schien es, er sei tot, doch dann schlug er die Augen auf und erhob sich schwankend.

»Wenn ich schon sterbe«, keuchte er, »dann nehme ich

dich mit, du verdammte Hure.« Er umklammerte seinen Dolch und fixierte Lamina, die, unfähig sich zu rühren, nur auf die scharfe Klinge starrte. Geistesgegenwärtig warf sich Tara mit ihrem Messer schützend vor sie. Der Pirat verdrehte die Augen, fiel nach vorn und glitt dann tot zu Boden, doch sein Dolch bohrte sich bis ans Heft in Taras Brust. Fassungslos starrte die Frau auf den Griff, der aus ihrem Mieder ragte. Sie versuchte etwas zu sagen, aber nur ein Blutstrom quoll aus ihrem Mund. Lamina fing Tara auf, als sie fiel, und wiegte sie in ihren Armen, aber der starre Blick zeigte ihr, dass sie schon auf dem Weg zu den Göttern war.

Während sich Rolana um die Wunden von Seradir und Ibis kümmerte, standen Lahryn, Cay und Thunin den letzten drei Piraten gegenüber. Da hob der Narbige den Kopf. Fast blind vom herabrinnenden Blut kroch er stöhnend auf allen vieren den Gang entlang. Seine Hand tastete nach einer Nische in der Wand. Mühsam zog er sich hoch und stieg über die Leiche hinweg. Er sah Lamina mit Tara in den Armen auf dem Boden kauern, er beachtete sie jedoch nicht. Er wollte nur sein Zimmer und den Geheimgang erreichen. Blindlings schob er sich an der Wand entlang, doch ein wütender Schrei ließ ihn innehalten. Langsam drehte er sich um. Lamina hatte die Tote zu Boden gleiten lassen und ihr Messer aus der Schärpe gezogen. Das Gesicht von Hass verzerrt, kam sie langsam näher. Der Narbige drehte sich herum und konnte sie durch den Blutschleier vor seinen Augen gerade so erkennen. Er streckte die Arme aus, um sie abzuwehren, aber er war zu geschwächt.

»Ich habe Rache geschworen, und nun ist die Stunde gekommen!«

Mit aller Kraft stieß sie zu, einmal, zweimal, dreimal. Das Blut spritzte ihr ins Gesicht und auf ihr Hemd. Der Narbige sackte leblos in sich zusammen, doch sie ließ sich auf die Knie fallen und stach weiter auf ihn ein. Tränen rannen ihr über das Gesicht, und sie sah nichts mehr außer Blut, überall hell glänzendes Blut.

»Ihr könnt jetzt aufhören, er ist tot«, erklang eine sanfte Stimme hinter ihr. Eine Hand umfasste ihren Arm und entwand ihr das Messer. Behutsam half Thunin der jungen Frau aufzustehen. Sie zitterte am ganzen Leib, als der Zwerg sie zu Rolana hinüberführte.

Stille kehrte in die Unterwasserstadt zurück. Die Piraten waren tot oder geflohen. Cay konnte trotz seiner Wunden schon wieder grinsen und beobachtete Ibis, die, notdürftig verbunden, zwischen den Toten hin und her humpelte und sie um Schmuckstücke oder Münzbeutel erleichterte. Lahryn und Vlaros saßen erschöpft am Boden. Auch Rolana fühlte das Ende ihrer Kräfte nahen, doch noch war Seradir nicht gerettet. Sie betete und ließ ihre Energie in seinen Körper strömen, bis er endlich die Augen öffnete. Mit Lahryns Hilfe verband sie die Wunden, die sich zaghaft zu schließen begannen. Die Gräfin starrte Rolana abwesend an.

»Seid Ihr verletzt?«, fragte die Priesterin und erhob sich.

Lamina schüttelte den Kopf.

»Kann ich etwas für Euch tun?«

Sie griff nach Rolanas Hand und zog sie mit hinüber in den Gang, wo Tara lag. Rolana kniete sich nieder und strich über das Gesicht der kleinen Frau. Die Haut begann schon zu erkalten. Ihr Geist hatte die leere Hülle längst hinter sich gelassen. Traurig schüttelte die Priesterin den Kopf.

»Es tut mir Leid, das liegt nicht mehr in meiner Macht. Tote kann ich nicht zurückholen.«

Tom schwamm zur Grotte hinüber. Dort fand er die beiden Gefesselten und löste rasch deren Stricke. Mit Atempulver versorgt, eilten sie zum Turm hinüber und weckten die Wächter, die über ihren Rumbechern eingeschlafen waren. In Eile packten sie das Nötigste zusammen, rannten zum Stall hinüber und sattelten die Pferde. In rasendem Galopp strebten sie über die Landenge dem Festland zu. Die Morgensonne im Rücken, ritten sie auf die hoch aufragenden Bergriesen zu, deren Gipfel gleißend weiß schimmerten.

Eine einsame Gestalt auf ihrem Ross beobachtete zwischen tief hängenden Zweigen verborgen den schnellen Aufbruch. Refos sah den Reitern nach. Einige Augenblicke erwog er, ihnen zu folgen, doch dann schüttelte er den Kopf mit dem angesengten Haar. Er war froh, diese rauen Burschen und die Bevormundung durch den Narbigen los zu sein. Zufrieden legte er seine Hand auf den prall gefüllten Sack, den er vor sich an den Sattel gebunden hatte. Ein metallisches Klirren verriet seinen wertvollen Inhalt. Sollte Astorin ruhig denken, er wäre bei dem Überfall umgekommen. Mit seinem Gold würde er einige Zeit lang bequem leben können.

Die Gefährten waren alle erschöpft und von ihren Wunden geschwächt, so dass sie den Gedanken, sofort zum Turm zurückzukehren, aufgeben mussten. In einer Kammer richteten sie für Seradir ein Lager. Die ganze Nacht betete Rolana an seinem Bett und beobachtete aufmerksam seine Genesung. Auch Cay und Thunin waren am Rande der totalen Erschöpfung, dennoch teilten sie sich mit den anderen die Wache. Den Blick noch immer glasig in die Ferne gerichtet, ging die Gräfin in die Küche, um das Essen, das Tara für den nächsten Tag schon vorbereitet hatte, zu wärmen.

Am Morgen war auch der Elb wieder so stark, dass sie die Unterwasserstadt verlassen konnten. Mit Hilfe des Atempulvers gelangten sie zu den Höhlen und dann in den Turm. Von dort aus machten sie sich auf den Weg in das Wäldchen, in dem sie ihre Pferde angebunden hatten. Da das Packpferd keinen Sattel hatte, teilte die Gräfin abwechselnd mit Vlaros und Seradir das Pferd. Schweigend saß sie hinten auf und legte die Arme um den Reiter vor sich. Auch wenn die Gefährten rasteten, war ihr kaum ein Wort zu entreißen, und das Lächeln schien sie ganz verlernt zu haben. Rolana beobachtete sie besorgt, ließ sie aber in Ruhe. Die junge Frau brauchte Zeit, um die schrecklichen Erlebnisse zu verarbeiten.

Es war am vierten Abend nach ihrer Befreiung, als Lamina das Schweigen brach. Rolana saß etwas abseits des Lagers unter einem Baum, als die Gräfin zu ihr trat, sie einige Augenblicke scharf musterte und sich dann vor ihr im Gras niederließ. Ein paar Mal öffnete und schloss sie den Mund. Der innere Kampf spiegelte sich in ihrem schmalen Antlitz wider.

»Was ist mit meiner Mutter geschehen?«, fragte sie schließlich so leise, dass Rolana die Worte eher ahnte als hörte.

Rolana nahm die weißen Hände in die ihren. Bekümmert sah sie die Gräfin an.

»Sie ist tot, nicht wahr?«, fragte Lamina und suchte verzweifelt nach einem Kopfschütteln. Vergeblich.

»Es tut mir so Leid«, bedauerte die Priesterin. »Sie war bereits tot, als wir das Gut Eures Vaters erreichten. Ich konnte nichts mehr für sie tun.«

Lamina nickte stumm.

»Eurem Vater geht es gut. Er wartet in Fenon auf Euch.«

Die Gräfin reagierte nicht. Sie kaute auf ihren Fingernägeln und mied Rolanas Blick. »Und Gerald? Habt Ihr den Grafen gefunden?«

Rolana kramte in ihrem Bündel, holte den Siegelring hervor und reichte ihn Lamina.

»Wir fanden seine Leiche in einem Sarg in den alten Labyrinthen, die mit den Verliesen von Theron verbunden sind. Euer Gatte war schon viele Tage tot. Vermutlich hat Mykina ihn mit ihrer Magie getötet, als sie vergeblich versuchte, ihm ein Geheimnis zu entreißen.«

Gedankenverloren drehte die Gräfin den Siegelring in ihren Händen. Ihre Augen waren weit aufgerissen. Sie sah einfach durch Rolana hindurch. Die Priesterin konnte die Seelenpein in den Tiefen erahnen. Dann endlich kehrte ihr Blick zurück.

»Erzählt mir, was euch auf Theron widerfahren ist«, sagte sie leise.

Und so berichtete Rolana von ihrer Reise nach Theron, der Begegnung mit Mykina und ihrem langen Weg aus den alten Labyrinthen einer längst vergangenen Zeit. Lamina hörte aufmerksam zu und unterbrach sie kein einziges Mal. Als die Priesterin geendet hatte, nickte sie langsam.

»Ich werde nach Theron zurückkehren. Wenn ihr nach

Fenon kommt, könnt ihr meinem Vater berichten, wo er mich findet.«

Sie erhob sich und schritt in die Dunkelheit davon. Rolana sah ihr nach. Wie sehr musste die Gräfin ihren Vater hassen. Die einsame Gestalt, die fröstelnd ihren Umhang enger um die Schultern zog, rief ihr Mitleid hervor.

15
Die Gräfin

Es dauerte fast noch eine Woche, bis sie Burg Theron erreichten. Mit jeder Stunde, die sie sich der Burg näherten, wuchs die Unruhe in Lamina.

Die Pferde erklommen den letzten Hügel, und dann lag Theron in der Nachmittagssonne zu ihren Füßen. Rauch stieg aus den Kaminen auf, der See und der Wassergraben leuchteten golden, doch der einst stolze Bergfried war in einem traurigen Zustand, und der Ostflügel lag in Trümmern. Langsam ritten die Freunde auf die Zugbrücke zu. »Verschwindet, wir lassen niemanden ein!«, rief ein Mann in Rüstung, der oben an den Zinnen Wache hielt.

Doch da glitt Lamina vom Pferd und befahl: »Lasst die Brücke herunter!«

Der Wächter auf der Brustwehr blinzelte, dann rief er: »Die Gräfin! Die Gräfin ist zurück!«

Sein Gesicht verschwand. Es dauerte nicht lange, dann ächzten und knarrten die rostigen Ketten, und allmählich senkte sich die Brücke herab. Die Nachricht verbreitete sich wie ein Lauffeuer in der ganzen Burg, und als die Freunde mit Lamina in den Hof ritten, hatten sich bereits alle Bewohner von Theron versammelt, um sie zu begrüßen. Es war nur noch ein trauriger Rest, der von dem einst glänzenden Hofstaat des Grafen übrig geblieben war: der Gärtner, der früher als Verwalter dem Grafen gedient hatte, war mit seiner Familie noch da, drei der Wächter und zwei Stallknechte, der Küchenjunge und die Magd Griphilda mit ihren zweijährigen Zwillingen. Veronique, die Tochter des Gärtners, die der Gräfin als Zofe diente, kniete nieder. Lamina zog sie hoch und umarmte sie.

»Wir haben Euch ja so vermisst«, schluchzte das junge Mädchen, »Euch und den Grafen. Er ist immer noch nicht zurückgekehrt.«

»Ich weiß«, antwortete Lamina müde, »und er wird auch nicht wiederkommen. Der Graf ist tot.«

Die fröhlichen Mienen der Burgbewohner erstarrten. Betreten sahen sie zu Boden.

Die Gräfin hob die Stimme. »Wenn es dunkel wird, dann kommt alle in den Saal. Wir werden zusammen essen und darüber sprechen, wie es weitergehen soll.«

Die Leute des Grafen sahen sich erstaunt an, doch sie nickten stumm. Veronique und Griphilda eilten in den Westflügel hinauf, um Zimmer für die Gäste zu richten und Wannen mit heißem Wasser zu füllen, während die Gärtnerin und der Küchenjunge überlegten, wie sie für die Gräfin und ihre Gäste schnell ein angemessenes Mahl bereiten sollten. Irenda schickte zwei der Wächter in den Wald. Vielleicht konnten sie wenigstens den ein oder anderen Hasen erwischen, denn die Vorratskammer im Keller unter Theron war verschüttet,

Die Gefährten folgten der Gräfin ins Haus. Der Palas und der angebaute Westflügel waren unversehrt. Ehrfürchtig betrachteten sie die große Halle mit den üppigen Lüstern und den lebensgroßen Gemälden einiger Ahnen der Grafen von Theron. Lamina zeigte den Freunden den Speisesaal und führte sie dann hinauf zu den Schlafzimmern im

Westflügel. Schon bald waren die Zimmer gelüftet und die Betten mit frisch duftendem Linnen überzogen. In großen Wannen dampfte heißes Wasser.

Rolana zog die schmutzigen und blutverschmierten Kleider aus und ließ sich in das nach Rosenblätter duftende Wasser gleiten. Als die Sonne unterging, trat Griphilda ein, brachte ein weiches Tuch, mit dem sich Rolana abtrocknen konnte, und ein langes zartgelbes Kleid mit grünseidenen Schleifen an den gerafften Ärmeln. Nach den vielen Wochen in Hemd und Hosen kam es der jungen Frau ganz ungewohnt vor, wieder ein Kleid zu tragen. Nach einem kritischen Blick in den Spiegel folgte sie der Magd. Im Gang traf sie auf Cay und Seradir, die auch in frischen Gewändern steckten und deren Haare noch feucht vom Bad waren. Ibis allerdings hatte sich geweigert, ein Kleid anzuziehen, und trug nun eine Hose, Hemd und Weste, die ihr viel zu weit waren. Auch für Thunin konnte die Magd keine passenden Kleider finden. So spannte der Kittel um seine breite Brust, während er die Hose ein paar Mal hatte umschlagen müssen. Griphilda versprach, bis zum Morgen für die Elbe und den Zwerg Kleider abzuändern.

Es war schon dunkel, als die Gefährten den von unzähligen Kerzen erhellten Speisesaal betraten. Die Gräfin hatte bereits am Kopfende der Tafel Platz genommen und forderte die Freunde auf, sich zu beiden Seiten zu setzen. Die Gärtnersfrau trug gerade die letzten Speisen auf, dann wurde es still.

»Esst und trinkt«, sagte Lamina und hob ihren silberglänzenden Becher. »Dann werden wir über unser Schicksal entscheiden.«

Die Freunde griffen hungrig zu, doch die Wächter und anderen Bediensteten brauchten eine Weile, bis sie ihre Scheu, mit der Gräfin an einem Tisch zu sitzen, überwunden hatten. Als die Teller geleert waren, ergriff Lamina wieder das Wort. Sie forderte den Gärtner Cordon, den Ältesten der Runde, auf zu berichten, was während ihrer Abwesenheit vorgefallen war. Leise begann er zu erzählen.

»Viele sind geflohen«, endete er schließlich und hob dann resignierend die Hände, »und wir Zurückgebliebenen waren einfach zu wenige, um die Burg wieder aufzubauen.«

Lamina schwieg einige Augenblicke. Verstohlen beobachtete Rolana sie unter ihren langen Wimpern. Sie sah, wie sie sich von der geschundenen und gedemütigten Frau zur Gräfin und Herrin von Theron wandelte, fest entschlossen, die Last und die Verantwortung zu tragen. Erwartungsvoll waren alle Augen auf sie gerichtet, als sie endlich zu sprechen begann.

»Ich habe mich entschlossen, das Erbe des Grafen anzutreten. Mir ist wohl bewusst, dass dies gegen das geltende Recht verstößt. Unser Sohn wäre der Erbe, wenn er noch am Leben wäre…« Sie verstummte, und ein schmerzvoller Zug legte sich um ihren Mund, doch dann fuhr sie mit fester Stimme fort. »Ich kann und will niemanden zwingen, für mich zu arbeiten. Ihr könnt frei entscheiden, ob ihr einer Frau dienen wollt. Wenn ihr euch jedoch zu bleiben entschließt, dann verlange ich die gleiche Treue und den Gehorsam, den ihr auch dem Grafen entgegengebracht habt. Ihr dürft eure Meinung äußern, doch ihr müsst meine Anweisungen entgegennehmen. Überlegt gut, bevor ihr euch entscheidet.« Sie sah in die Runde und sprach dann weiter:

»Ich möchte Theron wieder aufbauen, dazu muss ich mir einen Überblick über die Verhältnisse schaffen, Männer müssen angeworben werden. Doch zuerst muss ich wissen, wie ihr dazu steht.«

Cordon stand auf und trat zu ihr. Schwerfällig kniete er nieder und küsste der jungen Gräfin die Hand. »Meine Familie und ich werden Euch dienen bis zu unserem Tod.« Nach und nach erhoben sich auch die anderen Burgleute und leisteten ihr den Treueschwur. Der Gräfin standen Tränen in den Augen. »Ich danke euch allen«, sagte sie bewegt. Auch Vlaros stand auf und kam zu ihr, um ihr Treue zu schwören. In seinen Augen brannte eine heiße Glut, als er sie anblickte. »Ich habe eine Aufgabe gefunden und werde Euren Hofmagier unterstützen«, sagte er respektvoll.

Lamina sah zu den Gefährten hinüber. »Ich hoffe, ihr bleibt noch eine Weile auf Theron, liebe Freunde«, sagte sie.

Thunin, der zu ihrer Rechten saß, griff nach ihrer Hand. »Solange wir hier sind, werden wir dich mit all unseren Kräften unterstützen, doch auch wenn wir weiterziehen, hast du nun ein paar Freunde mehr in dieser Welt.«

Lamina legte ihre weiße, schlanke Hand auf die große, raue des Zwergs. »Es wird mir immer Hoffnung und Trost sein, auch wenn ihr wieder durch die Lande zieht. Denkt daran, ihr werdet auf Theron immer einen Ort haben, an dem ihr Schutz und Ruhe finden könnt.«

Dann wandte sie sich wieder den Burgleuten zu. »Cordon, ich möchte, dass du mein Verwalter wirst.«

Der Gärtner schüttelte den Kopf. »Ich bin zu alt, Gräfin.

Ich habe dem Vater Eures Gatten viele Jahre gedient, doch jetzt ist meine Zeit vorüber.«

»Ich brauche dich aber. Zu dir habe ich Vertrauen. Bitte übernimm diese schwere Last, bis ich einen anderen gefunden habe. Dann magst du dich wieder in deine Gärten zurückziehen.«

Cordon neigte den Kopf. »So sei es.«

»Berlon und Thomas«, wandte sie sich an zwei der Wächter. »Ihr müsst nach Fenon gehen und Männer anheuern, die helfen, den Ostflügel aufzubauen. Sie können später als Knechte oder Wachen bleiben. Wenn Sie eine Familie mitbringen, umso besser. Griphilda und Veronique brauchen Hilfe. Auch ein Koch oder eine Köchin muss gefunden werden, um Irenda in der Küche zu unterstützen. Und dann müsst ihr den alten Advokaten aufsuchen. Bringt ihn nach Theron.«

Als die anderen sich erhoben hatten, bat die Gräfin Lahryn, ihr die geheime Schatzkammer hinter dem Gemach des Grafen zu öffnen. Der Magier nickte. Er wusste, dass das Geld und die Burg eigentlich dem Vetter des Grafen zustanden, doch er war bereit, für die Gräfin zu kämpfen.

Eine Gestalt schritt über die zinnenbewehrte Mauer. Der Wind fuhr in den schwarzen Wollumhang, als sie den Schutz des Turmes hinter sich ließ. Langsam ging sie die Ostmauer entlang und blieb dann stehen, den Blick in weite Ferne gerichtet. Unter ihr lag der im silbernen Mondlicht glitzernde See.

Plötzlich hörte sie ein Geräusch hinter sich. Rolana fuhr herum und griff an ihren Gürtel, so als suche sie nach einem Messer. Dann erst fiel ihr wieder ein, wo sie war, und ihre Hand sank herab. Hier waren die Gefährten unter Freunden. Hier konnten sie ruhig schlafen – und doch fand Rolana keine Ruhe.

Ein Mann näherte sich ihr langsam über den steinernen Wehrgang. Erst dachte sie, er sei einer der Wächter, dann erkannte sie Cay. Er stellte sich neben sie, sah über den See und schwieg. Endlich brach er die Stille.

»Was tust du hier im kalten Wind, statt unter den herrlichen Daunendecken zu ruhen?«, fragte er.

Rolana schauderte, aber es war nicht der Wind, der ihre Nackenhaare sich sträuben ließ. Sollte sie ihm von ihren Ahnungen und Ängsten erzählen? Noch wusste sie selbst nicht, was dies zu bedeuten hatte. War es nur ein Nachklang des Erlebten? Sie schwieg. Cay trat näher. Es war ihr, als könne sie seine Wärme spüren. Dann legte er die Hände auf ihre Schultern und drehte sie zu sich.

»Du hast dich in den vergangenen Tagen von mir fern gehalten«, sagte er leise. »Was habe ich getan?«, fragte er, und sie fühlte seinen Schmerz. »Habe ich etwas falsch gemacht?«

Rolana schüttelte den Kopf. Wie sollte sie ihm ihre Zerrissenheit erklären? Sie sehnte sich nach seinen Armen, verlangte nach seinen Händen und Lippen, nach dem Gefühl, das damals am See in solch herrlicher Lust durch ihre Adern pulsiert war, und doch, wie konnte sie sich ihm hingeben?

Cay legte seine Arme um sie und zog sie zu sich. »Ich weiß nicht, was es ist, das dich so quält, doch willst du deine schweren Gedanken nicht wenigstens für ein paar Stunden ablegen?«

Ja!, schrie ein Teil von ihr und wollte sich an diese Brust schmiegen, aber kein Laut kam über ihre Lippen. Eine Träne glänzte in den tiefschwarzen Augen und zog dann eine schimmernde Bahn aus Mondlicht über ihre Wange. Cay beugte sich vor und küsste den salzigen Tropfen von ihrer weichen Haut. Sie sah zu ihm auf und ließ es geschehen, dass seine Lippen die ihren berührten. Der schmerzende Druck in ihrer Kehle löste sich, und sie schlang die Arme um ihn, als sei sie am Ertrinken. Lange Zeit standen sie dort oben im Nachtwind auf den Zinnen und hielten sich eng umschlungen, dann gingen sie langsam zum Palas zurück.

Das Drachenamulett um Rolanas Hals begann zu pulsieren und glühte in dunklem Rot. In ihren Träumen wanderte Rolana durch endlose Gänge, bis sie eine weit gespannte Höhle erreichte. *Peramina?* Ihre Stimme hallte von den Wänden wider. Sie fand den Drachen in tiefer Ohnmacht. Furchtlos trat sie zu ihm und streichelte seine glänzenden Schuppen.

Hilf mir!, erklang sein stummer Schrei in ihren Ohren. Rolana legte die Hände auf seine geschlossenen Augen und versuchte in sein Bewusstsein vorzudringen, um das prächtige Wesen aus seiner Ohnmacht zu befreien, doch sie spürte nur, wie seine Lebensenergie verrann.

»Peramina, du darfst nicht sterben!«, rief sie. Tränen liefen über ihre Wangen, tropften auf die kupfernen Schuppen, rannen herab und zogen blutrote Bahnen hinter sich her. Der Glanz des Drachenleibs verlosch.

Schon am frühen Morgen brachen der Wächter Thomas, einer der Stalljungen, Cordon und Griphilda nach Fenon auf. Lamina gab ihnen Gold mit, um Männer und Frauen zu suchen, die auf der Burg leben und arbeiten wollten. Dann besichtigte sie zusammen mit Lahryn das Haus und die noch zugänglichen Keller. Thunin, der ebenfalls schon früh auf den Beinen war, bot sich an, die Befestigungsanlagen in Augenschein zu nehmen, um zu sehen, wo Ausbesserungsarbeiten am dringlichsten waren. Auch die anderen waren nicht müßig. Vlaros und Rolana sahen alte Verträge und Urkunden durch, um der Gräfin eine Liste der Abgaben zu schreiben, die sie von ihren Pächtern erwarten konnte; Ibis, Seradir und Cay gingen auf die Jagd, um die Vorratskammer zu füllen.

Der Tag war schon fast vorüber, als die Gräfin endlich Gelegenheit hatte, nach ihren Gästen zu sehen. Sie fand sie im Burghof. Thunin focht mit Seradir, Rolana saß mit Lahryn in der Abendsonne auf der Treppe, und Ibis und Cay übten Messerwerfen. Nur Vlaros war nirgends zu sehen.

Lamina setzte sich zu ihrem Hofmagier und der Priesterin auf die Treppe und sah zu Ibis und Cay hinüber. Die Elbe jauchzte jedes Mal schadenfroh, wenn Cays Messer wieder einmal an dem Baumstamm, den er zu treffen versuchte, mehrere Handbreit vorbeiflog. Ibis jedoch schleuderte ihre Wurfdolche auf einen Fingerbreit genau.

»Du solltest dir als Ziel nichts suchen, das kleiner ist als ein Drache«, kicherte die Elbe, »dann kannst nicht einmal du vorbeiwerfen.«

Die Gräfin erhob sich, strich ihr einfaches Gewand glatt und schlenderte zu Ibis und Cay hinüber.

»Darf ich einmal?« Sie streckte die Hand nach dem Dolch aus, den Cay gerade aus dem Gemüsebeet zurückgeholt hatte. Widerstrebend legte er den abgewetzten Griff in die zierliche weiße Hand.

»Verletz dich nicht«, sagte Cay und musterte sie besorgt.

Lamina wog den Dolch in der Hand und dachte an die kleine, kämpferische Frau, die in der Unterwasserstadt für sie gestorben war.

Tara, dachte sie, *dir verdanke ich mein Leben. Ich werde dich niemals vergessen.*

Sie holte aus und schleuderte den Dolch mit aller Kraft. Der Stahl blitzte in der Sonne und fuhr dann eine Handbreit neben Ibis' Klinge in den Baumstamm. Cay starrte die Frau an seiner Seite ungläubig an, die Elbe jubelte schrill.

»Lamina, du versetzt uns alle in Staunen. Möchtest du noch einmal?«

Doch die Gräfin schüttelte müde den Kopf, ging zu den anderen zurück und setzte sich neben Lahryn auf die Treppe. Erschöpft lehnte sie sich an die Schulter des alten Magiers, der sanft seinen Arm um sie legte. Schweigend saßen sie da, bis die Dämmerung hereinbrach und Veronique alle zu Tisch rief.

16
»Ich rufe dich!«

Der Drache regte sich. Wochenlang waren die kaum wahrnehmbaren Atemzüge die einzigen Lebenszeichen gewesen, die noch von ihm ausgingen. Er wandelte durch tiefe Ohnmacht, doch manches Mal durchdrang eine Stimme die Schwärze. Gedanken forschten nach ihm, aber er schüttelte sie unwillig ab. Er wollte in dieser sanften Dunkelheit sterben, den schmerzenden Leib hinter sich lassen. Seine Aufgabe auf dieser Welt war erfüllt. Was war es, das ihn hier festhielt? Die Erkenntnis drängte sich unbarmherzig in seinen Geist. Nein, es war noch nicht vollbracht. Noch konnte alles scheitern.

Der Drache riss die Augen auf und hob langsam den Kopf. Ein Schwindel erfasste ihn, so dass die Wände der Höhle um ihn herum verschwammen, doch sein Wille war wieder erwacht, und er bekämpfte die Schwäche, die ihn überfiel.

Vorsichtig hob er die Klauen. Das Ei war noch da, und es war unversehrt. Peramina fühlte die zarte Regung des neuen Lebens unter der Hülle, das wuchs und gedieh. Es wurde Zeit. Bald würde der kleine Drache seinen Schutzschild gegen die Welt durchdringen. Einzigartig würde er sein, er, der dazu ausersehen war, die Welt zu retten. Die Drachen würden sich nicht noch einmal den Befehlen eines machtbesessenen Menschen beugen. Die Gedächtnisse der Menschen waren kurz und hatten den Feuersturm längst vergessen, doch Drachen wurden alt und bewahrten die Geschichte in ihrem Geist und ihrem Herzen.

Sanft strich Peramina über die ledrige Eihülle. Die Echse wusste, dass sie ihre Höhle nicht mehr verlassen konnte, und so sandte sie ihre Gedanken über die Berge hinweg und rief nach ihr, die ausersehen war, Covalin, den Retter der Welten, zu beschützen. Sie, deren Stimme Peramina aus ihrem Todesschlaf geweckt hatte.

Mit einem Schrei fuhr Rolana aus dem Schlaf. Zwei Wochen waren vergangen, doch jede Nacht verfolgte sie derselbe Traum, und jeden Morgen erwachte sie blasser und erschöpfter als am Tag zuvor. Bald schon verschloss sie vor Cay abends ihre Tür und wandte den Blick ab, wenn seine blauen Augen fragend und voller Schmerz auf ihr ruhten.

Rolana hörte die Stimme des Drachen. Ganz deutlich hallte sie in ihrem Kopf wider. Sie klang kräftiger als die Nächte zuvor, drängender, fordernder. Seufzend erhob sich die junge Priesterin, ging barfuß zum Fenster hinüber und sah hinaus in die Nacht. Es war erst wenige Stunden nach Mitternacht, die Burg und ihre Bewohner lagen in tiefem Schlummer. Nur die beiden neuen Wächter, die mit Mägden und Knechten und dem alten Advokaten aus Fenon gekommen waren, drehten auf den Wehrgängen schweigend ihre Runden. Eine schmale Mondsichel hing über den Bäumen, und die Sterne funkelten am nachtschwarzen Himmel.

»Wo bist du? Was verlangst du von mir?«, flüsterte sie in die Stille der Nacht.

Erschreckt fuhr Rolana zusammen, als die Antwort in ihrem Kopf widerhallte.

Rolana, Tochter des Mondes, das Schicksal hat dich erwählt, die Mission weiterzuführen, an der Gerald von Theron gescheitert ist. Die Welt liegt nun in deinen Händen.

»Ich? Aber warum ich? Ich bin nur eine schwache Menschenfrau, die nicht einmal ihrem eigenen Herzen befehlen kann.«

Du irrst. Du bist stark in deinem Herzen, du hast Mut und einen eisernen Willen. Du kannst es schaffen. Komm zu mir, verlasse Theron und folge dem Pfad über die Silberberge. Mein Amulett wird dich führen. Zögere nicht zu lange, die Zeit drängt.

Der Drache schwieg, doch das Amulett auf ihrer Haut pulsierte noch immer lebhaft. Rolana umschloss den gläsernen Drachen mit ihrer Hand. Er war warm und fühlte sich fast lebendig an. Mit einem Ruck drehte sie sich um, schlüpfte in Hemd und Hosen, warf sich einen wollenen Umhang über die Schultern und stieg in den Hof hinunter. Die Wächter wunderten sich, dass sie zu dieser Zeit die Burg verlassen wollte stellten aber keine Fragen und öffneten ihr eine schmale Pforte. Mit einem Boot ruderte sie über den Graben.

Rolana wanderte durch den Wald, bis sie die Lichtung erreichte, auf der sie schon einmal gebetet hatte. Der Ort war ihr so seltsam vertraut, er strahlte Wärme und Geborgenheit aus. Stundenlang kniete sie im taufeuchten Gras und suchte nach einer Antwort. Der Drache schwieg, doch seine Worte klangen noch in ihrem Geist: *Die Welt liegt nun in deinen Händen.*

»Soma, Herr über den Mond und die Gestirne, werde ich verrückt? Bilde ich mir Stimmen ein, die es nicht geben kann? Wie kann ich auserwählt sein, die Welt zu retten?«

Sie barg ihr Gesicht in den Händen, doch tief in ihrem Inneren wusste sie, dass ihre Fantasie ihr keinen Streich spielte. Peramina lebte, und sie rief nach ihr. Entschlossen erhob sich die Priesterin und reckte die Arme dem Himmel entgegen.

»Soma, gütiger Gott, wenn ich auserwählt bin, dann gib mir die Kraft, meine Aufgabe zu erfüllen. Gib mir Weisheit, um richtig zu entscheiden. Herrscher des Mondes, gib mir ein Zeichen, das mich stärkt, wenn ich verzage. Soma, erhöre mich!«

Durchscheinend hing die Sichel des Mondes am gläsernen Himmel. Die Vorboten des herannahenden Tages verjagten die Nacht und ließen die Sterne verblassen. Da leuchtete plötzlich ein Lichtband gleißend hell am Himmel auf, schoss hernieder und hüllte die Priesterin des Mondgottes in strahlendes Licht. Für einige Augenblicke spürte sie die Nähe der Gottheit, fühlte Geburt und Tod, Anfang und Ende, das Werden und das Vergehen, als müsse die ganze Welt in ihr Platz finden. Die Gefühle überfluteten sie, bis sie erschöpft zusammenbrach, doch das silberne Licht fing sie auf, trug ihren Körper und umschmeichelte ihre Seele. Friede kehrte in ihr Herz ein. Dann war die Erscheinung verschwunden, und nur noch das düstere Licht des Morgengrauens umgab sie.

Überwältigt von der Erscheinung, erhob sich Rolana schwankend. Ihr Haar hatte sich aus dem achtlos herumgeschlungenen Band gelöst und fiel ihr ins Gesicht. Mit einer entschlossenen Bewegung warf sie es in den Nacken. Sie hatte sich entschieden. Mit festem Schritt ging Rolana zur Burg zurück.

EPILOG
Inthan

Rück doch mal ein Stück beiseite. Du musst nicht immer den einzigen bequemen Sessel für dich allein beanspruchen!«

Der alte Mann hob die Katze hoch, ließ sich in das weiche Polster sinken und setzte sich das Tier dann auf den Schoß. Unwillig öffnete die dicke graue Katze ihre grün schillernden Augen, sah den Magier vorwurfsvoll an, gähnte herzhaft und rollte sich dann wieder zusammen, um weiterzuschlafen.

»Wie kann man nur so viel schlafen!«, wunderte sich der Mann. »Seit viertausend Jahren sehe ich dich nichts anderes tun als fressen und schlafen. Ich finde es übrigens ziemlich unhöflich, dass du immer die Augen zusammenkneifst, wenn ich mit dir rede. Findest du es gar nicht spannend, in den Spiegel zu blicken, um zu sehen, was dort draußen in den Welten vor sich geht? Ich finde, ich habe Hervorragendes geleistet. Du könntest mich ruhig einmal loben. Schließlich habe ich fünfhundert Jahre meines ewigen Daseins diesem Spiegel geopfert, während du nur, wie üblich, geschlafen und gefressen hast.«

Die Katze rekelte sich, drehte sich ein paar Mal um ihre eigene Achse und kuschelte sich dann in das verschlissene Gewand des Magiers.

»Zu dumm, dass dieser eigensinnige Spiegel immer die Zeiten durcheinander wirft und immer dann den Ort wechselt, wenn es richtig spannend wird. Es kann dann wieder Jahre dauern, bis ich erfahre, wie die Geschichte ausgegangen ist. Das kostet Nerven, Cleo.«

Inthan kraulte die Katze hinter dem Ohr, und sie begann gnädig zu schnurren.

»Ach, Cleo, wenigstens du leistest mir in meiner unendlichen Einsamkeit Gesellschaft. Weißt du, obwohl ich nicht älter werde, fühle ich mich mit jedem Jahrhundert mehr wie ein Greis. Es ist einfach nicht richtig, so alt zu werden und seine Kinder und Kindeskinder alle zu überleben. Verdammt, keine der Welten und keine der Gottheiten fühlt sich für uns zuständig. Sie haben uns einfach vergessen, und wir können selbst sehen, wie wir die Langeweile der Jahrtausende überstehen. Wir können ja nicht einmal verhungern und verdursten, wenn die Vorratskammer jeden Tag wieder gefüllt ist wie am allerersten Tag unserer Gefangenschaft. Doch ich weigere mich, die Hoffnung aufzugeben. Irgendwann werden die Tore wieder entdeckt, irgendwann kommt ein Magier, der uns befreit.«

Verzückt wanderte sein Blick in die Ferne, und er gab sich seinen angenehmen Träumen hin. Langsam sanken seine Lider herab, der Kopf fiel zur Seite, und der gleichmäßige Atem verriet, dass der Mann eingeschlafen war.

Die Katze öffnete ihre smaragdgrünen Augen und fixierte den mannshohen Spiegel, dessen Oberfläche unter einer wabernden, dunkelgrauen Nebelschicht verborgen lag. Plötzlich geriet der trübe Dunst in Bewegung, die Schleier verblassten, und immer deutlicher fügten sich die Farben und Konturen zu einem Bild zusammen. Erschreckt sträubte die Katze das Fell und fauchte leise, als der Drache hinter dem glatten Glas den Kopf hob. Er schien sie anzusehen.

Cleo überlegte, ob sie in den Nebenraum unter das Bett flüchten sollte, doch sie konnte die große Echse noch nicht riechen. Die Ohren hoch aufgerichtet, das Fell gesträubt, beobachtete sie den kupferfarbenen Drachen aufmerksam.

Da bewegte sich noch etwas in der rötlich schimmernden Höhle. Eine Menschenfrau trat langsam näher. Der Drache senkte sein mächtiges Haupt, aus dessen Maul lange, spitze Zähne ragten. Nervös fuhr Cleo ihre Krallen aus, so dass Inthan aus dem Schlaf schreckte.

»Was ist los?«, gähnte der Magier, doch dann klappte sein Mund zu. Er sah, wie sich der Drache ganz nah zu der jungen Frau herabbeugte. Behutsam legte sie ihre Hand zwischen seine Nüstern und sah die riesenhafte Echse furchtlos an.

Inthan sprang auf, so dass die Katze von seinem Schoß fiel. Mit einem Fauchen schoss sie hinter die eiserne Statue, die in einer Ecke stand.

»Das ist sie!«, rief der Magier. »Cleo, sieh sie dir an, das ist die Hüterin der Drachen.«

Reglos stand der alte Magier vor dem Spiegel. Plötzlich drehte sich die junge Frau um und warf ihr langes schwarzes Haar in den Nacken. Sie schien Inthan direkt in die Augen zu blicken. Der Magier sah das schimmernde Drachenamulett an ihrem Hals rötlich glühen, dann verschwand die Gestalt in den wirbelnden Nebeln des magischen Spiegels.